LE MANUSCRIT
DU SAINT-SÉPULCRE

DU MÊME AUTEUR
CHEZ POCKET

UN PAPE SUISSE

1. LE MANUSCRIT DU SAINT-SÉPULCRE
2. LA RÉVÉLATION DE L'ANGE
3. LA PROPHÉTIE DU VATICAN

JACQUES NEIRYNCK

Un pape suisse

*

LE MANUSCRIT DU SAINT-SÉPULCRE

LES ÉDITIONS DU CERF

ISBN : 2-266-15536-9

Pour Marie-Annick.

Il y a assez de clarté pour éclairer les élus
et assez d'obscurité pour les humilier.
Il y a assez d'obscurité pour aveugler les réprouvés
et assez de clarté pour les rendre inexcusables.

BLAISE PASCAL.

I

De son pas de métronome, Théo arpentait la via della Scrofa sans se laisser divertir par les séductions variées d'une rue romaine. Il lui restait deux minutes pour gagner son rendez-vous auquel il n'aurait pas plus supporté d'arriver en retard que de se trouver en avance. Comptable scrupuleux du temps accordé à lui-même et consenti à autrui, il observait un horaire rigoureux, afin de s'épargner toute attente. Comme les autres ne respectaient pas cette règle élémentaire de politesse, Théo devait parfois patienter mais il n'en souffrait pas trop, car la paix de sa conscience, du moins sur ce point-là, l'autorisait à censurer l'incurie des autres, qu'il stigmatisait volontiers du terme de chronophages. En fait, ses obsessions d'horaire avaient pour fonction essentielle d'apaiser une appréhension sourde. Théo ébauchait son éternité, dont il ne connaissait rien, par une gestion implacable du temps parce qu'il le connaissait bien.

À l'heure qu'il s'était prescrite, avec un battement inférieur à dix secondes, il poussa la porte du restaurant où le maître d'hôtel l'accueillit avec ce mélange de déférence et de condescendance à nul autre pareil qui caractérise le Romain recevant un hôte : il l'installa à cette table près de la porte-fenêtre ouverte que Théo avait réservée par téléphone juste avant de quitter sa chambre d'hôtel. Celui-ci s'affala sur son siège car il avait le souffle court pour avoir précipité le mouvement dans les cent derniers mètres. Bien entendu, ni Colombe, ni Emmanuel n'étaient présents ; le contraire eût été surprenant et même vexatoire. Il se frotta les mains dans un réflexe de satisfaction.

Le chronomètre dans la poche gauche de son veston avait mesuré le temps écoulé depuis l'instant où Théo avait quitté l'hôtel. Il sortit sa calculette et valida la durée du trajet entre l'hôtel *Raphaël* et le restaurant *Alfredo alla Scrofa*, soit douze minutes en négligeant les secondes. La base de données du microprocesseur contenait ainsi des informations régulièrement révisées sur tous les trajets qu'il empruntait couramment. Il la consultait tous les soirs, juste avant de se coucher, au moment d'établir l'horaire du lendemain. Pour les déplacements complexes, des indications sur la route optimale complétaient la donnée temporelle. Ainsi, le temps et l'espace intéressant Théo s'inscrivaient minutieusement dans une puce de silicium d'un millimètre carré, son microcosme rationnel dans un univers de désordre.

Il laissa errer son regard sur la salle de restaurant. Elle n'avait pas changé, tout était en ordre, aux murs les photos dédicacées par les célébrités des années 50, le même mobilier intemporel, les ventilateurs au plafond, les appliques beiges en verre soufflé, un menu rigoureusement identique, des serveurs immuables : un refuge rassurant contre l'anarchie romaine, un endroit stable dans un monde en mouvement. Le restaurant *Alfredo alla Scrofa* avait connu des jours meilleurs, lorsqu'il constituait le lieu de passage obligé des célébrités mondiales. À Rome, les rencontres de la fratrie de Fully débutaient rituellement ici, parce qu'il s'agissait d'un haut lieu de leurs années d'études. A l'époque, il leur était arrivé d'y côtoyer Marcello Mastroianni, Elizabeth Taylor ou Robert Kennedy et ils avaient joué les personnages importants avant de le devenir vraiment. Pour le prix d'un plat de *fettucine*, c'était donné.

De son portefeuille, Théo sortit deux feuillets pliés en quatre, il les déplia et il les lissa avec un soin maniaque. Il prit tout le temps de relire son rapport, car il était infatué de sa prose scientifique en allemand, sèche et efficace. En découvrant ce rapport, son frère Emmanuel sera pour le moins étonné, même s'il ne le montrera pas. Il dira avec cette onction ecclésiastique, qui dissimule si mal son ignorance : *Sub specie aeternitatis*... et il fera un geste de plus en plus vague de la main, simulant le passage du temps à l'éternité par un effet de flou artistique. Mais que connaissait Emmanuel du temps ? Grisé par la lecture superficielle de quelques ouvrages de vulgarisation scientifique, il se livrait parfois à de dangereuses gloses sur la relativité, mélangeant sans vergogne le temps selon Newton et celui selon Einstein, le jour solaire vrai et le jour sidéral, ouvrant ainsi des perspectives inquiétantes sur l'ignorance en physique d'un théologien, qui avait prétendu disserter sur *Le Concept d'éternité chez Duns Scot*, sujet de sa thèse de doctorat à Fribourg.

Théo, lui, savait à quoi s'en tenir sur le temps, ce paramètre physique qu'il avait mesuré à Neuchâtel en construisant, dans les années 60, les meilleurs garde-temps de la planète, les horloges atomiques au césium, qui présentaient une incertitude de l'ordre d'une seconde sur trois millions d'années. Il avait pu ainsi mesurer le ralentissement de la rotation de la Terre, qui allonge la durée du jour de deux secondes au bout de cent mille ans. Il avait aussi confirmé l'effet de la relativité sur le temps local en embarquant deux horloges dans deux avions qui avaient tourné en sens inverse autour de la

Terre et en observant triomphalement le décalage qui en avait résulté. Les illuminations d'Einstein avaient été ainsi confirmées par ses transpirations.

Il avait perfectionné la technique subtile de la dendrochronologie, qui se fonde sur le décompte des cernes des troncs d'arbres. En raccordant la séquence des cernes d'un arbre récemment abattu avec les séquences extraites d'arbres plus anciens, il avait établi un calendrier des étés chauds et des étés froids caractérisés respectivement par des cernes épais et minces. D'arbre en arbre, il était remonté cinquante siècles. On avait pu prouver ainsi qu'un village néolithique sur le lac de Neuchâtel avait été habité pendant au moins cent vingt-trois ans, puisque les cinq cent vingt et un pieux qui mettaient les maisons hors d'eau pendant les inondations avaient été abattus entre l'hiver 2795-2794 et l'hiver 2673-2672 avant notre ère.

Théo avait ensuite remplacé la méthode traditionnelle de datation par le carbone 14, au moyen d'une procédure bien plus raffinée utilisant la spectroscopie de masse et permettant vraiment de compter les atomes, un par un. De cette façon, il avait estimé la date des carottes de glace, prélevées dans la calotte glaciaire du Groenland, avec une excellente précision jusqu'à cent mille années. Cette dernière technique de mesure l'avait rendu célèbre et elle lui vaudrait tôt ou tard un prix Nobel de physique. Dans une sérénité imperturbable, il attendait cette distinction qu'il estimait lui-même bien méritée.

Ainsi, à trois reprises il s'était lancé à l'assaut du temps et trois fois il avait surmonté le défi. Aujourd'hui il éprouvait le sentiment qu'un défi encore plus important l'attendait : l'investigation de l'éternité, qui n'est pas le temps indéfiniment prolongé, mais au contraire l'absence de temps. Comment mesurer une grandeur inexistante ? Il commençait à avoir une idée là-dessus.

Il consulta sa montre. Il attendait depuis un quart d'heure. Cela suffisait pour pouvoir reprocher leur retard à son frère et à sa sœur. Il était inutile qu'ils traînent davantage. Ils lui faisaient vraiment perdre son temps. L'énervement le gagnait. Il fallait qu'il bouge. Il fit le tour de la galerie des photos et il reconnut Burt Lancaster, Gary Cooper et Clark Gable malgré leur jeunesse. Il y avait une photo plus récente en couleur de Mikhaïl Gorbatchev. Il alla aux toilettes et fit couler le robinet sur ses mains moites. Il revint à sa place en se maudissant de n'avoir emporté aucun ouvrage, même pas un journal. Il se mit à soupirer et à analyser la fréquence et l'ampleur de ses soupirs. Il s'ennuyait vraiment. Le temps s'étirait. Il remarqua à ce moment-là qu'il faisait chaud et lourd. L'orage menaçant depuis la veille n'avait pas vraiment éclaté. Quelques gouttes de pluie s'écrasaient en coagulant au sol la poussière des rues. Mais l'air était resté empoisonné, mélange pervers de gaz d'échappement, de particules malodorantes et d'odeurs humaines.

À travers le rideau agité par le vent d'automne, il porta ses regards vers l'extérieur. Un taxi aborda le trottoir. Colombe en descendit et se pencha vers le conducteur, non pour le payer mais pour l'embrasser.

Après un véritable parcours du combattant, Colombe avait débarqué à l'aéroport de Fiumicino vers dix heures du matin. L'avion, qui aurait dû la mener de San Francisco à New York, n'avait jamais décollé ; on l'avait transférée à la dernière minute sur un autre vol ; ses bagages n'avaient pas suivi ; en conséquence, elle avait eu des ennuis avec la sécurité à l'aéroport Kennedy ; d'énervement elle n'avait pas dormi et, en débarquant à Rome, elle avait appris que les bagagistes et les conducteurs de taxi étaient en grève. Décidément, le monde des techniciens était toujours aussi incohérent : ils étaient capables de construire des avions qui traversent l'Atlantique sans broncher mais ils ne parvenaient pas à organiser les transports de Fiumicino à Rome.

Elle suffoqua tout de suite dans l'atmosphère moite et l'air pollué. L'architecture sinistre de l'aéroport évoquait les tourments personnels de l'architecte, atteint sans doute de la neurasthénie incurable des peuples du soleil. Colombe eut l'impression, une fois de plus, de pénétrer comme en songe dans un tableau de De Chirico. Elle se sentait mal à l'aise : Paolo serait-il là ?

Elle aurait aimé vivre ces moments de suspense, sans devoir s'occuper de bulletins de bagages. Mais le monde où elle vivait, obsédé par des problèmes de gestion, n'accordait guère l'occasion de vivre tragédie ou comédie. Après deux heures d'énervement, ayant enfin récupéré ses bagages, elle approcha de la douane avec inquiétude : serait-elle attendue de l'autre côté ? Paolo était tellement distrait et inconséquent. Comment aimer ceux qui sont incapables d'aimer ? S'il ne l'attendait pas, il faudrait qu'elle se fâche. Si elle se fâchait, il ferait mine de la quitter. Elle capitulerait. Paolo gagnerait un surcroît d'ascendant en commettant une faute. Avec lui, la seule règle du jeu était la prime au tricheur.

Elle prit le passage vert, qui spécifiait « Rien à déclarer ». Sous cette enseigne, elle réalisa soudain qu'elle n'aimait pas Paolo, qu'elle ne l'avait jamais aimé, qu'elle se donnait la comédie de l'anxiété pour feindre un attachement qu'elle n'éprouvait pas. Paolo se résumait à un corps dont elle avait faim. Son énervement n'avait pas d'origine plus sublime que celle-là. Non, elle n'avait vraiment rien à déclarer.

En fait, il était là, tranquille, bronzé, le regard absent puis éclairé, en l'apercevant, par une passion affectée, telle que la jouent les mauvais acteurs de Cinecittà dans les péplums. Le plus irritant de ses stratagèmes consistait à exagérer son affectation permanente pour mieux la dissimuler. Où se situait sa sincérité, si tant est qu'elle existât, dans quelle couche profonde de son subconscient ? Seuls affleuraient des sentiments troubles, ceux que les autres dissimulent et qu'il cachait encore mieux en feignant de les contrefaire. Il ressemblait à un oignon : dès qu'elle avait épluché une couche de mensonge, elle en découvrait une autre, qui en enveloppait une autre encore.

« Mon Prince », dit Colombe.

Il répondit du tac au tac :

« Ma bergère. »

À part un baiser obligé, plus appuyé que pénétrant, ce fut la seule effusion. Malgré une séparation forcée de six mois, la timidité de Colombe et la nonchalance de Paolo tissaient des rapports pauvres, comme le fil et la trame sommaires de ces tapisseries modernes, que bâclent des artistes pressés. Après avoir vécu tout ce temps à six mille kilomètres de distance, elle ne se sentait pas le courage d'exiger le soin des détails. Il était là, il allait la dévorer. Que pouvait-elle demander de plus ?

L'aéroport était obstrué par une foule pâteuse, qui s'efforçait de trouver un moyen de transport quelconque pour atteindre la ville. Paolo fraya un passage pour Colombe, suivi par un porteur qu'il avait recruté d'autorité. Au-dehors, une file interminable de passagers languissait devant un taxi sans conducteur, un seul taxi, qui affichait « occupé » tout en étant vide. Paolo ouvrit la porte et prit le volant, comme si c'était la chose la plus naturelle du monde, en laissant Colombe donner un billet d'un dollar au porteur.

Quand elle fut assise à côté de Paolo et que celui-ci eut démarré sous les imprécations des autres candidats au voyage, il consentit à s'expliquer :

« Ma chère, vous voyagez dans le seul taxi qui ne fasse pas grève. Le prince Paolo Pacelli s'est fait conducteur de taxi pour accueillir son amour. Cela arrange bien mes affaires. Mon père m'a coupé les vivres depuis trois mois. Je suis à la recherche de tout travail peu fatigant et très rémunérateur. Briseur de grève est aussi une vocation dans ma famille. »

Une foule de voitures, avançant au pas, encombrait le Grande Raccordo qui encercle Rome. Paolo préféra l'éviter et poursuivre directement vers Saint-Paul-hors-les-Murs. En passant devant la basilique, Colombe éprouva une pensée de sympathie pour l'apôtre, qui avait choisi de mourir ici décapité plutôt que crucifié, excipant de sa qualité de citoyen romain pour éviter au moins la souffrance. Dans la mesure du possible, elle aussi refusait les croix qu'elle rencontrait, en évoquant le patronage de l'apôtre des Gentils. Elle croyait, dur comme fer, que la plus grande preuve d'amour consistait à donner sa vie pour les autres, mais sans ostentation déplacée et sans douleurs inutiles. Il fallait n'avoir jamais assisté à certaines agonies pour prétendre que la souffrance était rédemptrice. Or, le métier de Colombe à San Francisco consistait précisément à accompagner les mourants.

En se faufilant par les forums, Paolo atteignit le centre. Colombe constata qu'il était trop tard pour déposer sa valise à l'hôtel. Théo devait attendre depuis une demi-heure au moins. Elle demanda à Paolo de la conduire directement chez *Alfredo*, de revenir déposer les bagages à l'hôtel et, surtout, de l'y attendre et de prendre patience.

L'accueil de Théo fut dénué d'aménité :

« Tu embrasses les conducteurs de taxi maintenant !

— J'embrasse qui je veux, où et quand je veux ! »

Puis elle ajouta une incongruité, comme pour s'excuser tout de même :

« Ce n'était pas un conducteur de taxi. »

Mais cela ne dérida pas son frère qui l'embrassa sèchement, comme leur père avait toujours embrassé Colombe à partir de l'adolescence, en manifestant qu'il s'agissait d'une concession à la sentimentalité féminine. Elle s'assit et la conversation n'alla pas plus loin. Colombe essaya une fois de rompre la glace en s'inquiétant d'une verrue que Théo portait à la tempe et qui prenait une teinte foncée. Après lui avoir conseillé sans succès de la faire enlever, elle réalisa qu'elle abusait de sa qualité de médecin pour prendre barre sur lui. Elle n'aurait pas dû embrasser Paolo sous les yeux de Théo, qui réagirait bien évidemment en se muant en reproche silencieux. Elle se tut donc en attendant Emmanuel. Dans la famille de Fully, on pratiquait volontiers l'art de se supporter mutuellement en pratiquant des silences dont l'éloquence était proportionnelle à la longueur.

Emmanuel avait accumulé davantage de retard que Colombe mais ses raisons étaient encore meilleures. Toute la matinée s'était passée en allées et venues entre le bureau du cardinal Weiss et la place Saint-Pierre. Il se souviendrait toute sa vie de ce jeudi 6 octobre 1988. Le matin, il perdit les illusions qui lui restaient sur la Congrégation pour la doctrine de la foi. L'après-midi, il crut perdre bien davantage.

La colonnade du Bernin, qui enserre la place Saint-Pierre, s'ouvre largement sur la via della Conciliazione, dont le nom et l'origine manifestent la volonté d'ouvrir une sorte de brèche entre l'univers clos de l'Église et la société des hommes, mais la frontière entre la République italienne et la Cité du Vatican est matérialisée néanmoins par une bande de pavés plus clairs. Du côté italien de la ligne, un groupe de six hommes, venus de Suisse, vêtus de sombre, subissaient stoïquement les assauts du soleil voilé seulement par les nuages de la pollution urbaine. Ils transpiraient mais ils ne bougèrent pas d'un pouce quand Emmanuel leur proposa de s'abriter sous la colonnade. Il y avait là deux évêques accompagnant quatre représentants des conseils synodaux réformés, deux pasteurs et deux laïcs. Tous, ils semblaient pétrifiés dans leur entêtement.

Dès neuf heures du matin, Emmanuel avait repéré, sur un trottoir face au palais du Saint-Office, un petit groupe de journalistes qui guettaient cette délégation suisse. Il se garda donc bien de circuler sur la place du Saint-Office. Il effectua cinq fois la liaison entre le cardinal et la délégation, en traversant la librairie du Vatican qui donne d'un côté sur la place Saint-Pierre et de l'autre sur une cour intérieure. La troisième fois, il adressa quelques mots aux deux gardes suisses de faction, qui paraissaient interloqués. Il les connaissait bien puisqu'il était aumônier adjoint de la Garde : il n'y avait pas d'autre prélat à Rome qui connût aussi bien que lui les subtilités du patois haut-valaisan, appris lors de ses deux années de ministère comme vicaire à Brigue.

Emmanuel ne tenait pas à ce que ses navettes fassent l'objet d'interprétations dans le petit monde de la Curie. Il se sentait à la fois ridicule et odieux. La délégation œcuménique jouait les reproches vivants et Joseph cardinal Weiss se drapait dans son intransigeance. Trois mois auparavant, celui-ci avait vaguement promis d'accepter une visite de la délégation ; Emmanuel avait pris sur lui de formaliser cette promesse lors de la préparation du voyage. Aujourd'hui, le cardinal s'était ravisé. Peut-être n'avait-il jamais eu l'intention de recevoir la délégation ? Ou bien l'avait-il laissé croire à Emmanuel pour susciter un incident destiné à remettre au pas une Église catholique suisse, trop tentée de flirter avec les Réformés ? Jamais Emmanuel ne parviendrait à déchiffrer cet homme secret, qui enveloppait sa rigidité sous un perpétuel sourire.

Comme les poissons semblaient bien ferrés, le cardinal les fatiguait. Il avait déjà proposé une entrevue dans les locaux de la Congrégation pour la doctrine de la foi avec un théologien, puis avec une commission de théologiens, puis avec le sous-secrétaire, puis avec le secrétaire, mais en aucun cas avec lui-même. Puisque les discussions avec les Réformés relevaient du secrétariat pour l'Unité des chrétiens, la délégation œcuménique suisse n'avait qu'à rencontrer le cardinal Willebrands, si elle tenait tellement à ajouter un cardinal à la liste des éminences déjà visitées. Lui n'avait pas de temps à leur consacrer : il transmit ce message à Emmanuel alors qu'il avait étalé en évidence sur son bureau des épreuves de la revue *Communio*, qu'il corrigeait en prenant tout son temps à coups de crayon rouge. Il fallait qu'Emmanuel comprenne bien son attitude et qu'il la transmette à ses interlocuteurs par son embarras.

À la cinquième navette, la délégation suisse unanime décida de renoncer et de ne pas faire mystère, en revenant au pays, de ce qui s'était passé. Emmanuel était à bout physiquement et moralement, en nage sous sa soutane noire barrée d'une ceinture violette, prêt à éclater en sanglots. Il décela des larmes visibles dans les yeux d'un évêque suisse. Où était la charité dans tout cela ? Ce n'était même pas poli. Mais le cardinal laissait souvent entendre que la charité commandait de renoncer à toutes les formes extérieures de la courtoisie. Il adorait créer un désert autour de lui et il appelait cela faire la paix.

Emmanuel abandonna la place Saint-Pierre en abominant une fois de plus ce décor pompeux qui avait été construit avec l'argent des indulgences vendues à travers l'Europe au seizième siècle jusqu'à ce qu'un moine allemand appelé Luther dénonce cette simonie et déclenche la Réforme. Jamais aucune entreprise humaine n'avait aussi radicalement miné ce qu'elle avait prétendu consolider, l'hégémonie de Rome sur tous les chrétiens. Ainsi en allait-il de l'Église de Jésus : ses victoires les plus visibles se transformaient en échecs parce que ses seules véritables victoires se trouvaient dans ses échecs les plus apparents. Comment Emmanuel parviendrait-il jamais à travailler sereinement pour un Maître aussi imprévisible ? Il attribuait volontiers à Dieu une qualité ignorée de tous les théologiens, une sorte d'humour noir, de goût du paradoxe, qui le rendait étrangement humain, proche et accessible.

Sans prendre le loisir de démêler ses sentiments embrouillés, il se hâta vers son rendez-vous. Comme il ne tenait pas à circuler en soutane, il fit un détour par la piazza del Risorgimento. Il y louait un appartement exigu, aménagé dans une demeure bourgeoise du siècle passé, avec des escaliers pompeux et des plafonds surélevés : à croire que les gens de l'époque passaient le plus clair de leur temps dans les escaliers à scruter les plafonds pour éviter de se regarder dans les yeux. Comme l'appartement était inconfortable et bruyant, son loyer ne dépassait pas trop les moyens restreints d'Emmanuel, qu'il rognait encore par des dons sans mesure. Pareil à tous les pauvres honteux, il se logeait au-dessus de ses moyens, il s'habillait selon ceux-ci et il se nourrissait mal.

Il se changea hâtivement sans prendre le temps de se doucher. Tout comme Colombe, il redoutait les impatiences de Théo : même aujourd'hui, à près de cinquante ans, il vivait encore dans l'ombre de cet aîné inflexible, qui avait redoublé par son intransigeance la rigueur de l'éducation paternelle. Rejoindre Théo, c'était toujours retrouver le père.

Après avoir attendu en vain un taxi, il finit par apprendre d'un passant que ceux-ci étaient en grève. Emmanuel se maudit de ne jamais prendre le temps d'écouter les nouvelles à la radio. Il prit un bus qui le mena en quelques minutes à la via della Scrofa après une nouvelle attente insupportable. En approchant du restaurant, il distingua, à travers les rideaux, les visages contraints de son frère et de sa sœur. Ils avaient dû se disputer comme d'habitude. Toute réunion de la famille de Fully commençait toujours par un règlement de comptes silencieux.

Théo accueillit Emmanuel par une invocation rituelle entre les deux frères :

« Bonjour, préposé aux choses vagues. »

Emmanuel répondit, selon leur tradition fraternelle :

« Salut, coupeur de cheveux en quatre. »

Puis il embrassa Colombe. Celle-ci remarqua que ses frères ne s'étaient même pas touché la main. Tous les hommes de sa famille manifestaient cette répulsion du contact physique entre mâles. Les garçons entraient dans l'existence entourés d'une sorte de bulle invisible qui les isolait et qui leur permettait de poursuivre leurs grands desseins ou leurs petites manies, sans être distraits par la chaleur physique des autres. Tout au plus concédaient-ils aux femmes de la famille des simulacres de gestes tendres. Peut-être n'éprouvaient-ils que des parodies d'affection.

Après cet exorde, auquel Colombe s'attendait, elle fut surprise par le dialogue suivant :

« C'est 1302, à vingt-quatre ans près, dit Théo.

— J'espère que tu ne plaisantes pas », répondit Emmanuel.

Les deux frères se turent ; Théo souriait mais Emmanuel était encore plus fébrile qu'en arrivant.

« Vous pourriez peut-être m'expliquer vos charades », dit Colombe.

L'arrivée du maître d'hôtel interrompit Théo, prêt à se lancer dans un cours selon son habitude. Le premier acte du repas ne supportait pas le moindre retard car il s'agissait des *maestose fettucine al triplo burro*, des pâtes fraîches brassées dans un mélange subtil de beurre, de crème et de parmesan. La réussite du plat dépendait de la dextérité du maître d'hôtel dont c'était la fonction exclusive. Il officiait sur un grand plat de porcelaine blanche avec une gesticulation spectaculaire qui transformait en opéra l'acte banal de brasser les pâtes, le beurre et le fromage : on s'attendait toujours à le voir entonner un air de *bel canto*. Quand il eut terminé, Théo et Colombe reçurent chacun une assiette de *fettuccine* et, selon la coutume, Emmanuel fut servi dans le plat, puisqu'il avait transmis la commande.

« Mangeons d'abord », dit-il avec gravité.

Les *maestose fettucine* atteignaient le sublime dans leur simplicité. De la farine, des œufs, du fromage, du beurre. En Suisse, on aurait utilisé les mêmes ingrédients pour cuisiner une croûte au fromage, un étouffe-chrétien, vite fait mal fait, destiné à tuer l'appétit sans éveiller la sensualité, un acte de mépris et de haine du cuisinier pour les convives. Ici, à force de soins et de goût, ces modestes ingrédients atteignaient une consistance et une saveur parfaites. Les parfums du lait, du blé et des œufs composaient une symphonie pastorale fleurant les foins coupés, la basse-cour et l'étable. Du haut d'un monticule de pâtes empruntant toutes les nuances du blanc le plus pur, cent siècles de culture paysanne contemplaient la famille de Fully.

Celle-ci vouait un culte à la nourriture dans la stricte

mesure où celle-ci était préparée avec soin. *Alfredo alla Scrofa* constituait un point de référence pour les pâtes. Colombe refréna sa curiosité et elle se laissa envahir par la consistance et la saveur du plat : elle régressait en assimilant cette nourriture douce qu'il ne fallait pas vraiment mâcher ; elle pensait à son enfance dans la maison au bord du Rhône à Fully, aux pâtes que l'on servait aux enfants le soir. De temps en temps, elle lapait une gorgée du *cerveteri rosso* que Théo avait commandé d'autorité, un petit vin honnête mais sans complication comme les adolescents le préfèrent. Quand chacun eut religieusement vidé son assiette, le maître d'hôtel vint prendre commande de la suite. Colombe passa son tour car elle avait le souci permanent de sa ligne, tandis que les deux frères tombaient d'accord pour partager une côte de bœuf grillée *alla fiorentina*. La préparation laissa dix minutes à Théo pour s'expliquer.

« Le Vatican a demandé à mon laboratoire d'effectuer une datation au carbone 14 du linceul de Turin, une relique conservée depuis quatre siècles à la cathédrale Saint-Jean-Baptiste de Turin, un linceul dans lequel Jésus aurait été enseveli. La date trouvée aurait dû être le premier siècle ; or, la pièce de tissu date du quatorzième siècle. Plus exactement, c'est ce que l'on peut déduire de la mesure.

— Et puis après ? intervint Colombe. Il existe tant de fausses reliques que ça n'est pas surprenant. Ces dernières années, lorsque l'on a commencé à analyser les ossements de saints pieusement conservés un peu partout, on a découvert qu'il ne s'agissait même pas d'ossements humains. Pendant des siècles, on s'est prosterné devant des côtes de veau ou de porc. Cela m'amuse beaucoup. Le culte des reliques est vraiment une des pires aberrations médiévales, une des survivances les plus grossières des cultes païens. Les églises se disputaient les reliques, parfois à coups d'épée, parce qu'elles rapportaient des offrandes. Pour moi, cela représente un commerce de la pire espèce, de la simonie. Tu as donc effectué un travail édifiant, mon cher Théo, et je ne vois pas du tout pourquoi Emmanuel fait la grimace. Tu tiens vraiment aux reliques ?

— Non, dit Emmanuel. Je ne tiens pas spécialement aux reliques. Je suis même prêt à les placer toutes dans des musées. Un objet ayant appartenu à un saint peut présenter un intérêt historique, mais il n'a aucune signification religieuse particulière, il ne possède aucun pouvoir surnaturel, son contact ne guérit pas les maladies. Cela vaut pour toutes les reliques, sauf peut-être le linceul de Turin. S'il était authentique, ce serait le seul témoignage matériel du passage de Jésus sur la Terre. Il me semble plausible que son linceul ait été précieusement conservé par l'Église primitive, parce que c'était la seule relique disponible, tandis que ses vêtements ont été partagés entre les soldats. Même si elle a raison, la science, une fois de plus, désenchante un monde qui n'est déjà que trop décevant. Dommage ! »

Les serveurs disposaient devant chaque frère une assiette contenant des languettes de côte à l'os et des épinards en branche, maniés dans le beurre et l'ail. Ils mangèrent en silence et Colombe ne relança pas la conversation. Personne n'éprouvait le besoin de parler, car chacun réfléchissait en devinant les réflexions des autres.

Le patron arpentait son restaurant à moitié vide en se rongeant les ongles. Il portait un costume gris avec une cravate bleue à raies rouges : à force de contempler les photos affichées aux murs, il avait adopté le style d'un acteur américain de série B dans les années 50.

Colombe buvait de temps à autre une petite gorgée de vin et grignotait un *grissino*, comme si cette alimentation de moineau pouvait l'aider dans sa réflexion.

« Tu es sûr de tes mesures au moins ? » demanda-t-elle enfin à Théo.

L'expression de surprise indignée sur le visage de Théo fit presque rire Emmanuel qui mâchait la nourriture sans y trouver de goût.

« Écoute », déclara solennellement Théo à Colombe, sur son ton d'aîné à sa cadette, sans plus s'occuper d'Emmanuel, incapable par définition de suivre les explications techniques. « Écoute, tu es médecin, tu as l'habitude comme tous les médecins de travailler sans rigueur, ta question est normale, mais moi je suis payé pour être précis, c'est ma raison d'être. J'ai reçu un morceau de tissu qui pesait cinquante milligrammes, je l'ai coupé en deux et j'ai réservé une des moitiés pour la traiter après avoir effectué la première série de mesures. Cette première moitié, je l'ai partagée en trois échantillons : le premier n'a subi aucun traitement, le second un lessivage avec une dilution d'acide chlorhydrique, puis une dilution de soude caustique, puis de nouveau à l'acide. Le troisième échantillon a subi un traitement analogue mais avec des réactifs chauds et plus concentrés. Après avoir obtenu mes premières datations sur les trois premiers échantillons, j'ai partagé en deux la seconde moitié du tissu et j'ai recommencé la mesure sur ces deux autres échantillons après avoir appliqué les techniques de lessivage. Je dispose donc au total de cinq mesures dont la moyenne donne un âge de six cent soixante-seize ans avec une incertitude de vingt-quatre ans. Les cinq mesures sont cohérentes. La fiabilité de ma méthode de mesure ne peut pas être mise en doute.

— Je suppose que tu as étalonné ta méthode et ton installation avec d'autres échantillons dont tu connaissais l'âge.

— Bien entendu, je disposais de trois autres échantillons : un tissu d'une tombe nubienne, daté du douzième siècle par des inscriptions ; un autre provenant d'une momie de l'époque du Christ ; un troisième d'une chape du treizième siècle conservée dans la basilique de Saint-Maximin. Les mesures au carbone 14 de ces autres échantillons correspondent bien à l'âge estimé des tissus. Ma méthode est tout à fait fiable. Sais-tu que le laboratoire de Œschger à Berne me prépare des échantillons à partir des carottes glaciaires de l'Antarctique et qu'il me suffit d'un demi-milligramme de carbone pour pouvoir travailler ? En fait, je compte littéralement les atomes un à un, rangeant d'un côté le carbone 14 et de l'autre le carbone 12. Le rapport entre les deux espèces me donne l'âge du matériau puisque l'on connaît leur proportion initiale et la vitesse de transformation du carbone 14 en carbone 12.

— Tu es sûr que le personnel du laboratoire n'a pas trouvé ce qu'il avait envie de trouver, ou ce qu'il savait devoir trouver ?

— Impossible, les échantillons étaient repérés par un code que j'étais seul à connaître et je ne procédais pas moi-même aux mesures. Toutes les précautions ont été prises. Tu penses bien !

— Je n'essaie pas de t'agacer, Théo, mais d'obtenir que tu t'expliques à l'égard d'Emmanuel. Encore une question. Comment es-tu sûr qu'il n'y a pas eu de substitution de tissu au départ de Turin ? On aurait pu t'envoyer délibérément un tissu du quatorzième siècle en prétendant qu'il provenait du linceul.

— Impossible. J'ai participé à la définition de la procédure en janvier de cette année et l'opération a été réalisée le 21 avril. Le prélèvement a été effectué sous la surveillance d'une commission comportant des représentants des laboratoires et présidée par le cardinal Ballestrero, qui est l'archevêque de Turin. Toute l'opération a été photographiée et filmée. Les échantillons ont été enveloppés dans des feuilles d'aluminium et placés ensuite dans des coffrets en acier inoxydable qui ont été scellés. Parmi les personnes présentes, personne n'avait intérêt à monter une supercherie. J'ai brisé les scellés à Zurich moi-même.

— Et s'il y avait eu substitution dans ton laboratoire à Zurich ? Quelqu'un qui connaîtrait le secret de ton coffre par exemple.

— Bonne question, admit Théo. Dans tous les laboratoires, il y a toujours des assistants zélés, ambitieux ou malveillants qui essaient de tricher et ce sont les mieux intentionnés qui sont encore les plus dangereux. C'est pour cela que deux autres laboratoires, l'un à l'Université d'Arizona et l'autre à Oxford, ont effectué des mesures analogues.

— Et leurs résultats ? demanda Colombe.

— Je n'en sais rien et je n'ai rien voulu en savoir aussi longtemps que mes mesures n'étaient pas terminées, répondit Théo. Toutes les personnes impliquées sont tenues au secret professionnel. Jusqu'à présent rien ou très peu n'a transpiré. Les médias ne sont même pas au courant de ces mesures. C'était une condition *sine qua non* de la part de Ballestrero. Nous étions convenus que chacun des trois laboratoires enverrait ses résultats au service d'analyse statistique du British Museum, afin que celui-ci puisse les comparer et en déduire un résultat moyen. Comme cela, toute erreur grossière, toute fraude dans un des laboratoires serait immédiatement décelée. À Rome, le résultat final doit parvenir à la secrétairerie d'État, qui dispose sans doute de l'ensemble des résultats maintenant. Selon toute vraisemblance, les mesures des trois laboratoires coïncideront. Mais, à titre tout à fait personnel, j'ai une arrière-pensée qui intéressera peut-être la Congrégation pour la doctrine de la foi. Voilà mon rapport qu'Emmanuel transmettra au cardinal Weiss. »

Colombe, qui était assise à côté d'Emmanuel, lui passa un bras autour des épaules :

« Tu vois. Il faut toujours croire ce que dit Théo. Le résultat n'est pas tellement grave. L'Église en a vu d'autres. La seule relique à laquelle tu tenais est fausse, comme toutes les autres. Et après ? »

Avant qu'Emmanuel n'ait eu le temps de répondre, Théo intervint :

« Justement, je n'ai pas dit que la relique était fausse, j'ai dit que les mesures indiquent qu'il s'agirait d'un objet du quatorzième siècle ; je suis certain de la qualité de mes mesures et je suis persuadé que les mesures d'Oxford ou d'Arizona confirmeront mes résultats. Et cependant, je crois que la relique est authentique. Mais cela, je vous l'expliquerai demain, car il est plus de trois heures, c'est très complexe et tous nous avons d'autres occupations pressantes. Emmanuel doit retourner au Vatican pour quatre heures, je projette de visiter la Villa Giulia que je ne connais pas et Colombe doit rattraper la nuit de sommeil qui lui manque. »

Après avoir décidé ainsi l'emploi du temps de chacun, il vida la tasse d'*espresso*, qui lui tenait lieu de dessert, il ouvrit son agenda pour y noter l'heure de fin du repas et il demanda l'addition. Le garçon, qui languissait d'impatience, l'avait déjà préparée. Théo la contrôla en utilisant sa calculette, il y découvrit une erreur en faveur du garçon qu'il fit corriger et qu'il sanctionna en ne laissant pas de pourboire. Puis il enclencha son chronomètre. Il pensait déjà au musée étrusque de la Villa Giulia.

Sur le pas de la porte, il se ravisa cependant et trouva moyen d'expliquer que *scrofa* voulait dire « truie », que la rue devait sans doute son nom à un restaurant sous l'enseigne d'une truie, datant de 1445, sans que l'on puisse affirmer avec une certitude absolue que ce restaurant ait été situé à la place où se trouvait actuellement *Alfredo*. Ils venaient peut-être de manger dans un des plus vieux restaurants du monde. Colombe et Emmanuel simulèrent un intérêt poli pour ce renseignement dénué d'intérêt et chacun alla vers ses occupations : Théo pour accroître son érudition, Emmanuel pour souffrir en silence et Colombe pour faire l'amour.

II

Colombe se drapa dans le rideau de la fenêtre, une superbe soie damassée jaune et argent, pour dissimuler sa nudité et pour guigner sans provoquer de scandale ce qui se passait quatre étages plus bas dans le largo Febo. Les habitants du quartier subissaient les quatre notes indéfiniment répétées d'un klaxon de fantaisie, celui d'une voiture de sport qui essayait vainement de se faufiler avec des emballements de moteur et des crissements de pneus rageurs entre une autre voiture et une camionnette, parquées en dépit de toutes les règles. La camionnette déchargeait sans doute des meubles pour l'antiquaire situé en face de l'hôtel *Raphaël :* le ton de la discussion entre le conducteur, le camionneur et l'antiquaire montait, le portier de l'hôtel essayait de calmer le jeu, quelques badauds s'agglutinaient pour assister au spectacle. Chacun jouait sérieusement son rôle et Colombe éprouva même l'envie de descendre pour se mêler au tohu-bohu. Elle en oubliait Paolo, couché sur le lit dans la posture hiératique du mâle méditerranéen, c'est-à-dire en maillot de corps et caleçon, fumant distraitement et regardant le plafond, puisque sa dignité lui dictait de ne témoigner aucun empressement. Il finit cependant par se rappeler à l'attention de Colombe :

« Très chère, tu te rends compte que si nous avions vécu à la Renaissance, j'aurais presque certainement été cardinal ou même pape. Après tout, je suis l'arrière-petit-neveu d'Eugenio Pacelli. À l'époque, j'aurais sans doute été son arrière-petit-fils.

— Pie XII n'était pas un pape de la Renaissance, fit remarquer Colombe, toujours penchée à la fenêtre. On est devenu plus sérieux au Vatican depuis. Un peu moins intelligent sans doute. Cela va ensemble d'habitude.

— Dommage, chère, dommage. Comme tous les cardinaux, j'aurais possédé des bénéfices, je n'aurais jamais travaillé, j'aurais habité une villa sur le Pincio, je t'aurais reçue en grand style, comme tu le mérites.

— J'apprécierais un palais mais je puis me contenter d'une auberge.

— Et puis, continua Paolo, encouragé par cet acquiescement, le tribunal de la Rote aurait été à ma botte, il aurait annulé ton mariage, vite fait bien fait. »

Comme d'habitude, il tombait dans les enfantillages et la vulgarité. Toujours sans le regarder, Colombe objecta :

« Cela n'aurait servi à rien puisque tu aurais été cardinal et que je n'aurais pas pu t'épouser.

— Si, si, très chère, un cardinal prenait plus volontiers pour maîtresse une femme non mariée. Inutile d'ajouter l'adultère à la fornication. Il y a des nuances dans les péchés. Il faut toujours discuter ses péchés avec son confesseur. J'aurais aussi pu te fournir un excellent confesseur.

— Je ne me confesse pas pour marchander avec Dieu, ni pour extorquer une absolution.

— Erreur, chère ! Je parie que tu as un psychiatre, comme toutes les Américaines. Cela coûte très cher, plus cher qu'un confesseur. Et c'est moins efficace. Tu dois sans cesse te répéter, fouiller dans ta mémoire pendant des heures entières, couchée sur un divan. Tu dois finir par te donner l'absolution à toi-même puisqu'il n'y a personne d'autre qui puisse te la donner. Cela devient tellement complexe qu'il n'y a plus d'autre ressource que de mener une vie parfaite. Et, comme nul ne peut devenir parfait, le patient d'un psychiatre sort d'une consultation encore plus perturbé qu'il ne l'était en y arrivant. Cela me fait penser au Coca-Cola.

— D'abord je ne suis pas américaine, je suis suisse. Et que vient faire le Coca-Cola là-dedans ? dit Colombe, amusée au point de se retourner vers Paolo.

— Chère, le Coca-Cola est une boisson industrielle. Or, l'industrie doit produire en masse. Si le Coca-Cola désaltérait, à la longue le marché se saturerait. Il n'y aurait plus de croissance. Alors que faire ?

— Je ne bois pas de Coca-Cola !

— Bien, très bien ! Parce que si tu commençais à en boire, tu n'arrêterais plus. Le secret de Coca-Cola, c'est de contenir de l'acide... Euh ! Je ne me souviens plus...

— De l'acide phosphorique, compléta gentiment Colombe.

— Tu l'as dit, très chère ! Je l'avais sur le bout de la langue. Cette espèce d'acide te donne soif. Plus tu bois, plus tu as soif, plus tu es tentée de boire de nouveau. C'est pareil avec le psychiatre : il ne peut pas te guérir, il ne peut que se rendre de plus en plus indispensable. »

Colombe quitta définitivement la fenêtre et éclata de rire :

« Je suis psychiatre, Paolo, mais je ne garde jamais longtemps mes clients. »

Paolo avait au moins le sens de l'humour. Il rit en exhibant une dentition impeccable :

— Excuse, très chère, je croyais que tu étais médecin.

— Oui, je suis médecin et psychiatre. Mon métier est

d'accompagner les mourants et de les aider : je ne garde pas mes clients très longtemps. Et je n'ai plus besoin de psychiatre pour l'instant : tu le remplaces. »

Elle retardait exprès le moment de l'amour physique. Attendre l'amour à quatre heures de l'après-midi, à Rome, après un bon repas, en regardant les toits de tuiles roses, c'est atteindre au sommet du bonheur physique, du bonheur tout court. Le plaisir est toujours plus décevant que son attente.

Elle n'espérait pas bâtir une véritable relation avec Paolo, il n'était qu'un luxe qu'elle s'accordait deux fois par an, durant les voyages ou les vacances. À l'hôpital de Berkeley, elle n'avait pas le temps, elle n'avait pas l'envie d'avoir un amant. On ne peut pas aider quelqu'un à mourir et puis, sans transition, passer dans les bras d'un homme. Colombe vivait donc comme une religieuse qui retirerait sa cornette à intervalles réguliers, par hygiène de vie. Paolo constituait un expédient avec lequel elle se purifiait de toute envie, une eau lustrale pour laver les souillures des désirs inassouvis, une sorte de grand savon qu'elle étreignait. Elle ne savait pas très bien ce qu'elle représentait pour lui, car ce n'était que la troisième fois qu'ils se rencontraient.

Elle ne connaissait pas grand-chose de lui. Il ressemblait à une sorte d'étudiant préparant perpétuellement des diplômes qu'il n'obtenait jamais, un candidat diplomate qui demeurait toujours à Rome faute de réussir le concours, un fils de famille périodiquement maudit par son père et privé de moyens d'existence, un boursicoteur et un parieur qui perdait ses mises, un journaliste dont la copie n'était jamais acceptée, le gérant de multiples entreprises qui faisaient faillite *illico*, un revendeur d'automobiles de luxe sans doute volées par d'autres, un coureur nonchalant de jupons distingués. Il avait le corps du David de Michel-Ange, une tête chevaline comme celle de son illustre grand-oncle, un certain charme décadent, une technique de l'amour qui s'apparentait à une gymnastique efficace et froide. Il avait aussi quinze ans de moins qu'elle et il était sans doute son dernier amant. Il ferait un beau souvenir. S'il était un péché, c'était un péché sans conséquence, superficiel, aérien, impondérable, volatile, une bulle de savon qui voltige au vent en reflétant un arc-en-ciel avant d'éclater et de disparaître.

Elle attendait encore. Le désir devenait une grosse boule dans l'œsophage, pareil à une crainte ou à un sanglot, un nœud que Paolo délierait dans quelques minutes. Après l'amour, elle se sentirait libérée de six mois d'abstinence et de quelques dizaines d'agonies menées à terme comme autant d'accouchements. Elle n'avait jamais voulu d'enfant car elle savait trop bien comment se terminaient certaines vies. Autant s'abstenir si c'était pour en arriver là, autant s'effacer de la suite des générations par décence, par honnêteté et par lucidité. Il suffisait de négocier le flux des hormones par le plus naturel des traitements. Colombe s'efforçait de se convaincre que le désir, comme l'appétit, méritait son dû, ni plus, ni moins. « L'important, se disait-elle parfois, est de ne perdre ni le don des larmes, ni le goût du rire. Quand je veux pleurer, je pense à ma vie sexuelle. Quand je veux rire, je pense à ma vie sexuelle. Rien n'est aussi délectable, aussi triste et aussi drôle à la fois. »

« Vous complimenterez le professeur de Fully sur la qualité de son allemand. Il l'écrit vraiment très bien pour un Suisse romand. Je suppose qu'il a effectué, comme vous, une partie de ses études à Einsiedeln. »

Ce fut le seul commentaire spontané du cardinal Weiss sur le rapport de Théo qu'Emmanuel s'était fait un devoir de transmettre toutes affaires cessantes dès qu'il était arrivé au Vatican. Les épreuves de *Communio* formaient un gros tas de feuilles sagement rangées sur un coin du bureau du cardinal, attendant leur expédition. Il était six heures, les ombres commençaient à s'allonger et la fraîcheur du soir soulageait de la touffeur de la journée. Emmanuel se crut obligé de relancer le débat.

« Qu'allons-nous dire à la presse au sujet de ces résultats ?

— Rien du tout. Cela n'intéresse vraiment personne. Le British Museum publiera une note technique dans une revue scientifique que personne ne lit de toute façon et la cause sera entendue. D'ailleurs, il faut attendre les résultats des deux autres laboratoires mais je me doute déjà du résultat global, qui doit être entre les mains du cardinal secrétaire d'État. Personnellement je ne tomberai pas dans le piège qui consisterait à publier les résultats de façon spectaculaire, ni au demeurant dans l'autre piège qui serait de dissimuler ou de nier les résultats, de proclamer malgré tout l'authenticité de la relique. J'aurais été heureux qu'elle soit authentique, je ne suis pas malheureux qu'elle ne le soit pas. »

Emmanuel ne parvint pas à cacher son expression de désappointement au point que le cardinal eut presque le réflexe de rire et qu'il grimaça un sourire. Signe de convivialité extrême, il l'appela même par son prénom.

« Mon cher Emmanuel, je ne vois vraiment pas pourquoi toute cette affaire vous perturbe. Vous avez eu une journée difficile. J'ai compris et apprécié les efforts que vous avez déployés ce matin pour que je reçoive cette prétendue délégation œcuménique suisse qui allait naturellement m'entretenir de sujets que je ne désire pas discuter : les mariages entre protestants et catholiques, l'intercommunion, le sort que j'ai réservé au théologien Hans Küng, la nomination de Mgr Haas comme évêque de Coire qui n'est du reste pas de mon ressort mais de la Congrégation des évêques. Je me serais trouvé devant un mur des lamentations, l'accusé d'un procès sans juge. Cela ne m'intéresse pas. L'Église catholique de Suisse est bien malade, autant que celle des Pays-Bas ou des États-Unis. »

D'un seul coup, le ton charmeur du cardinal avait fait place à une passion mal contenue ; son discours intellectuel et posé cédait le pas à un débit saccadé. Il parlait entre ses dents serrées, comme s'il voulait donner plus de forces à ses paroles ou comme s'il sentait lui-même à quel point elles étaient saugrenues.

« Revenons, si vous le voulez bien, à ce rapport de mon frère, soupira Emmanuel. Apparemment la relique est fausse.

— Le linceul de Turin n'est pas un article de foi, Mgr de Fully. Il disparaît du cercle de nos préoccupations. Ce n'est pas sur la base de preuves matérielles qu'il nous faut croire à la résurrection du Christ mais par un acte d'adhésion libre.

— Cela aurait cependant pu nous aider dans notre tâche, s'il avait été authentique, plaida lamentablement Emmanuel. Dans la tâche de conversion du monde moderne qui nous attend, un signe aurait été le bienvenu. Jésus en a donné à la foule qui le suivait. Pourquoi ne le donnerait-il pas aujourd'hui dans l'état de nécessité où son Église se trouve ? Du reste, selon mon frère, ses mesures n'obligent pas à conclure que la relique est fausse, mais il n'a pas eu le temps de s'expliquer là-dessus. »

Le cardinal jeta un regard perçant sous ses sourcils broussailleux :

« S'il a vraiment quelque chose à dire, qu'il vienne. Je le recevrai. Je vous laisse juge. Mais ne cédez pas à votre sentimentalité habituelle, s'il vous plaît. Je n'ai pas de temps à perdre et je ne désire pas compromettre cette Congrégation dans une controverse inutile. »

« D'accord, commença Théo, la datation du tissu par le carbone 14 laisserait croire que le lin utilisé date du début du quatrorzième siècle. Mais c'est la seule mesure objective qui nous permettrait de conclure à une origine médiévale du linceul. Tous les autres éléments, je dis bien tous, vont dans le sens d'une authenticité. Si le cardinal Ballestrero et le Vatican ont consenti d'aussi bonne grâce à ce que des mesures soient faites, c'est bien parce qu'ils étaient quasiment sûrs du résultat. Ils disposaient là d'une chance unique pour prouver l'authenticité du linceul et, d'une certaine façon, le caractère historique de la résurrection de Jésus. »

Ils dînaient tous les trois sur une terrasse de la piazza Navona. Le *Mastrostefano* n'était pas un de leurs restaurants préférés, car il avait pour fonction d'alimenter et d'abreuver la masse indifférenciée des touristes, mais la cuisine était correcte et la vue sur la fontaine du Bernin méritait un sacrifice gastronomique. Les parasols carrés de tissu blanc sur les tables nappées de rose donnaient à la terrasse un air de jeunesse. À la fin de cette chaude journée, ils n'éprouvaient guère d'appétit. Ils étaient simplement les commensaux d'un repas familial dont l'intérêt résidait dans les explications de Théo. Pour ne pas se perdre dans la carte sans intérêt, ils avaient commandé tous les trois une friture de calamars, arrosée par un *frascati* blanc et glacé.

En face d'eux se dressait la façade obscure de Sant'Agnese in Agone. Théo n'avait pu se retenir de préciser qu'elle avait été construite sur les lieux mêmes du bordel romain où Agnès fut dépouillée de ses vêtements en 304 et où, selon la *Légende dorée*, ses cheveux poussèrent subitement pour protéger sa pudeur. Chaque fois qu'ils s'asseyaient à la terrasse du *Mastrostefano*, Théo racontait la même histoire : dans une fratrie, comme dans un couple, l'entente repose sur une certaine tolérance d'écoute de phrases ressassées.

Des torches illuminaient le portail derrière lequel se déroulait quelque obscure cérémonie privée dont deux carabiniers en grand uniforme écartaient les badauds. Un cracheur de feu jetait des flammes vers le ciel sans intéresser grand monde. Tout semblait possible dans cette atmosphère magique, que les Romains créent avec quelques lampions comme les saltimbanques éternels qu'ils sont devenus au fil des siècles.

« Si le linceul date vraiment des alentours de 1300, il faut encore expliquer comment il a été fabriqué à cette époque et ce n'est pas une mince affaire. Prenons le tissu lui-même. Un spécialiste gantois, Gilbert Raes, l'a analysé. Le tissage est en chevron conformément à la pratique en Palestine à l'époque de Jésus : ce tissage était inconnu en Europe médiévale. Il s'agit de lin, mais il y a quelques traces de coton. Or, à l'époque, le coton ne s'utilisait pas en Europe alors qu'il l'était couramment au Moyen-Orient, six siècles déjà avant le Christ.

— Le linceul vient donc du Moyen-Orient, conclut Emmanuel.

— Tu m'as compris, reprit Théo. C'est le premier point et il est de taille. Ensuite, il n'y a pas de trace de laine, alors que la plupart des métiers servaient indifféremment à tisser du lin ou de la laine. Il n'existe qu'une exception connue, les métiers utilisés par des Juifs, parce que la loi mosaïque interdit le mélange de fibres animales et végétales. Le linceul a donc sans doute été tissé par un juif, deuxième point. Mais il y a plus singulier encore. Normalement, le lin était blanchi, sinon sa teinte demeure brune. Avant le huitième siècle de notre ère, les métiers ne permettaient pas de tisser du fil de lin déjà blanchi parce que sa résistance diminuait et qu'il cassait. On blanchissait donc toute la pièce terminée et la zone de contact entre fil de chaîne et fil de trame restait de couleur brune. Tel est bien le cas pour le linceul. Donc, ou bien il date d'avant le huitième siècle, ou bien il s'agit d'une contrefaçon savante. C'est un troisième point.

— Il n'y avait pas beaucoup de contrefacteurs savants en 1300, remarqua Emmanuel.

— Enfin, il y a un dernier élément tout à fait indépendant des autres : en 1973, Max Frey...

— Le directeur du laboratoire de police scientifique de Zurich ? interrompit Colombe.

— C'est bien lui, confirma Théo. Il a procédé à une analyse des pollens de plantes imprégnant le tissu. Il a identifié une cinquantaine de pollens, dont la majorité proviennent du Moyen-Orient. Pour lui, il n'y avait pas l'ombre d'un doute que le linceul ait séjourné en Palestine et en Turquie.

— Il n'y "avait" pour lui, releva Colombe. Pourquoi utilises-tu l'imparfait ? Il a changé d'avis ?

— Non, mais il est mort. Donc il connaît maintenant la vérité », répondit Théo avec une nuance d'envie.

Pour Théo, l'éternité représentait le lieu où toutes les énigmes scientifiques seraient clarifiées. Quand il réfléchissait à sa propre mort, un sentiment de curiosité dominait. Séance tenante seraient éclaircis deux ou trois paradoxes, sur lesquels les meilleurs physiciens avaient séché toute leur vie. L'affaire du linceul lui paraissait de la même nature, avec la circonstance particulière que l'énigme ne concernait pas quelque manifestation secondaire de Dieu comme les neutrinos ou les trous noirs, mais son propre passage sur Terre. Théo se doutait donc que le mystère serait d'autant plus épais et plus passionnant à cerner. Il adhérait volontiers à l'opinion d'Albert

Einstein dont la formule préférée était : « *Raffiniert ist der Herrgott, aber boshaft ist er nicht*[1]. » Dieu se révèle à travers un univers énigmatique mais étrangement compréhensible, pourvu que le chercheur l'aborde avec réflexion et modestie.

« Si je te résume bien, intervint Emmanuel, un artisan, travaillant selon la technique utilisée en Palestine au premier siècle, a tissé ce linceul, quel que soit son âge réel. De plus, il a séjourné au Moyen-Orient.

— Oui, reprit Théo, c'est bien la conclusion que le seul examen du tissu permet d'atteindre. Mais les marques du corps sur le tissu sont encore plus singulières. En fait, hormis le visage, elles sont confuses vues de près : en prenant du recul on distingue une double empreinte, le corps vu de face doublé par le corps vu de dos ; la double empreinte est celle d'un corps couché sur le linceul qui a ensuite été replié pour le couvrir et qui l'a marqué recto verso d'une empreinte de teinte jaunâtre. Il y a quelques taches rouges dont une analyse chimique a montré qu'il s'agissait bien de sang, du groupe AB, et non de peinture.

— Pourquoi y a-t-il une empreinte ? demanda Colombe.

— Pendant longtemps on a cru que ces taches provenaient d'une réaction entre la sueur du corps et l'aloès dont on se servait pour l'embaumement mais on n'a jamais pu reproduire une telle empreinte en laboratoire. En fait, la coloration est tout à fait superficielle, seule l'extrémité des fibrilles qui entourent le fil de lin porte une coloration jaune, toujours avec la même teinte. Les variations de couleur viennent de la proportion de fibrilles colorées par rapport à celles qui sont demeurées blanches. Tout se passe comme si on avait exposé le

1. Le Seigneur Dieu est astucieux, mais il n'est pas malveillant.

tissu à une source de chaleur intense qui l'aurait sélectivement roussi au contact du corps, comme si le corps avait atteint une température élevée. »

Un moment de silence s'établit entre les deux frères et la sœur. Colombe et Emmanuel avaient appris depuis longtemps à prendre Théo au sérieux. Dans l'exercice de son métier, il représentait l'intransigeance même, ne tolérant ni négligence, ni tricherie. Sa vie n'aurait eu aucun sens s'il avait été en train de leur raconter des histoires.

Ils se turent plus longtemps qu'ils ne s'y attendaient. La table avait été débarrassée et ils n'avaient plus d'autres raisons de demeurer assis que de poursuivre l'entretien. Mais personne n'osait rompre le silence. La piazza Navona ressemblait à un salon démesuré avec des tables dispersées sur tout son pourtour. Des promeneurs flânaient, selon ce mode singulier de la marche humaine qui ne correspond à aucune nécessité vitale, qui ne vise aucun but particulier sinon l'affirmation presque théorique du mouvement. On entendait le jaillissement et la retombée de l'eau de la fontaine. Un coup de vent avait balayé les brumes de la pollution et les étoiles les plus brillantes du ciel étaient visibles malgré l'éclairage de la place. Une grosse lune rousse naviguait dans le ciel semblable à une montgolfière. Comme toujours en Italie, cela sentait le décor de théâtre.

Colombe essaya de récupérer un peu de lucidité :

« Si je me fais l'avocat du diable, on aurait pu obtenir l'empreinte du corps en habillant du linceul une statue de bronze légèrement chauffée.

— Ce n'est pas une mauvaise hypothèse, admit Théo. Mais cette très hypothétique statue comporte une foule de détails que personne au quatorzième siècle n'aurait eu l'idée de représenter. Le plus connu est la position des clous dans les poignets et non dans les mains. Toute l'iconographie chrétienne de l'époque représente Jésus crucifié par des clous enfoncés dans les paumes. Cela constitue une aberration anatomique car la paume se déchire rapidement sous le poids du corps. Les artistes chrétiens ont tous commis cette erreur, parce que depuis le quatrième siècle plus personne n'avait subi le supplice de la crucifixion, interdit par l'empereur Constantin, et qu'ils ne pouvaient donc pas connaître la technique utilisée par les Romains, à savoir l'enfoncement du clou dans un intervalle entre les os du poignet qui assure une fixation solide.

— Ça s'appelle l'espace de Destot, précisa Colombe soucieuse de marquer un avantage sur Théo.

— Les artistes de l'époque ignoraient aussi que l'enfoncement du clou dans cet espace lésait un nerf qui fait se rétracter le pouce à l'intérieur de la paume. Or, le linceul porte bien l'image d'un véritable crucifié, avec des plaies aux poignets et deux pouces invisibles. Il y a plus précis et plus horrible encore : les plaies des poignets ont laissé échapper une double traînée de sang, correspondant aux deux positions que prenait le supplicié, tantôt affaissé et suffoquant d'asphyxie, tantôt s'appuyant sur ses pieds pour tenter de respirer. Les Romains étaient des spécialistes de l'horreur : un supplice dissuasif pour les foules supposait que la victime se torture elle-même. Elle tirait sur ses mains et s'appuyait sur ses pieds encloués chaque fois qu'elle suffoquait mais elle retombait aussitôt pour échapper à la douleur des clous. D'où les deux traînées de sang : quel artiste aurait pu imaginer cela ? »

Colombe se sentit mal. En tant que soignante, elle pouvait se représenter cette mort organisée pour produire une agonie spectaculaire et pour impressionner les foules. Elle se souvint de la révolte de Spartacus que les consuls réprimèrent en faisant crucifier le long des voies romaines des dizaines de milliers d'esclaves. La piazza Navona elle-même avait été un stade construit par Domitien. Sans doute avait-il servi de lieu de torture à l'occasion. Elle fut tirée de son malaise par Théo qui continuait imperturbablement.

« Toutes les autres traces coïncident fidèlement avec le récit de la Passion. Le dos est couvert d'hématomes causés par la flagellation, au moyen d'un fouet armé de phalères, des balles de plomb jumelées en forme d'haltères attachés à l'extrémité de la lanière. On a pu compter les coups : il y en a près de cent vingt, ce qui correspond à une flagellation réglementaire de l'armée romaine. On trouve enfin la trace de la couronne d'épines et le coup de lance au côté droit, qui singularisent la Passion de Jésus par rapport aux innombrables autres crucifixions de l'histoire romaine. On découvre même la trace du sérum coulant de cette dernière blessure, l'eau que mentionnent les Écritures. Certains médecins sont d'avis que le crucifié est mort d'un infarctus du myocarde, que ces traces permettraient de diagnostiquer. Mais on trouve bien d'autres détails bouleversants, comme les marques de chutes sur les genoux, attestées par du sang mais aussi de la terre et des fragments de peau. »

Il ajouta avec une passion rare chez lui :

« Je vous le demande : quel est le faussaire du quatorzième siècle qui aurait été capable de reproduire tous ces détails historiques, redécouverts seulement voilà un siècle ? La seule hypothèse – et elle ne tient guère la route – est celle d'une véritable crucifixion effectuée au quatorzième siècle par un sadique doué d'une science historique inimaginable. Ce faussaire aurait été un génie prenant des précautions bien inutiles s'il s'agissait seulement de tromper les foules naïves de l'époque. Le premier document historique qui mentionne le linceul en question date de 1357, époque à laquelle il se trouve dans la collégiale de Lirey. À cette époque les Francs ne disposent plus d'aucun établissement en Terre sainte. Dans ce contexte troublé, qui se serait avisé de faire effectuer en Palestine un faux particulièrement soigné ? Le linceul n'a pas été exposé gratuitement à Lirey, l'objectif étant comme d'habitude d'attirer les foules et de collecter des aumônes. N'importe quel tissu de lin vaguement barbouillé aurait fait l'affaire s'il ne s'était agi que d'une tromperie délibérée.

— Et alors, dit Colombe, que penses-tu vraiment ?

— Ce n'est pas un faux. Aucun faussaire n'aurait pris de telles précautions. Et la datation au carbone 14 ne prouve rien. Mais elle demeure inexplicable. Comme c'est mon métier de dater les objets, il y a quelque chose que je ne comprends pas pour l'instant et je voudrais me donner les moyens de comprendre. »

Puis il consulta sa montre, un geste quasiment maladif qu'il répétait machinalement, comme d'autres reniflent ou remuent sans cesse leur pomme d'Adam.

« Dix heures douze. Je voudrais dormir à partir de dix heures trente. On en reparlera demain. Emmanuel, tu peux dire au cardinal Weiss que je suis à sa disposition pendant les quatre jours qui viennent, s'il désire m'entendre. Lundi, il faut que je retourne à Zurich. »

Théo héla le serveur, il vérifia l'addition au moyen de sa calculette et il n'y découvrit aucune erreur. Il en acquitta le montant exact en utilisant un assortiment de billets graisseux et de pièces de cinquante lires. Le serveur compta cette monnaie avec un air dégoûté. Théo, faussement naïf, lui demanda :

« Servizio compresso ?

— Il servizio, si. La mancia, no. »

Théo sourit et se fendit d'un billet de dix mille lires. Puis il entraîna Colombe et Emmanuel sur les quelques dizaines de mètres qui les séparaient de l'hôtel. En passant devant la fontaine du Bernin, il ne put cependant résister au plaisir de répéter l'anecdote que la vue de l'édifice déclenchait irrésistiblement en lui et que Colombe et Emmanuel écoutèrent pieusement pour la dixième fois au moins. Le coût de la fontaine s'était élevé à vingt-neuf mille écus, somme considérable pour l'époque, récoltée par une taxe spéciale sur le pain. La populace romaine toujours frondeuse couvrit la fontaine de *lazzi* dont le plus impertinent imitait une citation des Écritures : « Mon Dieu, faites que ces pierres se changent en pain ! »

Emmanuel embrassa Colombe à la porte de l'hôtel. Théo, impatient de commencer sa nuit, se rendit tout de suite dans sa chambre. Dès qu'il se fut engouffré dans l'ascenseur, Colombe retint la main d'Emmanuel.

« Tu n'as pas l'air dans ton assiette. Qu'est-ce qui ne va pas ?

— C'est mon métier. Si on peut appeler cela un métier. Des querelles de vieux célibataires, rancis dans leur égoïsme, confits dans leurs préjugés. Ah ! tu peux me croire, la Curie romaine n'est pas le Royaume de Dieu.

— Il faut des concierges partout, même pour le Royaume de Dieu, dit Colombe avant de desserrer sa main. Mais toi, tu es trop bon pour faire le concierge, où que ce soit. Et cela n'est pas nouveau. Cela n'explique pas la tête que tu fais. »

Il y eut un silence tandis que les lèvres d'Emmanuel tremblaient.

« J'ai la maladie de Parkinson, avoua-t-il enfin. Je le sais depuis deux mois. Je ne t'ai pas téléphoné parce que je savais que tu viendrais. Est-ce que tu pourrais m'expliquer ce qui m'attend ? Comment je finirai ? »

Il y eut un nouveau silence. Des mouvements réflexes agitaient la gorge de Colombe. Son visage était blanc.

« Ne me demande pas cela, Emmanuel ! Pas à moi ! » dit-elle en se hâtant vers l'ascenseur pour dissimuler ses larmes.

« Pas mon frère, pensa-t-elle, tandis que l'ascenseur l'emportait au dernier étage. Lui, le juste, qui a vécu une vie de dévouement, il perdra d'abord l'usage de son corps, puis celui de son esprit. Il agonisera lentement, comme un légume dans une maison de retraite pour vieux prêtres. Quel est le sens de tout cela ? » Elle se souvint d'un cri de Thérèse d'Avila, tombée dans un ruisseau glacial à la suite de la rupture d'un essieu : « Quand on voit, Seigneur, comment tu traites tes amis, il n'est pas étonnant que tu en aies tellement peu ! »

Quelques secondes plus tard, elle réalisa qu'elle connaissait l'existence d'un traitement à l'état expérimental, la greffe de cellules provenant d'un cerveau de fœtus. Emmanuel le refuserait sans doute et il valait peut-être mieux ne pas en parler. Elle devrait souffrir que son frère meure alors qu'elle savait comment le sauver.

Emmanuel demeura seul au milieu du hall de l'hôtel *Raphaël*, avec ses grands fauteuils recouverts de velours vieux jaune, ses vitrines de bibelots orientaux, ses statues de bronze. Un pianiste jouait, sans doute du Schubert, une musique adéquate pour son état d'esprit avec deux notes obstinées et plaintives, écrites par Franz en 1828, l'année de sa mort à lui, pour exprimer son angoisse et sa sérénité.

Paolo attendait patiemment, toujours en maillot de corps et caleçon sur le lit, fumant avec application comme s'il s'agissait d'une médecine qu'il lui fallait absorber pour se guérir du mal de vivre. Quand il vit

Colombe, il roula des yeux exorbités sous des paupières à moitié closes, mimant un désir animal. Cette pitrerie parvint presque à consoler Colombe. Paolo se situait bien en deçà de toute tragédie : lui, il mourrait un jour sans même s'en rendre compte, entre un verre d'alcool et une étreinte distraite, dans un grand rire de soulagement. Il restituerait son âme futile comme une bulle de savon qui monte au ciel, qui finit par crever et par se dissoudre dans le néant.

« Tu m'as fait attendre longtemps, se plaignit la bulle de savon.

— La conversation était passionnante, dit Colombe pour s'excuser. Théo a effectué une datation au carbone 14 sur une relique déposée à Turin, le prétendu linceul de Jésus. Et le résultat est incohérent.

— Explique-moi cela, chère, avant que nous nous jetions dans les bras de Vénus puis dans ceux de Morphée. »

Et Colombe récita tout ce qu'elle venait d'apprendre. Un peu pour meubler le temps, un peu pour se rendre intéressante, un peu par curiosité des réactions de Paolo, un peu par désarroi d'avoir appris la maladie d'Emmanuel. Il faut plusieurs mauvaises raisons pour en remplacer une seule qui soit bonne.

Vers trois heures du matin, elle se leva et elle se rendit à la salle de bains pour boire un verre d'eau. Elle contempla son visage dans la glace, elle fit le décompte de ses rides, de ses cheveux gris et des poches sous les yeux. Elle se fit peur, car ses yeux étaient injectés de sang. Elle n'était qu'une riche Américaine se payant un gigolo romain. Sa vie à l'hôpital, ses publications, ses séminaires, ses cours constituaient une façade en trompe-l'œil comme ces églises baroques qui se trouvent à chaque coin de rue à Rome, que l'on regarde distraitement et dans lesquelles on n'entre jamais parce qu'elles représentent l'expression boursouflée d'une foi morte de triomphalisme. Pourquoi l'amour physique ne se résumait-il pas à une gymnastique ? Pourquoi ne parvenait-elle pas à maintenir une cloison étanche entre les deux moitiés de sa vie ? Pourquoi ne parvenait-elle pas à se satisfaire de son métier de médecin et pourquoi devait-elle donner régulièrement cette vaine pâture à son corps ?

Durant la nuit, l'orage, qui menaçait depuis si longtemps, finit par crever. Des torrents de pluie rabattirent les gaz et les poussières. Le lendemain, le soleil brillait sur une ville lavée à neuf, respirant l'air frais.

III

Si le cardinal n'honorait pas toujours les rendez-vous qu'il avait promis, c'était sans doute autant pour se réserver le temps d'accueillir les visiteurs imprévus que pour humilier les quémandeurs qu'il décidait de ne pas recevoir. Dès le vendredi matin, Emmanuel lui fit un rapport concis de la conversation qu'il avait eue avec Théo. Le cardinal convint qu'il valait la peine de rencontrer ce dernier sans tarder, d'autant qu'il disposait du rapport de synthèse du Dr. Tite du British Museum, parfaitement incompréhensible pour lui, sauf dans sa conclusion statistique fondée sur les résultats des trois laboratoires, qui fournissait une date comprise entre 1260 et 1390. Les calculs, par lesquels le savant docteur Tite arrivait à cette conclusion, demeuraient hermétiques pour un théologien fermé par définition à la mathématique. Les commentaires du professeur de Fully seraient donc les bienvenus.

Emmanuel laissa un message à la réception de l'hôtel *Raphaël* pour Colombe et Théo et décommanda le déjeuner prévu chez *Ranieri*. Il suggéra au contraire qu'ils se retrouvent tous les trois à partir d'une heure dans son appartement pour une collation rapide.

Ce matin-là, Théo s'était levé à sept heures selon son

habitude. Pendant une demi-heure, il avait lu une thèse de doctorat dénuée d'intérêt, pour laquelle un collègue de l'université de Neuchâtel sollicitait son aval. Un coup de téléphone à Neuchâtel surprit le collègue au milieu de son petit déjeuner et lui annonça que Théo refusait de participer au jury. La thèse prit le chemin de la corbeille à papier et Théo, soulagé d'une corvée, descendit l'escalier menant à la salle à manger. Colombe l'y attendait déjà. Elle fixait le fond de sa tasse de café comme si le peu de marc qu'elle contenait pouvait lui fournir des renseignements confidentiels sur le déroulement de la journée.

Théo convainquit Colombe de l'intérêt d'une marche instructive à travers le quartier situé juste au sud de la piazza Navona, depuis l'église baroque de Sant'Andrea della Valle, où Giacomo Puccini a situé le premier acte de la *Tosca*, jusqu'au palais Spada : trois à quatre heures de visite au total si l'on ne négligeait ni le Museo Barracco, ni le Campo dei Fiori, ni le palais Farnèse.

Bien que Colombe éprouvât une répulsion quasiment physique pour la musique de Puccini, elle consentit à la visite guidée, car elle était de bonne humeur, en tout cas d'humeur à écouter Théo disserter sur chaque statue, chaque fontaine, chaque façade. Celui-ci ne négligea pas d'évoquer la douteuse mémoire des hommes et femmes de la Renaissance qui avaient laissé leurs empreintes dans le quartier. Au cas où elle l'aurait oublié, il précisa que Rodrigo Borgia, avant de devenir le pape Alexandre VI, avait procréé, en ces lieux, César et Lucrezia, enfants qu'il eut de la belle Vanozza de Cataneis, un peu bourgeoise, un peu courtisane. À la piazza del Biscione, Benvenuto Cellini s'était battu en duel pour les beaux yeux de la Grechetta, une autre catin. Sur le Campo dei Fiori, le 17 février 1600, le cardinal Bellarmino fit brûler vif Giordano Bruno parce qu'il avait soutenu avec une regrettable obstination que la Terre n'était pas le centre de l'Univers, qu'il existait sans doute plusieurs mondes habités, que la matière était composée d'atomes et que la transsubstantiation du pain et du vin n'était donc pas possible. Théo fit même observer quelques instants de silence à Colombe sur le lieu de ce martyre : lui-même ferma les yeux et ses lèvres remuèrent dans une prière silencieuse. À l'intention de Colombe, toujours agacée par ces exhibitions, il crut nécessaire d'ajouter :

« Cet après-midi, je rencontrerai le successeur de ce cardinal Bellarmino. Je crains fort qu'il n'ait rien oublié, ni rien appris par rapport à son prédécesseur. »

À onze heures et demie, Colombe se sentit le droit de se plaindre de mal aux pieds. Théo condescendit à lui épargner la visite détaillée du palais Spada, en lui décrivant toutes les splendeurs qu'ils manquaient en conséquence, afin que rien ne se perde de son érudition et que sa cadette éprouve des remords. À l'hôtel, ils trouvèrent le message d'Emmanuel et ils prirent un taxi pour la piazza del Risorgimento. Le concierge prévenu leur ouvrit la porte de l'appartement.

En y pénétrant, Colombe eut le cœur serré comme d'habitude par la tristesse de cet antre de célibataire. Certes, Emmanuel avait consenti des efforts : de ses propres mains, faute d'argent, il avait fini par arracher l'affreux papier peint brunâtre et crasseux, datant du siècle dernier ; il avait repeint murs et plafond en blanc, sans doute de peur de se tromper dans le choix d'une couleur ; comme il était malhabile, la couleur, mal diluée, tantôt pâteuse, tantôt trop liquide, avait produit des grumeaux et des coulées. La pièce qui donnait sur la piazza, bruyante mais claire, servait de séjour, de salle à manger et même de cuisine, grâce à un réchaud dissimulé dans une armoire. Un paravent cachait l'évier, qui débitait chichement un filet d'eau froide, visiblement colorée par la rouille des conduites. Sur la façade arrière donnait une seconde pièce qu'Emmanuel avait aménagée en chambre et en bureau. Dans un coin, un divan, couvert d'une couette bon marché aux couleurs criardes, lui servait de lit. Au sol un tapis en fibres de coco, le moins cher qu'il fût possible d'acheter. Il n'y avait pas de salle de bains et les toilettes se trouvaient sur le palier. Une odeur de tabac refroidi, de soupe aux choux et de vêtements sales flottait partout. Aux murs, quelques reproductions de peintures et de statues : l'une d'elles représentait le visage de Jésus tel qu'il s'était imprimé sur le linceul et Colombe remarqua qu'il n'y avait aucune autre représentation du Christ dans la pièce.

Colombe et Théo s'attaquèrent à la préparation du repas en utilisant les provisions trouvées dans un petit frigo qui fermait mal et dont s'échappait un filet d'eau douteuse. Colombe prépara un *carpaccio alla verdura* en émincant un concombre, une courgette et un fenouil et en les disposant artistiquement sur trois assiettes plates. Elle le nappa d'une vinaigrette et le saupoudra de parmesan râpé. Il restait quelques feuilles de basilic qu'elle arrangea sur chaque assiette. Cela composait un petit motif abstrait, un régal pour l'œil plutôt que pour le palais, car les légumes n'étaient plus très frais.

Pendant ce temps, Théo s'attaquait à un poulet au citron. Il exprima le jus de deux citrons au fond d'une cocotte et il y plaça le poulet, poivré et salé, après avoir bourré l'intérieur d'olives noires. Il ajouta un verre de *marsala*, une cuiller d'huile d'olive et plaça la cocotte sur un feu pour étuver doucement. En cuisant, le citron et l'olive marièrent leurs senteurs pour évoquer une journée d'été, très chaude, dans un jardin au bord de la Méditerranée, un moment de sieste dans le parfum d'arbres torréfiés par le soleil.

Sur l'autre feu, Colombe fit cuire trois poires passe-crassane, entières et préalablement pelées, dans un litre de *cerasuolo* rouge agrémenté de sucre roux, d'une branche de cannelle, de grains de poivre et de clous de girofle. L'âcreté de la poire se fondit dans une saveur d'épices et de vin. La chair prit une teinte violette, tout à fait convenable pour le repas d'un prélat.

Quand Emmanuel pénétra dans l'appartement sur le coup d'une heure, la table était mise, les serviettes en papier pliées dans les verres, tandis que Colombe et Théo occupaient les deux seuls fauteuils. Emmanuel en eut les larmes aux yeux. Dans la famille de Fully, avare de paroles douces et de gestes tendres, les messages se transmettaient par d'autres voies secrètes, l'une étant la gastronomie, spécialement lorsque celle-ci était improvisée en peu de temps et avec peu de moyens. Avant que les deux frères affrontent l'entretien de l'après-midi, ils y préparèrent leurs corps et leurs esprits en mastiquant dans le calme et le recueillement.

Colombe les laissa partir puisqu'elle n'était bien évidemment pas invitée à l'audience. Elle s'affubla d'un tablier de cuisine, fit la vaisselle, épousseta les meubles, entama une lessive, reprisa des chaussettes, recousit des boutons, descendit les ordures, acheta des serviettes de bain et des draps neufs. Elle était, par la force des choses, la seule femme dans la vie d'Emmanuel et elle ne croyait pas qu'il fût bon pour l'homme de vivre sans compagne. Sur ce point, elle approuvait entièrement les paroles du Seigneur telles que les rapporte le deuxième chapitre de la Genèse : « Il n'est pas bon que l'homme demeure seul », tout comme elle réprouvait la conclusion étrange qu'en avaient tirée les partisans du célibat ecclésiastique.

« Comment peut-on se tromper en effectuant des mesures de carbone 14 ? demanda doucement le cardinal.

— Écartons les mauvais réglages de l'appareil, répondit Théo. Vous pouvez me faire confiance sur ce point d'autant plus que les échantillons des différents tissus ont été mesurés en même temps. Je puis en effet placer une quarantaine d'échantillons sur un râtelier et effectuer la mesure de tous ces échantillons par une seule séquence, en répétant le cycle plusieurs fois. Cela exclut une défectuosité de l'appareil de mesure puisque les autres échantillons ont fourni une date tout à fait plausible. Le rapport de Tite, que vous venez de me montrer, est formel : les trois laboratoires obtiennent presque les mêmes résultats. Les résultats d'Oxford sont moins précis que ceux de Zurich et de Tucson, mais c'est normal et même rassurant, car les Anglais se satisfont en toutes choses d'un certain amateurisme.

— Si la mesure est correcte – et je n'oserais mettre en cause ni votre compétence, ni votre conscience professionnelle —, se hâta d'ajouter le cardinal devant l'expression pincée de Théo, elle signifie que le lin a été cueilli au quatorzième siècle. Mais les marques sur le linceul contredisent cette datation ou du moins la rendent hautement improbable. Comment expliquez-vous cette contradiction ? En somme, toutes les preuves convergent sauf la plus objective qui les contredit. Comment réconciliez-vous cette preuve avec les autres ? »

Théo prit un air encore plus doctoral que d'habitude. Emmanuel ne put s'empêcher un instant de le trouver comique. Il ressemblait à une caricature de *Herr Doktor Professor*, par une sorte d'aspiration de tout son être en une seule idée devenue obsessionnelle. Il cessait d'exister en tant qu'être humain pour devenir le pur support d'une pensée.

« On peut énumérer plusieurs hypothèses mais les plus simples ne sont pas les meilleures. La plus banale serait que les échantillons, qui ont été coupés dans la frange du linceul, ne feraient pas partie du tissu originel. Je vous rappelle que le linceul a échappé de justesse à l'incendie en 1532 de la chapelle de Chambéry et que des parties atteintes ont pu être reprisées. La patience des femmes en matière de rapetassage est infinie : de pieuses nonnes, en veine de raccommodage édifiant, auraient été capables de chercher des fils de lin qui ont la même nuance, la même texture, la même épaisseur. Cependant cette hypothèse doit être écartée, car la partie cachée du fil, entre chaîne et trame, n'a pas été blanchie, y compris dans les échantillons. Cela signifie que ces échantillons ont fait partie d'une pièce blanchie d'une seule pièce et qu'ils n'ont pas fait l'objet d'un ravaudage ultérieur.

— Ne perdons pas de temps avec toutes les hypothèses que vous avez déjà écartées sur base de bonnes raisons, intervint le cardinal en plissant les yeux sous ses sourcils plus broussailleux que jamais. Venez tout de suite à votre conclusion finale. J'ai une autre réunion qui m'attend.

— Le fond du problème est la traduction de la mesure du carbone 14 en une date. Il faut reprendre le problème à la base. Savez-vous, Éminence, d'où provient ce célèbre carbone 14 sur lequel nous nous reposons dans cette affaire ?

— Si je l'ai su, faites comme si je l'avais oublié », s'excusa l'Éminence en poussant un soupir imperceptible.

Théo s'humecta machinalement les lèvres. Donner un cours élémentaire de physique nucléaire au successeur du cardinal Bellarmino constituait évidemment un des sommets de son existence. Il ne put se retenir de brandir l'index.

« Le carbone existe sous forme de six isotopes. Je me permets de vous rappeler que ces isotopes sont toujours du carbone au sens chimique du terme. Cependant le noyau, comportant toujours six protons, peut contenir plus ou moins de neutrons, de quatre à neuf, définissant les six isotopes numérotés de 10 à 15. Les isotopes 12 et 13 sont stables, tous les autres se décomposent rapidement sauf le carbone 14 dont la demi-vie est de cinq mille sept cent trente années. Le carbone banal, ordinaire, est le carbone 12 qui représente près de quatre-vingt-dix-neuf pour cent du total du carbone présent sur la planète. »

Théo, qui était un excellent professeur, fixa machinalement le cardinal pour s'assurer que celui-ci suivait le fil de la leçon. Le visage impassible de celui-ci ne le renseigna guère. Dans le doute, il explicita.

« Parler de demi-vie signifie que si l'on dispose d'un échantillon contenant un gramme de carbone 14, au bout de cinq mille sept cent trente années, la moitié, soit cinq cents milligrammes, sera devenue du carbone 12. Comme on connaît le rapport initial entre carbone 12 et carbone 14, en mesurant à un moment donné le rapport entre les deux isotopes, on peut estimer l'âge de l'échantillon. S'il s'agit d'un végétal comme le lin, on parvient à dater l'année de la récolte. En effet, le carbone qui se trouve dans une plante provient de l'atmosphère. En d'autres termes, au moment où une plante est cueillie, on dispose d'un instantané du rapport entre les deux isotopes dans l'atmosphère, rapport qui ne va pas cesser de diminuer durant le vieillissement du tissu, au fur et à mesure que le carbone 14 se transforme en carbone 12. Comme la loi de décroissance est bien connue, on peut déduire l'année de la récolte par une mesure du rapport des isotopes. »

Le cardinal intervint :

« Si le carbone 14 se décompose à cette cadence, comment se fait-il qu'il en subsiste encore dans l'atmosphère ? Il faut donc qu'il y ait une source de cet isotope, comme vous dites, M. le professeur. »

Théo fut surpris. Il avait sous-estimé son interlocuteur. Il classait spontanément les spécialistes des diverses disciplines selon une échelle descendante, dont les physiciens et les mathématiciens occupaient le sommet, tandis que les échelons intermédiaires l'étaient par les juristes et les médecins et les plus bas par les philosophes, les sociologues et les théologiens. La qualité scientifique des recherches, leur utilité sociale et l'intelligence des chercheurs constituaient les critères de cette classification. Il se sentait parfois gêné d'exercer cette sorte de racisme pédant mais ses entretiens avec divers collègues confortaient invariablement cette opinion honteuse. Déçu en bien, comme on le disait dans son pays, il fixa son interlocuteur d'un œil moins sévère et il expliqua :

« L'azote. L'azote de l'atmosphère comporte sept neutrons par noyau. Bombardé par les rayons cosmiques, il se transforme en un atome de carbone 14. Vous pouvez vérifier l'équation. »

D'autorité, il écrivit l'équation décrivant la réaction nucléaire sur le bloc-notes posé sur le bureau, déchira une feuille et la tendit au cardinal, qui regarda celle-ci avec l'air d'une poule ayant couvé un canard.

« Dès lors, au fil des âges, la quantité de carbone 14 de la planète, son rapport à la masse de carbone 12, est presque une constante puisqu'il s'en forme autant qu'il s'en dégrade. C'est comme une baignoire à laquelle un robinet apporterait autant d'eau qu'il s'en échappe par la bonde. Ce n'est pas tout à fait exact parce que le Soleil connaît des cycles durant lesquels son activité varie, mais il s'agit d'un effet du second ordre que l'on peut corriger à partir de courbes de calibrage bien connues. Il existe aussi des effets biologiques de fixation différente du carbone 14 selon le type de végétal, mais toutes ces corrections sont bien connues. Ces réserves ne doivent pas obscurcir le résultat central. Toutes corrections faites, le taux de carbone 14 dans l'échantillon analysé du linceul correspond à celui de fibres de lin récoltées au début du quatorzième siècle. Sauf...

— Sauf quoi ? demanda le cardinal.

— Sauf si ce lin a bien été récolté au début du premier siècle mais qu'un phénomène parasite a modifié sa teneur en carbone 14.

— Et lequel ? dit le cardinal manifestement suspendu aux lèvres de Théo.

— On peut penser à une contamination, c'est-à-dire à des corps étrangers, champignons, moisissures, poussières, suie, qui se seraient fixés sur le linceul dans une période récente et qui fausseraient donc la mesure. Mais le nettoyage très soigneux des échantillons et le contrôle de ceux-ci au microscope éliminent cette source d'erreur. Il y a beaucoup plus simple, beaucoup plus évident, si l'on admet un instant l'hypothèse de l'authenticité plutôt que de la rejeter *a priori*, ce qui constituait l'attitude subjective de mes chers collègues, travaillant délibérément pour démontrer une fraude médiévale. Parmi les responsables des mesures, je suis le seul croyant. J'ai donc un point de vue particulier. Cela ne signifie pas que j'essayerai de fausser les mesures, mais que je tenterai de leur apporter une explication éclairée par ce que je crois. »

Théo avait réussi à créer et à entretenir le suspense qu'il utilisait toujours dans ses cours et qui n'était pas pour rien dans sa réputation. Le cardinal n'osait pas l'interrompre mais il le fixait d'un regard de plus en plus inquisiteur.

« S'il s'agit bien du linceul authentique, il a enveloppé le corps de Jésus avant la résurrection de celui-ci. Il est absurde de supposer que le phénomène de la résurrection n'a modifié en rien l'environnement physique du corps, qui s'est complètement volatilisé, si l'on en croit les Écritures.

— Les évangiles ne disent rien de la sorte, M. le professeur, coupa le cardinal avec agacement.

— Les évangiles attestent que le tombeau était vide et que le suaire était vide, rétorqua Théo avec passion. Ou bien la disparition du corps de Jésus résulte d'une intervention humaine et alors, comme le dit si justement saint Paul, nous sommes les plus malheureux des hommes, vous et moi, Éminence, pour avoir cru à une supercherie. Ou bien le corps de Jésus a quitté notre monde à la suite d'un phénomène que nous ne connaissons pas, que nous n'avons jamais observé par ailleurs mais qui n'en fait pas moins partie de la réalité. Or, dans la réalité, la matière peut disparaître. Cela n'est pas contraire à notre connaissance de la physique : tous les jours dans les accélérateurs, des particules de matière disparaissent en rencontrant des particules d'antimatière, non sans dégager quelque énergie. Bien entendu, ces expériences, qui se produisent dans des conditions très particulières de température, de pression et de vitesse, n'expliquent rien de ce qui s'est passé entre le vendredi 7 avril de l'an 30 au soir et l'aube du dimanche 9 avril. Mais elles ont tout de même le mérite, pour celui qui est à la fois physicien et chrétien, de placer le mystère de Pâques en dehors du merveilleux pur et simple, de ce merveilleux spontanément généré par les traditions populaires. Comme je crois vraiment à la résurrection de Jésus, je suis obligé de considérer l'hypothèse selon laquelle le linceul qui l'enveloppait a pu subir une modification par irradiation. Si cet effet inconnu a élevé sensiblement la proportion initiale de carbone 14 dans le linceul, il n'est pas étonnant en la mesurant deux mille ans plus tard que le lin semble avoir été cueilli récemment. »

Le cardinal interrompit Théo en donnant tous les signes d'une vive irritation.

« M. le professeur, la mission essentielle de l'Église est de confesser la résurrection du Christ. Je suis en particulier chargé de veiller à la doctrine et de rendre compte de ma mission au pape directement. Nous ne sommes pas disposés à soumettre le dogme au résultat d'une expérience de laboratoire et à réduire le mystère de Pâques à un effet physique inconnu. Ne mélangeons pas les genres ! À chacun son métier. Si je ne savais pas à qui j'ai affaire, si je ne vous connaissais pas à travers votre frère, je considérerais vos propos comme blasphématoires. De toute façon, il est temps que je me rende à ma réunion. Arrêtons là, si vous voulez bien ! »

Emmanuel se sentit obligé d'intervenir. Si l'audience se terminait ainsi, le cardinal Weiss classerait l'affaire et refuserait d'entrer en matière à nouveau. Il fallait éviter que Théo soit congédié sans pouvoir s'expliquer davantage. Emmanuel suggéra donc que le cardinal accepte de continuer à s'entretenir avec Théo durant le trajet à travers les jardins du Vatican jusqu'au Casino Pie-IV, siège de l'Académie pontificale des sciences, où devait se tenir la réunion. Bien qu'Emmanuel craignît que sa proposition fût refusée, le cardinal l'accepta d'assez bon gré. Il n'avait pas l'habitude du travail bâclé et il ne refermait les dossiers qu'après en avoir exploré tous les détours. Manifestement, il demeurait intrigué.

Malgré sa courte taille, le cardinal se mouvait avec vélocité dans le labyrinthe des cours situées au sud de la basilique Saint-Pierre. C'était un chemin tortueux pour rejoindre l'Académie qu'il aurait été plus facile d'atteindre en longeant la façade arrière de Saint-Pierre :

Emmanuel en déduisit que le cardinal souhaitait prendre le temps de réfléchir. Pas un mot ne fut échangé entre les trois hommes avant qu'ils atteignent les jardins, où leur marche prit une allure plus propre à la discussion. Emmanuel s'efforça de rompre la glace entre les deux hommes dont il connaissait par expérience l'entêtement et l'orgueil.

« Éminence, j'ai pris longuement le temps de m'entretenir avec mon frère et je ne crois pas trahir sa pensée en disant qu'elle est imprégnée du plus grand respect pour le mystère de Pâques, qu'elle ne contredit pas le dogme et qu'elle le prend au sérieux au point de lui chercher des preuves expérimentales.

— C'est bien cela qui me gêne, admit le cardinal. Jésus de Nazareth a vécu à une époque et dans des conditions où personne n'a pu le photographier, le filmer, l'enregistrer, l'ausculter, voire même prendre des textes sous sa dictée. Il ne s'est pas incarné dans notre époque diabolique, au sens originel de ce mot. C'est-à-dire divisée contre elle-même, M. le professeur », crut-il nécessaire de préciser comme si Théo, par son métier de physicien, devait forcément ignorer le sens du mot grec *diabolos*.

« J'ai appris le grec », grogna impertinemment Théo, qui était de mauvaise humeur et qui n'était pas homme à se laisser soupçonner d'ignorance en quelque domaine que ce soit. Emmanuel intervint de nouveau pour éteindre l'incendie qui menaçait.

« Éminence, nous sommes là au cœur du débat. Ou bien nous prenons la science au sérieux dans son ambition la plus élevée, le déchiffrement de l'œuvre du Créateur. Ou bien nous continuons à la mépriser, c'est-à-dire à la redouter comme si elle devait nécessairement vider la foi de son contenu. Et quand je dis nous, j'entends tous les théologiens, j'entends en particulier nous autres à la Congrégation pour la doctrine de la foi. Si nous croyons qu'une mesure expérimentale, qu'une théorie scientifique, qu'une réflexion méthodologique risquent de vider la foi de sa substance, cela veut dire que nous ne sommes pas assurés de sa solidité, pour reprendre le terme utilisé par Luc dans l'exorde de son évangile. »

Les trois hommes marchèrent en silence quelques minutes. Arrivé à la petite place pavée de marbre qui s'étend devant le Casino Pie-IV, le cardinal fit signe qu'il souhaitait s'asseoir sur un banc.

« Je suis en avance pour la réunion, nous avons quelques minutes encore devant nous. Tandis que nous marchions, j'ai prié pour savoir s'il convenait encore que je vous écoute, M. le professeur. »

Il laissa tomber un silence puis reprit :

« Quelque chose ou quelqu'un me dit que vous n'êtes pas tout à fait dans l'erreur, mais je ne vois pas où vous voulez en venir. L'Église a toujours été infiniment discrète sur le mystère de Pâques. Comme il s'agit du dépôt central, le plus précieux, le plus impénétrable de notre foi, personne de sérieux ne s'est jamais avisé de l'expliciter, de l'expliquer, de le réduire à quelques considérations rationnelles. Bien entendu, j'exclus toute cette théologie libérale qui nie la réalité de la résurrection de Jésus, qui la considère comme une image symbolique et qui se situe donc en dehors de la foi catholique. Tout ce que nous savons par l'Écriture est que le tombeau de Jésus était vide au matin de Pâques et que cette découverte a ouvert les yeux des apôtres, les a convaincus de la résurrection de leur Maître, les a affermis dans cette foi qu'ils ont confessée jusqu'au martyre. Telle est la seule réalité attestée par l'Écriture et la tradition. Quand et comment cette résurrection s'est-elle produite, nous n'en savons rien et j'ajouterais que nous n'avons pas à le savoir. Or, ce que je pressens dans votre attitude, c'est une tentative, une tentation, de réduire le noyau de la foi chrétienne à une théorie physique. Je ne puis pas et je ne souhaite pas vous empêcher ni de poursuivre vos travaux, ni de publier vos hypothèses. Mais sachez que la Congrégation dont j'ai la charge ne confirmera, ni n'infirmera jamais vos conclusions. Nous avons commis une première erreur en autorisant la datation du linceul, nous n'en commettrons pas une seconde qui consisterait à entrer dans une controverse. »

Puis il planta ses yeux dans ceux de Théo qui soutint son regard avec une sorte de timidité qu'Emmanuel ne lui connaissait guère.

« Nous travaillons sur des plans différents, M. le professeur. Tous les travaux de tous les savants du monde ne peuvent rien retrancher, ni rien ajouter au trésor de la Révélation dont je suis le premier gardien. Alors, pourquoi insistez-vous ? Qu'espérez-vous prouver ? »

Un long silence s'établit à nouveau comme si les trois hommes avaient décidé qu'ils échangeraient mieux leurs pensées en se taisant. Un oiseau chantait son chant d'automne, non pour appeler à l'amour comme au printemps, mais par habitude, sans grande conviction. Quand il eut terminé sa vocalise, le cardinal et Théo relevèrent les yeux en même temps et la conversation reprit :

« Éminence, admettons un instant l'hypothèse la plus intéressante : il s'agit bien du linceul qui a enveloppé le corps de Jésus depuis le vendredi 7 avril de l'an 30 à la tombée du jour jusqu'au moment inconnu où le corps a disparu, laissant le tombeau et le linceul vides tels qu'ils ont été trouvés par Marie de Magdala, puis par Pierre et Jean. La question est très simple, je ne dois même pas vous la poser, tant la réponse est évidente même pour le chrétien le moins instruit : le corps de Jésus était-il vraiment celui d'un homme, c'est-à-dire construit de cellules, d'acides aminés, d'atomes de carbone, de protons et d'électrons ? À cette question la réponse de l'Église a été constamment positive, même si le langage utilisé n'a pas toujours été celui de la science moderne que j'emploie. L'hérésie des docètes, aux premiers siècles, considérait que le corps de Jésus ne pouvait être qu'une apparence, tant répugnait à la mentalité antique l'idée même que Dieu puisse s'incarner. En revanche les chrétiens, dont nous sommes les héritiers, confessaient l'Incarnation, mystère qui précède et qui annonce celui de Pâques, en ce sens que Jésus n'a pas fait semblant d'être un homme, qu'il est né d'une femme, que son corps a grandi comme celui de tous les enfants. Or, je me permets de vous le demander, un véritable corps humain peut-il disparaître du tombeau et réapparaître au Cénacle, sans qu'il y ait un phénomène physique impliqué, un phénomène rare, stupéfiant, mais un phénomène bien réel, selon les lois du monde que nous avons découvertes ?

— Rien n'est impossible à Dieu, répliqua sèchement le cardinal, comme s'il voulait rappeler à Théo une formule de catéchisme que celui-ci avait oubliée.

— Rien n'est impossible à Dieu, reprit Théo avec une grande douceur, mais cela ne signifie pas qu'il se permette n'importe quelle fantaisie. Il s'efforce de rendre sa création connaissable pour l'homme. Il ne s'intéresse pas à des tours de magie gratuits et spectaculaires. Si vous me permettez cette image, il se conduit comme un monarque constitutionnel, dans le cadre de lois naturelles, promulguées une fois pour toutes. Les Anciens imaginaient leurs dieux comme des tyrans capricieux et immoraux et même les Hébreux ont commencé à concevoir Yahvé comme un despote dans les textes les plus archaïques de la Bible. Pour nous, les miracles ne sont pas des phénomènes de prestidigitation, ils appartiennent à l'ordre de la nature, même si leur rareté leur confère un rôle de signe du spirituel. En aucun cas, ils ne signifient que Dieu suspend les lois de la nature. »

Les yeux fixés par terre, comme pour lui-même, il grommela :

« Sinon, je cesse ou bien d'être physicien, ou bien d'être chrétien ! »

Cela ressemblait à une sorte de malédiction à l'antique. Emmanuel se fit la réflexion que Théo avait toujours eu la carrure d'un de ces patriarches de l'Ancien Testament, à l'esprit obstiné et insupportable, qui finissaient par arriver à leurs fins, non pas en emportant l'adhésion mais en suscitant d'abord l'exaspération et puis la résignation de leurs proches.

Le cardinal fixait avec obstination une fourmi rapportant une miette à sa fourmilière, puis il finit par lever les yeux en ébauchant cette contraction quasiment douloureuse du visage qui lui tenait lieu de sourire :

« Je ne dirai pas que vous m'avez convaincu, mais vous m'avez ébranlé. Je désire vous revoir demain, car le temps presse. À tout moment la Secrétairerie d'État peut me consulter sur l'attitude à prendre face à cette affaire. Réfléchissez bien à ce que vous voulez me demander, à ce qu'il est possible de faire. Je vous demande en particulier de me présenter le point le plus faible du dossier : en dehors de la datation au carbone 14, il doit bien y avoir, dans l'ensemble des autres éléments, l'un ou l'autre qui fasse aussi pencher vers l'hypothèse d'une fraude. Je dois vous quitter maintenant car j'ai une réunion. Ne parlez de ceci à personne. À demain, onze heures dans mon bureau. »

Il se leva et s'en alla sans même attendre la réponse de Théo. Les deux frères restèrent debout devant le banc jusqu'à ce que la courte silhouette du cardinal ait disparu.

Théo sortit aussitôt de sa serviette un plan des jardins

du Vatican, qu'il n'avait jamais eu l'occasion de visiter, et il mobilisa Emmanuel jusqu'à la tombée de la nuit, sans même lui demander s'il n'avait pas d'autres obligations. L'occasion était trop belle de compléter son érudition romaine. Ils visitèrent l'Académie pontificale des sciences, le temple de la Madonna della Guardia, le petit palais de Léon XIII, sans négliger la reproduction de la grotte de Lourdes offerte au même pape par les catholiques français. Ils tombèrent d'accord sans hésitation : il s'agissait de l'édifice le plus laid de tout le Vatican.

Depuis vingt-quatre heures, Paolo Pacelli n'avait guère quitté sa couche à l'hôtel *Raphaël*, sinon pour laisser la femme de chambre faire le lit. Il s'y était fait servir tous ses repas bien qu'il eût un préjugé défavorable à l'égard de la cuisine des hôtels, comparée à celle des restaurants, mais il n'avait pas un sou vaillant et les repas de l'hôtel étaient payés par Colombe. Il avait aussi donné à laver et à repasser tout le linge qu'il avait apporté dans le sac constituant son unique bagage et la totalité de ses possessions.

Son temps libre s'était passé à regarder la télévision, à téléphoner à une myriade de connaissances, à lire les journaux, à somnoler, à vider le bar de la chambre, à fumer des cigarettes à la chaîne. Il se sentait bien, mis à part le fait qu'il n'avait même pas un billet de mille lires à donner en pourboire aux serveurs qui l'approvisionnaient en repas, boissons et tabac.

Il traversait une mauvaise passe, la plus mauvaise et la plus longue qu'il ait connue depuis longtemps : pas de logement fixe, pas d'emploi avouable, couvert de dettes à l'égard de tous ceux qu'il connaissait en ville et ils étaient nombreux. Les séjours de Colombe à Rome constituaient autant de ballons d'oxygène qui lui permettaient de souffler un peu.

Mais ce n'étaient que des palliatifs incertains. Parfois, lors de ses somnolences, il caressait vaguement le projet fabuleux d'un mariage qui lui procurerait un papier quasiment magique, un passeport américain ou suisse, puisque Colombe possédait les deux nationalités. Cependant, la seule idée de quitter Rome l'épouvantait. Une seule fois, il avait visité New York et le spectacle de cette fourmilière triste lui avait glacé le sang.

L'Europe demeurait la seule civilisation où il restait possible de vivre sans travailler. Il provenait d'une société où le labeur constituait la seule tare ineffaçable, celle qui vous fait ranger parmi les classes moyennes, ces parvenus de la démocratie et de la sécurité sociale, ces accapareurs d'un pouvoir qui ne leur appartiendrait jamais de droit divin. Paolo Pacelli avait toujours été persuadé qu'il rendrait, un jour, quelque service signalé à l'Italie, à l'Église catholique, à sa famille, à une banque ou aux arts. Il n'avait au fond aucune préférence et il n'éprouvait aucune impatience, tant il se sentait rassuré par sa naissance, par son rang et par le succès d'amis qui avaient eu un peu plus de chance, un peu plus tôt. Il demeurait donc aux aguets, même quand il somnolait en maillot de corps, la cigarette entre les dents, dans une chambre du dernier étage de l'hôtel *Raphaël*.

Paolo se considérait souvent comme l'incarnation parfaite du *menefreghismo* romain, de cette désinvolture suprême à l'égard de l'opinion des autres que les citadins des vieilles capitales se transmettent de génération en génération comme si la fuite des siècles avait épuisé toute honte. Il se considérait comme un imposteur heureux parce qu'il cumulait les avantages des deux plus grandes illusions de tous les temps : un empire qui avait réussi à faire prendre le règne de l'ordre pour l'expression du droit, une Église qui était parvenue à faire passer une bonne organisation pour une preuve de l'élection divine.

L'idée d'acquérir un statut honorable en épousant Colombe paraissait bien mesquine en regard de ces ambitions. Il aurait vraiment l'impression de tricher en se rabaissant au niveau de l'étalon dont on rémunère les saillies. Sa situation actuelle était plus honorable car il jouait un rôle complexe, à la fois escorte, guide, chauffeur, amant, secrétaire particulier, bénévole simplement défrayé de sa subsistance. Au sens fort du terme, il n'avait jamais touché d'argent de la main à la main. Tout au plus, Colombe lui avait-elle acheté quelques vêtements, un attaché-case de cuir brun, une montre en or. En revendant ces deux derniers objets, il avait traversé des passes difficiles. Plus tard, il avait expliqué à Colombe que ces cadeaux avaient été volés dans sa voiture.

« Je suis un monsieur de compagnie », murmura-t-il entre ses dents à ce stade de sa rumination.

Il n'avait jamais été plus loin dans l'aveu de sa singularité essentielle. Un jour, au *Harry's Bar* de la via Veneto, il avait failli étrangler un journaliste qui l'avait épinglé, dans une rubrique mondaine, comme « le gigolo le plus digne que Rome ait produit depuis ses origines ». Depuis lors, l'entrée du bar lui était interdite, ce qui le gênait quand on lui fixait un rendez-vous et qu'il fallait trouver un prétexte toujours différent pour proposer un autre endroit. Mais au moins, il n'avait pas toléré l'insulte, il n'avait pas accepté de se l'appliquer à lui-même. Pour conserver cette indispensable estime de soi sans laquelle il eût succombé à l'alcoolisme, la drogue ou la folie, il lui fallait se prouver constamment qu'il disposait de la liberté de choisir l'amour singulier qui le liait à Colombe. Il lui fallait donner un petit peu de superflu pour ne pas se sentir astreint à quémander l'indispensable.

Son train de pensée achoppa sur un obstacle impossible à contourner : il devait tout de suite offrir un cadeau à Colombe, un rien, un symbole, une vieille édition, une pièce d'argenterie, une gravure de Rome, un Piranese authentique par exemple. Paolo songea d'abord à visiter sa marraine, qui habitait un palais dans le quartier au pied de la piazza di Spagna. Comme elle était pratiquement sourde et aveugle, elle ne se rendrait même pas compte qu'une pièce manquerait dans le véritable musée constitué par son enfilade de trois salons. Cependant, la pensée de prélever un nouvel acompte sur son héritage heurta son sens des convenances. Le cadeau pour Colombe devait au contraire constituer une preuve de son autonomie, c'est-à-dire de sa capacité de dépenser de l'argent après l'avoir gagné.

Il alluma la cinquantième cigarette de la journée et il s'accouda à la fenêtre pour réfléchir. Un chat se promenait dans la gouttière du bâtiment situé de l'autre côté du largo Febo. Paolo jalousa l'animal qui n'éprouvait aucun souci financier. Puis il récapitula minutieusement les heures passées en compagnie de Colombe. Il s'arrêta sur l'histoire du linceul telle qu'elle l'avait racontée avec une foule de détails insignifiants. Un de ceux-ci lui avait fait fugitivement dresser l'oreille. Il eut quelque peine à le retrouver dans sa mémoire mais, en fin de compte, il le perçut avec une clarté aveuglante : l'intention du cardinal Weiss était de ne donner aucune publicité à la datation du linceul, comme s'il s'agissait d'un détail sans importance. Or, le non-dit révèle précisément ce qui serait le plus important de dire. Paolo connaissait assez l'Église pour savoir que toute information dissimulée ou minimisée l'était dans la mesure exacte où elle comportait un intérêt, au sens où la presse l'entend, c'est-à-dire qu'elle méritait une manchette, qu'elle valait de l'argent.

Il était déjà cinq heures de l'après-midi. Colombe

pouvait revenir d'un instant à l'autre. Comme Paolo disposait de peu de temps, il se décida à rendre une visite aux bureaux du journal le plus proche, *Il Popolo*. Par téléphone, il prit rendez-vous avec un journaliste qu'il connaissait. Ce dernier accueillit sa proposition avec soulagement, tant il s'épuisait à rédiger pour la centième fois une copie faussement indignée sur les dernières compromissions entre la Mafia sicilienne et le parti démocrate-chrétien.

Après un bref marchandage, Paolo accepta un montant de quatre-vingt mille lires. Le journaliste se promit de récupérer cette somme – et même davantage – en prétendant qu'il avait obtenu l'information, suite au bavardage étourdi d'un *monsignore* du Vatican lors d'un dîner en tête à tête chez *Passetto*. À tout hasard, il avait conservé une facture de cent trente-cinq mille lires correspondant à un dîner dans ce restaurant, dont la convive était en réalité une mauvaise romancière féministe. Bien que le prétexte du repas ait été la sortie du dernier roman de l'intéressée, le mobile secret du journaliste consistait en une entreprise de séduction, qui avait tourné court parce que la romancière était plus laide, plus bête et plus coriace qu'il ne l'avait prévu. Or, il prenait toujours à sa charge la facture de restaurant correspondant à une intrigue réussie. *A contrario*, il transmettait au journal, sous un prétexte ou un autre, les notes de ses échecs sentimentaux. Sa déception affective ou sensuelle s'effaçait grâce à la jubilation d'une petite escroquerie.

La suite des événements dépendit donc d'une juxtaposition de hasards : une sieste de Paolo en forme d'examen de conscience, la publication d'un roman médiocre rédigé par une femme dénuée de charme et la déontologie ambiguë d'un journaliste romain en mal de copie.

IV

Aussi longtemps que se prolongea leur enfance, Théo, Emmanuel et Colombe jouèrent ensemble, comme les y invitait leur faible différence d'âge.

Par droit d'aînesse, Théo accaparait le privilège d'inventer les règles des jeux, d'autant plus rigoureuses et imprescriptibles qu'elles gouvernaient des fictions plus échevelées, inspirées par Charles Perrault, Jules Verne ou le manuel d'histoire Malet-Isaac. Ce n'étaient que sortilèges à conjurer, terres à découvrir, batailles désespérées à gagner d'extrême justesse. Telles étaient les règles invariables de ce que les enfants appelaient « un grand jeu ». Sous les affabulations diverses, transparaissait le seul défi d'une tâche aux limites du possible, exigeant des qualités surhumaines d'intelligence (réservée à Théo) et de courage (dévolu à Colombe), voire le sacrifice librement consenti d'un héros (le plus souvent Emmanuel) couvrant la retraite des autres et assurant leur salut.

Ce paradis des jeux de rôles culmina en apothéose avec l'épopée de Jeanne d'Arc. En conformité avec la répartition des fonctions familiales, la saga de Jeanne permettait à Colombe de tenir le premier rôle. Gravissant le bûcher (un amas de branchages éclairé en rouge par une lampe de poche), Colombe conquérait le droit de monter au ciel (une branche élevée du cerisier) vers laquelle ses deux frères la hissaient avec vigueur au moyen d'une corde passant dans une poulie. Arrivée à destination, Colombe chantait à ravir le *Salve Regina* que les deux garçons écoutaient à genoux.

Théo songeait à raffiner le spectacle en allumant un véritable bûcher et à protéger Colombe des flammes par une tenue en amiante soustraite au corps des pompiers du village de Fully. Ce projet audacieux ne fut jamais mis en œuvre grâce à un accident imprévu. Lors d'une répétition à froid, Colombe dégringola du cerisier, victime de la poulie mal accrochée. Elle se cassa un bras et elle dut porter un plâtre pendant le reste des vacances.

M. de Fully perdit le contrôle de lui-même jusqu'à gifler Emmanuel, tenu injustement pour l'unique responsable du drame, par suite de ses tendances à une religiosité exagérée. Exilé en pension au monastère d'Einsiedeln, en Suisse alémanique, il y perfectionna son allemand et il y affermit sa vocation. M. de Fully ne s'opposa guère à cette dernière, estimant volontiers qu'à chaque génération sa famille se devait de fournir un novice au clergé. Comme Théo paraissait plus doué qu'Emmanuel, le sacrifice pesait d'autant moins. La part de Dieu dans la famille de Fully était sacrée mais choisie, si possible, parmi ce dont les hommes n'avaient pas besoin. On donnait mais en comptant. Les générations se transmettaient un dicton domestique : « Part de Dieu, part du feu. »

Théo, Emmanuel et Colombe se retrouvèrent, le soir même de l'entrevue avec le cardinal Weiss, dans un de leurs repaires favoris, le restaurant *Al Moro*. Tous les grands jeux débutaient par un repas rituel dans un antre secret.

À deux pas de la fontaine de Trevi, autour de laquelle s'agglutinent les touristes, au mitan d'une ruelle obscure s'ouvre une porte discrète sous une enseigne indiscernable. Elle donne accès à quelques pièces de faibles dimensions, comprenant chacune deux ou trois tables. Le menu se négocie avec les serveurs, bien au courant des points forts de la cuisine et des points faibles des clients. Au fil des années, la décoration des murs s'était élaborée sans méthode et sans choix par la juxtaposition de tableaux et de gravures, laissés en paiement par des artistes impécunieux. Il y avait aussi des souvenirs de visites augustes, des photos jaunies, des menus dédicacés. Théo se promettait secrètement de venir ici s'il obtenait le prix Nobel pour y autographier sa photo et laisser une trace, sinon dans la mémoire des hommes, du moins au mur d'un restaurant promis à la pérennité.

Ils commandèrent en entrée un plat de champignons et ils s'accordèrent ensuite sur de la *trippa alla romana*. En attendant l'arrivée du premier plat, Emmanuel résuma la situation :

« Je me suis fait une opinion sur la visée véritable de cette datation au carbone 14. Malgré la feinte indifférence de mon patron, la décision de l'effectuer a résulté sans doute d'une discussion au plus haut niveau entre Ballestrero, Casaroli, Weiss et même Woytila en personne. Les indices historiques convergeaient au point qu'il n'y avait pas l'ombre d'une hésitation : le linceul était forcément authentique. La question posée aux laboratoires ne consistait donc pas à dater le linceul mais à en garantir définitivement l'authenticité. En se soumettant au contrôle de la science, l'Église démontrait qu'elle ne la redoutait plus, qu'elle était prête à s'en faire une alliée et qu'elle fondait, dans une expérience de laboratoire, l'article de foi central du christianisme. En supposant un instant que la datation ait authentifié une ancienneté de vingt siècles, comme cela a été le cas pour les manuscrits de Qumran, qui aurait encore pu douter de la véracité des Écritures ? Dans ce cas, plus l'ombre d'un doute, Jésus est bien ressuscité puisque le linceul ne comporte aucune trace de putréfaction du corps, ni d'arrachement des caillots de sang. Le corps enveloppé dans le linceul, portant les marques authentiques de la Passion, s'en est évadé par une opération miraculeuse. Pâques ne pouvait plus être considéré comme une légende inventée par la primitive Église.

— La Curie ne pourrait-elle pas s'occuper de quelques problèmes plus urgents et plus pratiques ? suggéra Colombe. Par exemple libérer la contraception, autoriser le sacerdoce des femmes, organiser l'élection des évêques par le peuple ?

— Tu as mauvais esprit. Tout cela est secondaire, ce sont des problèmes de discipline ecclésiastique. Elle pourrait être modifiée du jour au lendemain sans difficultés. Cela fait les grands titres des journaux sans effleurer le véritable drame. Tu ne te rends pas compte des ravages effectués au cœur même de la foi par la théologie de la libération. En 1968, Bultmann, un théologien protestant, a publié un véritable brûlot, *Jésus, mythologie et démythologisation*, dans lequel l'Évangile apparaissait comme une présentation mythique, préscientifique, de la vie de Jésus. En vingt ans, la lecture de ce livre, bien rédigé par ailleurs, plausible scientifiquement, a entraîné une désertion massive dans les rangs du clergé. Les prêtres qui défroquèrent n'ont pas d'abord souhaité remettre en cause le célibat ecclésiastique : ça, c'est de la psychologie pour feuilleton. Une vague de doutes portant sur la divinité de Jésus a balayé des vocations enracinées de fait dans des croyances archaïques.

— Alors tu penses que la foi des catholiques, la nôtre, est une superstition ? demanda Colombe.

— Non. Il existe un fait historique, la création d'une Église chrétienne. À rebours de ce que dit Bultmann, pour obtenir que la foule proclame Jésus Fils de Dieu et que cela devienne l'acte de foi central des premières communautés chrétiennes, les signes les plus manifestes n'ont pas été superflus. Sans doute la rumeur populaire a-t-elle embelli les miracles, ajouté des détails merveilleux, conçu une imagerie. Mais il a dû se passer aux alentours de l'an 30 quelque chose d'assez frappant pour convaincre les témoins. Pour moi comme pour beaucoup d'autres, la résurrection de Jésus a joué ce rôle décisif. Tel est le débat central de l'Église aujourd'hui. Si la thèse de Bultmann l'emporte, le christianisme est réduit à une philosophie humaniste, audacieuse, risquée, branchée sur un dessein divin peut-être, mais inventée par un prophète, Jésus de Nazareth, semblable à Moïse ou à Mahomet, un homme inspiré mais un homme seulement. Dieu ne s'est pas incarné, il demeure à une distance infinie, abstrait, impénétrable, impassible. Si ce sont les hommes qui sont partis à la recherche de Dieu, ils ont forcément fini par l'imaginer, l'inventer, le construire. Ce n'est plus Dieu qui crée l'homme, mais l'homme qui crée Dieu. Ce n'est plus Dieu qui s'incarne, mais les hommes qui déifient un prophète.

— En somme, ce Dieu-là se résume à une métaphore intellectuelle », commenta Théo. Emmanuel hocha la tête pour acquiescer, puis il continua :

« Si le cœur de notre foi n'est pas protégé contre cette attaque, tout l'édifice risque de s'effondrer. En 1968 par exemple, la hiérarchie est intervenue directement auprès du journal *La Croix*, largement lu par le clergé français, pour qu'il retire de sa première page la publicité des Éditions du Seuil pour le livre de Bultmann. En sens inverse, ce n'est donc pas sans raison que le linceul de Turin a été soumis à une épreuve de laboratoire mais le résultat de cette mesure, mal présenté à l'opinion publique, pourrait se révéler désastreux. Renan et Loisy, puis Bultmann, puis le professeur Théo de Fully, sans le vouloir dans son cas, auraient petit à petit évacué Dieu de l'histoire des hommes, en expliquant et en prouvant qu'il n'y est jamais entré. »

Emmanuel se tut, épuisé par cet élan rhétorique inhabituel chez lui. Ils mangèrent leurs champignons avec appétit : quand l'âme défaille, il est bon de se reposer sur le corps. C'étaient des champignons sauvages, cueillis sur les collines qui entourent Rome, fleurant un parfum sauvage de sous-bois, évoquant le cuir mouillé des bêtes sous la pluie d'automne. La réalité était là, plutôt que dans les disputes des théologiens, de vieux garçons rancis, mal nourris dans les réfectoires des couvents. Les repas moroses engendrent des pensées aigres.

Il ne se trouvait qu'une seule autre tablée dans la même salle, constituée par le personnel d'un garage fêtant le départ en retraite d'un employé. C'était le petit peuple romain, des dactylos, des mécaniciens, des vendeurs de voitures, tout réjouis à l'idée d'un banquet offert par l'entreprise, mangeant et buvant sans retenue, à mille lieues de toute préoccupation métaphysique. Théo ne put s'empêcher de les jalouser : il enviait toujours les gens qu'il qualifiait de normaux, c'est-à-dire ceux qui ne s'occupent ni de physique, ni de théologie, ni de médecine. Pour lui, le péché originel affectait seulement les esprits attachés à la recherche de la connaissance.

Entre le premier et le second plat, Théo risqua une objection :

« Par principe, je mets en doute les explications qui supposent un complot. Je n'imagine pas quelques cardinaux réunis autour du pape dans une salle de l'Académie pontificale des sciences, concoctant la datation du linceul pour préparer une manipulation de l'opinion publique.

— Tu as raison, concéda Emmanuel. Ce n'est pas aussi simple. Les consultations ont été bon train durant toute l'année 1986 et à l'époque personne n'a explicité les raisons d'entreprendre la datation comme je viens de le faire maintenant. Croyez-moi ou non, beaucoup de décisions du Vatican sont souvent prises sans que leurs auteurs en comprennent les véritables motivations, qui demeurent inconscientes. J'imagine assez bien ce qui se passe dans la tête de Weiss et, par analogie, je puis en déduire les mobiles des autres. Le cardinal préfet de la Congrégation pour la doctrine de la foi n'a pas toujours été le gardien scrupuleux d'une orthodoxie figée. En 1969, il était simplement le professeur Weiss, qui signa un manifeste pour la liberté de la recherche théologique aux côtés de Küng et de Schillebeeckx, ceux-là mêmes qu'il s'efforce aujourd'hui de réduire au silence. Dès qu'il a pris ses fonctions à Rome, il a changé du tout au tout. Il s'est rendu compte que les spéculations intellectuelles d'un chercheur, hypothèses parmi d'autres hypothèses, risquent d'être prises pour parole d'évangile et d'être transmises par les médias au peuple avec des déformations supplémentaires, toujours orientées vers le spectaculaire, le scandaleux, l'inouï.

— Ça c'est vrai, commenta Colombe, les chaires de vérité dans les églises ne constituent plus que de médiocres antidotes aux écrans de télévision. On ne lutte pas contre la bêtise en distillant l'ennui !

— Alors, tu comprendras, reprit Emmanuel, que la seule façon de restaurer une image nette de l'Église consiste à durcir sa position, à mettre en valeur son intransigeance, à souligner la pérennité de son message. Les discussions intellectuelles n'ont que trop créé de confusion. Il est temps de revenir à des idées simples. Sans même le savoir, Weiss regrette d'avoir été un chercheur en théologie. Il souhaite purger cet esprit d'indépendance qui a été la marque du dernier concile, qu'il a prôné et qui a failli tout entraîner dans une débâcle gigantesque.

— En d'autres termes, il culpabilise, précisa Colombe, implacable.

— Si tu veux ! Dès lors, tous les moyens sont bons. La datation du linceul ne constitue qu'un pion, parmi beaucoup d'autres, avancé sur cet échiquier gigantesque où s'exerce l'autorité du magistère romain face à la contestation générale. Voilà deux ans, Weiss a accepté de le risquer ; aujourd'hui il se doute qu'il faudra le sacrifier peut-être. S'il est capturé, le pion sera réputé sans importance. Donc, pas de publicité, pas de déclarations à la presse, une feinte indifférence. Par contre, si l'un des chercheurs impliqués, Théo par exemple, remet en cause la signification de ses propres mesures, alors, comme aux échecs, le pion risqué au-delà de toute prudence peut aller à la dame et emporter la partie. Voilà les raisons qui donnent à Théo une certaine chance de défendre son projet. À lui de jouer ! »

Ils savourèrent en silence le plat de tripes. La famille de Fully portait une estime particulière aux plats réalisés à partir d'ingrédients modestes. Seuls les parvenus apprécient la cuisine à base de caviar, de truffe et de foie gras, qui ne requiert que de l'argent. La véritable gastronomie se définit comme l'art d'accommoder les nourritures ordinaires pour leur conférer une touche de génie. Les abats exigent donc un véritable exercice de virtuosité : ce sont les gammes du véritable cuisinier. Le chef du *Moro* n'avait pas perdu la main. Ils essayèrent de se remémorer les occasions antérieures où ils avaient goûté le plat et ils se disputèrent un peu sur la qualité de celui-ci.

Puis au dessert, pendant la dégustation d'un sabayon au marsala, divin parce que léger et substantiel, embaumant le raisin caramélisé au soleil, ils revinrent au sujet principal. Théo déplia un grand cahier à couverture verte, tout neuf, à feuilles quadrillées et commença à résumer l'exposé d'Emmanuel. Dès qu'il entamait un nouveau projet, durant cette phase incertaine où celui-ci oscille entre la réalité et l'inexistence, il prenait soin de consigner une relation instantanée des divers entretiens préliminaires. Chaque soir, il les relisait à tête reposée pour s'assurer de n'enregistrer dans sa mémoire que ce qui avait été réellement dit, tant il se méfiait encore plus de lui-même que des autres. On n'entend bien que ce que l'on a envie d'entendre et l'on censure dans les souvenirs ce qui va à l'encontre du préjugé.

Colombe et Emmanuel connaissaient assez la signification rituelle de ce cahier pour saisir toute l'importance du moment. Ils observèrent un silence respectueux tandis que Théo notait les dernières phrases. Puis il s'adressa à sa sœur et à son frère avec la même componction que s'il eût été en chaire à Zurich face à trois cents étudiants.

« Toute ma théorie repose sur le caractère négatif et tridimensionnel de l'image. Par négatif, je veux dire que l'image du linceul doit d'abord être inversée, le sombre devenant clair et inversement, pour qu'une foule de détails apparaissent déchiffrables. Après cette opération, les creux, les orbites des yeux par exemple, deviennent sombres tandis que les pommettes sont claires : on découvre alors un visage éclairé par une source extérieure, la lumière du jour, une lampe. S'il s'était agi d'une peinture, il aurait été naturel d'adopter cette convention. Mais, sur le linceul, la règle inverse a été appliquée comme si le corps avait été éclairé de l'intérieur par une source de lumière violente qui aurait roussi superficiellement le tissu : plus le tissu était proche du corps, plus sombre est la teinte. De façon encore plus précise, l'intensité de la teinte est inversement proportionnelle au carré de la distance. On ne s'en est vraiment rendu compte qu'en 1974. Paul Gastineau a découvert ce caractère tridimensionnel en utilisant un filtre numérique qui reconstituait la troisième dimension à partir de l'intensité de la teinte de chaque point. En traitant l'image, on peut obtenir, non plus une image en deux dimensions, mais un véritable moulage de la tête du Christ.

— Tu sautes des intermédiaires et tu arrives tout de suite à ta conclusion, observa gentiment Colombe.

— Pas du tout. Il s'agit au stade actuel d'une hypothèse de travail dont j'entends démontrer qu'elle est la moins mauvaise, celle qui rend compte du plus grand nombre de faits observables. Reprenons l'image, telle qu'elle existe. On peut éliminer d'entrée de jeu l'hypothèse d'une image peinte. D'une part on ne trouve aucune trace de pigments ou de liants. D'autre part, aucun artiste de l'époque ne connaissait le concept d'image négative ou d'image tridimensionnelle. Dès lors, il ne reste qu'une hypothèse défendable : l'image provient d'un corps, réel ou artificiel, mort ou vivant, en trois dimensions. Une hypothèse, émise par Vittorio Delfino, consiste à imaginer une statue chauffée aux environs de deux cents degrés sur laquelle on aurait appliqué un drap de lin pendant une durée suffisante pour le roussir sans le brûler. Cependant il y a un autre élément qui élimine l'hypothèse de Delfino : les fibres qui ont absorbé du sang ou du sérum sont restées blanches comme si elles avaient été protégées de ce rayonnement, sans que le sang soit pour autant carbonisé.

— Donc l'hypothèse de la statue ne tient pas la route, conclut Emmanuel.

— Tout à fait, poursuivit Théo. Hypothèse suivante : une réaction chimique entre la sueur, le sang et les aromates employés pour embaumer le corps. Cette théorie ne vaut pas mieux. En effet, si les marques avaient été formées de la sorte, elles dépendraient de la pression entre corps et tissu. Pour un cadavre normalement couché sur le dos, l'image de celui-ci devrait être plus foncée que celle de la poitrine. Or, il n'en est rien. Ne parlons même pas des plis d'un linceul drapé sur un corps qui n'apparaissent nulle part sur l'image. Dès lors, pourquoi ne pas considérer ma conjecture, naturelle si l'on considère que le corps est ressuscité ? Cette hypothèse a été éliminée d'emblée par tous ceux, l'immense majorité, qui n'admettent pas un seul instant que la résurrection ait pu se produire. Or, un bon chercheur n'élimine aucune hypothèse *a priori*.

— Et tu es un bon chercheur naturellement ! » ironisa Colombe.

Théo continua, imperturbable :

« Voici mon hypothèse. Un corps humain, supplicié par la flagellation et le crucifiement, a été enveloppé dans le linceul et a imprimé les taches de sang ou de sérum qui résultaient de la Passion. Il n'a pas subi la corruption, dont on ne trouve aucune marque, et donc, dans les deux jours qui ont suivi, ce corps a disparu en transmettant une image négative sur le tissu par un mécanisme physique inconnu qu'il n'a jamais été possible de reproduire. Le corps n'a pas été retiré du linceul car les caillots de sang auraient été arrachés. »

Théo s'interrompit et fixa le fond de sa tasse de café, comme s'il pouvait y déchiffrer le fin mot de l'énigme. Puis il reprit sur un ton confidentiel :

« En présence du linceul, qui existe réellement, qui n'est pas un objet imaginaire, qui n'est pas une vue de l'esprit, la moins mauvaise des explications, c'est-à-dire la plus simple, consiste à supposer que les évangiles disent la vérité. Jésus est vraiment ressuscité, son corps est passé de la réalité de l'espace et du temps que nous connaissons à une autre réalité, physique elle aussi, qui est devenue perceptible aux disciples lors des apparitions.

— D'accord, dit Emmanuel, mais il s'agit d'un miracle, du miracle par excellence, sans application d'une loi naturelle. Tu mélanges le naturel et le surnaturel. Tu me mets vraiment mal à l'aise. Je finis par avoir les mêmes réflexes que Weiss.

— C'est toi qui me mets mal à l'aise, répliqua sans aménité Théo, toi et tes semblables. Certains théologiens ont réduit l'incarnation à une métaphore philosophique et, au fond, ils sont tous tentés par le docétisme. Alors qu'en saine doctrine, le corps de Jésus est réel, humain, fait de chair et d'os. Dès lors, il ne disparaît pas par un simple énoncé dogmatique. Son passage à une autre réalité obéit à des lois physiques, ou si tu veux à une loi, qui ne s'est appliquée qu'une seule fois, qu'il est impossible de reproduire en laboratoire, de même qu'il existe des phénomènes astronomiques rarissimes, difficiles à expliquer de ce fait. Un phénomène rare ne doit pas pour autant être ignoré ou être rangé dans la catégorie des exceptions. »

Il hésita un instant, puis reprit :

« C'est un réflexe des théologiens parce qu'ils imaginent la méthode de la physique à partir de la seule science qu'ils connaissent quelque peu, la philologie. Pour pratiquer leur métier, il leur a fallu apprendre trois ou quatre langues mortes, archaïques : le latin, le grec, l'hébreu, l'araméen. Cela finit par induire un automatisme intellectuel provenant des grammaires traditionnelles. Selon celles-ci, toute langue serait gouvernée par des règles, qui comportent malheureusement quelques exceptions, par exemple des erreurs conservées par la tradition ou introduites par le relâchement de l'usage. Dès lors, les théologiens se font une idée de la physique fondée sur leur usage des grammaires normatives, de leur système de règles et d'exceptions, qui deviennent l'équivalent des lois naturelles et des miracles. »

Il s'interrompit pour vérifier que son auditoire le suivait, puis il reprit :

« Les règles de grammaire n'existent que dans l'esprit des grammairiens ; de même les lois dites naturelles sont des schémas imaginés par les physiciens. Pour moi, il n'y a pas d'une part des phénomènes naturels, normaux, légitimés par des lois physiques, et d'autre part des phénomènes surnaturels, anormaux, illégitimes, merveilleux, magiques en un mot. Il y a simplement des phénomènes banals et d'autres qui sont plus rares. Les premiers ont constitué le champ d'exercice de la physique débutante ; les autres forment le domaine de la physique actuelle. Il est donc légitime pour le professeur de Fully, payé par la Confédération helvétique, de s'occuper du linceul en tant qu'objet matériel qui est dénué pour l'instant d'explication. Aussi choquant que cela puisse paraître, il est tout aussi légitime pour le même individu, persuadé en tant que chrétien de la réalité de la Résurrection, d'établir un lien entre ce phénomène et cet objet, plutôt que d'essayer à tout prix de les disjoindre. Comme si la disparition du corps de Jésus hors de notre réalité avait dû se produire sans conversion de la matière en énergie. Comme si la Résurrection devenait d'autant plus convaincante et plus digne de respect parce qu'elle violerait une loi physique. »

Après un instant, il ajouta avec passion :

« Comme si Dieu incarné n'avait pas cessé de tricher avec les lois de notre monde, feignant d'y être soumis quelque temps pour les violer théâtralement au moment d'en sortir. Comme si la création ordinaire, naturelle, n'était au fond qu'un monstrueux gâchis dont il est loisible et souhaitable de s'abstraire. »

Emmanuel s'était détendu pendant la discussion, aidé par le vin, la nourriture, la familiarité des serveurs, la bonne humeur de la tablée voisine. Il supporta sans broncher l'intervention un peu agressive de Colombe :

« Ce n'est pas pour te faire de la peine, Emmanuel, mais je n'ai jamais compris ce que c'était que la théologie. Pour moi, tout tient dans le *Pater*, dans l'*Ave*, dans le *Credo*, celui des apôtres, pas celui de Nicée qui sent déjà la querelle d'intellectuels. Tu finis par adopter la position des scribes et des docteurs de la Loi qui en voulaient à Jésus parce qu'il donnait à sa prédication un tour trop concret, trop populaire, trop proche de la vie. »

Elle réfléchit un peu, puis continua avec une passion contenue :

« Le matin de Pâques, les disciples étaient soit en fuite, soit perdus en vaines discussions. Ils ne faisaient rien, ils se préparaient à renoncer. En revanche, l'esprit pratique de quelques femmes les a poussées vers le tombeau, pour parfaire l'embaumement, pour améliorer cette survie précaire de la dépouille, cette pitoyable tentative de conserver le corps un petit peu plus longtemps, qui prouve bien qu'elles n'y croyaient pas, à la résurrection annoncée. À cause de cette initiative pratique, la résurrection a été découverte. La démarche de Théo va dans le même sens. Je suis donc d'accord avec lui et je suis prête à l'aider. »

Elle s'arrêta à nouveau et elle se mit à parler à voix basse, comme si elle opérait un examen de conscience :

« Mon métier consiste à aider les hommes à mourir. C'est très concret. Je ne les sermonne pas, je ne les confesse pas, je ne les oins pas d'huile sainte. Je les hydrate, je les ventile, je les nourris, je les lave plutôt que de les achever par une piqûre parce que je crois que certains d'entre eux ne meurent pas, parce que j'ai la conviction qu'ils ressuscitent au fur et à mesure que leur corps s'arrête de fonctionner et qu'il faut que ce passage se fasse doucement. J'en ai la perception quasiment physique. Cela m'intéresse donc de savoir ce qui se passe à cet instant. Ah ! je me garde bien de leur parler d'hypostase, de kérygme ou d'hésychasme, ce jargon dont vous vous gargarisez pour mieux tenir le mystère à distance. Pour moi, la mort est une réalité et la résurrection une réalité non moins sensible. »

Emmanuel ne répliqua pas. Dans la préparation d'un grand jeu, il y avait toujours un moment de vérité où la triade devait se souder en un projet commun. Le plus réticent des trois devait faire confiance aux deux autres. Emmanuel savait par expérience que ce genre d'engagement pouvait le mener très loin. Il y avait eu dans le passé un *trekking* dans l'Himalaya imaginé par Colombe et une maison d'édition de poésie romande défendue par Théo, qui avaient très mal tourné tous les deux. Un grand jeu pour adultes signifiait au minimum que l'on y risque sa réputation ou sa vie. Emmanuel pressentait que toutes les deux seraient menacées. Pour retarder la décision, il essaya une anecdote :

« Connaissez-vous la meilleure définition du miracle ? C'est une histoire yiddish. Sarah donnait tous les après-midi une tartine de confiture pour goûter à son fils de quatre ans, qui invariablement la laissait tomber. Selon une loi bien connue, la tartine atterrissait tout aussi invariablement du côté de la confiture. Or, un jour elle tomba de l'autre côté. Sarah poussa un cri de joie et se précipita chez le rabbin pour lui confier qu'un miracle venait de se produire. Le rabbin prit un air dubitatif et mit Sarah en garde contre cette conclusion précipitée. Il lui promit cependant de réfléchir au problème théologique qu'elle soulevait et d'en donner la solution à la synagogue, lors du prochain sabbat. Ce jour-là, le rabbin monta en chaire et prit la parole : "Mes frères, mes sœurs, je dois vous faire part d'un événement extraordinaire dont notre amie Sarah peut témoigner : une tartine de confiture n'est pas tombée du côté de la confiture. Cela paraît vraiment miraculeux. Est-ce que Yahvé aurait tenté de se manifester au sein de notre communauté ? J'y ai longtemps réfléchi, j'ai prié pour obtenir la lumière, j'ai consulté quelques-uns de mes collègues plus savants et plus sages que moi. Je puis maintenant vous éclairer. Non, Yahvé ne nous a pas jugés dignes de son attention. La vérité est plus simple : Sarah a étendu la confiture sur le mauvais côté de la tranche de pain !"

— Je ne la connaissais pas, avoua Théo, mais elle est excellente. »

Avant d'acquiescer au projet de Théo, Emmanuel voulut tout de même découvrir jusqu'où son frère comptait l'entraîner :

« Qu'est-ce que tu veux vraiment faire ?

— Mon problème est celui de tout physicien qui ne dispose que d'une seule mesure discordante par rapport à un ensemble cohérent, en l'occurrence un linceul que tout date du premier siècle hormis la mesure du carbone 14 qui donne le quatorzième siècle. Mon hypothèse de travail consiste à supposer que le rapport initial entre carbone 14 et carbone 12 a été augmenté par le phénomène physique de la résurrection de sorte qu'une mesure effectuée aujourd'hui fournit une date beaucoup trop rapprochée puisqu'il subsiste trop de carbone 14.

— Tu oublies un détail important, observa malicieusement Colombe. Cette mystérieuse modification du rapport initial entre les deux types de carbone se serait produite de façon à laisser croire que le linceul date précisément de l'époque où son existence est attestée pour la première fois par des documents historiques. La coïncidence est tout de même étonnante, non ?

— C'est à la fois le point le plus faible et le plus fort de mon hypothèse, admit Théo. Bien évidemment, la coïncidence de sa possession par Geoffroy de Charny vers 1350 et d'une date supposée pour sa fabrication au début du quatorzième siècle est frappante parce que la datation au carbone 14 est acceptable.

— C'est donc un point faible de ta théorie, dit Colombe.

— Cependant, il s'agit aussi d'un point fort. Suppose un instant que la datation ait fourni la date espérée par le Vatican. On aurait disposé alors d'une sorte de preuve de la résurrection. Or, un miracle doit demeurer un signe perceptible pour le croyant mais opaque pour l'incrédule. Dès lors, il faut s'attendre à ce qu'une marge de doute demeure. Comment mieux la garantir qu'en modifiant le rapport des isotopes précisément pour laisser cette marge ?

— Ce serait bien là un exemple extraordinaire de l'humour de Dieu, dit presque distraitement Emmanuel, comme s'il se parlait à lui-même.

— Je connaissais l'amour de Dieu, intervint Colombe, j'ignorais qu'il fût capable d'humour. »

Emmanuel lui répondit presque machinalement :

« Le respect que Dieu nous porte se manifeste par l'humour avec lequel il nous traite. Comment Dieu peut-il parler aux hommes, tout en refusant de leur donner des preuves formelles de son existence, sinon en produisant des signes discrets qui nécessitent une interprétation et en incitant les hommes à les déceler, à les interpréter ? Il doit être à la fois présent et absent. La nature, y compris le linceul, ne peut être qu'une énigme, une question sans réponse, un signe sans évidence. Tout autre résultat de la datation aurait été une preuve de la résurrection. »

Théo abonda :

« L'humour de Dieu tel qu'un physicien le découvre tous les jours se manifeste par des résultats paradoxaux, qui ne m'étonnent guère, qui me ravissent plutôt. Dieu suggère à voix basse par des miracles incontrôlables, tout comme dans son enseignement il use de cette forme littéraire non invasive qui s'appelle la parabole, dont le ressort caché est l'humour. Je ne vais donc pas entreprendre une démonstration fracassante de l'existence de Dieu ou de la réalité de la résurrection par datation interposée du linceul. Je vais entrer dans ce dialogue que les événements me proposent. Si Dieu veut parler à travers cet objet, je sais déjà que son langage sera ambigu. Je n'ai pas peur de la réponse mais elle sera inattendue, surprenante. Donc intéressante.

— Je suis un homme de peu de foi et tu vaux mieux que moi, confessa Emmanuel à mi-voix. Je suis d'accord si tu conçois les choses de cette façon. Mais que veux-tu vraiment entreprendre ? Où vas-tu nous mener ? On sait toujours d'où l'on part dans un grand jeu mais on ne peut jamais prévoir l'issue. »

Théo se pencha vers eux et baissa le ton comme s'il avait craint d'être entendu par quiconque d'autre que son frère et sa sœur. Il oublia à ce point ses inhibitions, qu'il posa une main sur l'épaule d'Emmanuel et l'autre sur le bras de Colombe, voulant les unir tous les trois en une seule personne.

« Je ne le sais pas vraiment, ce qui constitue l'indice d'un bon projet de recherche. Je sais simplement par où je vais commencer mais je ne sais pas où j'arriverai. Je commencerai, si c'est possible, par essayer de découvrir un autre échantillon de matière pour corroborer mon hypothèse. Si le phénomène physique de la résurrection a engendré un flux de neutrons, analogue à celui des rayons cosmiques, produisant donc un excès de carbone 14 à partir de l'azote de l'air, tout ce qui se trouvait dans le tombeau, non seulement le linceul, mais aussi les bandelettes, la terre, la roche, les pollens, l'humus ont été imprégnés d'une dose de carbone 14. La composition isotopique des autres éléments du tombeau a pu être modifiée. Je désire donc tout simplement retrouver le Saint-Sépulcre.

— Mais il y a une basilique entière qui a été construite au-dessus du Saint-Sépulcre, objecta Emmanuel.

— Celle-là est l'œuvre des hommes. C'est en dessous que se situe le champ des recherches. Il existe un précédent tout à fait encourageant. En 1940, lorsque Pie XII a fait entreprendre les premières fouilles en dessous de la basilique Saint-Pierre, personne ne pensait qu'elle avait été réellement construite sur le tombeau de l'apôtre. Il a fallu quatorze années de fouilles, jusqu'à sept mètres de profondeur en dessous du pavement actuel, pour découvrir que le martyre de Pierre et son ensevelissement sur la colline du Vatican ne relevaient pas de la légende. On a trouvé une niche, scellée dans un mur depuis l'ère de Constantin, contenant des ossements qui sont peut-être bien ceux de saint Pierre et un linceul qui n'a du reste jamais été daté. Cela vaut donc la peine de recommencer la même opération au lieu réputé de l'ensevelissement de Jésus. »

Ils méditèrent en silence. Puis Théo, consultant sa montre, observa qu'il ne lui restait que peu de temps pour commencer sa nuit à l'heure prévue par son horaire. Il devait se sentir dispos pour le rendez-vous du lendemain matin avec le cardinal. Grand jeu ou pas, son sommeil passait avant toute autre considération. Il commanda un taxi qui déposa Emmanuel à la piazza del Risorgimento et qui le mena avec Colombe à l'hôtel *Raphaël*.

En pénétrant dans sa chambre, Colombe eut la surprise de la soirée. Paolo dormait en émettant un léger ronflement mais il avait posé, sur la table de nuit de Colombe, un paquet qui contenait un foulard Hermès en soie ou plus exactement une contrefaçon habile achetée pour soixante-quinze mille lires. Colombe ne se posa pas de question sur son origine, elle embrassa légèrement Paolo qui gémit dans son sommeil sans s'éveiller, puis elle sombra dans un sommeil sans rêves, interrompu à trois heures du matin par la sonnerie du téléphone. Paolo, à moitié endormi, au mépris de toute discrétion, répondit :

« Ici Pacelli. »

Un demi-siècle plus tôt, son illustre arrière-grand-oncle s'annonçait de la sorte lorsqu'il appelait un collaborateur au téléphone. Et la légende rapporte que certains d'entre eux tombaient à genoux.

Emmanuel connut une nuit d'agonie. Cela lui arrivait à intervalles irréguliers, sans qu'il puisse en prédire l'occurrence. Il attribuait d'habitude ces crises d'angoisse à sa trop grande solitude et il aurait donc dû se sentir rassuré par la présence de Colombe et de Théo à Rome. Mais la discussion de la soirée sur la résurrection du Seigneur le ramenait à son obsession : lui, Emmanuel, ressusciterait-il, oui ou non ? Il ne pouvait échapper aujourd'hui à une évidence : il avait peur de mourir, d'autant plus qu'il pouvait en prédire le terme et en imaginer le déroulement. Les crises, rares avant le diagnostic, s'étaient multipliées depuis. Peut-être avaient-elles dans le passé constitué des signes prémonitoires, les premières atteintes de la maladie, sa seule manifestation, plus morale que physique. Peut-être au contraire sa maladie n'était-elle que la traduction physiologique de son mal de vivre.

Bien entendu, il s'était renseigné sur la maladie de Parkinson. Par sa formation et par son métier, il avait le réflexe de consulter les encyclopédies chaque fois qu'il se trouvait confronté à un problème radicalement nouveau. Comme les problèmes de bioéthique constituaient maintenant le pain quotidien de la Congrégation pour la doctrine de la foi, la bibliothèque comportait les ouvrages médicaux les plus récents : la thérapeutique par greffe de cellules provenant de fœtus faisait l'objet d'un dossier. Emmanuel en prit connaissance avec le même soin qu'il portait à consulter d'autres dossiers mais sans parvenir à conserver le même détachement. Cette fois-ci, il déchiffrait sa propre mort et il découvrait entre les lignes l'obligation morale de ne pas l'esquiver.

Ainsi, il observait, jour après jour, les accès de tremblement incontrôlé de ses mains, qui finiraient par intéresser tout son corps et par ne connaître aucun répit. Son visage devenait de plus en plus immobile et sans expression, sa tête s'inclinait, son tronc penchait vers l'avant, ses pouces se plaçaient spontanément dans les paumes de ses mains. Il y retrouvait un signe : l'équivalent de cette rétractation des pouces du Crucifié lorsque les clous enfoncés dans ses poignets eurent lésé les nerfs qui les commandaient.

Il réagissait mal au traitement, composé d'une kyrielle de médicaments dont chacun annulait une partie des effets secondaires du précédent tout en engendrant d'autres inconvénients. À la seconde visite, le médecin avait fait la moue et il avait ajouté quelques médicaments à la liste, sans faire de commentaires. Emmanuel découvrit le lendemain en épluchant la littérature médicale que son Parkinson appartenait à la catégorie incurable et que la survie se mesurait en années, voire en mois.

Emmanuel connaissait bien le stade ultime par lequel il lui faudrait passer, car un de ses anciens professeurs de Fribourg était mort de la maladie de Parkinson. Réduit à un paquet d'os et de nerfs, faute de pouvoir encore s'alimenter, perdant la raison, grabataire depuis trois ans, il avait subi une rupture du col du fémur qu'il n'avait plus été possible d'opérer. Son dos était devenu une seule plaie, la peau ayant été rongée par des escarres envahissantes et, au moindre mouvement, le vieil homme laissait échapper un cri. Il était mort sous les yeux d'Emmanuel, croassant des paroles incompréhensibles, étreignant sauvagement un crucifix. Son agonie n'avait pas été facilitée par son séjour dans la maison de retraite du clergé, un mouroir tout à fait édifiant par les douleurs des agonisants, privés d'analgésiques.

La question qu'Emmanuel avait posée la veille à Colombe ne portait donc pas sur une description médicale du sort auquel il fallait qu'il s'attende parce qu'il le connaissait en détail, mais sur le défi psychologique de cette lente torture. Emmanuel se savait douillet. Comment subirait-il son agonie sans se révolter ? Quel accompagnement psychologique pourrait-il substituer à la prière s'il ne parvenait plus à prier ?

Pour l'instant, il avait écarté toute idée de tenter la greffe cérébrale de cellules fœtales. Celle-ci venait d'être interdite par les autorités sanitaires américaines parce que les améliorations constatées n'étaient ni significatives ni durables. Cependant d'autres équipes en France, aux États-Unis et en Suède continuaient les recherches malgré les déceptions et les interdictions. Selon toute évidence, les cellules fœtales étaient prélevées lors des interruptions volontaires de grossesse. Emmanuel n'avait pas eu trop de peine à se plier à l'interdit, car sa répugnance de l'avortement provoqué était spontanée. Mais la tentation inconsciente demeurait.

Son cerveau en voie de décomposition ressassait ces pensées jour et nuit, sans qu'il parvienne à y mettre un terme. Lorsqu'il interrompait cette rumination morose pour travailler ou pour rencontrer son frère et sa sœur, les obsessions cheminaient par des voies obscures pour resurgir avec d'autant plus de violence. Tel un barrage, dont le déversoir serait demeuré fermé en période de crue, Emmanuel atteignit ce vendredi soir un point de rupture. À onze heures du soir, il souffrait d'une telle surexcitation, exacerbée par la prise des médicaments, qu'il perdit tout espoir de dormir tout de suite. Dans ces cas, il ne connaissait pas d'autre remède qu'une marche à travers Rome. Il mit une vieille gabardine, dont il boutonna les revers pour dissimuler son habit gris foncé à col romain.

Son itinéraire était toujours le même. Depuis la piazza del Risorgimento, il piquait au plus court vers le Tibre qu'il atteignait au pont Vittorio Emanuele puis il demeurait sur la rive droite en enfilant le *lungotevere* jusqu'à l'île Tiberina. Il traversait celle-ci pour atteindre la rive gauche où il se dirigeait vers Santa Maria in Cosmedin. Bien entendu, l'église était fermée à cette heure, mais Emmanuel ne s'intéressait pas au sanctuaire lui-même.

Cette fois-ci comme les autres, après une marche précipitée le long du fleuve, réduit à un filet d'eau malodorante, véritable égout à ciel ouvert, il se retrouva enfin devant la Bocca della Vèrità qui orne la façade de l'église. C'est un grand disque de pierre en forme de visage, avec une bouche ouverte représentée par une fente. Au Moyen Âge, le bas-relief servait à une ordalie astucieuse, qui consistait à placer la main dans la bouche au moment de porter un témoignage. Si l'intéressé prononçait un mensonge, la bouche se fermait pour couper les doigts. La méthode servait à éprouver les femmes accusées d'adultère. L'histoire ne rapporte pas un seul cas où la bouche se soit close mais l'épreuve n'en gardait pas moins tout son sens : la femme adultère refusait de placer la main dans la bouche et elle avouait son crime, tandis que l'épouse innocente se prêtait en souriant à l'ordalie. La femme retournait au logis, le visage lisse et la main entière, justifiée par Dieu lui-même, qui aurait certainement accompli un prodige en cas de nécessité. Le peuple romain, parmi lequel tous n'étaient pas dupes, donnait ainsi le droit à l'adultère aux femmes non superstitieuses. Quant aux hommes, ils étaient de toute façon au-dessus de tout reproche.

Emmanuel avait découvert la Bocca della Verità lors d'un voyage en groupe à Rome, après sa première année de séminaire. Il s'était attardé un instant, laissant ses camarades remonter dans le car, puis il avait risqué sa main dans la terrible bouche en disant à mi-voix : « Je crois en Dieu. » L'idole était demeurée impassible. Emmanuel, étrangement content de lui-même, avait rejoint le groupe. Toute la journée, il avait éprouvé un état d'exaltation, comme s'il avait confessé le Dieu d'Israël face à un tribunal de la Rome antique.

Aujourd'hui, il avait besoin d'un témoignage plus spécifique. Il plaça sa main en position, puis il prononça très lentement et à haute voix dans la nuit silencieuse : « Je crois en la résurrection des corps. » Mais avant même d'avoir terminé la phrase, il retira sa main par un geste totalement incontrôlé. Il se força à recommencer l'épreuve, mais ce ne fut qu'à la troisième reprise, en serrant son poignet droit dans sa main gauche qu'il se contraignit à aller jusqu'au bout. Il réalisa qu'il avait triché mais il n'eut plus la force de réitérer l'épreuve. Il tourna le dos à l'abominable dieu romain.

Il pouvait apercevoir les deux petits temples de Vesta et de la Fortuna Virile, au milieu d'une pelouse râpée par la sécheresse de l'été. Personne ici ne songeait à arroser les pelouses. Ce luxe appartenait aux peuples riches du Nord. À Rome, on était presque en Afrique, l'eau était trop précieuse pour la gaspiller et le travail des hommes trop contraire à leur nature pour en faire plus que le strict nécessaire.

Comme on était seulement cinq jours après la pleine lune, dans le ciel limpide l'astre de Diane répandait ses rayons sur le décor fantastique des vieilles bâtisses au bord du fleuve tari, épuisé par la tâche d'abreuver la ville insatiable. Emmanuel s'appuya sur le parapet du lungotevere dei Cenci. Il se sentait épuisé mais toujours aussi peu enclin à dormir. Il lui fallait rebrousser chemin et, peut-être, la marche dissiperait-elle ses angoisses. Mais combien de fois parviendrait-il encore à faire cette promenade rituelle des nuits de doute, avant que la paralysie le gagne ?

Il revint sur ses pas en suivant la rive gauche. À minuit passé, la circulation automobile avait à peine diminué. Les voitures le rattrapaient, les unes après les autres, dessinant sur les façades son ombre, de plus en plus gigantesque, jusqu'à ce qu'elle s'efface d'un seul coup, au moment où il était dépassé.

Il marcha d'un bon pas jusqu'à proximité du ponte Mazzini. Là, il éprouva une défaillance, due sans doute à l'épuisement de l'effet des médicaments. Il n'avançait plus qu'à tout petits pas, hâtant sa progression en penchant le buste de plus en plus vers l'avant, courant à la poursuite de son centre de gravité. En jargon médical, cela s'appelle la festination. Il ne marcherait bientôt plus que selon ce mode grotesque, jusqu'à ce qu'il soit condamné à la chaise roulante. Finalement, il ne parvint plus à continuer et il s'affala sur un banc. Il transpirait abondamment et il se mit à pleurer sans même dissimuler son visage.

Sa vie, qui tirait vers une fin sans gloire, ne présentait

aucun sens à ses yeux. Élève appliqué et terne au collège, peu ou mal aimé de son père, n'ayant jamais connu sa mère, morte en mettant Colombe au monde, pourquoi avait-il choisi de devenir prêtre ? Sans doute pour se donner une valeur, sinon aux yeux des autres, du moins aux siens. Après une décennie entière d'études, coupé de toute réalité, son premier ministère comme vicaire à Brigue fut une demi-réussite ou un demi-échec. Il lui semblait buter sur les actes les plus ordinaires. Affligé d'une oreille peu sûre, il chantait plutôt mal et, plus d'une fois, il fut contraint de devoir se reprendre au milieu d'une messe en suscitant les sourires ou les grimaces de l'assemblée. Il ne supportait pas le confessionnal, sombre et malodorant, qui lui donnait des accès de claustrophobie. Mais le pire avait été l'accompagnement des mourants : paralysé en leur présence, il réalisa petit à petit qu'il n'avait jamais accepté sa propre mort et qu'il était resté une sorte d'enfant croyant à son immortalité terrestre. Il savait qu'il lui faudrait mourir mais il n'y croyait pas et il s'accrochait désespérément à la résurrection des corps pour nier l'évidence.

En désespoir de cause, devant son peu de dispositions pastorales, son évêque l'avait envoyé à l'Académie ecclésiastique pontificale pour tirer parti au moins de ses connaissances linguistiques. Après deux années à Rome, il avait fait un premier séjour à la nonciature d'Abidjan dont la mission essentielle semblait être de convaincre le président Houphouët-Boigny de ne pas construire la basilique de Yamoussoukro : sous le prétexte de ne pas gaspiller l'argent qui aurait pu être employé au développement de la Côte-d'Ivoire, mais en fait parce qu'une basilique plus grande que Saint-Pierre pouvait inspirer quelques mauvaises pensées à des prélats africains, par exemple la création d'une Église africaine autocéphale avec un patriarche à peau noire. Comme Emmanuel appréciait le projet ivoirien, il eut quelque mal à le combattre.

Puis il avait été envoyé à Beyrouth où il tint trois mois sous les bombardements avant d'être rapatrié pour cause de dépression nerveuse. En soupirant ostensiblement, le cardinal Agostino Casaroli l'avait reçu pendant un quart d'heure pour lui proposer de mettre un terme à sa carrière diplomatique et de travailler dans l'atmosphère plus sereine de la Congrégation pour la doctrine de la foi. Le cardinal Weiss l'avait très mal reçu parce qu'il avait repéré un article de *Lumière et vie*, signé par Emmanuel et datant de 1969, qui comportait des réserves évidentes de l'auteur sur l'encyclique *Humanae vitae*.

Avec le sens du sadisme civilisé, propre aux Germaniques, le cardinal avait affecté Emmanuel au dossier de la contraception afin de réunir les matériaux de la future exhortation apostolique *Familiaris consortio*, qui fut finalement publiée en 1981. La fonction comportait la recherche systématique de toute prise de position favorable à la contraception dans les écrits des évêques et des théologiens et la dénonciation de ces personnages hétérodoxes. Emmanuel avait ainsi lu et relu, jusqu'à la nausée, tous les arguments pour et contre, au point d'en dresser un catalogue numéroté.

S'il avait poursuivi ce travail contraire à sa conviction, c'était... Ah ! même dans ses examens de conscience les plus rigoureux, jamais il ne s'était senti poussé comme cette nuit à regarder en face son indignité. Il était dévoré par le goût du pouvoir, ce substitut à la véritable vie qu'il n'avait pas connue, afin d'exorciser sa peur de la mort. Aurait-il moins peur de sa mort, s'il l'affrontait avec un anneau d'évêque au doigt ?

Non, il n'avait pas servi le Seigneur, il s'en était servi. Pour faire carrière, pour assurer son pain quotidien, pour se hausser à ses propres yeux, pour paraître à ceux des autres, pour conjurer son angoisse. Et là se situait la faille qui s'ouvrait béante sous ses pas. Dieu ne servait jamais à rien, il se refusait à servir de béquille psychologique ; il demandait tout en ne donnant rien, ni la sérénité, ni le courage, ni la certitude, ni la consolation. Il ne fallait même pas qu'Emmanuel demandât pourquoi le Père l'avait abandonné. Pouvait-il s'attendre à autre chose ?

Il n'avait pas organisé sa carrière en vue d'accéder à l'épiscopat, mais il avait évité tout ce qui aurait pu constituer un obstacle : plus de publications tapageuses, aucune objection aux lubies du cardinal Weiss, des propos neutres. Il avait appris à modifier le timbre de sa voix en la plaçant dans un registre étouffé et suave qui donnait, à la phrase la plus anodine, l'allure d'une confidence bienveillante.

À l'ancienneté, il se trouverait forcément en position de candidat lorsque le siège de Sion ou celui de Fribourg deviendraient vacants. Parfois, dans ses accès de bassesse les plus avoués, il s'abandonnait à la délectation morose de meubler selon son goût l'appartement de tel ou tel prélat romand encore en activité. Il se tranquillisait en constatant que le sacerdoce et l'épiscopat n'attiraient plus guère de candidats et qu'il assurerait une sorte de permanence en attendant des temps meilleurs, quels que soient par ailleurs ses mérites moyens et ses dons douteux. En somme, il se ferait tout petit pour gagner le paradis au bénéfice de l'insignifiance.

Mais cette nuit, le Seigneur lui demandait des comptes, comme dans la parabole des talents. Le peu qu'il avait reçu, il l'avait enfoui pour juger et dénoncer ceux qui faisaient usage de leurs capacités. Emmanuel avait été complice du projet qui consistait à étouffer la voix des théologiens les plus talentueux de sa génération. Il avait servi les desseins du cardinal Weiss, tout en les réprouvant. Il s'était placé au-dessus de sa conscience parce qu'il était niché dans un bureau de la Congrégation pour la doctrine de la foi. Dans quelques mois, dans un an ou deux au plus, il serait jugé en esprit et en vérité. Sa propre conscience verrait avec une clarté aveuglante jusqu'au tréfonds de son inconscient. Son âpreté à espérer une datation convenable du linceul constituait une preuve de défiance à l'égard du Seigneur, un acte aussi blasphématoire que les ordalies honteuses devant la Bocca della Verità. Tout se tenait.

Ce monde était trop dur et trop compliqué pour lui. Il se sentait à la fois trop faible et trop borné. Il regretta tout le mal qu'il avait commis en croyant faire le bien et il aspira au bien qu'il avait évité en le considérant comme le mal. Il s'en remit à la miséricorde du Seigneur et il parvint enfin à articuler à mi-voix une prière : « Que ce monde passe ! » Puis il perdit connaissance.

Il habitait un pays ravagé par une grande famine. Le gouvernement avait calculé que, l'hiver venant, un tiers de la population allait mourir de faim. Les meilleurs experts avaient élaboré un plan de survie, qui consistait à optimiser le nombre de survivants en proposant l'option du suicide préventif à des volontaires. Leurs rations épargnées permettraient de nourrir des enfants, des adolescents, des femmes enceintes. Pour ne pas gaspiller les protéines et les graisses contenues dans les corps des sacrifiés, elles seraient transformées en produits alimentaires, par des traitements industriels appropriés.

Bien entendu, le débat avait été âpre et le magistère romain avait été amené à se prononcer sur la moralité d'un tel plan. Emmanuel avait rédigé le document final *In magnam penuriam*. On y concluait sans ambages que de tels sacrifices n'avaient rien d'un suicide mais qu'ils s'apparentaient plutôt au martyre. Le traitement chimique des corps suffisait à écarter toute suspicion d'anthropophagie. Il fallait simplement que les volontaires ne subissent aucune pression et qu'ils ne perçoivent aucune rémunération. Il convenait aussi qu'ils ne commettent pas eux-mêmes l'acte fatal mais qu'un professionnel, volontaire lui aussi, l'effectue. Les médecins, puis les militaires et les policiers s'étaient récusés. Seul le personnel des abattoirs avait accepté de poursuivre son travail ordinaire en l'exerçant sur des hommes plutôt que sur des animaux.

Lors d'une entrevue mémorable, le cardinal Weiss suggéra à Emmanuel de donner l'exemple : le peuple chrétien, choqué dans ses habitudes, ne comprendrait pas ce retournement si l'auteur même du texte de l'encyclique ne mettait pas ses actes en conformité avec ses écrits. D'ailleurs la surpopulation de la planète, à l'origine de la famine, résultait des écrits antérieurs d'Emmanuel, systématiquement hostiles à toute contraception. Avant de s'en rendre compte, Emmanuel avait acquiescé.

Il se trouvait avec une douzaine de volontaires dans la salle d'abattage, complètement nu, assis sur une chaise de fer. Deux volontaires en surnombre attendaient debout qu'une chaise se libère. Le long du mur, les chevilles d'acier chromé s'alignaient pour y pendre les corps à dépecer.

L'ouvrier chargé de l'abattage pénétra dans la pièce et la porte de métal se referma avec un bruit immense. Il avait un visage lourd et ennuyé, des yeux morts qui fixaient avec insistance chacune de ses prochaines victimes. Il portait à la main le pistolet d'abattage, un tube dans lequel coulissait un pointeau mû par un ressort. Il arma le pistolet, le posa sur le front du premier de la rangée et appuya sur la gâchette. La pointe perfora le cerveau jusqu'à la nuque avec un bruit mou.

Alors, Emmanuel se leva et céda sa place à un des volontaires en attente. Il annonça qu'il avait changé d'avis. On lui rendit ses vêtements et il sortit de l'abattoir. Le soleil se couchait sur un ciel sans nuages, l'hiver était passé, des feuilles jaune tendre pointaient sur les arbres du boulevard, il sentit un parfum violent à ses narines et respira un grand coup.

« Il ne faut pas rester immobile la nuit, tu vas attraper la crève. »

Une femme se penchait sur Emmanuel, un mouchoir imbibé d'eau de toilette à la main, lui bassinant le front. Elle dégrafa la gabardine et découvrit le col romain.

« T'es un curé ! Tu portais les sacrements à un type en train de claquer ? »

Emmanuel secoua négativement la tête. Il apercevait mieux le visage penché sur lui, celui d'une prostituée affligée d'un maquillage outrancier, presque comique. Elle n'était plus toute jeune, elle avait un peu de double menton, des rides et une teinture de cheveux d'un blond invraisemblable. Elle s'assit à côté de lui et le contempla avec intérêt.

« Qu'est-ce que tu fiches dehors à cette heure ?

— Je me sentais mal, j'ai voulu prendre l'air, j'ai dû avoir un malaise », balbutia Emmanuel.

La femme réfléchissait. Sous la tension de son visage froncé, le maquillage s'écaillait par plaques. Sans mot dire, elle essaya de remettre Emmanuel sur ses pieds mais il ne parvenait pas à garder l'équilibre.

« Tu peux pas rester comme ça. Tu veux que j'appelle une ambulance pour te conduire aux Gemelli ? »

À la suite d'expériences antérieures, elle devait savoir que cet hôpital servait le personnel du Vatican, auquel ce prêtre parlant l'italien avec un accent français appartenait sans aucun doute. Emmanuel refusa avec vigueur.

Il se voyait déjà admis aux urgences avec la femme à ses côtés. Demain matin, tout le Vatican bruirait de rumeurs. Dans sa situation, cela suffirait pour mettre un terme à sa carrière, à laquelle il semblait tenir avec une âpreté renouvelée depuis sa résurrection.

« Tu peux pas rester seul, trancha la femme. Mais tu peux pas venir chez moi. T'as pas de la famille ou un ami ? »

Emmanuel se raccrocha à la seule planche de salut :

« Ma sœur est à l'hôtel *Raphaël.* »

La prostituée héla un taxi qui déposa en quelques minutes Emmanuel au largo Febo. Soutenu par la femme, il fit une entrée titubante dans le hall sous l'œil consterné du concierge de nuit. Celui-ci refusa obstinément de donner le numéro de la chambre de la Signora de Fully. Après avoir découvert le col romain d'Emmanuel, il consentit à appeler la chambre par téléphone. Puis, le visage impénétrable, il tendit le cornet à Emmanuel appuyé de l'autre côté du comptoir. Il lui fallut s'étayer encore davantage lorsqu'à l'autre bout de la ligne, il entendit la voix mâle et bien timbrée d'un Romain :

« Ici, Pacelli ! »

Emmanuel, toujours dans les brumes, se demanda s'il était passé d'un cauchemar à un autre sans s'être jamais réveillé. Il bredouilla des mots sans suite. Mais la voix de Colombe, qui avait pris le cornet, le rassura :

« Qu'est-ce qui ne va pas, Emmanuel ? Je descends tout de suite. »

Quand Colombe surgit de l'ascenseur emmitouflée dans le peignoir de tissu éponge blanc fourni par l'hôtel, la prostituée était déjà partie. Emmanuel lui avait demandé son nom pour pouvoir lui rembourser le prix de la course de taxi, mais elle avait hoché la tête en disant : « J'ai plus de nom », avant de s'enfuir.

Colombe jugea d'un coup d'œil la situation : il n'était pas question de transporter à l'hôpital Emmanuel affalé dans un fauteuil. Elle alla au comptoir où le concierge assura qu'il n'y avait aucune chambre libre. Colombe appela sa chambre par téléphone. La discussion, faite de chuchotements, fut longue mais décisive. Dix minutes plus tard, Paolo Pacelli surgit de l'ascenseur, son sac à la main. Un taxi l'attendait déjà devant la porte. Il embrassa discrètement Colombe et il se présenta avec aisance à Emmanuel, hagard dans son fauteuil, qui ne comprenait plus rien à cette rencontre avec le sosie juvénile d'un pape mort, vêtu d'un *blue-jean* et d'un blouson de cuir.

Colombe suivit des yeux Paolo jusqu'à ce qu'il ait franchi le seuil. Aidée par le concierge de nuit, elle porta Emmanuel dans sa chambre et elle l'allongea sur le lit, juste avant qu'il s'évanouisse à nouveau.

Quand il reprit connaissance, ce fut pour articuler posément une demande précise :

« Je ne veux pas mourir. Tu dois me donner les noms des hôpitaux qui pratiquent la greffe de cellules fœtales. »

Puis il s'endormit paisiblement.

V

Le samedi, à onze heures du matin comme prévu, Théo fut introduit dans le bureau du cardinal Weiss, sans Emmanuel, qui était rétabli mais condamné au repos par Colombe intransigeante. Le cardinal agita tout de suite la dernière édition du *Popolo* sous le nez de Théo :

« On pourrait croire que ces murs ont des oreilles, M. le professeur. J'ai bien failli suspecter votre discrétion ou celle d'un de vos collègues d'Oxford ou d'Arizona. Celui qui a rédigé cet article a eu connaissance de l'ensemble des résultats. Heureusement le rédacteur en chef du *Popolo* m'a rassuré. Un de ses journalistes a dîné hier soir avec un *monsignore* chez *Ranieri*. Renseignement pris, le seul prélat qui se soit nourri ce soir-là dans ce restaurant de luxe, où il n'avait rien à faire d'ailleurs, est un collaborateur de la secrétairerie d'État. J'ai veillé dès ce matin à ce qu'il soit affecté à la nonciature du Zaïre. Il y fera moins de tort à l'Église et les difficultés de la vie africaine le ramèneront sans doute à une plus saine conception des choses. »

Théo parcourut en diagonale l'article qui comportait les quelques fautes classiques en matière de physique que l'on pouvait attendre d'un profane. Mais le message était parfaitement clair : le Vatican avait fait procéder à une datation du linceul et il s'apprêtait à ne donner aucune publicité aux résultats dans la mesure où ceux-ci ne répondaient pas à son attente. Le cardinal intervint dès que Théo leva les yeux de sa lecture :

« Ceci modifie notre attitude. Quoiqu'il ne soit plus possible de sous-estimer ou de négliger la valeur des résultats obtenus en ce qui concerne l'authenticité du linceul lui-même, il demeure en revanche souhaitable de démontrer, à cette occasion, l'ouverture de l'Église à la science. Nous avons déjà annoncé une conférence de presse à Turin, qui sera donnée par le cardinal Ballestrero et son conseiller, le professeur Gonella, le jeudi 13 octobre. Le lendemain, une autre conférence de presse aura lieu à Londres, présentée par vos collègues Hall, Tite et Hedge. Le thème sera simple : nous ne remettons pas en cause l'exactitude des résultats, nous ne mettons pas en doute la bonne foi ou la compétence des scientifiques. Néanmoins le linceul garde pour nous une valeur d'icône et même de relique, au moins médiévale. Nous ne défendons pas la thèse disant qu'il s'agit du linceul qui a enveloppé le corps de Jésus, nous ne l'écartons pas davantage, nous n'en avons d'ailleurs jamais fait un acte de foi. Bien au contraire, une bulle de Clément VII datant de 1390 autorisait l'exposition de la relique, pourvu qu'il soit précisé qu'il ne s'agissait que d'une copie du linceul authentique. Bref, le débat sera dépassionné jusqu'à plus ample informé, c'est-à-dire l'obtention éventuelle d'autres résultats, découverts par vous-même. Je vous écoute donc, mais je souhaiterais tout d'abord vous entendre sur ma requête d'hier : quel est, en dehors de la datation par le carbone 14, l'élément le plus défavorable du dossier ? »

Théo avait eu tout le temps de méditer sa réponse :

« Une analyse très fine de l'image fait apparaître que les yeux sont clos non par les paupières mais par deux pièces de monnaie. Ce serait un argument archéologique en faveur de l'authenticité, car effectivement une vieille coutume hébraïque consistait à placer deux pièces de monnaie dans les orbites de certains cadavres, sans que l'on sache du reste à quoi correspondait cette coutume et pourquoi elle n'était pas universelle. Mais cette coutume pouvait être connue par le faussaire médiéval. Après tout, il en savait tellement qu'il fallait qu'il fût bien informé d'une foule de choses ; il a fait jusqu'à présent un parcours sans faute. Le problème, c'est qu'une de ces pièces, appelées *lepton*, est un faux grossier. Sur l'œil gauche, la monnaie était un *lepton* frappé par Pilate en 29, avec une dédicace à Julie, la mère de l'empereur Tibère. L'image est correcte. En revanche, sur l'œil droit, se trouvait un *dilepton lituus*, c'est-à-dire portant l'effigie de ce bâton astrologique appelé par les Romains *lituus*. Cependant, l'inscription se lit *Tiberiou Caisaros*, alors que le *C* aurait dû être un *K* pour se conformer à la pratique des inscriptions romaines de l'époque. Le faussaire a donc commis une faute d'orthographe que n'ont certainement pas pu commettre les Romains lors de la frappe de leurs propres monnaies. »

Le cardinal ne le laissa pas poursuivre ; il se leva, prit dans sa bibliothèque un dictionnaire de numismatique bien usagé et l'ouvrit, après quelques recherches, sur une photographie de pièce romaine portant l'inscription litigieuse.

« Ce n'est pas une preuve de fausseté, mais une preuve d'authenticité. La frappe des pièces dans l'Antiquité était confiée à des artisans agréés et non à une institution financière officielle comme vous l'imaginez. Les pièces frappées par Pilate étaient de médiocre qualité et l'un des coins utilisés comportait effectivement cette faute. On a retrouvé au moins deux exemplaires d'une telle pièce. Ce n'est pas cela qui me ferait douter de l'authenticité du linceul, bien au contraire. En revanche, je n'apprécie pas votre duplicité, M. le professeur. »

Théo, qui était réputé pour son flegme, perdit contenance au point de rester muet. Le cardinal reprit donc avec un sourire sarcastique, comme s'il venait de prendre un enfant en flagrant délit de mensonge stupide :

« Pourquoi imaginez-vous que seuls les physiciens soient capables d'accomplir avec conscience leur travail ? Vous auriez pu m'accorder l'honneur de supposer que j'étudie mes dossiers. Après tout, j'ai été votre collègue, j'ai été professeur d'exégèse à Munich. Vous auriez pu deviner que j'avais quelque connaissance en numismatique de l'époque. Vous auriez pu supposer que le dossier complet de l'affaire, que j'ai patiemment dépouillé moi-même, comportait une publication du professeur Filas de la Loyola University de Chicago, datant de 1982, où l'énigme de la faute d'orthographe était élucidée. Si vous comptiez donc me proposer un argument contre l'authenticité, pour le démonter ensuite et mieux me manipuler, vous vous êtes trompé d'adresse. »

Théo baissait la tête. Il s'imagina un instant agenouillé dans un confessionnal, soumis à l'inquisition du cardinal Weiss. Celui-ci découvrait des fautes dont Théo n'avait même pas une perception claire. Bien qu'il n'ait pas vraiment prémédité cette manœuvre en toute lucidité, à bien y réfléchir il y avait eu, de sa part, une certaine duplicité. Comme il ne pouvait se résoudre à l'avouer, il continua de se taire. Le cardinal reprit :

« Je sais ce que valent les hommes, même les meilleurs. Je ne vous estime pas moins pour vous avoir pris en faute. Je commets aussi des fautes, intentionnelles ou non. Cependant, dans la matière délicate qui nous concerne, vous ne pouvez pas jouer au plus fin avec moi, qui serai votre garant auprès du Saint-Siège. Êtes-vous prêt à observer la plus grande transparence dans nos rapports, comme si vous étiez sous serment, comme si vous parliez à votre confesseur ? Avec les mêmes conséquences spirituelles au cas où vous commettriez un mensonge ? Excusez-moi de vous demander cela, mais sans votre engagement je n'entre même pas en matière. Lors de la datation du linceul, nous avons eu le grand tort d'admettre la collaboration de savants athées, indifférents, hostiles à l'Église. Au point où en sont arrivées les choses, je n'écarte pas l'hypothèse d'une manœuvre malveillante et délibérée de leur part pour altérer notre crédibilité, c'est-à-dire attaquer la foi. Je ne laisserai donc pas des mains impures toucher au tombeau du Christ. »

Théo fut foudroyé par cette dernière phrase. Il n'avait parlé de son projet de fouille du Saint-Sépulcre qu'à Emmanuel et Colombe. Ni l'un, ni l'autre n'avaient communiqué avec le cardinal. Mais celui-ci connaissait tout de science infuse, il prévoyait toutes les démarches. Il aurait été de mauvais goût de lui demander d'où il tenait cette connaissance universelle. Théo capitula sans condition :

« Je m'y engage », dit-il d'une voix mate.

Il fut surpris par la question suivante :

« Combien avez-vous d'enfants ?

— Aucun.

— Pourquoi ? »

Complètement éberlué, Théo répondit machinalement :

« Je ne suis pas marié !

— Vivez-vous en concubinage ?

— Pas du tout, je vis seul, je n'ai pas d'aventures. Mais je ne vois pas ce que cela vient faire...

— Je le vois et cela doit vous suffire. Vous n'êtes pas homosexuel ?

— Non.

— Vous avez donc toujours observé la chasteté, toute votre vie ?

— J'ai eu une aventure, assez brève, quand j'étais étudiant, aux États-Unis. Cela m'a suffi ou cela m'a découragé, comme vous voulez. »

Le cardinal se tut longuement. Théo était au supplice. Il n'avait jamais parlé à personne de sa vie affective ou plutôt de ses lacunes dans le domaine. Le cardinal le fixa et, par son regard, contraignit Théo à ne pas baisser les yeux.

« Je vous crois. Et je considère qu'il s'agit d'un signe. La pureté de votre vie personnelle garantit celle de vos intentions. Oubliez cette conversation, nous ne la reprendrons jamais, parlez-moi de vos projets. »

Théo avala péniblement sa salive :

« Je voudrais fouiller la basilique du Saint-Sépulcre. »

Emmanuel était assis dans un des deux fauteuils, Colombe dans l'autre. Il avait récupéré. Dans la matinée, sa sœur l'avait ramené en taxi à la piazza del Risorgimento, puis elle avait empoigné le téléphone et entamé une discussion en anglais avec le médecin traitant d'Emmanuel, afin de réduire de huit à quatre le nombre de médicaments différents absorbés quotidiennement. Au terme de l'entretien, elle avait annoncé à Emmanuel qu'il devait changer de médecin et que sa crise provenait de la combinaison de remèdes inadéquats. Elle résuma son opinion sur la médecine romaine par une formule lapidaire :

« Tu vis dans le tiers-monde, mon pauvre Emmanuel ! »

Emmanuel trouva le courage de reparler de sa requête de la veille, que Colombe n'avait plus évoquée :

« Ne serait-il pas possible d'envisager une greffe de

cellules fœtales provenant d'une fausse couche spontanée ? Dans ce cas, il n'y aurait aucun problème éthique, comme celui provoqué par l'utilisation de fœtus avortés. Enfin, je pense... »

Sans prononcer un seul mot, Colombe exprima une variété de sentiments allant de l'étonnement à la fureur en passant par la dérision. Elle se leva d'un bond, tapa du poing sur la table, donna un coup de pied à la porte, but un grand verre d'eau, tira la langue à Emmanuel, ouvrit la fenêtre pour se livrer à de profondes inspirations, puis la referma pour échapper au bruit de la circulation. Comme Emmanuel était habitué à ce genre de démonstrations, il attendit patiemment que Colombe se fût à nouveau assise. Elle rapprocha son fauteuil de celui de son frère et commença à s'expliquer :

« Tout d'abord cela ne tient pas debout du point de vue médical. Une fausse couche résulte toujours d'un problème qui est une infection ou une malformation congénitale et un avortement spontané ne se déroule pas dans les conditions de stérilité d'une salle d'opération. Aucun médecin sérieux ne consentirait à greffer des cellules qui n'ont pas été obtenues dans des conditions optimales, surtout pour une thérapeutique expérimentale où il est déjà difficile de comprendre ce qui se passe. Ensuite, cela ne réglera aucun de tes problèmes de conscience sinon dans la mesure où tu ne regardes pas les réalités en face. La décision que prend une femme d'avorter lui appartient, lui est dictée par des circonstances qui n'ont rien à voir avec le prélèvement *a posteriori* de cellules. Aux États-Unis comme en Angleterre ou en Suède, on demande l'autorisation de la mère pour le prélèvement après que sa décision d'avorter a été prise et ce prélèvement n'est rémunéré en aucune façon. Il n'y a donc pas d'avortement qui se commette pour obtenir des tissus de fœtus. Il y a des avortements volontaires, au terme desquels il est possible de détruire les fœtus ou de récupérer quelques cellules pour guérir des malades. Pour un médecin, le choix ne soulève aucun problème d'éthique. La vie d'une personne est sacrée et elle mérite que l'on utilise tous les moyens existants, s'ils ne causent de tort à personne d'autre. Je sais d'où vient ce faux problème mais il ne possède que de fausses solutions par définition. Si tu ne te soignes pas, alors que le remède est à portée de main, est-ce que cela ne te pose pas un problème de conscience, différent peut-être mais tout aussi sérieux ? »

Emmanuel réfléchit longuement puis il parvint à dire :

« Je ne puis pas m'autoriser à faire ce que je refuse aux autres.

— Bien sûr. Donc si tu décides de te faire soigner, il faut annoncer que ce genre de soin est légitime.

— Jamais le cardinal ne sera d'accord.

— Je m'en doute. Il ne te reste plus qu'à démissionner d'une institution qui tient un discours contraire à ce que te dicte ta conscience. Cela me paraît évident, non !

— Cela n'est pas si facile.

— Ah non ! Cela n'est pas facile, mais mourir n'est pas plus facile. »

Elle se radoucit et elle prit une main d'Emmanuel entre les siennes :

« Tu as le droit ou le devoir de sacrifier ta vie pour tes idées, fausses ou non, réalistes ou non, pourvu que tu y croies. En revanche, abandonner la vie pour des idées auxquelles tu ne crois pas, auxquelles tu feins de croire pour conserver ton emploi, te pose naturellement des problèmes psychologiques. C'est en s'imposant d'obéir à deux règles contradictoires que l'on devient schizophrène. Un homme ne peut mourir sereinement que s'il est en accord avec lui-même. C'est mon expérience de tous les jours. L'état de grâce, dont on nous a rebattu les oreilles au catéchisme, signifie en termes contemporains que l'inconscient doit être réconcilié avec le conscient. La sainteté correspond à une transparence parfaite de l'homme à lui-même. Tu n'es pas le premier prêtre que je rencontre dans cette situation. Je dirais même que trop souvent je découvre des prêtres ou des religieuses qui éprouvent une angoisse insurmontable devant la mort. Pendant longtemps, j'ai cru qu'ils étaient confondus par le sentiment de leur propre indignité, qu'ils étaient en somme plus lucides que l'agonisant moyen. Aujourd'hui, j'ai tendance à penser qu'ils sont déchirés entre leurs convictions personnelles et les proclamations irréalistes de l'institution à laquelle ils se sont engagés à obéir. Or, ce que dit Jésus est parfaitement clair : tu dois obéir non à une loi rigide mais à ta conscience, ce qui est beaucoup plus difficile. Si tu participes à une institution, même si elle s'appelle le Saint-Office, qui prétend régler les modalités d'application de la loi dans les plus petits détails, tu n'imites plus Jésus mais les scribes et les pharisiens. »

Il y eut un long silence. Puis Emmanuel fit une autre tentative :

« J'ai entendu dire qu'il y a des grossesses extra-utérines auxquelles il faut mettre un terme parce qu'elles n'arriveront de toute façon pas à terme et qu'elles font courir des risques graves à la mère. Est-ce que l'on ne pourrait pas utiliser des cellules provenant de ces fœtus-là ? »

Une seconde fois, Colombe manifesta silencieusement toutes les formes de la désapprobation. Elle conclut cette démonstration par l'absorption d'un grand verre de vin, puis elle s'exprima :

« Es-tu un enfant, es-tu stupide ou es-tu hypocrite ? Quand un patient ordinaire me fait ce genre de proposition, je refuse de m'occuper encore de lui jusqu'à ce qu'il cesse de ruser avec moi. »

Elle s'arrêta un instant, essoufflée par sa propre colère, puis elle reprit plus doucement :

« Tu es mon frère. Je vais donc essayer de m'expliquer calmement. Si tu ne comprends pas ou si tu ne veux pas comprendre, nous n'en parlerons plus jamais. Tu t'efforces de sortir des mailles d'un filet que tu as tissé toi-même. Si un médecin met un terme à une grossesse extra-utérine délibérément, il effectue un avortement qui n'est ni plus ni moins grave, au regard de la loi énoncée par l'Église, que n'importe quel autre avortement. Je n'ai jamais entendu ton institution énoncer la règle selon laquelle, entre la vie de la mère et celle de l'enfant, il fallait automatiquement choisir la première. Dans la pratique, bien entendu, c'est ce qui arrive et les autorités ecclésiastiques ferment les yeux. Il en est de même si la grossesse résulte d'un viol ou d'un inceste. Le bon sens, qui ne diffère pas de la charité, indique clairement la ligne de conduite. Dans la pratique médicale il existe des cas d'avortements inévitables. Mais cela, ton Saint-Office ne veut pas en entendre parler. Il préfère, parce que c'est plus simple, refuser en bloc tout avortement et le présenter comme un péché grave. Comme il ne défend pas une position raisonnable, il n'est plus crédible et personne ne l'écoute. »

Elle se tut un instant, sembla hésiter, puis reprit :

« En fait, il y a plus d'avortements parmi les catholiques de Californie que parmi les protestants. Puisque la contraception est présentée comme un péché mortel, les pauvres Mexicaines ou Irlandaises, qui prennent encore au sérieux votre enseignement, choisissent non pas le moins grave mais le moins permanent des deux péchés, si j'ose m'exprimer ainsi. On se confesse en une fois d'un avortement, alors que l'on ne peut pas se confesser chaque mois d'avoir pris la pilule et promettre de ne pas recommencer le mois suivant. Donc on avorte de temps en temps. Ça, mon cher frère curé, ce n'est pas de la théologie morale mais de la pratique médicale ! Ça se découvre tout de suite en travaillant dans un hôpital, ça ne se découvre jamais en paressant dans un bureau ! »

Elle se tut à nouveau, puis plus bas, elle confia :

« Et toi, tu cherches à t'absoudre au bénéfice du doute. Or, ce n'est pas ça qui t'est demandé, mais de répondre de tes actes dans une clarté aveuglante, celle du Jugement. Tes ruses actuelles te paraîtront odieuses et les combines ecclésiastiques du Vatican, dérisoires. Tu paraîtras nu devant ton créateur, sans la soutane et la ceinture violette, sans diplômes, sans lettres de recommandation, sans mérites, sans indulgences, sans capital spirituel, sans trésor amassé dans les cieux sou par sou, renoncement par renoncement. Tu le sais et c'est cela qui te fait peur. »

Emmanuel soupira un grand coup, comme s'il voulait chasser de ses poumons une bouffée de miasmes :

« Tu as raison sans doute. Ne parlons plus de cela. Qu'est-ce que tu me conseilles ? »

Colombe se gratta la tempe, puis elle décida :

« Accompagne-moi sans tarder à San Francisco. J'y connais des gens compétents en maladie de Parkinson. Ils commenceront par faire un bilan plus sérieux que ces fantaisistes de l'hôpital Gemelli. On pourra décider d'une thérapeutique adéquate. Ou bien une médication bien pensée, ou bien l'opération de greffe. Même si le gouvernement prétend l'interdire pour complaire à son électorat conservateur, les hôpitaux universitaires ne s'arrêtent pas d'expérimenter. »

Elle se tut à nouveau, réfléchit, puis se décida :

« La maladie de Parkinson possède aussi une composante psychiatrique, comme résultat de la détérioration du système nerveux. Et certains disent que ce pourrait être une cause. Je n'en sais rien. De toute façon, comme je ne puis te promettre la guérison, je voudrais surtout que tu parviennes à mieux assumer la perspective de ta propre mort. Cela, c'est mon métier. Bien sûr, je ne puis le pratiquer moi-même à ton égard, mais j'ai une excellente assistante. Tu participeras avec les autres malades aux séances de groupe que j'anime et ma collaboratrice te prendra en charge pour les entretiens particuliers...

— Tu n'as pas de collaborateur masculin ?

— Si, mais je te propose la meilleure aide possible. À partir de maintenant, tu te laisses faire, sans si et sans mais. Tu commences à m'énerver ! Je te payerai le billet d'avion et tu pourras loger chez moi. Le traitement médical sera gratuit. Tu n'as donc plus de problèmes matériels à te poser. Tu te laisses faire, sans passer ton temps à te tourmenter. Sinon tu finiras par mourir d'angoisse et de froid en courant les rues de Rome, la nuit, comme un adolescent fugueur. »

Elle ajouta, devant le silence d'Emmanuel, cette conclusion péremptoire :

« Cesse de faire le gamin ! »

Emmanuel crut entendre sa mère, dont il n'avait aucun souvenir, et il acquiesça.

Vers la fin de l'après-midi, comme Emmanuel paraissait apaisé, Colombe prit soudain la résolution d'aller se confesser à la basilique Saint-Pierre. Elle avait coutume de s'abandonner à des impulsions de la sorte. Plus une inspiration surgissait sans préalable et sans raison, plus elle la séduisait. À rebours de Théo, sans doute pour se démarquer de lui, elle ne planifiait que l'indispensable et elle improvisait le reste.

Sans trop savoir pourquoi, elle enfila donc la via di Porta Angelica, bruyante et poussiéreuse, au pied des remparts du Vatican pour déboucher en quelques minutes sur la place Saint-Pierre qu'elle traversa en ligne droite sans s'arrêter, jusqu'au porche de la basilique. Le temps du trajet avait été aussi une occasion d'introspection : elle venait ici parce qu'elle prenait l'avion du retour le lendemain et qu'elle avait peur des voyages en avion. Elle se sentirait plus en sécurité, si elle n'avait rien sur la conscience. Une âme apaisée est aussi un luxe, qu'il ne faut jamais se refuser.

En pénétrant dans le sanctuaire, elle fut frappée une fois de plus par un sentiment mêlé d'admiration et d'irritation : la virtuosité des architectes et des décorateurs l'éblouissait mais elle ne parvenait pas à oublier que leur art avait été mis au service d'une cause ambiguë, le pouvoir temporel des papes, la négation même de leur fonction spirituelle. Le plafond était situé trop haut, pour engendrer une impression d'écrasement, propre à émouvoir des esprits demeurés secrètement païens. Et elle aussi, elle demeurait prisonnière de son éducation. Et elle venait demander une absolution fastueuse dans un décor baroque.

Dans le transept gauche elle avisa un confessionnal spécifiant que le confesseur entendait le français et elle s'y engouffra en évitant de trop réfléchir. Le confesseur arborait un col romain, des lunettes dorées, une étole et un début de calvitie. Sans regarder Colombe, il tendit l'oreille :

« Je m'accuse d'avoir eu des relations sexuelles avec un homme que je n'aime pas vraiment. »

Colombe se tut. Elle avait atteint la limite de ce qu'elle pouvait se forcer à avouer. Silence. Les lunettes d'or finirent par être agitées d'un léger branle.

« C'est tout ? »

Le confesseur avait un accent espagnol prononcé. Colombe balbutia :

« Oui.

— Combien de fois ?

— Depuis jeudi passé...

— Ce n'est pas la réponse à ma question. Je vous demande combien de fois vous avez commis l'acte.

— Je ne m'en souviens pas exactement, mentit Colombe qui ne se sentait pas d'humeur à dénombrer ses orgasmes.

— Vous n'êtes pas mariée à cet homme, n'est-ce pas ?

— Non.

— Vous savez bien que là est votre péché. Même si vous aimez un homme, cela ne vous donne pas le droit d'avoir des relations sexuelles avec lui. Seul compte le mariage. Êtes-vous mariée ?

— Non.

— Êtes-vous veuve ?

— Non, je suis divorcée. Depuis quinze ans.

— Votre mari vous a-t-il quittée parce que vous commettiez déjà des adultères ? »

Colombe faillit exploser et sortir du confessionnal mais elle parvint en tremblant de tout son corps à se contenir.

« Non. C'était l'inverse. Il me trompait. Je lui étais fidèle. Je l'ai quitté quand la situation est devenue insupportable.

— Avez-vous demandé un jugement de nullité de votre mariage ?

— Il a été jugé nul par mon diocèse, à San Francisco. Mais le tribunal de la Rote n'a pas confirmé ce premier jugement.

— Dans ce cas, vous êtes toujours l'épouse de votre mari et vous lui devez la fidélité...

— Il s'est remarié, lui.

— Cela ne change rien, si vous avez des relations avec un autre homme, vous commettez un adultère. C'est cela votre péché. »

Il se tut pour laisser Colombe réfléchir. Il conservait une immobilité de statue. Seule la légère agitation des lunettes, captant et réfléchissant un rayon de soleil, témoignait de son appartenance au monde des vivants. Colombe eut le temps de réaliser que, avec son accent espagnol et son français scolaire, il devait appartenir à l'Opus Dei et qu'elle s'était engouffrée sans réfléchir dans le mauvais confessionnal.

« Regrettez-vous votre adultère ?

— Je ne puis pas regretter d'être infidèle à un homme qui n'est plus rien pour moi. Je regrette un manquement à la charité. Je regrette d'avoir accepté ces relations avec un homme plus jeune que moi, que j'ai entretenu pour qu'il couche avec moi. J'ai abusé de lui...

— La charité n'a rien à voir ici. Il s'agit de votre obéissance à une règle édictée par l'Église. Vous regrettez votre acte pour de mauvaises raisons, mais enfin vous le regrettez. Je vous donnerai l'absolution si vous avez la ferme résolution de ne pas recommencer.

— Je ne sais pas. »

Les lunettes d'or frémirent de stupéfaction.

« Comment ? Vous ne savez pas ! Pourquoi vous confesser alors ?

— Je ne puis pas me passer d'avoir des relations avec un homme. J'essaie de les éviter mais parfois je cède à mon désir.

— On ne vous demande pas de garantir que vous ne commettrez plus jamais de péché, on vous demande de prendre la ferme résolution d'éviter à partir de maintenant les occasions de rechute.

— Aujourd'hui c'est le cas, mais je sais que ce ne le sera pas toujours. »

Il y eut un soupir étouffé de l'autre côté du grillage, puis une voix plus basse, différente, comme si c'était celle d'un autre homme :

« Je vais vous donner l'absolution. L'adultère de votre mari est la croix que Jésus vous propose de porter avec lui jusqu'au calvaire. Si la vie avec ce mari est devenue impossible, vous avez le droit de vous en séparer pourvu que vous observiez la chasteté. Celle-ci ne constitue pas une punition mais un état de perfection que les circonstances vous imposent, alors que les prêtres et les religieuses le choisissent librement. Ce n'était pas votre vocation, cela le devient par un appel de Dieu. On accepte ou on refuse cette proposition de Dieu. Là est la seule question pour un chrétien. Dites l'acte de contrition et, pour votre pénitence, une dizaine du chapelet en méditant sur la pureté de la Vierge Marie. »

Colombe émergea du confessionnal en se demandant si elle n'était pas rouge jusqu'aux oreilles. Comme en songe, elle descendit dans la crypte de la basilique et elle s'agenouilla sur le pavement de marbre en face de la tombe de Pierre, partagée entre la fureur et le soulagement. Le temps de réciter la dizaine d'*Ave*, elle se sentit restaurée par la fraîcheur de la crypte. Elle prolongea sa prière un instant, puis elle se leva et remonta les escaliers en se sentant incroyablement légère. Elle avait le sentiment de recommencer à vivre.

Elle prit le chemin de l'hôtel *Raphaël* où elle comptait se changer avant le dîner. Elle avait aussi envie d'une douche prolongée, d'une débauche d'eau chaude, de savon et d'eau de toilette. En longeant le corso Vittorio Emanuele, l'étalage d'une boutique la tenta et elle s'acheta de la lingerie neuve, parce qu'il lui semblait indispensable de porter ce soir du linge qui ne l'avait jamais été. Le temps d'atteindre le largo Febo, elle prit la résolution de faire rafraîchir la peinture de son appartement de Berkeley et de changer de voiture.

De sa chambre, elle appela Paolo, réfugié chez sa tante à héritage, pour lui expliquer qu'elle ne pourrait pas quitter son frère avant son départ. Paolo proposa de la reconduire à l'aéroport puisqu'il avait récupéré son taxi. Colombe parvint à s'excuser en prétextant que ses deux frères l'accompagneraient. Paolo s'inclina de bonne grâce et il promit spontanément de téléphoner à Colombe aux États-Unis dès qu'il aurait réussi à localiser une nouvelle cabine téléphonique trafiquée pour obtenir les relations internationales sans payer. Colombe sut dès cet instant qu'elle le reverrait tout de même. Elle s'efforça de n'en rien laisser paraître dans le ton de sa voix, mais elle ne trompa pas plus Paolo qu'elle ne se trompa elle-même.

Théo arriva en retard chez *Piperno*, où Colombe et Emmanuel l'attendaient depuis plus de vingt minutes à partir de l'heure de rendez-vous solennellement fixée par leur aîné. Le fait leur avait paru à ce point stupéfiant qu'ils étaient en train de se livrer aux supputations les plus sinistres sur la fréquence des accidents à Rome.

Théo arriva en souriant, ce dont il n'était pas coutumier. Il avait passé une excellente journée, leur dit-il brièvement pour s'excuser, il n'avait cessé de rencontrer des Éminences qui étaient en charge soit de la Congrégation pour les Églises orientales avec lesquelles il faudrait s'entendre, soit de l'Administration du patrimoine du Siège apostolique qui fournirait les fonds pour les fouilles, soit des relations difficiles avec Israël à la secrétairerie d'État. Théo avait été désigné « chef de projet » et il dépendait directement du cardinal Weiss. La nonciature de Berne prendrait contact avec le Conseil fédéral suisse, dont Théo dépendait en tant que fonctionnaire, afin d'obtenir son détachement. Emmanuel assurerait la liaison à Rome. Bref, Théo avait progressé à pas de géant mais il n'était pas autorisé à tout dire, ajouta-t-il, avec un air mystérieux.

Ils se turent en consultant gravement le menu. L'entrée ne souffrait aucune discussion. *Piperno* honorait une longue tradition en offrant des *carciofi alla giudea*, artichauts passés à la friture, sans doute une survivance de l'époque où tout le quartier du Monte de'Cenci faisait partie du ghetto juif. Le plat faisait l'objet d'une littérature exaltée : « *I carciofi sono aperitivi, provocano i sudori, purificano la massa del sangue ; ma svegliano indubbiamente gli ardori di Venere ai non coniugati. Convengono nei tempi freddi ai vecchi e ai temperamenti flemmatici. Piperno con quell'arte sopraffina degna d'un mago, d'un prestigiatore manipola il carciofo in cucina e lo trasforma in petali di flore*[1]. » Bien qu'il n'ait pas fait froid et qu'aucun de Fully ne se soit senti vieux ou indolent, ils commandèrent trois fois la même entrée.

Quand ils arrivèrent sur la table, les artichauts étaient croquants et tendres, la peau d'un beau brun de caramel, leur parfum exalté par la cuisson. C'était une nourriture un peu magique, qui troublait toujours Emmanuel, sans doute parce que le restaurant était tout proche de Santa Maria in Cosmedin, le lieu de toutes ses ordalies inavouées, le bas-fond de sa foi religieuse.

Ensuite, ils se dispersèrent. Théo se laissa tenter par un plat robuste, *coda di bue*, une sorte d'*osso bucco* amélioré, à base de queue de bœuf qui lui donnait la saveur riche d'un *oxtail*. Emmanuel se sentit obligé de prendre un *fritto scelto all'italiana*, dans l'espoir que l'absorption de cervelle pallierait la destruction de ses

1. Les artichauts ouvrent l'appétit, provoquent la transpiration, purifient le sang ; mais ils réveillent indubitablement les ardeurs de Vénus chez ceux qui ne sont pas mariés. Par temps froid, ils conviennent aux gens âgés et aux tempéraments lymphatiques. Piperno, avec l'art raffiné d'un magicien ou d'un prestidigitateur, métamorphose l'artichaut en cuisine et le transforme en pétales de fleur.

propres cellules. Colombe, moins excentrique, se borna à un agneau rôti : cette nourriture pascale convenait à son accès de piété.

Le repas terminé, Théo ne résista plus et il se soulagea de quelques secrets, par exemple la fuite obtenue par un journaliste du *Popolo* à partir d'un *monsignore* de la secrétairerie d'État. Emmanuel se fit sentencieux pour évoquer le carriérisme des jeunes prélats papillonnant dans les réceptions du corps diplomatique. Ils rirent de bon cœur à la pensée de l'arriviste ecclésiastique en exil à Kinshasa. Grâce à cette diversion, Colombe ne soupçonna pas un seul instant Paolo Pacelli.

Théo apprit à Emmanuel qu'ils seraient tous deux de service à la conférence de presse du cardinal Ballestrero le jeudi suivant à Turin. Lui-même demeurerait donc trois jours de plus à Rome pour établir les relations nécessaires à la poursuite du projet et il retournerait le samedi à Zurich.

Après que Théo eut vérifié l'addition et découvert une fois de plus une erreur au bénéfice du serveur, ils revinrent tous les trois par le même taxi qui déposa Emmanuel à son appartement puis ramena les deux autres à l'hôtel *Raphaël*. Après avoir pris sa clé à la conciergerie, Colombe eut tout de même un scrupule. Pendant une demi-heure, elle mit Théo au courant de la maladie d'Emmanuel et de la cure qu'elle entreprendrait. Théo enregistra ces informations et il proposa une aide financière pour le voyage d'Emmanuel en Amérique. Ils discutèrent ainsi longuement, comme les parents responsables d'un adolescent difficile, tandis que le pianiste de service exécutait approximativement la sonate numéro 29 de Beethoven. Dès qu'il l'avait entamée, Théo avait introduit machinalement l'heure sur sa calculette, tout en écoutant d'une oreille Colombe. À la fin, il constata que l'interprétation avait pris au total cinquante-six minutes et vingt secondes, soit six minutes et onze secondes de plus que l'enregistrement réalisé par Daniel Barenboïm pour Deutsche Grammophon. C'était beaucoup trop lent. Comme l'heure fatidique de son coucher approchait, il prit congé de Colombe.

VI

Le 13 octobre à Turin, Emmanuel et Théo prirent soin de s'asseoir au dernier rang lors de la conférence de presse. Ils étaient là pour écouter, pour observer, pour rendre compte et non pour interférer avec une situation déjà trop embrouillée. Le cardinal Ballestrero lut avec onctuosité un texte alambiqué et sibyllin dont la conclusion valait son poids d'encens :

« En remettant à la science l'appréciation de ces résultats, l'Église reconfirme son respect et sa vénération pour cette vénérable icône du Christ, qui reste objet de culte des fidèles, en cohérence avec l'attitude toujours exprimée à propos du Saint-Suaire, dans lequel la valeur de l'image prédomine sur l'éventuelle valeur de pièce historique, attitude qui fait tomber les argumentations gratuites à caractère théologique, avancées dans le cadre d'une recherche qui n'était projetée que comme uniquement et rigoureusement scientifique. »

« Qu'est-ce qu'il essaye de dire ? souffla Théo à Emmanuel.

— Rien et tout. Il s'efforce de ne rien dire, pour laisser ouvertes toutes les interprétations », répliqua celui-ci sur le même ton, car le cardinal, après avoir repris son souffle assez court, reprenait.

« Parallèlement, les problèmes de l'origine de l'image et de sa conservation restent encore en grande partie insolubles et ils exigeront des recherches ultérieures et d'autres études, envers lesquelles l'Église manifestera la même ouverture, inspirée par l'amour de la vérité, qu'elle a montrée en permettant la datation par le radiocarbone dès que lui fut soumis un programme de travail raisonnable à ce sujet. Le fait que des informations relatives à cette recherche scientifique aient été anticipées dans la presse est un motif de regret personnel, car cela a même favorisé l'insinuation, loin d'être sereine, que l'Église avait peur de la science et tentait d'en cacher les résultats, accusation en évidente contradiction avec l'attitude que l'Église, même dans cette circonstance, a conservée avec fermeté. »

Il se tut et ferma ses lourdes paupières après avoir croisé des doigts boudinés, en attendant les questions des journalistes comme Sébastien les flèches des soldats romains. Un journaliste américain débutant, ébahi par ce communiqué fuligineux, posa lourdement la question qui flottait sur toutes les lèvres :

« Éminence, je n'ai pas compris si vous vouliez dire que ce drap est authentique ou le contraire ? Est-il faux sans aucun doute ? »

Le cardinal eut un bon sourire car il s'attendait à cette incongruité et il avait mitonné une réponse imparable :

« La question n'est pas du tout pertinente, elle n'est absolument pas objective étant donné que le linceul possède sa propre authenticité dans la dimension de l'icône qui existe. »

Le journaliste américain ne put réprimer une grimace exprimant une comique incrédulité. Ses études dans une école de journalisme ne l'avaient pas préparé à ce genre de manœuvres. Sa question fut reprise avec plus de tact par un Anglais, envoyé permanent du *National Catholic*

Reporter, sans doute un des meilleurs experts en langue de bois ecclésiastique.

« Après un résultat de ce genre, le linceul peut-il encore être appelé relique ? Pour être une relique du Christ, il aurait fallu que le linceul ait enveloppé son corps, sinon ce n'est qu'une toile peinte, une œuvre d'art ! »

Le cardinal prit le temps de composer sa réponse, humecta trois fois ses lèvres puis se lança :

« Sans entrer dans des discours vraiment compliqués, car le concept de relique est désormais, et de manière très générale, un concept pluraliste, en ce qui concerne l'image, il me semble que l'on peut l'appeler icône. C'est une image, c'est-à-dire un signe révélateur d'un visage, un visage qui a une signification religieuse et spirituelle, et je dirais que le terme approprié est justement de l'appeler image ou icône du visage du Christ, de la personne du Christ. Par ce terme, nous entrons un peu dans la logique des icônes, en tant que fait concernant le culte de l'Église. Je ne vois aucun problème. Pour moi, l'icône est la vraie valeur ; pour pouvoir dire que c'est une relique, j'aurais besoin de savoir avec certitude des choses que je ne sais pas. »

Le blanc-bec américain reprit impudemment la parole sans la demander :

« Voulez-vous dire que vous n'accordez aucune confiance aux résultats publiés aujourd'hui ?

— Personne ne doit me faire dire que j'accepte ces résultats. Je ne l'ai pas dit et je ne le dis pas parce que ce n'est pas à moi de le faire, je ne suis pas le juge de la science. Il n'est pas vrai que le fait d'avoir donné audience à la science n'a entraîné aucun frais pour l'Église, mais celle-ci demeure sereine, elle a confirmé et elle confirme que le culte du Saint-Suaire continue et que la vénération pour ce lin sacré reste l'un des trésors de notre Église. Et c'est là la raison de ma sérénité même si, évidemment, les interprétations données à la publication des résultats ont parfois été lues comme un consentement de l'Église qu'en réalité celle-ci n'a pas donné, ne pouvait et ne devait pas donner... »

Sans pudeur aucune, l'Américain interrompit :

« Vous voulez dire que les échantillons ont été prélevés sans votre consentement ? »

Le cardinal fit celui qui n'entendait pas. Les journalistes chevronnés fermèrent leurs carnets. Ils n'apprendraient plus rien aujourd'hui et ils ne tenaient pas à se signaler à la vindicte de l'attaché de presse du Vatican, un Espagnol de l'Opus Dei.

Théo et Emmanuel prirent le temps de déjeuner ensemble au *Gatto Nero*, un restaurant de poisson presque helvétique par sa rigueur et son dépouillement. On y était bien loin de Rome et de son bouillon de culture. Au pied des Alpes, l'influence de l'Europe du Nord se faisait sentir. Tout en ronchonnant sur la platitude du *dolcetto* qu'il avait commandé pour faire couleur locale, Théo ne put s'empêcher de revenir sur la genèse du discours ecclésiastique.

« Je ne connais que les partis communistes pour tenir pareil discours. Pourquoi ne s'exprime-t-il pas clairement ? Est-ce qu'il s'imagine que des journalistes peuvent être dupés par des phrases interminables qui veulent dire deux choses contradictoires ? »

Emmanuel soupira intérieurement, car cette remarque le renvoyait à son propre problème :

« Il ne s'en rend même plus compte car c'est devenu une seconde nature chez lui comme chez moi d'ailleurs. On finit par dissocier complètement ce que l'on dit de ce que l'on pense. La parole consiste en un assemblage de formules toutes faites qu'il s'agit d'enchaîner avec suffisamment d'habileté pour que le discours ne paraisse pas incohérent, pour qu'il satisfasse l'auditeur distrait ou qu'il embrouille l'auditeur lucide. Celui qui est capable de décoder le message doit comprendre que Ballestrero n'est absolument pas ébranlé dans sa croyance à l'authenticité du linceul par une expérience de laboratoire quelle qu'elle soit. La vérité de la science demeure pour lui subordonnée à la vérité de la foi.

— Personne n'a jamais prétendu que le linceul serait un article de foi au sens fort, celui d'un dogme ou d'un article du Credo, interrompit Théo.

— Non et oui. Par effet de proximité, il demeure authentique en principe. Ainsi, toute parole du pape n'est pas infaillible, mais toute parole provenant d'un homme réputé infaillible en certaines circonstances devient un petit peu infaillible. Bien entendu, Ballestrero n'est pas le pape ; à l'âge qu'il a, il ne le deviendra sans doute jamais, mais il aurait pu le devenir et il a élu un pape lors du dernier conclave. D'une certaine façon, il se sent lui aussi un tout petit peu infaillible. D'une certaine façon, il a raison même quand il a objectivement tort, car sa vérité est d'un ordre qui ne se discute pas et qui ne se discerne que par les croyants. Il n'a donc pas à se justifier comme le supposait ce naïf de journaliste américain. »

La conversation n'alla pas plus loin car Emmanuel devait prendre sans tarder un avion à Milan pour les États-Unis. L'addition du restaurant était correcte, ce qui ne laissa pas de décevoir Théo.

Dans le train qui traversait la plaine du Pô noyée sous une pluie d'automne, Théo crut bon d'aborder un autre sujet :

« Colombe a passé son séjour à Rome en compagnie d'un gigolo qui s'était incrusté dans sa chambre. »

C'était dit sur le ton de la constatation désenchantée de l'aîné résigné aux écarts de la cadette.

« Comment l'as-tu appris ?

— Je n'ai pas essayé de le savoir. Ma chambre était au premier étage et je n'ai pas l'habitude de rendre visite à Colombe dans la sienne. Mais une femme de chambre a essayé de me soutirer de l'argent en prétendant qu'elle avait des révélations très importantes à me faire. Je n'ai pas marché, j'ai refusé de lui donner les dix mille lires qu'elle réclamait, même si c'était pour le bien de ma sœur comme elle le répétait. Alors, de rage, elle m'a craché l'information au visage pour se venger, pour me faire de la peine.

— La corruption des Italiens s'étend à toutes les classes sociales. C'est bien le peuple le plus vicieux que je connaisse », soupira Emmanuel qui ne fit pas d'autre commentaire sur l'information fournie par Théo.

Celui-ci, qui espérait quelque gémissement sur la conduite de Colombe, fut déçu au point de se rencogner et de ne plus ouvrir la bouche jusqu'au moment de se séparer à l'aéroport. Au dernier moment, il fondit et embrassa son frère en lui chuchotant au creux de l'oreille :

« Soigne-toi bien. Je prie pour toi. »

Puis il s'en alla, car il commençait à pleurer. Le soir, il assista à une représentation de *La Traviata* à la Scala sans parvenir à oublier un seul instant le visage crispé d'Emmanuel.

Théo arriva à son appartement de Zurich vers six heures du soir le lendemain. Il occupait le dernier étage d'un immeuble sur la Weinplatz, face à la Limmat. Comme il y vivait seul, il avait eu le loisir d'aménager le logis selon ses idées bien arrêtées. Une grande pièce servait à la fois de séjour et de bureau : trois petits réduits remplissaient les fonctions de cuisine, de chambre à coucher et de salle de bains. Il n'y avait jamais invité qui que ce soit et, en dehors de lui-même, seule la femme de ménage pénétrait dans sa retraite. Il ne s'y trouvait qu'une seule chaise devant la table et un seul fauteuil devant la cheminée.

Lorsqu'il eut fermé la porte derrière lui, il ôta ses chaussures et il enfila des espadrilles, puis il se munit de gants blancs disposés au vestiaire et il commença une inspection des poussières sur les livres, les bibelots, les tableaux. Il mesura la hauteur du porto dans la carafe et il constata avec une sombre satisfaction que Trudi avait de nouveau cédé à son penchant pour l'alcool. En comparaison de cette faute lourde, il lui pardonna les innombrables peccadilles recensées par ailleurs. Il acceptait tellement mal la nécessité pratique de l'autoriser à pénétrer dans son sanctuaire qu'il jouissait de découvrir à chaque fois qu'elle en était indigne.

Il défit ses valises, tria le linge sale, lança une lessive, alluma son ordinateur qui lui fournirait les signaux sonores nécessaires tant qu'il serait dans son appartement. Presque aussitôt celui-ci lui signala la nécessité de commencer la préparation du souper.

Selon les injonctions du menu perpétuel enregistré dans l'ordinateur, Théo préleva dans le surgélateur une barquette en aluminium qui contenait du pot-au-feu. À 18 heures 25, il plaça le repas dans le four à micro-ondes. En cinq minutes, il eut le temps de mettre la table, d'ouvrir une bouteille de chiroubles, de se laver les mains et de placer un enregistrement de la cantate *Elias* de Mendelssohn dans le lecteur de disque compact.

Il mangea posément le pot-au-feu, suivi d'une poire williams, en écoutant la musique, puis il s'autorisa une sieste méditative après avoir débarrassé la table et placé la vaisselle dans la machine. Il disposait d'un samedi et d'un dimanche pour préparer le travail qui l'attendait à partir de lundi.

Il se sentait dans la même disposition d'esprit que Christophe Colomb quittant le port de Palos le 3 août 1492. Il s'embarquait sur un océan dont seule la frange était connue pour découvrir il ne savait quoi. Trois fois déjà, il s'était embarqué de la sorte, lors de l'invention de l'horloge atomique au césium, lors de la mise au point de la dendrochronologie et, enfin, lors de la découverte de la datation par spectroscopie de masse. Chaque fois, comme Colomb, il était arrivé en un lieu imprévu et, comme l'illustre navigateur, il s'était senti porté par l'Esprit, qui souffle où il veut, quand il veut et comme il veut.

La navigation s'annonçait passionnante. Elle débuta très précisément à dix-neuf heures sur un signal impératif de l'ordinateur, constitué par le thème des *Variations Goldberg*. Théo dépouilla son courrier. Il y trouva les commandes de livres qu'il avait effectuées depuis Rome par téléphone. Il se plongea sans désemparer dans la lecture d'un ouvrage de base sur le Saint-Sépulcre. Un peu après vingt heures, il avait parcouru la centaine de pages de l'ouvrage et il commença à imaginer ce que pourraient être les fouilles.

Il lui apparut tout de suite qu'il s'apprêtait à chercher, là où il ne s'était jamais trouvé, un tombeau, qui n'existait peut-être plus.

Il n'y avait pas beaucoup de contestation possible sur le lieu même du Golgotha situé entre les deuxième et troisième remparts de la Jérusalem antique, mais la signification même du lieu l'avait rendu victime de tous les outrages. Après la deuxième insurrection juive de 131 à 134, l'empereur Hadrien décida de débaptiser la ville de Jérusalem, source de conflits politiques et religieux inextricables, pour lui donner un nom plus romain, Aelia Capitolina, à l'ordonnance classique d'un camp militaire. Pour atteindre ce but répressif, il fit placer le forum précisément sur le lieu du Golgotha, un cimetière juif qu'il convenait de faire disparaître. Le lieu fut donc arasé et comblé de façon à créer une surface horizontale. Au troisième siècle, les pèlerins chrétiens ne mentionnent plus le tombeau de Jésus qui devait être enfoui sous le forum.

En 330, Constantin fit détruire le forum et déblayer les abords du Golgotha. Il découvrit le cimetière juif du premier siècle et il choisit une tombe parmi d'autres pour l'entourer d'une basilique. Là se situait la seule espérance de réussite pour Théo. Il y avait de bonnes raisons de croire que la crypte retenue n'ait pas été la bonne : comment désigner une tombe parmi d'autres au milieu d'un cimetière qui a été remblayé pendant deux siècles ? Dans l'état d'esprit qui prévalait à l'époque, on avait sans doute procédé à quelque ordalie, analogue à celle par laquelle Hélène, la mère de Constantin, avait retrouvé la vraie croix. Il y avait plusieurs croix abandonnées sur ce lieu traditionnel de supplices : selon la légende dorée de l'époque, en couchant un mort successivement sur celles-ci, on le vit ressusciter au contact de ce qui ne pouvait être que la croix de Jésus. Par quelque tour de magie analogue, le « véritable » tombeau du Christ avait été désigné.

En 614, les Perses réussirent à prendre Jérusalem aux Byzantins et ils se firent un devoir de brûler la basilique de Constantin, symbole de la présence des chrétiens à Jérusalem. Ce n'était encore rien à côté du traitement définitif que le calife Hakim lui fit subir en 1009. Les pioches des démolisseurs rasèrent non seulement la basilique, mais aussi le tombeau creusé dans le roc. Le 15 juillet 1099, quand les croisés entrèrent à Jérusalem, la basilique du Saint-Sépulcre n'était plus qu'un champ de ruines au milieu duquel se dressait un tombeau, reconstruit en maçonnerie par la piété de la petite communauté chrétienne qui avait subsisté dans la ville sainte. Les croisés construisirent une église romane inaugurée un siècle et demi après la conquête de Jérusalem. Le gros œuvre de celle-ci avait survécu à huit siècles de tremblements de terre et d'incendies mais, en 1808, un coup fatal avait été porté à toute tentative de fouille du tombeau lui-même. Il avait été rasé jusqu'au roc et remplacé par un affreux kiosque de style mauresque amélioré autour duquel Latins, Grecs, Arméniens, Coptes, Syriens et Abyssins se disputent aujourd'hui le moindre centimètre carré de dallage. Le généreux donateur de l'édicule n'était personne d'autre que le brave général français Mac-Mahon.

Autant dire que Théo n'avait aucune chance si l'église du Saint-Sépulcre avait été vraiment bâtie autour du tombeau qu'il cherchait. En revanche, celles-ci demeuraient intactes, si les architectes de Constantin s'étaient trompés et si Théo parvenait à fouiller l'ensemble du quartier, à y repérer les tombes intactes et à y accéder. Cependant l'édifice était situé en pleine ville, tout l'environnement était bâti, le lieu était chargé d'une telle signification symbolique pour toutes les religions et toutes les confessions qui se disputaient Jérusalem que la simple suggestion de le fouiller soulèverait des passions sans fin. Entre l'État d'Israël, les Palestiniens, le Vatican et les fondamentalistes de toute obédience, il faudrait réussir un parcours sans faute. Et la première des fautes serait de parler de fouilles. Théo ne la commettrait pas.

Le meilleur prétexte serait sans doute la consolidation des fondations de l'église. Il faudrait s'assurer la complicité et la discrétion des architectes et ingénieurs en charge de l'édifice. Il faudrait remuer ciel et terre en se faisant discret, en prenant l'allure neutre du technicien. Cela se situait tout à fait dans le registre préféré de Théo.

Il fut interrompu dans son travail par le signal programmé à dix heures : il lui restait trois tâches avant de se coucher, planifiées chacune en dix minutes : la toilette, la méditation et la prière.

La méditation de Théo prit un tour inattendu. Il s'était fixé, pour sujet de réflexion, la découverte de ses mobiles au moment de se lancer dans cette nouvelle entreprise. Par expérience il savait que tout chercheur est d'abord à la recherche de soi-même, quelle que soit la discipline scientifique empruntée comme véhicule de son dessein. Il importait donc de comprendre son dessein le plus secret en se confessant à lui-même. L'enjeu était de taille. On ne s'occupe pas du mystère de Pâques dans un esprit équivoque. Pouvait-il descendre jusqu'au tréfonds de son âme ?

Il décela sans difficulté et il s'avoua sans peine des motifs évidents : la curiosité scientifique, l'attrait de la gloire, la volonté d'afficher sa foi, le souci d'impressionner Emmanuel et Colombe. Mais aussi, et surtout, le désir d'ancrer sa croyance dans la résurrection. Arrivé à ce point, il admit un secret désir de nier sa mort non seulement en théorie, par une métaphore religieuse, mais aussi en pratique par une vérification expérimentale. Personne n'était remonté de l'au-delà, mais Théo pourrait peut-être en démontrer la réalité. Lui revinrent en mémoire les clabauderies des contemporains de Dante, qui avaient fini par croire réellement que le poète avait visité le ciel, le purgatoire et l'enfer.

Pourquoi ne parvenait-il pas à accepter le phénomène naturel de sa mort sans chercher des faux-fuyants ? Combien de gens simples mouraient sans simagrées et sans ratiocinations, dans la certitude apparente de leur survie ! Au soir d'une vie bien pleine, faite de travaux et d'amours, de banquets et de promenades dominicales en famille, ils s'en allaient comme ils étaient venus, en s'excusant de déranger tant de monde pour leurs funérailles et en regrettant d'écorner le carnet d'épargne avec la bière, le corbillard et la réception. Ils n'avaient pas essayé de comprendre la vie qu'ils avaient vécue, ses contradictions et son incongruité. Ils avaient été malheureux et ils étaient morts, sans faire de chichis, en trouvant cela tout à fait normal.

Or, Théo s'était lancé dans cette entreprise à haut risque qui consiste à dépasser tous les autres. Il n'avait jamais avoué à personne la devise orgueilleuse de son adolescence : « Il n'y en a point comme moi. » Une seule fois, il l'avait griffonnée sur un cahier de brouillon, puis il avait arraché la feuille, le visage rouge de honte, pour la réduire en confettis. C'était la veille d'une composition de mathématiques, un soir de juin, au collège de Saint-Maurice, alors qu'il allait sur ses quatorze ans. Un soleil rasant giclait sur la cour de récréation et inondait la salle d'études. Le jeune chanoine, perché sur une estrade, qui surveillait une cinquantaine de pensionnaires, avait été intrigué par cette manœuvre douteuse. Il avait confisqué les lambeaux de papier et il s'était échiné à reconstituer le puzzle, suspectant quelque correspondance amoureuse dans le cadre d'une amitié particulière. Il ne découvrit rien car Théo avait avalé les fragments compromettants. Le lendemain, il réussit une composition sans faute et jusqu'à l'obtention de sa maturité il en fut toujours ainsi, d'abord en mathématiques et dans les sciences naturelles, puis par contamination en latin, en grec, en français, en allemand, en histoire.

Plus Théo se rapprochait de la perfection, plus l'inquiétude gagnait les chanoines. D'abord au sujet de sa santé, puis de son équilibre psychique et enfin de son salut éternel. Sur ce dernier point, il subit les investigations minutieuses de son directeur de conscience, qui l'interrogea en détail sur ses mœurs. La pureté exemplaire de Théo le suffoqua de stupéfaction et d'envie, jusqu'à ce que celui-ci lui confie, sous le sceau du secret sacramentel, sa méthode. Les pensées impures étaient écartées par une pratique mentale, l'extraction de la racine carrée de nombres à six chiffres, toute l'opération étant réalisée de tête. Le confesseur essaya vainement de convaincre son pénitent que la prière atteindrait le même résultat par une voie plus orthodoxe. Théo se révéla inflexible : « Quand je calcule, je m'identifie totalement à un algorithme. Or, un algorithme ne peut pécher. »

Théo quitta le collège à dix-huit ans, les bras chargés de beaux livres à couverture rouge et or. Après lui avoir remis sur l'estrade de la salle des fêtes tous ces prix d'excellence, le recteur tint tout de même à les assortir d'un entretien en tête à tête pour le mettre en garde contre l'orgueil. Il sentit alors combien Théo demeurait sceptique, il le fit parler, il l'écouta attentivement et il finit par se convaincre qu'il avait affaire à une sorte de phénomène naturel. Il était difficile de découvrir quelque vanité dans un esprit aussi ordonné, exigeant, discipliné, rigoureux, introspectif. Tout au plus le recteur parvint-il à représenter l'intérêt condescendant de Théo pour ses condisciples comme une sorte de manquement à la charité. « Je les aime comme moi-même, répondit Théo, c'est-à-dire de loin. » Le recteur soupira involontairement et il recommanda à Théo d'essayer de s'aimer lui-même, tel qu'il était, malgré sa perfection. « C'est un conseil judicieux, admit Théo, mais il contredit celui qui nous recommande d'être parfait comme notre Père céleste. »

Puis il sortit de son portefeuille et il exhiba au recteur une image souvenir de sa confirmation, vieille maintenant de cinq ans. Une pensée pieuse l'ornait : « Mourir sans peine exige de vivre sans plaisir. » Le recteur faillit soupirer et il suggéra à Théo que cette devise convenait davantage à un stoïcien qu'à un chrétien. Théo répondit qu'il ne lui avait pas été donné de critère pour faire la différence. Le recteur soupira ouvertement et murmura, très doucement, que le but de l'éducation n'était pas atteint si les élèves prenaient au pied de la lettre les conseils qui leur étaient donnés. Théo faillit répondre, mais il se mordit les lèvres à temps.

Il s'installa à Fully pour l'été et dévora les cours de la première propédeutique en physique du Polytechnicum de Zurich, en négligeant Emmanuel et Colombe, réduits à de longues parties d'échecs. Après avoir tâté une seule fois de l'échiquier et s'être fait battre par sa sœur, Théo décréta que les jeux de toute nature épuisent l'esprit sans aucun bénéfice intellectuel, il fit le serment à la table familiale de s'en abstenir désormais et il tint parole là-dessus comme sur tout le reste. Son père devint aussi inquiet que les chanoines de Saint-Maurice, lorsque Théo s'avisa de manger de la main gauche afin de libérer sa main droite pour continuer à calculer durant les repas. Il s'excusait chaque fois cependant en demandant, avec une courtoisie exaspérante, la permission de « manger de la main gauche ». Dans la famille, cela devint un proverbe.

À Zurich, il se saoula de travail, comme d'autres de bière. Il lui arriva plus d'une fois de descendre de la colline inspirée, où se dispensait l'enseignement, par les sentiers qui dévalent de la Künstlergasse vers la rive de la Limmat, en état d'inconscience. Il put suivre les dernières leçons de Wolfgang Pauli, comme si elles avaient été autant de messes pontificales. Le monde avait un sens, non seulement par la clé transcendante de la révélation religieuse, mais aussi dans l'immanence du réel le plus concret. Théo lisait à livre ouvert et la Bible et la Nature, comme ces érudits confrontant deux palimpsestes lacunaires pour reconstituer l'authenticité d'un manuscrit perdu. Le visage de Dieu qui transparaissait dans la nature n'arrêtait pas de surprendre Théo, complexe sans complication, austère sans sévérité, subtil sans malignité, prodigue sans dissipation. Et il déboulait le Hirschengraben, dans les mêmes transes que Moïse descendant du Sinaï. Puis il dégustait une glace dans un *tea-room* en surplomb sur la Limmat, car la gourmandise le tourmentait parfois.

L'après-midi où il passa son dernier examen de diplôme, il s'autorisa cet écart de régime et, tout en suçotant un sorbet au cassis, il remarqua une étudiante révisant fiévreusement ses notes. L'algorithme de sa vie comportait en cet instant une option matrimoniale, puisqu'il avait déjà en poche un contrat d'assistant qui lui permettrait de subvenir aux besoins d'une famille. Il se persuada qu'un effort de volonté le rendrait amoureux, il se concentra en commandant un *espresso*, il se convainquit d'avoir suscité en lui-même ce sentiment nécessaire et il aborda la jeune fille sous le prétexte naturel de lui fournir quelques tuyaux pour l'examen. Il l'accompagna jusqu'à la porte de l'examinateur, puis il l'invita à dîner dans un restaurant italien. À dix heures du soir, il fit une demande en mariage, courtoise mais raisonnablement passionnée devant les restes d'une *zuppa inglese*. La jeune personne était tessinoise, elle se prénommait Clara et elle ouvrit de grands yeux de biche sans dire ni oui ni non.

Encouragé par cet accès de stupéfaction, Théo se crut réellement fiancé. Il retourna à Fully et il annonça la nouvelle à sa famille médusée. Puis il se mit à l'œuvre pour constituer un dossier sur ce projet de mariage : étude du droit matrimonial, renseignements auprès des compagnies d'assurances, visite médicale et retraite spirituelle à Saint-Maurice. En consultant la bibliothèque de l'abbaye sur le sujet délicat des rapports entre époux, il tomba sur certaines contradictions entre les casuistes du Grand Siècle et les moralistes contemporains dans le style des mouvements de jeunesse. Les premiers nourrissaient une ferme prévention à l'égard de tout plaisir des sens, même entre époux : le plaisir sexuel leur paraissait tout juste excusable par la nécessité de se reproduire pour le genre humain. Les seconds chantaient les louanges de l'extase amoureuse, pourvu qu'elle ait des époux légitimes comme acteurs et qu'elle ne contrevienne pas à la procréation. Un seul invariant sous-tendait cinq siècles de méditation théologique sur le mariage : puisqu'il n'était pas concevable de procréer sans plaisir, il n'était pas légitime de jouir sans procréer.

Cependant, dans cette morale sans faille il demeurait une ambiguïté mal éclaircie, celle des relations entre fiancés, à qui il était permis, depuis le milieu du vingtième siècle, de « se témoigner mutuellement leur tendresse » sans en éprouver un « plaisir complet ». Cette prescription avait plongé Théo dans des précipices de perplexité. Il lui paraissait impossible de ne pas finir par embrasser Clara, car il s'agissait d'un poncif cinématographique auquel il eût été présomptueux d'espérer échapper. Il ne pouvait pas davantage s'acquitter de ce geste comme une formalité, sans y prendre ou risquer d'y prendre un certain plaisir. En supposant même qu'il demeurât insensible, les coutumes exigeaient qu'il feigne la volupté.

Il s'ouvrit sur ce dilemme à son directeur de conscience. En particulier, il lui soumit un calendrier des effusions selon une progression systématique : baisers minutés à trente secondes, premier baiser après trois mois de rencontres, un baiser par mois pendant six mois, puis un baiser par semaine jusqu'au mariage, consommation de celui-ci trois jours après la cérémonie en souvenir de Tobie.

Le directeur de conscience commença par se fâcher, en supposant que Théo se moquait de lui. Il lui fallut de longues minutes pour réaliser que son pénitent ne plaisantait pas le moins du monde. Il s'efforça alors de minimiser la portée de la littérature morale dont Théo s'était intoxiqué : « il s'agissait d'opinions théologiques, respectables mais non infaillibles ; Théo était animé d'intentions droites ; il risquait de froisser Clara ; il fallait tenir compte de la société dans laquelle il vivait ». Théo, inflexible, soutint la discussion pendant quatre heures consécutives, citant à bon escient Thomas d'Aquin, Augustin, Alphonse de Liguori, Thomas Sanchez, Blaise Pascal. À bout de ressources, le directeur de conscience finit par définir le discours des théologiens comme la description d'un idéal, situé par définition hors de portée du pécheur moyen. « Justement, répliqua Théo, je tiens à vivre en dehors du péché ! – Tel est bien le plus grand des péchés, celui d'orgueil, que de ne pas accepter sa condition de pécheur », lui fut-il répliqué sans ambages.

Ce paradoxe séduisit Théo, car il était familier du concept logique de proposition indécidable, selon lequel certaines propositions mathématiques sont vraies sans qu'il soit possible de le démontrer. De même, l'homme, infecté par la chute originelle, ne parvenait pas à éviter une vie de péchés, car c'était encore pécher que de ne point faillir. Dans l'effort surhumain que Théo consentait pour s'élever au-dessus de sa nature pécheresse, il commettait le mal en essayant de le fuir.

Dans un esprit d'humilité, il révisa donc son calendrier des baisers à la hausse, en prévoyant un premier baiser le 15 septembre, soit après six semaines plutôt que trois mois. Il téléphona à Lugano pour inviter Clara ce dimanche de septembre à Fully et pour lui communiquer la liste des dates qu'il avait agencées pour les effusions ultérieures. Au bout de deux minutes, Théo interloqué entendit des sanglots, puis une sorte de cri de bête blessée et la communication fut coupée.

Il ne comprit même pas que ce cri valait déclaration de rupture. Ses lettres lui revinrent non ouvertes, à Lugano le numéro de téléphone changea. Théo ne comprenait toujours pas. Il mit sur le compte de l'administration postale ces défauts de communication. Puis péniblement, il réalisa que la rupture des fiançailles avait été décidée par l'autre partie. Il commença par taxer Clara de folie. Comment une jeune fille saine d'esprit avait-elle pu refuser l'être exceptionnel qu'il était ?

Comme ce procédé paraissait un peu facile, il essaya ensuite de se convaincre qu'il n'était pas lui-même amoureux. Or, il connaissait un collègue chimiste qui travaillait dans le domaine des sécrétions glandulaires. Selon la théorie proposée pour le doctorat de celui-ci, la relation amoureuse se caractérisait par trois étapes : dans la première, celle de l'attraction, le corps sécrétait du phényléthylamine ; dans la seconde, celle de l'attachement, il y avait production d'endorphines, créant cette délicieuse sensation d'euphorie que d'aucuns cherchent dans la morphine ; enfin, dans la phase d'intimité, l'hypophyse sécrète de l'ocytocine. Dosage fait, Théo apprit qu'aucune de ces différentes substances n'avait atteint un niveau significatif dans son sang. Il s'administra ainsi la preuve qu'il n'avait jamais été amoureux et il se félicita de son discernement, appuyé sur les ressources les plus avancées de la chimie.

Un quart de siècle plus tard, en y réfléchissant aujourd'hui, il ne parvenait plus à comprendre pourquoi il n'y avait rien compris à l'époque. Comment était-il demeuré à vingt-trois ans dans cet état d'insensibilité, d'immaturité, d'incompréhension des autres ? Ce n'était pas lui, Théo, le pédant, qui avait commis cette sottise, mais une sorte de monstre prétentieux qu'il espérait avoir rejeté en mûrissant. Et puis, il se répéta la sentence de Sainte-Beuve : « On ne mûrit pas, on pourrit par places, on durcit en d'autres. »

Clara perdue, il se lança dans une thèse de doctorat qui l'occupa quatre années à Zurich avant de partir, avec une bourse, pour Berkeley où Colombe préparait une maîtrise en psychiatrie. Ils louèrent à deux un appartement et Théo rencontra la foule d'amies et d'amis que Colombe attirait dans leur gîte. Un soir, laissé en tête à tête avec une séduisante Juive bostonienne, prénommée Judith, Théo se retrouva de fil en aiguille dans ses bras, puis il se sentit obligé de la raccompagner chez elle car les rues de Berkeley ne sont pas sûres le soir. Il se laissa tenter par un dernier verre, les effusions reprirent de plus belle et, avant d'avoir vraiment compris ce qui lui arrivait, Théo perdit sa virginité.

Ce fut à son tour de pousser un cri de bête blessée, à la stupéfaction de la citoyenne de Boston. Il se rhabilla hâtivement, sous une bordée d'insultes pittoresques, et il s'enfuit sans un mot. Il s'assit par terre sur le parvis d'une église afin d'attendre que les portes s'ouvrent à six heures du matin pour se confesser : du moins, si une mort subite le saisissait cette nuit, il aurait démontré sa contrition. Il passa la nuit à méditer sur la dureté de la prophétesse Judith telle qu'elle est évoquée dans la Bible. Comment cette Judith moderne avait-elle eu l'audace de mettre en péril son âme immortelle en échange d'un plaisir dérisoire ?

Théo s'efforça d'être objectif en évaluant le plaisir, qu'il venait d'éprouver pour la première fois, sur l'échelle constituée par les grands crus du Bordelais. Il parvint à situer l'orgasme nettement en dessous d'un premier grand cru comme le château haut-brion, sans doute au-dessus d'un cru bourgeois, peut-être au même degré qu'un château la lagune. Or, la consommation d'un bon saint-émilion ne coûtait pas plus que trente dollars et elle ne faisait courir aucun risque spirituel. La cause était donc entendue, il avait cédé son droit d'aînesse pour un plat de lentilles, il avait été roulé honteusement par une Juive.

À six heures, Théo se rua vers le premier confessionnal venu et il se soulagea de sa faute. Il fut vexé par le flegme du confesseur, affligé cependant d'un confortable accent irlandais, qui lui prescrivit une modeste dizaine du chapelet. Théo, outré, s'infligea une neuvaine de rosaires : il lui semblait qu'il venait de vivre plus qu'une péripétie et que la pénitence devait se situer au niveau de la faute cosmique qu'il venait de commettre.

Aujourd'hui, en y réfléchissant à nouveau, il discernait, sans doute pour la première fois, que sa vanité avait été blessée bien plus que sa pureté. Ainsi, après deux expériences, dont il avait senti à l'époque le côté ridicule et dont il éprouvait aujourd'hui le caractère odieux, il se renferma, comme une huître en sa coquille. Il plaça sa vie affective au rang des activités insignifiantes dans l'acception forte de l'adjectif, c'est-à-dire incapables de donner un sens à son existence. À la mélanger avec celle d'une personne du sexe, il ne serait parvenu qu'à embrouiller davantage ce qui ne l'était déjà que trop. D'autres méthodes existaient pour donner un sens acceptable à ce qui n'en possédait pas de façon évidente. Un bon physicien limite son modèle aux seuls paramètres pertinents : l'amour fou détruisait l'équilibre d'un cerveau visant à l'organisation ; l'amour conjugal paraissait trop difficile à mesurer et à contrôler pour être inclus dans un modèle de vie.

Théo observa avec détachement, et même avec une certaine joie honteuse, les difficultés des jeunes chercheurs de sa génération, tâchant de concilier les charges d'une famille avec l'investissement total que suppose la recherche compétitive. Lui, il ne perdait pas de temps à préparer des biberons, à changer des couches, à se lever la nuit pour apaiser un bébé qui pleure : il arrivait frais et dispos après une nuit complète, sans souci d'argent, sans endommager son psychisme par l'effort démesuré de plaire à une femme. Il s'imaginait parfois que la semence qu'il ne répandait pas en un vase impur lui remontait au cerveau et le fécondait.

Théo éprouva l'avantage dont il jouissait par rapport à ses collègues, il bâtit sa carrière sur un travail forcené et sur une hygiène de vie exemplaire : régime alimentaire calculé avec précision, consommation modérée de vin et de café, sommeil régulier, exercices physiques mesurés, abstention totale du tabac, de la drogue et du sexe, éloignement de toute manifestation mondaine, sélection d'un cercle d'amis restreint et strictement masculin, lectures choisies, spectacles élitaires. Aucune femme n'aurait supporté cette ascèse : l'idéal de Théo se résumait à un couvent à domicile, sans autre supérieur que lui-même.

Vexé tout de même par sa singularité, alerté par la lecture de bons ouvrages de psychologie, il finit par prendre rendez-vous avec un psychiatre de stricte obédience jungienne ainsi que cela s'imposait à Zurich. Au bout de deux mois d'entretiens, jugeant qu'il avait assez payé, Théo extorqua un diagnostic. Le médecin de l'âme lui fit comprendre qu'il avait été victime d'une sorte de castration spéciale, bien moins vulgaire que les émasculations chirurgicales ou chimiques. Cela pouvait être le résultat de l'éducation reçue à Saint-Maurice ou de l'entraînement à la recherche scientifique. En somme, Théo était soit un castrat religieux, soit un eunuque mathématique.

Sa vie était tissée d'égoïsme. Cela était banal. Tous

les hommes pensaient à eux-mêmes et feignaient de penser aux autres. Sauf les saints, mais Théo n'en connaissait pas. Il avait toujours percé la citadelle intérieure des vertus les plus démonstratives pour pénétrer dans le sépulcre blanchi qu'elles abritaient. Quel était son sépulcre mal chaulé, à lui, Théo, assis dans son unique fauteuil au creux de la ville la plus riche du monde ?

Chaque égoïsme trouvait son excuse. La famille, la patrie, la science, la fortune, le pouvoir. Rien de tout cela ne l'intéressait vraiment. Il vivait dans l'idée obstinée de mesurer le temps tout en admettant qu'il s'agissait d'un paramètre parmi d'autres d'un univers périssable. Au regard de l'éternité, ce temps était négligeable. Il pouvait donc s'échanger contre sa propre absence. Au moyen d'une monnaie qui se dévaluait irrésistiblement, il était possible d'acheter un trésor incorruptible. La vie ne valait pas d'être vécue en face de la vie éternelle. Mieux valait ne pas vivre que de se laisser prendre aux pièges de l'existence. Que passe ce monde. Et vite. Le plus vite possible, comme une copie d'examen bâclée.

Il avait peur de vivre, il avait eu peur de vivre, son directeur de conscience de Saint-Maurice le lui avait répété, mais c'était bien le genre de message dont Théo se gaussait à l'époque, puisqu'il se croyait promis à une vie éternelle. La vérité, sa vérité, qu'il investissait au moment d'échanger ses dernières années de vie créative, se situait bien là, dans le refus total, obstiné, intransigeant de la vie ordinaire.

À quoi sert de gagner le monde si l'on vient à perdre son âme ? Telle avait été sa devise. Il avait confiné son âme dans une banque transcendante, il l'avait serrée dans un écrin spirituel. Il n'avait pas couru le risque du mal et il n'avait pas vécu.

Il lui fallait justifier cette absence au monde par une

preuve de l'existence d'un autre monde. C'était aussi banal que cela. Il était revenu au point de départ de sa méditation, la peur de mourir, mais il la percevait maintenant avec une clarté éblouissante : elle cessait de se présenter comme un poncif de méditation pour devenir la réalité la plus oppressante. Un jour, Théo serait mort et, pas plus que les autres, il ne supportait cette idée, même et surtout s'il prétendait se garantir de cette crainte par une foi inaltérable. Il demandait des comptes à Dieu, des preuves palpables à la mesure de son renoncement, d'autant plus qu'il était le seul à pouvoir les obtenir, les comprendre et les jauger grâce à son sacrifice. Oui, il était bien à la recherche d'une preuve de Pâques même s'il prétendait le contraire. Il voulait forcer le Seigneur à parler clairement. Le but ultime du grand jeu ne consistait pas à fouiller un tombeau mais à pénétrer au plus profond de lui-même, qui n'était qu'un sépulcre blanchi.

Les premières mesures des *Variations Goldberg* le tirèrent de sa méditation et lui signifièrent qu'il était temps d'entamer la dernière phase de la journée avant de s'endormir. Il s'agenouilla sur le prie-Dieu qui était dans sa chambre et il s'efforça de prier pendant les dix minutes qui étaient programmées, comme chaque soir, pour cet exercice spirituel. De même, chaque matin, étaient prévues dix minutes de gymnastique. A l'aube Théo accordait son corps ; au crépuscule il aménageait son âme.

Il fut réveillé à sept heures précises par une sonate de Scarlatti. Chaque jour, la sonate était différente. Grâce à l'intégrale enregistrée par Scott Ross, Théo disposait, depuis deux années, de réveils toujours différents. Il avait bien dormi. Il se sentait dispos. Il éprouva une prière spontanée, vive et irrésistible. Dieu lui souriait. Il ne semblait pas courroucé. Il jugeait Théo moins sévèrement que Théo ne se jugeait lui-même. Il regardait Théo comme une mère regarde son enfant qui a commis une énorme bêtise en s'efforçant de bien faire.

Théo assista à la messe de huit heures dans l'église pseudo-byzantine située à la Leonhardstrasse. Il essaya de se confesser dans la crypte mais le prêtre ne comprit rien à ses explications abstraites et il le congédia avec un certain agacement. Théo remonta dans la nef tout à fait contrarié. Les chroniqueurs rapportaient que les croisés se confessèrent et communièrent avant de monter à l'assaut des remparts de Jérusalem. Théo pouvait imaginer les confessions élémentaires des soudards francs : meurtres, rapines, viols, blasphèmes. De la culpabilité à gros grains, perceptible au toucher le moins exercé. Pas besoin d'introspection. Jésus avait tenu pour eux la même place que Wotan ou Jupiter pour leurs ancêtres, un dieu aussi incontestable que le soleil qui se lève à l'orient tous les matins. À l'époque, il s'agissait pour le confesseur de réconcilier l'âme avec le corps, un travail d'ajustage à la portée de n'importe quel maréchal-ferrant spirituel. Aujourd'hui, pour Théo, il n'y avait plus de corps avec lequel se réconcilier : il fallait adapter un morceau d'âme à une fraction d'esprit. Un travail d'horloger intellectuel qui n'était pas à la portée du premier vicaire venu, même suisse.

Avant midi, Théo eut encore le temps de parcourir trois ouvrages sur les procédés modernes de sondages des terrains. Dans l'environnement qu'il devrait explorer, la meilleure technique serait sans doute celle de l'échographie. En disposant une source de vibration en un point et en enregistrant la propagation des ondes à différents endroits, il était possible de distinguer les accidents souterrains, tels que failles, plissements, poches de pétrole ou d'eau. Un chercheur anglais recherchait pour l'instant de nouvelles grottes dans les environs de Qumran en utilisant comme source de vibration des camions trembleurs. Théo prit note de la référence et il se promit de le contacter dès le lundi matin.

De la même façon, Théo pourrait découvrir les vides à deux ou trois mètres sous la surface du sol représentés par des tombeaux, même au milieu d'une ville. La tombe de Jésus était assez fidèlement décrite par les évangiles : elle comportait une antichambre où l'on pouvait s'avancer sans entrer. Jean raconte que pour distinguer l'intérieur du tombeau il lui fallut se baisser. L'entrée du tombeau proprement dit était basse, sans doute un peu moins d'un mètre et fermée par une pierre roulée. Le tombeau lui-même comportait une banquette située sous une voûte en demi-cercle, dite *arcosolium* dans le jargon des archéologues. C'est sur cette banquette que Pierre et Jean découvrirent le linceul et les bandelettes qui avaient enveloppé le corps de Jésus. Si cette banquette existait encore, si des fragments de bandelettes subsistaient, Théo pourrait en mesurer la teneur en carbone 14.

La moindre chance d'aboutir à ce résultat valait la peine d'être saisie. Voilà vingt siècles, Jésus n'avait pas négligé de donner un signe visible de Pâques. Pourquoi refuserait-il aujourd'hui, alors que les sceptiques étaient plus nombreux et mieux assurés dans leur scepticisme ? Pourquoi convaincre les uns et pas les autres ? Pourquoi cette incarnation dans un passé flou, sans historien sérieux, ni journaliste, ni caméra ? Quel avait été l'objectif du Christ : établir le doute ou la foi ?

VII

« Il n'est pas possible de fuir plus loin, énonça Colombe à l'intention d'Emmanuel. Entre le Valais et la Californie se trouvent un océan et un continent. Mais, si l'on franchit le Pacifique, on atteint l'Asie et il n'y a plus qu'un continent entre la Chine et le Valais. Il n'existe pas d'endroit où mieux se fuir que la Californie. Ici les règles que nous avons apprises paraissent dérisoires. Chez nous, le mal est le mal, le bien est le bien, il n'existe pas de catégorie intermédiaire, tout ce qui n'est pas interdit est obligatoire, tout ce qui n'est pas obligatoire est interdit. Ces règles élémentaires, tu finis par comprendre qu'elles ont été prescrites par la terre, par le climat, par l'histoire de l'Europe. Ici, la terre est à la fois fertile et libre. Il n'y a pas de saisons, l'atmosphère elle-même semble climatisée. L'histoire reste à écrire. Ici, on peut nourrir l'illusion que nous ne recommencerons pas les erreurs du Vieux Monde. Sur une terre moins avare et dans un climat plus doux, sans doute pourrons-nous vivre heureux. Parfois, je dis aux Californiens qu'ils sont déjà morts, qu'ils sont tous en paradis mais qu'ils ne le savent pas. Or, rien n'apparaît plus difficile à vivre que l'évidence du bonheur. Sans raisons distinctes à ses malheurs, l'homme doit les découvrir en lui-même. Et au fond il n'y en a jamais qu'une seule, l'insupportable conscience de sa propre mort. Dans un climat doux, dans une société riche, elle écrase les jours et les heures. Ici plus qu'ailleurs, il faut croire en la résurrection. »

Colombe se tut et elle regarda, cent mètres plus bas, le Pacifique qui déposait ses vagues de fond en grands rouleaux parallèles sur la plage. Emmanuel éprouvait l'ampleur de ces lames, qui avaient pris leur élan sur la plus grande surface d'eau de la planète. Elles faisaient songer aux générations d'hommes venant de nulle part pour s'écraser à tour de rôle sur la plage du temps qui passe.

Tous les deux se trouvaient sur une falaise, un peu au nord de San Francisco. Il n'y avait pas grand monde : des goélands énormes au bec crochu et des amateurs d'aile delta qui leur faisaient concurrence. Une seule maison en vue, une sorte de baraque en planches au bord de la route. Ils y avaient pris le thé, qui était délicieux, accompagné d'une tarte aux pommes, gâchée par un excès de cannelle et de fécule, comme toujours aux États-Unis. La bâtisse avait été construite dans le seul souci de réaliser un abri au meilleur compte, la peinture s'écaillait, des bidons d'essence et des vieux pneus étaient entassés à l'arrière, une ébauche de jardin se désagrégeait dans l'indifférence des occupants. Emmanuel comprit une des causes de son malaise depuis qu'il était arrivé la veille aux États-Unis : il n'y a pas de fleurs dans les jardins américains, non seulement parce qu'elles demandent des soins, mais aussi parce que les habitants n'en éprouvent pas le besoin. La difficulté ne consiste pas à se passer de fleurs dans la vie, mais à supporter le contact de gens qui ne souffrent pas de leur absence.

« Demain à huit heures, reprit Colombe, tu participeras à la séance d'introduction au séminaire. En plus de mes collaborateurs, il y aura soixante-deux personnes qui ont chacune une raison bien précise pour y assister. Les unes vont certainement mourir dans les mois ou dans les semaines à venir. D'autres ne connaissent pas le terme, mais elles savent qu'elles vivent avec une bombe à retardement, leur séropositivité ou leur maladie de Parkinson. D'autres enfin ne supportent pas l'idée qu'un proche va mourir ou vient de mourir, parce qu'elles réalisent qu'elles finiront bien par mourir elles aussi. Il faut que chacun se présente, toi comme les autres, dans une transparence totale. Il n'est donc pas question que tu dissimules ton identité ou ta fonction. Tu dois apprendre à vivre en vérité pour affronter ta maladie. Tu es ici pour apprendre à ne pas mentir, même en utilisant des astuces de ta profession, comme la restriction mentale. D'ailleurs, ce que les autres diront t'apprendra comment parler. Viens maintenant. Il me faut tout l'après-midi pour me préparer. »

Ils rentrèrent par la petite route sinueuse qui dessert la côte. Colombe habitait une belle maison en séquoia, brun rouge, odorant, sur les collines à l'ouest de la baie. Emmanuel passa le reste de la journée seul dans sa chambre, très claire, très propre, sans histoire comme le paysage : il relut *Alice au pays des merveilles* en se laissant emporter par la logique implacable de l'absurdité la plus totale. Durant la nuit, il rêva du linceul, du Saint-Sépulcre, du Seigneur ressuscité. Mais il ne rêva pas de sa propre résurrection.

Il n'est pas nécessaire d'atteindre l'éternité pour vivre en dehors du temps des autres. Même sur la planète Terre, les horloges diffèrent. Quand il est midi à San Francisco, il est déjà neuf heures du soir à Zurich. Juste avant de se coucher, après s'être gavé de lectures techniques sur le sondage des roches, Théo éprouva le besoin de revenir aux sources. Que disait exactement la Bible de la résurrection de Jésus ? Est-ce que les documents originels avaient une cohérence suffisante pour qu'il puisse s'y fier ? Ne partait-il pas à la recherche d'une Toison d'or ? Tout cela n'était-il pas de la mythologie ?

Il relut donc les quelques dizaines de lignes qui constituent le seul témoignage canonique de ce qui s'était passé. Le premier récit est celui de Paul, dans l'épître aux Corinthiens rédigée en 55, soit vingt-cinq ans après l'événement : « Christ a été enseveli, il est ressuscité le troisième jour, selon les Écritures. Il est apparu à Pierre, puis aux Douze. Ensuite, il est apparu à plus de cinq cents frères à la fois ; la plupart sont encore vivants et quelques-uns sont morts. Ensuite, il est apparu à Jacques, puis à tous les apôtres. En tout dernier lieu, il m'est aussi apparu. »

Puis les trois récits synoptiques, celui de Marc rédigé sans doute en 70, ceux de Luc et de Matthieu en 80. Enfin celui de Jean en 90. Pour un lecteur d'aujourd'hui confrontant les quatre versions de la découverte du tombeau vide, la seule évidence était l'absence de toute cohérence, sinon sur un point apparemment insignifiant. Les rédacteurs ne s'étaient pas concertés et sur l'essentiel ils n'avaient donc pas menti de concert puisqu'ils n'avaient pas pris la peine de gommer leurs discordances de détail.

Pas question en confrontant les textes de savoir qui avait vraiment découvert le tombeau. Selon Marc : « Marie de Magdala, Marie, mère de Jacques, et Salomé, de grand matin, le premier jour de la semaine, vont à la tombe, le soleil étant levé » ; selon Luc : « le premier jour de la semaine, de grand matin, Marie de Magdala et Jeanne et Marie, mère de Jacques, vinrent à la tombe » ; selon Matthieu : « Marie de Magdala et l'autre

Marie vinrent voir le sépulcre » ; selon Jean : « le premier jour de la semaine, à l'aube, alors qu'il faisait encore sombre, Marie de Magdala se rend au tombeau ». Comment apporter quelque crédit à des témoins dont l'identité varie d'un récit à l'autre ? Théo découvrit, dans une note de bas de page, que cela n'avait de toute façon pas d'importance pour les Juifs puisque le témoignage d'une femme était dénué de valeur du point de vue juridique. Un trait d'humour divin, dont il fallait le recul de vingt siècles pour apprécier toute la saveur. Si Jésus ressuscité s'était manifesté d'abord à des femmes, était-ce une manière de reproche au statut qui leur était consenti ?

En recherche scientifique comme dans la résolution d'une énigme policière, il n'y a pas de détail insignifiant et souvent le fait saugrenu représente l'indice décisif. Le mystère de la pierre roulée constituait le seul détail commun des quatre récits. Selon Marc : « elles voient que la pierre est roulée » ; selon Luc : « elles trouvèrent la pierre roulée de devant le tombeau » ; selon Matthieu : « l'Ange du Seigneur vint rouler la pierre » ; selon Jean : « Marie de Magdala voit que la pierre a été enlevée du tombeau ». Détail embarrassant plutôt que preuve : la pierre roulée suggère l'enlèvement du corps plutôt que la résurrection. Puisque Jésus peut apparaître au cénacle, toutes portes fermées, pourquoi a-t-il besoin néanmoins que la pierre soit roulée pour sortir du tombeau ?

La pierre roulée semblait n'avoir eu d'autre but que de signaler un tombeau vide. Cependant, les femmes l'auraient de toute façon découvert puisque leur dessein était de parfaire l'embaumement du corps de Jésus et puisqu'elles auraient donc été obligées de rouler, ou de faire rouler, cette pierre gênante à tous les points de vue. Dès lors que le tombeau a été trouvé ouvert, à rebours de toute logique, qui avait roulé la pierre ? Un homme ou un ange ?

Avec son ange descendant des cieux pour rouler la pierre sous les yeux des gardiens ébahis, Matthieu ne résistait pas à la tentation du merveilleux. Il mentionnait la présence de gardes comme s'il fallait, pour convaincre les Juifs incrédules, que la résurrection se déroulât avec la rigueur d'un constat d'huissier. Avec sa manie de la démonstration explicite, il prenait parti pour l'intervention divine, sans réfléchir que celle-ci était ambiguë : pourquoi rouler cette pierre si l'objectif était de manifester la résurrection ? L'économie des moyens eût ici exigé la disparition du corps d'un tombeau hermétiquement clos. Théo ne pouvait donc pas exclure que ce soit un homme qui ait roulé la pierre, soit pour enlever le corps, soit pour constater avec stupéfaction qu'il avait disparu et, ensuite, s'enfuir sans rien dire à personne.

D'une autre note infrapaginale, Théo apprit que la violation de sépulture constituait un délit criminel dans l'Antiquité. Qui donc, parmi les disciples ou les autres, serait allé risquer sa propre vie en pillant une sépulture de crucifié, qui était sans doute démunie des objets précieux rendant les tombes des riches si tentantes ? Et comme les disciples ne semblaient pas avoir eu le courage de se manifester lors de la Passion, qu'ils s'étaient au contraire dissimulés avant de commencer à se disperser, pourquoi auraient-ils eu, juste avant Pâques, le courage de risquer leur vie pour enlever le corps aux fins d'accréditer la thèse de la résurrection, qu'ils n'attendaient pas et qui les surprit ? Néanmoins, après Pâques, ils eurent le courage de donner leur vie pour témoigner de la résurrection. Ils avaient donc été convaincus par certains événements. Lesquels exactement ? La réalité était impossible à reconstruire parce que les circonstances avaient été rapportées de façon confuse et maladroite comme le sont toujours les témoignages des gens du peuple.

Théo avait entendu et intériorisé ce message apologétique dès le temps de son éducation religieuse. L'argumentation lui parut, ce soir, aussi solide que trente ans plus tôt, lors des cours de religion au collège de Saint-Maurice. Si les évangiles avaient été des écrits de propagande, ils auraient gommé la peur et la fuite des disciples. S'ils s'étaient autorisés à inventer quoi que ce soit, les gens simples, qui avaient tenu la plume, auraient embelli le rôle de Pierre pour fonder son autorité ou, tout simplement, pour plaire à celui qui détenait le pouvoir.

Théo continua à méditer sur la simplicité des humbles dans leurs récits. Ainsi des anges, selon Marc : « un jeune homme, vêtu d'une robe blanche, leur dit » ; selon Luc : « voici que deux hommes se présentèrent à elles en vêtements éblouissants » ; selon Matthieu : « l'Ange du Seigneur descendit du ciel, vint rouler la pierre et s'assit dessus. Il avait l'aspect de l'éclair et son vêtement était plus blanc que la neige » ; selon Jean, pas de mention d'ange. Ce dernier devait être l'intellectuel de la bande des disciples. Mais la question demeurait : combien d'anges ? Deux, un ou zéro ? Rencontrait-on si souvent des anges à Jérusalem que l'on en finissait par oublier de les compter ou par ne plus même mentionner leur apparition ? La confrontation des quatre récits sur ce point leur donnait un caractère tendre, merveilleux et ambigu, que n'eût pas désavoué Jean Giraudoux.

Renseignement pris dans une note en bas de page, apparemment Jean disait vrai : il n'y avait jamais eu d'ange, leur mention par les synoptiques constituait un procédé littéraire hébraïque, qui n'abusait pas les lecteurs de l'époque. Ici apparaissait la véritable originalité du récit de Jean, fondé sur le seul témoignage oculaire contenu dans les quatre récits. Les autres répétaient des narrations orales, transmises pendant deux ou trois décennies, des récits qui avaient divergé petit à petit.

Dans le récit de Jean, se trouvaient ces détails anecdotiques qui ne trompent pas, qui ne sont pas introduits lors d'une tradition orale et qui authentifient le récit, car personne ne les inventerait pour des raisons apologétiques. Ainsi la course au tombeau des deux disciples : Jean arrive le premier, parce qu'il est le plus jeune et le plus agile, mais il n'entre pas et il ne découvre pas que le tombeau est vide, parce que l'accès des tombeaux de l'époque était trop bas pour pouvoir distinguer l'intérieur sans y pénétrer. Pierre arrive enfin, il entre, parce qu'il est l'aîné et le chef, Jean entre ensuite, il découvre le tombeau vide : « Il vit et il crut. » Seulement à ce moment-là. Aucun des disciples n'avait cru à la résurrection de Jésus, ni même à sa divinité, tellement cela allait à l'encontre du principe fondamental de la religion juive, à savoir le caractère transcendant de Yahvé. Jean pas plus que les autres.

Durant vingt siècles, la foi avait souffert des ratiocinations de théologiens de cour, de thaumaturges égarés, d'hérésiarques paranoïaques, de fonctionnaires ecclésiastiques, de catéchistes niais et de théoriciens du christianisme. À Théo, il était demandé de croire selon l'esprit du vingtième siècle, afin de concilier pleinement sa foi et sa raison, sans arrière-pensées ou non-dits. Quoi qu'il découvre, il n'y aurait toujours pas de véritable preuve, il s'en doutait. Car le message commun des quatre évangiles était limpide : Jésus n'était pas ressuscité parce que le tombeau était vide mais le tombeau était vide, parce que Jésus était ressuscité. Théo serait un explorateur des signes, jamais un découvreur de sens.

Sur la porte du gymnase désaffecté, pendait un écriteau en carton portant un seul mot en lettres pseudogothiques : « Transition ». La salle ne comportait pas d'autres meubles que des chaises formant un triple demicercle. C'étaient des sièges d'une étonnante laideur qui avaient été conçus pour être solides, empilables, bon marché mais sans que l'inventeur de ce meuble eût fait la moindre concession à l'esthétique. Les montants en métal vaguement doré soutenaient avec mauvaise grâce un plateau en plastique rouge peu rembourré. Il n'existait sans doute pas de dispositif moins cher pour asseoir beaucoup de monde. Une fois que l'on occupait le siège, on parvenait à oublier sa laideur. Les murs du gymnase avaient été peints à l'avenant d'une couleur brouillonne entre le jaune et le brun, propre à engendrer des sentiments neutres.

L'auditoire se remplissait rapidement d'un échantillon de la population américaine, des Nordiques blonds, des Celtes à cheveux noirs, des Italiens basanés, des Chinois à lunettes, très peu d'Africains. Autant de femmes que d'hommes. Des jeunes et aussi des gens très âgés. Apparemment la vie était plus facile à supporter entre ses deux extrêmes, car on ne voyait guère de quadragénaires. Certains gardaient les yeux rivés au plancher, d'autres semblaient absents, personne ne parlait. Alors qu'une foule américaine se distingue surtout par sa capacité de ruminer perpétuellement des nourritures sommaires, personne ici ne mâchait. Emmanuel ne parvenait pas à distinguer ceux qui allaient mourir bientôt. Il ne savait pas trop dans quelle catégorie se ranger lui-même. Il savait seulement qu'il ferait tout pour ne pas mourir. S'il fallait passer par ce genre de cérémonie pour contenter Colombe et accéder aux meilleurs soins, il était prêt à subir la promiscuité des sentiments élémentaires.

Le demi-cercle était fermé par trois tables qui seraient sans doute occupées par Colombe et ses assistantes. Devant les tables, un objet incongru : un matelas couvert d'un drap blanc de solide toile comme on en utilise dans les communautés, les hôpitaux, les casernes, les pensionnats ; à une extrémité du matelas, une pile d'annuaires du téléphone, surmontés d'une matraque. Les matraques utilisées aux États-Unis apparaissent surdimensionnées par rapport à celles d'une police européenne : ce sont presque des cannes, comme s'il était nécessaire lors d'une émeute de maintenir une distance plus grande qu'ailleurs entre perturbateurs et gardiens de l'ordre.

Colombe fit son entrée. Elle portait une blouse blanche ainsi que ses trois assistantes, deux d'entre elles étaient des infirmières à en juger par leur bonnet. Une de celles-ci était noire. Aucune des femmes ne souriait et, tout en ne baissant pas les yeux, aucune ne regardait l'assemblée. Il y eut deux ou trois personnes de l'assistance pour se lever et puis finir par se rasseoir après quelques instants de confusion.

Colombe demanda à haute voix qui savait chanter *Swing low, sweet chariot*. Tous les doigts se levèrent sans hésitation à part celui d'Emmanuel. Une des assistantes en blouse blanche entonna d'une voix de soprano très pure et tous la suivirent. Cela faisait beaucoup de bruit, ce n'était pas toujours très juste, mais il y avait de l'enthousiasme. Emmanuel écouta les paroles avec attention :

Swing low, sweet chariot,
Coming for to carry me home.
Swing low, sweet chariot,
Coming for to carry me home.
I have never been to heaven but I have been told
Coming for to carry me home,
That the streets in heaven are paved with gold
Coming for to carry me home[1].

1. « Balance-toi doucement, cher chariot / Quand tu viens pour m'emporter à la maison. / Balance-toi doucement, cher chariot, / Quand tu viens pour m'emporter à la maison. / Je n'ai jamais été au

Après le chant, l'atmosphère se détendit quelque peu, il y eut même quelques rires et une certaine propension au bavardage. Colombe laissa la rumeur s'éteindre puis elle reprit la parole pour demander que chacun des participants se lève à son tour pour se présenter et décrire les raisons qu'il avait de se trouver ici. Emmanuel remarqua que Colombe forçait en quelque sorte son accent français. Souhait de se détendre ou de paraître étrangère pour faire étrange ?

La première personne à se présenter fut une femme d'une cinquantaine d'années, un peu trop bien habillée dans cette assemblée où dominaient les *trainings* et les *baskets*. Elle n'avait aucune raison de se trouver là sinon un vague mal de vivre, trois divorces et un cumul de rentes alimentaires qui la délivraient de la discipline du travail. En somme, elle avait peur de mourir parce que sa vie était trop confortable. Il y eut quelques sourires. Emmanuel était excédé.

Le second intervenant créa tout de suite une tension insoutenable. Il était homosexuel, séropositif, et il avait accompagné un ami jusqu'à la fin. Il avait en quelque sorte répété sa propre mort, il en connaissait tous les détails, il ne parvenait pas à rassembler suffisamment de courage pour l'affronter. Il répéta plusieurs fois : « Je ne veux pas mourir », à mi-chemin entre la constatation et la proclamation.

La troisième était une jeune femme à lunettes dorées, sans doute une institutrice à en juger par sa voix douce et claire, sa prononciation soignée, son récit sobre et précis. Elle était veuve avec trois enfants. Son mari était mort stupidement dans un accident de voiture. Il avait survécu trois jours en salle de réanimation jusqu'à ce

ciel mais on m'a raconté, / Quand tu viens pour m'emporter à la maison, / Que les rues du ciel sont pavées d'or, / Quand tu viens pour m'emporter à la maison. »

que sa femme soit obligée de prendre toute seule la décision de faire déconnecter les appareils et de récupérer les organes qui pouvaient faire l'objet de greffes. Son mari était enterré sans poumons et sans cœur, sans reins et sans yeux. Il survivait en pièces détachées et elle était inconsolable.

La litanie se poursuivit. Tous les malheurs étaient représentés : cancéreux et sidéens face à des agonies à retardement ; vieillards abandonnés à une lente décrépitude ; amours brisées à peine écloses ; parents privés de leurs enfants ; soldats se souvenant d'un camarade mort au Viêt-nam. Plus quelques chagrins de luxe. Mais on pressentait, en les écoutant, que, pour être factice, le malheur n'était pas moins lourd. Quand vint le tour d'Emmanuel, il se leva la gorge serrée et il commença sa confession :

« Je suis suisse, célibataire, prêtre catholique. Je travaille au Vatican. Je suis atteint de la maladie de Parkinson. Les médicaments prescrits ne sont pas efficaces. Si je ne trouve pas un autre traitement, je mourrai dans un an ou deux au plus tard, sans doute paralysé. Le traitement qui m'est proposé consiste en une greffe de cellules fœtales, obtenues à la suite d'un avortement. Je vais sans doute l'accepter mais je me sens coupable. Et je l'accepte parce que j'ai encore plus peur de la mort que du péché. Je crois en la vie éternelle mais je crains le Jugement. Je suis persuadé d'avoir commis des péchés graves pour réussir ma carrière ecclésiastique. J'en ai tellement commis que je ne me souviens plus de leur nombre. Je ne parviens pas à les regretter parce que je tiens encore plus à ma carrière qu'à ma vie. »

Après une hésitation, il ajouta très péniblement :

« Je me sens médiocre. Je ne me pardonne pas à moi-même d'avoir échoué dans ma vie à ce point. Je voudrais recommencer ma vie. Je voudrais au moins continuer à vivre pour essayer de réparer tout le mal que j'ai fait aux autres mais je crois que je n'y arriverai jamais. Mon Église m'a chargé d'un dossier très important pour la foi de tous les chrétiens, mais je doute moi-même de cette foi. Je suis ici pour reprendre confiance en Dieu. Sinon je ne guérirai pas. »

Il se rassit en pleurant comme la plupart des autres l'avaient fait avant lui. Il sentait sur lui-même le regard des autres et les larmes qu'il voyait dans ces yeux le brûlaient comme les siennes.

Quand chacun eut pris son tour, comme il était près de midi, Colombe, sans dire un mot, fit signe à l'assemblée de se lever et de se diriger vers la sortie. Le silence était total. Emmanuel sentit à quel point les participants prenaient garde de ne pas heurter les chaises, de tenir la porte ouverte pour qu'elle ne claque pas. Le repas au réfectoire fut des plus simples : des haricots et une saucisse, puis une tarte aux pommes. Le seul breuvage était un café insipide additionné de lait et d'un édulcorant pour lui donner un semblant de goût et de couleur. Quelques conversations à voix basses s'ébauchèrent. Puis une assistante annonça qu'il y aurait une promenade d'une heure dans les bois avant de reprendre la séance à deux heures.

Durant la promenade, Colombe parvint à glisser quelques mots à chaque personne en particulier. Pour ne pas faire de différence, elle fit aussi quelques pas à hauteur d'Emmanuel, qui prit le premier la parole :

« C'est une sorte de confession mais on ne s'y accuse pas. On fait le compte de ses malheurs. »

Colombe répondit simplement :

« Le premier péché de chacun est de ne pas pardonner à Dieu et aux autres ce qu'ils lui ont fait. Si l'on a des reproches à leur faire, il faut commencer par les formuler à haute voix. Si on y parvient ! »

Ce fut tout. Elle s'éloigna.

L'après-midi fut encore plus éprouvant que la matinée. Quand tout le monde eut pris sa place, Colombe demanda simplement qui désirait commencer. Puis elle se tut. Personne ne bougeait. Le silence s'épaississait. Emmanuel observait la trotteuse de sa montre pour se donner une contenance et pour moins souffrir de l'attente qui se prolongea pendant douze minutes dans un silence de plus en plus implacable. Les participants réalisaient de plus en plus que Colombe était prête à attendre tout l'après-midi s'il le fallait.

Enfin, une femme d'une cinquantaine d'années se leva et vint s'agenouiller sur le matelas aux pieds de Colombe. Une assistante lui retira ses lunettes et ses chaussures. Elle était laide, franchement vulgaire dans son accoutrement, les cheveux mal coupés, le visage grossier, obèse comme le sont les Américaines à force de mal se nourrir. Ses cuisses engoncées dans un *jeans* ressemblaient à ces jambons que l'on mettait jadis à conserver dans des sacs de toile. Elle commença d'une voix blanche :

« Je hais ma mère. Elle va mourir, elle est à l'hôpital, je n'ai pas réussi à lui rendre visite une seule fois. Quand j'étais adolescente, elle n'arrêtait pas de me dire que j'étais laide, que cela ne valait pas la peine de sortir avec les garçons, qu'ils coucheraient peut-être avec moi mais que personne ne m'épouserait. Et puis elle continuait au sujet de mon père, qui l'avait abandonnée, que je n'ai jamais connu. Pourquoi suis-je née ? Mes parents ne s'aimaient pas. Ils étaient sans doute tellement ignorants qu'ils ne savaient pas comment s'y prendre pour éviter les bébés. Ils n'ont pas eu le courage de l'avortement. Je n'ai pas choisi de vivre. Ma mère n'a pas désiré que je vienne au monde, elle s'est vengée sur moi... »

Le *lamento* continua sur ce ton, longtemps, très longtemps sans que Colombe, le visage impassible, fasse mine d'intervenir. La femme s'excitait de plus en plus. Après une dizaine de minutes, elle éclata en cris de colère, suraigus :

« Je voudrais déjà être morte. Je ne veux pas rester dans ce monde. Mais j'ai peur du jour du Jugement. Jésus me reprochera ma haine. Je ne veux pas continuer à vivre et j'ai peur de mourir, je ne sais plus où me réfugier. »

Et soudain d'une voix terrible :

« Ma vie est un enfer et après ma mort j'irai en enfer. Je souffrirai toute l'éternité plus encore que je n'ai souffert sur terre. »

Elle tremblait de tous ses membres. Une assistante lui mit en main la matraque et empila trois annuaires devant elle sur le matelas. Alors, la femme qui était musclée, sans doute une paysanne, prit la matraque et l'abattit à coups redoublés sur les volumes qui éclatèrent en confettis. Elle frappait avec la matraque à coups réguliers, comme le bûcheron attaquant un arbre avec sa cognée. Elle culbutait son chagrin avec le rythme régulier des travailleurs de force. Quand il ne resta plus rien des annuaires, elle posa avec soin sa matraque. L'assistante qui était demeurée près d'elle lui tendit un oreiller qu'elle serra comme une petite fille étreignant son animal de peluche. Elle se laissa mener docilement vers une chambre adjacente munie également d'un matelas et d'une couverture, une « chambre des pleurs », pour y cuver son chagrin.

Durant l'après-midi, une douzaine de participants vinrent à tour de rôle s'agenouiller aux pieds de Colombe. Parfois celle-ci intervenait d'une simple phrase : « Dites-lui ce que vous n'avez jamais osé lui dire » ou « Prenez l'enfant que vous avez été dans vos bras et bercez-le. »

Il y eut deux ou trois homosexuels, qui racontèrent

leur enfance faite de brimades et d'humiliations, le remords perpétuel des étreintes contre nature, l'expulsion de l'armée, la perte de l'emploi, la rupture avec la famille, le divorce d'un conjoint découvrant la vérité, les remontrances des pasteurs et des prêtres, la mort du partenaire frappé du sida, la découverte de leur séropositivité, l'agonie des autres sidéens couverts d'ulcères comme les pestiférés maudits de Dieu dans la Bible. Rejetés par les autres, ils se rejetaient eux-mêmes.

Il y eut les parents dont les enfants étaient morts de maladie ou d'accident. Le plus horrible fut le récit d'une mère dont la petite fille avait brûlé sous ses yeux à la fenêtre de l'appartement en feu. Un pompier était mort sous les décombres du toit effondré en essayant de la sauver. La jeune femme tira une conclusion qui parut évidente : « Si Dieu existait, il ne permettrait pas que de telles choses arrivent. »

Colombe attendait manifestement cette phrase, qui devait être prononcée sans doute durant chaque session. Pour la première fois, elle intervint : elle raconta une histoire, celle d'un étudiant juif suivant les cours d'une école rabbinique. Il n'arrêtait pas de poser au professeur la même question : « Comment Dieu a-t-il pu créer un monde tellement mauvais ? » Un jour, le professeur, excédé, lui posa la question : « Crois-tu qu'il soit possible de créer un monde meilleur ? » L'étudiant répondit que c'était évident puisqu'un homme pouvait l'imaginer. « Eh bien, répliqua le professeur, si tu crois vraiment qu'il est possible de faire mieux que Dieu, sors de cette classe, vas-y, fais-le ! »

Après cette anecdote, Colombe s'abstint de tout commentaire mais la question ne fut plus jamais soulevée dans la suite.

Il y eut aussi les condamnés à mort. Tous ceux à qui la médecine moderne permettait de décrire avec précision le terme de leur vie. Tous les cancéreux dont le système immunitaire impuissant laissait se modifier le corps lui-même. Tous ceux qui représentaient le résidu statistique de la médecine, inguérissable par les moyens connus, qui posaient une seule question : « Pourquoi moi ? »

Le premier jour, Emmanuel n'eut pas le courage de s'agenouiller aux pieds de Colombe.

Vers la fin de l'après-midi, après huit heures de tension, Colombe déclara la session close et fixa rendez-vous au lendemain matin à huit heures. Quelques participants qui habitaient dans les environs rentrèrent chez eux. La plupart venaient de loin et, comme ils avaient déjà payé cher l'inscription à la session, ils étaient logés dans un dortoir unique. Deux assistantes de Colombe passeraient la nuit avec eux et animeraient la soirée avec des chants et des histoires. La consigne était sévère : pas de télévision, pas d'alcool, pas de tabac, pas de sexe.

Colombe rentra chez elle avec Emmanuel. Sur le chemin, elle fit un détour par le réseau des autoroutes qui s'entrecroisent au nord de la baie de San Francisco et revint à Stinson Beach, où elle avait déjà mené Emmanuel la veille. Ce devait être un rite chez elle. Elle resta longuement à regarder les rouleaux qui s'écrasaient sur la plage dans la lumière faiblissante. Emmanuel finit par parler pour rompre le silence absolu qu'elle avait observé durant tout le trajet :

« C'est très dur. Je ne m'en rendais pas compte alors que tu fais ce métier depuis des années. Pourquoi faistu cela ? »

Colombe était très fatiguée. Elle répondit sans contrôler son irritation mais sans parvenir à donner vraiment de la voix :

« Je le fais parce que tu ne le fais pas. Des centaines de médecins dans le monde se sont substitués aux prêtres et aux pasteurs. Jadis, c'était à ceux-ci d'accompagner le mourant d'une rive à l'autre. À la campagne parmi les pauvres, voilà deux siècles, on mourait de tout et de rien, très jeune parfois, sans véritables soins médicaux, sans recours, sans autre soutien dans les douleurs que l'espérance du Ciel. Ah oui ! Les pauvres, cela a été leur opium. C'était bien le seul dont ils disposaient et c'est en ce sens que Marx parle de la religion comme opium du peuple. Et puis sont venus les véritables analgésiques et les salles de réanimation. Et vous vous êtes retranchés dans vos presbytères, persuadés de votre inutilité croissante. Vous aviez oublié que votre fonction essentielle n'était pas de remplacer le médecin inexistant ou impuissant, mais de réconcilier chaque homme avec l'idée de sa propre mort. Vous vous êtes laissé rouler par les municipalités laïques qui ont exilé les cimetières dans les banlieues déshéritées entre une usine à gaz et une station d'épuration des eaux. Vous avez laissé mourir les chrétiens comme des chiens dans des hôpitaux aseptisés, bardés de tubes, réduits à des paquets de cellules auxquelles le personnel médical prodigue des soins techniques. Vous avez cru vous acquitter de votre fonction en écoutant une confession réduite à sa plus simple expression, complétée par une onction dispensée à la sauvette. Mais que voulez-vous vraiment dire lorsque vous parlez de vie éternelle ou de résurrection de la chair ? Parfois, au détour d'un texte théologique, on en vient à se demander si vous ne l'entendez pas en matière de métaphore. La science a si souvent démenti vos allégations catégoriques de contrevérités parasites que vous en venez à douter vous-mêmes de tout, même de l'essentiel, de ce qui ne passera pas, et à vous ménager des issues de secours, camouflées sous une langue de bois. »

Elle s'interrompit et reprit à nouveau très doucement pour s'adresser directement à Emmanuel :

« Ta maladie a un sens, comme tout ce qui nous arrive de désagréable. Réfléchis à la position que tu occupes, au projet que Théo poursuit et aux résultats qui pourraient en découler. Vous ne démontrerez pas la résurrection du Seigneur parce que c'est impossible. Mais vous risquez de fausses manœuvres et de fausses interprétations. Il faut que tu deviennes fort pour tenir tête à l'épreuve. C'est pour cela que tu es ici. Le grand jeu continue ! »

D'habitude, Emmanuel ne prenait pas les sorties de Colombe très au sérieux. Elles appartenaient à un genre littéraire imprécatoire auquel recourait volontiers sa sœur pour maudire politiciens, prêtres ou mâles en général. Ce qu'il avait vu et entendu cet après-midi lui faisait considérer Colombe d'un autre œil. En fin de compte, elle en savait bien plus que lui sur ce qui aurait dû être l'objet essentiel de son activité. Il répondit donc d'une voix très douce :

« Je suis d'accord. Je fais très mal mon métier. Je cherche des faux-fuyants pour ne pas accomplir l'essentiel parce que je suis démuni devant un mourant. Lorsque j'étais vicaire, je me cantonnais aux rites pour ne pas avoir à exprimer mon véritable sentiment, qui était la panique, l'impuissance. Je crois que tu réussis mieux en inventant et en improvisant une nouvelle liturgie. Mais tu n'as toujours pas répondu à ma question. Pourquoi toi ? Pourquoi les autres médecins qui font pareil se sont-ils chargés de cette tâche ? Cela aurait pu être des travailleurs sociaux. Pourquoi des médecins ?

— Parce que les médecins, les psychologues et surtout les infirmières sont confrontés à ce genre de problème dans leur pratique quotidienne. La plupart réagissent très mal en sens divers du reste, soit en se livrant à de l'acharnement thérapeutique, soit au contraire en prônant l'euthanasie. Ce sont deux mauvaises réponses et, même si elles se contredisent en apparence, elles procèdent du même désir d'évacuer la mort, en premier lieu, du champ de perception du médecin. Lui-même n'est pas prêt à mourir, il n'imagine pas qu'un jour il puisse y parvenir, parce qu'il couve de gros nœuds psychologiques, ce que vous appelez sommairement des péchés. Or, toute la session de cet après-midi te l'a montré, aussi longtemps qu'un être humain n'est pas en paix avec lui-même et avec les autres, il se crispe sur sa propre vie dans un désir pathétique de résoudre son conflit. Mais il sait qu'il risque de mourir sans y parvenir. Il panique, il se bloque davantage. De même, le médecin qui n'est pas prêt à mourir lui-même ne peut aider les autres. En revanche, dès lors qu'un médecin ou une infirmière comprend la nature de son blocage, il ou elle peut tenter de le dépasser, il réussit souvent à opérer ce travail psychologique sur lui-même. Et il se retrouve alors dans une tout autre position, celle qu'occupaient jadis la plupart des prêtres, des sorciers, des chamanes, qui avaient appris sur le tas l'art d'accompagner les mourants. »

Elle se tut quelques instants pour reprendre d'une voix très douce :

« Tu ne peux pas être vraiment prêtre si tu ne supportes pas l'idée de ta propre mort, si tu cours avec Théo à la recherche de preuves indubitables de la résurrection de Jésus. Avec vos grands corps et vos cerveaux bourrés d'âneries, vous êtes demeurés des enfants tous les deux. Tu as une occasion ici de devenir un adulte. C'est pour cela qu'il fallait partir le plus loin possible de Rome, cette garderie de mômes attardés. Le but d'un grand jeu n'apparaît jamais à première vue. Vous vous imaginiez à la recherche d'indices archéologiques et tu découvres que tu es à la recherche de toi-même. C'est peut-être le sens de ce jeu. On verra ! Dieu seul sait où tout cela nous mènera. Peut-être bien plus loin que nous ne parvenons à l'imaginer maintenant. Le chemin de Jérusalem passe par San Francisco et il se poursuivra peut-être jusqu'à Rome. »

Emmanuel regarda sans rien dire les rouleaux qui continuaient à s'écraser sur la plage, aussi réguliers que les battements d'un cœur. Bien avant qu'il y ait des hommes en Amérique, ils avaient déferlé au même rythme et ils continueraient bien après qu'il n'y aura plus d'hommes sur la planète.

Emmanuel résista encore deux jours. Il écouta le mardi et le mercredi les confessions des autres. Il était prêt à jurer qu'aucune de celles-ci n'était fausse. Personne ne trichait parce que les autres n'essayaient pas de tricher et que ceux qui avaient terminé leur confession sortaient véritablement apaisés de la « chambre des pleurs ». La simplicité et la puissance de la méthode éclataient aux yeux de tous. Celui ou celle qui s'agenouillait sur le matelas ne pouvait espérer tromper l'assemblée et il se serait perdu à ses propres yeux en le tentant.

Emmanuel résistait parce que le procédé lui paraissait une parodie, efficace sans doute, mais sacrilège du sacrement de pénitence. Les péchés étaient vraiment remis sans absolution formelle par Colombe. C'était la communauté qui agissait, sans autres prières que les *negro spirituals* entonnés rituellement pour ouvrir et clore chacune des sessions.

Le mercredi soir, il ne restait pas grand monde à avoir évité le matelas. Emmanuel en faisait le compte pour évaluer ses chances de passer au travers de la semaine sans être le dernier à résister. Dans ce résidu se trouvaient toutes les mondaines désœuvrées, sans problème évident à déballer, deux religieuses et Emmanuel. Le tri était facile à faire, car ils étaient les seuls à garder le visage fermé tandis que les autres rayonnaient d'une bonne humeur, un peu grosse dans son expression, qu'il était impossible de ne pas remarquer.

Au crépuscule, Colombe emmena Emmanuel pour la visite rituelle à la plage. Elle ne lui parla pas pendant le trajet et il se sentit obligé de s'expliquer quand ils contemplèrent à nouveau les rouleaux.

« Est-il indispensable que je prenne mon tour ?

— C'est à toi de répondre à cette question. »

Nouveau silence interminable.

« Cela me gêne.

— Je te répondrai ce qui a toujours été marqué dans les catéchismes. Il ne faut pas rougir devant les hommes de ce qui est connu par Dieu de toute façon.

— Je ne vois pas pourquoi je confesserais à une assemblée sauvage, présidée par quelqu'un qui n'exerce aucun ministère régulier, ce qu'apparemment j'aurais toujours caché à mes confesseurs.

— Est-ce moi qui te gêne parce que je suis ta sœur ? J'aurais pu te faire inscrire à une session présidée par Elizabeth Kübler-Ross dans son repaire de Wappingers Falls. C'est elle qui a mis la méthode au point. Mais tu me paraissais tellement fragile à Rome que je me suis sentie obligée de te garder près de moi, même si cela ne simplifie pas les choses.

— Ce n'est pas cela qui me contrarie, au contraire. La même session sans toi m'aurait paru odieuse ou ridicule dès le début et je l'aurais quittée tout de suite. Ce qui me gêne vraiment, c'est la crainte de participer à une parodie sacrilège d'un rite.

— Parce qu'il est efficace ?

— Oui.

— C'est donc bien cela. Souviens-toi, Emmanuel, de ce que les pharisiens reprochaient déjà à Jésus lorsqu'il guérissait un paralytique le jour du sabbat, c'est-à-dire en dehors des règles et sans mandat, et rappelle-toi ce qu'il leur répondait. Est-ce que ce que tu vois est l'œuvre du diable ? Est-ce que ce n'est pas plutôt l'œuvre de l'Esprit ? A-t-il besoin de l'approbation du Vatican pour intervenir ? Tout ceci a commencé par une initiative d'Elizabeth Kübler-Ross, sans doute parce qu'elle avait une véritable vocation de prêtre et que vos règlements ne lui permettaient pas de l'exercer. Crois-tu vraiment que quelques bureaux à Rome, équipés de codes, de dictionnaires et de fichiers vont régenter le salut des hommes ? Tu connais la réponse : ni en principe, ni en fait. Ne t'es-tu jamais posé la question de savoir si toi et tes semblables ne jouiez pas aujourd'hui le rôle qui fut jadis celui des pharisiens, des hommes très bien du reste, intelligents, dévoués, sérieux, et tout et tout. Ils n'avaient qu'un défaut : ils croyaient avoir une ligne directe avec Yahvé, le monopole de la vertu, l'infaillibilité de l'exégèse. C'est le plus subtil des péchés, car il est indécelable par celui qui le commet. Là est l'œuvre du diable. Juge-la à ses fruits. Les églises désertes. Les chrétiens abandonnés. Les prêtres épuisés, isolés, démoralisés. Les meilleurs théologiens interdits de parole et d'enseignement. Des évêques médiocres et timorés. L'affirmation théorique de l'amour universel par une Église qui ne l'exerce pas en son propre sein. »

Elle s'animait de plus en plus. Elle se mit à marcher le long de la falaise en entraînant Emmanuel par le bras.

« Tu sais bien que, moi, je t'aime comme une sœur aime son frère et que ce que je te dis est l'expression de cet amour. Es-tu convaincu de cela ?

— Oui.

— Répète plus fort en me regardant dans les yeux.

— Oui.

— Alors écoute, parce que je ne répéterai pas. Je ne puis pas dénouer le nœud le plus profond de ton être, qui se situe comme d'habitude dans tes relations avec nos parents. Ça, mon assistante s'en chargera. Mais je puis essayer de détruire les défenses que tu as construites pour protéger ce nœud, parce que ces défenses sont communes à la plupart des prêtres que j'ai rencontrés durant ces sessions. Pour compenser une insécurité fondamentale ou une angoisse profonde, vous vous réfugiez dans votre fonction, vous la sacralisez, parce qu'elle devient le seul fondement de votre être. Lorsque cette pathologie sacerdotale s'est enclenchée vers la fin du Moyen Âge, elle s'est développée et enracinée dans une foule d'institutions comme l'obligation du célibat, c'est-à-dire le refus de la famille et de ses responsabilités. La plupart des prêtres que je récupère dans mes sessions sont incapables de supporter l'idée de leur propre mort, et *a fortiori* d'aider leurs fidèles à l'assumer. Ils sèment au contraire la panique parmi les gens en fin de vie. Ils n'ont pas le courage de mourir parce qu'ils n'ont pas eu le courage de vivre. Et le courage de vivre, ils ne l'ont pas eu parce qu'ils n'avaient pas au départ le courage d'aimer, sinon en théorie. Leur éducation – si j'ose dire – à l'amour au séminaire consistait à apprendre la fuite. Je te le dis avec force : c'est une perversion de l'esprit qui mène souvent à des déviations sexuelles plus ou moins pittoresques mais toujours nuisibles. »

Elle s'arrêta et elle fixa son frère avec sévérité pour vérifier s'il osait répliquer quoi que ce soit. Satisfaite de son examen, elle poursuivit en revenant très lentement vers la voiture, en s'arrêtant de temps en temps pour souligner les points délicats :

« Cela ne m'intéresse pas le moins du monde de savoir si moi, ceux et celles qui font le même métier, exerçons ou non un ministère consacré. Nous n'avons d'autorisation à demander à personne. Nous guérissons l'angoisse des gens en fin de vie. Nous les réconcilions avec eux-mêmes. Nous leur expliquons qu'ils ressusciteront : attends demain pour découvrir ce que cela signifie. Condamner ce que nous faisons au nom de la loi, c'est se mettre dans la position des pharisiens par rapport à Jésus. Nous accuser de faire l'œuvre du diable, c'est réutiliser le même argument. L'Église pour laquelle tu travailles est une institution dont la fonction actuelle consiste surtout à essayer de phagocyter le travail de l'Esprit.

— De quoi ?

— En biologie, phagocyter se dit des cellules spécialisées qui absorbent et digèrent les agresseurs de l'organisme. Rien n'est plus contraire à un corps social que l'expression du christianisme. Rien de plus astucieux que de charger les Églises elles-mêmes de digérer et de neutraliser l'esprit qu'elles sont censées répandre. Cela est précisément l'œuvre du diable : se faire passer pour Dieu. »

Elle se tut et elle ouvrit les portières de la voiture. Emmanuel se taisait. Il n'avait rien à dire.

Le jeudi matin, un homme en blouse blanche vint s'asseoir à la même table que Colombe, qui n'invita personne à s'agenouiller sur le matelas. Elle annonça que le docteur Rudy allait faire un exposé à l'assemblée et que celle-ci pourrait lui poser toutes les questions qui viendraient à l'esprit. Pour le moment, il fallait écouter sans interrompre.

Le docteur Rudy commença à parler, d'une voix légèrement saccadée, dont il s'excusa : elle constituait précisément une séquelle de l'accident cardiaque qu'il avait vécu et qu'il allait raconter. Il précisa tout de suite que les mots qu'il utiliserait ne parviendraient jamais à rendre ce qui avait vécu : il insista sur le mot « vécu ».

C'était un homme d'une cinquantaine d'années avec

un visage rouge, des cheveux tout blancs et des yeux bleus comme de la porcelaine. Il s'exprimait d'une voix posée, en utilisant souvent des termes médicaux, un peu déroutants, dont on sentait bien qu'ils lui venaient spontanément aux lèvres parce qu'ils faisaient partie de son vocabulaire professionnel et qu'il n'essayait aucunement d'impressionner son auditoire.

Le docteur Rudy raconta une sorte de conte de fées, à la nuance près qu'il le présenta comme étant sa propre expérience. Il se trouvait dans son bureau à l'hôpital où il occupait les fonctions de chef du service de pédiatrie. Il souffrait depuis un certain temps d'une arythmie du cœur pour laquelle il était prévu de lui placer une prothèse cardiaque. Or, soudain, son cœur partit en fibrillation. Il eut le temps d'appeler avant de perdre connaissance, il fut transporté en salle de réanimation où il subit, pendant une heure environ, tous les traitements imaginables pour faire battre à nouveau son cœur.

Lui-même observait avec un certain détachement ces opérations, qu'il connaissait bien, depuis un point étrangement situé au plafond de la salle. Il nota les erreurs et les maladresses des uns et des autres. Par exemple, le patron de médecine interne faisant irruption pour entreprendre le massage cardiaque, sans avoir mis les chaussures stériles obligatoires. Le docteur Rudy pouvait même préciser qu'il portait des chaussures de daim marron sur lesquelles des gouttes de sang avaient fait des taches. De l'endroit où il se trouvait, il lui était possible de percevoir les détails en opérant une sorte de *zoom* sur son champ de vision par un simple souhait. De même, il entendait parfaitement les quelques phrases qu'échangeaient ses collègues et les infirmières qui les assistaient. Il était même capable de percevoir ce que pensaient les uns et les autres. Une des infirmières de son service, qu'il avait dû réprimander pour d'innombrables négligences, souhaitait à la fois qu'il ne reprenne pas conscience et se sentait coupable d'éprouver ce sentiment.

Finalement, le patron de médecine interne pensa d'abord, puis articula à haute voix : « Ce pauvre Rudy est mort. » Et le docteur Rudy sut qu'il était vraiment mort. Il n'éprouvait aucune souffrance, ni aucun regret. Il enregistra simplement le fait et il se sentit envahi d'un mélange indicible de curiosité, de sérénité et d'amour. Cet amour, insista-t-il, n'avait rien à voir avec celui qu'il avait pu expérimenter durant sa vie, avec sa femme, ses enfants, ses parents, ses meilleurs amis. Il donnait envie d'aller plus loin.

À ce moment, le docteur Rudy perdit de vue la salle de réanimation et il entendit, dans une obscurité totale, une sonnerie stridente, légèrement désagréable. Elle lui fit penser à la sonnette qui appelle les spectateurs à prendre leurs places dans un théâtre. Petit à petit, l'obscurité fit place à un point lumineux situé à une distance qu'il éprouva comme infinie. Le point se mit à grossir comme la sortie d'un tunnel vers laquelle on se déplace.

Le docteur Rudy atteignit enfin l'issue du tunnel et il déboucha sur un paysage lumineux pour lequel il ne trouvait pas de termes propres à le décrire mais dont il pouvait aujourd'hui encore repasser en mémoire tous les détails. Sa mère, morte depuis longtemps, l'attendait, non pas telle qu'il l'avait vue sur son lit de mort mais plus jeune qu'il ne l'avait jamais connue. C'était bien elle, mais c'était une jeune fille, telle qu'il l'avait vue sur certaines photos, peu de temps avant son mariage.

Rapidement la réunion de famille s'étoffa. Il y avait des grands-parents, des cousins, des oncles, des tantes, des parents lointains que le docteur Rudy n'avait jamais vraiment connus parce qu'ils étaient morts alors qu'il était encore enfant. Sa famille se disposa autour de lui comme pour un cortège et il s'avança lentement vers la source de la lumière, escorté par sa parenté comme le jour de ses noces.

La lumière était plus puissante que la plus étincelante des lumières que le docteur Rudy avait fixées durant sa vie, mais elle ne l'éblouissait nullement. Elle formait la source de cet amour dans lequel il baignait. Elle lui sembla aussi la source d'une vérité qu'il avait cherchée toute sa vie en tant que médecin. La lumière se tenait à sa disposition pour lui expliquer ce qu'il avait toujours souhaité savoir.

Et puis, il se mit à réviser sa propre vie comme un film accéléré mais incroyablement précis. Des détails, qu'il avait enfouis dans sa mémoire depuis longtemps, revenaient au jour : par exemple, la scène durant laquelle il avait rompu avec son premier amour en lui tenant des propos tout à fait raisonnables pour dissimuler ses véritables raisons, qu'il discerna avec une clarté glaciale. La lumière souriait, peut-être légèrement moqueuse mais dans un registre très tendre.

Quand il eut passé sa vie en revue et percé à jour toutes les feintes, les tromperies, les illusions qu'il avait entretenues à son propre sujet, le docteur Rudy arriva devant une rivière qui coupait le paysage en deux. Une barque, menée par un passeur, l'attendait. Il eut la présence d'esprit de demander au passeur s'il s'appelait Charon mais celui-ci ne répondit pas.

À ce moment, le docteur Rudy songea avec intensité à son plus jeune fils qu'il aidait pour ses devoirs tous les soirs, car l'enfant était passablement dissipé en classe. Il lui sembla que son fils l'appelait. Il se détourna de la barque et il s'éloigna de la rivière. Instantanément, il se retrouva dans la salle de réanimation, mais dans son propre corps cette fois-ci. Il perçut comme à travers un brouillard les visages penchés sur lui qui esquissèrent un sourire. Et il se mit à pleurer le paradis perdu.

« Cette histoire, commenta Colombe, n'est pas extraordinaire. Elle représente l'expérience d'environ un tiers des patients déclarés médicalement morts à un moment déterminé et réanimés par après. » Elle avait choisi comme premier récitant un médecin afin que les participants prennent son récit au sérieux. Mais elle proposait d'en écouter encore deux autres.

Le reste de la matinée se passa ainsi en compagnie de deux autres rescapés de la mort qui redirent dans leur langage une expérience similaire à celle du docteur Rudy. Emmanuel les écoutait, fasciné. Ce qu'il avait prêché en théorie correspondait à une réalité qu'il découvrait pour la première fois. La foi en la résurrection était née secrètement à partir d'innombrables récits de ce genre à la veillée autour du feu. Le peuple savait par son expérience ce que les théologiens transformaient en une construction intellectuelle desséchée. Le linceul était authentique, il en eut l'intuition violente.

Les trois récits, identiques dans certains détails, enseignaient l'existence d'une expérience au-delà de la mort, parfaitement objective puisqu'elle se reproduisait de la même façon pour plusieurs personnes. Tel fut le dernier commentaire de Colombe avant le déjeuner. Elle se tourna ensuite vers l'infirmière noire.

C'était une femme d'une quarantaine d'années, de corpulence assez forte, avec une voix grave. Elle se leva, parcourut lentement l'auditoire des yeux comme si elle quêtait l'approbation de tous. Puis elle mit les bras en croix et elle entonna d'une voix forte :

Sit down, servant
I can't sit down
Sit down, servant
I can't sit down

My soul is so happy
That I can't sit down[1].

Tout le monde reprit le refrain en chœur, puis la soliste entama le premier couplet :

My Lord, you know
That you promised me,
Promised me a long white robe
And a pair of shoes.
— Go yonder, angel,
Fetch me a pair of shoes,
Place them on my servants feet.
Now, servant, please sit down[2].

Quand le chant fut terminé, une participante, noire elle aussi, se leva et se mit à prier à haute voix :

« Alléluia ! Louez le Seigneur ! Avant un an, je serai partie. Je serai dans un cimetière isolé. Ô Seigneur, combien de temps encore ! L'arbre demeure juste là où il est tombé. Le pécheur meurt comme il a vécu. Mais moi je sais que tu m'as sauvée et que tu m'attendras au-delà de la rivière. Alléluia ! Louez le Seigneur ! »

La foule émit une kyrielle d'amen et d'alléluias. Puis un homme très jeune, atteint du sida, se leva à son tour et il pria. Puis une autre, puis un autre. Puis ils se turent et quittèrent la salle. Emmanuel pleurait comme les autres.

L'après-midi, il pleurait toujours. Il n'avait pas arrêté

1. « Assieds-toi, serviteur ! / Je ne puis pas m'asseoir ! / Assieds-toi, serviteur ! / Je ne puis pas m'asseoir, / Mon âme est tellement heureuse / Que je ne puis pas m'asseoir. »

2. « Seigneur, tu sais / Que tu m'as promis, / Promis une longue robe blanche / Et une paire de chaussures ! / – Va, ange, / Va me chercher une paire de chaussures, / Place-les aux pieds de mon serviteur. / Et maintenant, serviteur, s'il te plaît, assieds-toi ! »

pendant le déjeuner. Il demanda qu'on le conduise dans une chambre des pleurs. L'infirmière noire le fit s'étendre sur un matelas, posé à même le sol. Elle s'agenouilla à ses côtés, elle dégrafa le col de sa chemise et elle tâta ses épaules.

« Il n'est pas possible que vous demeuriez ainsi, avec des épaules aussi crispées. Enlevez votre chemise, je vais vous masser le dos. »

Emmanuel obéit. Il eut à peine conscience des mains qui effleuraient ses épaules et il sombra dans un profond sommeil. Il eut un songe où apparaissaient le linceul, le Sépulcre et Emmanuel ressuscité.

VIII

Lorsque le marteau piqueur rencontra le vide et que le bruit des gravats, tombant dans la cavité, se fut amorti, aussitôt Théo cessa de douter. Six ans s'étaient écoulés depuis qu'il s'était croisé pour retrouver le véritable tombeau du Christ. Six années de doutes : ce qu'il cherchait existait-il encore ? Avait-il jamais existé ? Valait-il la peine d'être retrouvé ?

« Pourquoi chercher le Vivant parmi les morts ? Il n'est pas ici car il est ressuscité. » Ainsi disait Luc. Le faux tombeau du Christ, sur lequel était bâtie l'église du Saint-Sépulcre, avait servi de prétexte à la conquête de la Palestine par les Francs au onzième siècle. La recherche du vrai tombeau par Théo constituait une de ces tâches insensées que se fixent les hommes du vingtième siècle pour donner un sens à une époque, qui s'en est étourdiment privée. Remplacer le sens par le savoir, la science par le savoir-faire : Théo s'était asservi à cette tâche abominable de l'homme contemporain, tant il percevait qu'il n'était pas possible de s'en délivrer. Bien qu'il essayât de suivre la ligne de plus grande pente de l'époque en la remontant, il lui arrivait de douter de son siècle et de lui-même.

Au travers de toutes ces années de doutes, il avait

atteint un but. Dix-sept tombes avaient été repérées dans les alentours du Saint-Sépulcre par sismographie, mesure des champs magnétiques et gravifiques, analyse de la conductivité du sol. L'une après l'autre, elles avaient été investies. Celle-ci était la dernière. Si, comme les précédentes, elle ne livrait que de la poussière d'os et des fils de lin, et si la datation de ces fragments, effectuée régulièrement à l'École polytechnique de Zurich, en fixait l'origine au premier siècle, la recherche s'arrêterait là. Un cimetière juif, contemporain de Jésus, aurait livré ses piètres secrets : quelques inscriptions gravées, charbonnées ou peintes, des noms très communs, Jaïre, Marthe, Marie, Simon, Juda ; quelques pièces de monnaie du premier siècle ; un monogramme composé des trois lettres *I*, *X* et *B* signifiant peut-être *Iesous, Christos, Basileus*, identique à celui découvert au milieu du siècle par le père Bagatti. Des chrétiens avaient donc été enterrés là, avant le comblement du cimetière au deuxième siècle : cela n'avait rien d'étonnant puisqu'une communauté chrétienne avait vécu à cette époque à Jérusalem. Toutes les tombes étaient vides, sans doute parce qu'elles avaient été vidées de leurs ossements, sans doute lors de la désaffectation du cimetière par Hadrien. Sauf deux d'entre elles, qui étaient situées à proximité de la dernière, celle à laquelle il accédait maintenant.

Les relevés effectués voilà plus de quatre ans avaient révélé l'existence du dix-septième tombeau à un endroit pratiquement impossible à fouiller, sous les fondations de deux maisons accolées. La crypte était creusée dans un terrain rocheux qui n'avait jamais été remanié. Il avait fallu payer un prix exorbitant aux familles palestiniennes qui occupaient ces maisons depuis des générations. Seule la Fondation Rockefeller, mise dans la confidence par Théo et stimulée par les démarches régulières de Colombe, avait pu fournir le financement nécessaire. Elle avait cependant flanqué Théo d'un contrôleur, Jeremy Herchel, professeur à Harvard, détaché à Jérusalem. Sa seule participation au projet avait consisté en manœuvres dilatoires, manigances ondoyantes et intrigues évasives. Protestant converti au catholicisme, il s'était investi spontanément d'une seconde mission de contrôle : le cardinal Weiss était tenu au courant des moindres démarches de Théo, tout en ne contribuant en rien au budget de celui-ci.

Théo avait fait creuser un puits vertical de quatre mètres de profondeur dans une des caves, puis il avait progressé centimètre par centimètre dans le roc, au marteau piqueur. Un mineur valaisan, Vital Gaspoz, avait accompli tout seul le travail, étançonnant et cimentant la galerie au fur et à mesure de la progression. Il avait appris son métier en creusant les galeries d'adduction d'eau aux barrages de haute montagne. Des théodolites fixés dans la coupole du Saint-Sépulcre visaient des repères sur les toitures des maisons afin de déceler le moindre ébranlement. La galerie avait maintenant près de dix mètres de longueur et le percement avait été prévu pour cette nuit du 27 décembre.

Dès l'ouverture de la brèche, Théo fit insérer dans la tombe un reniflard injectant de l'air comprimé, préalablement filtré et stérilisé. Il souhaitait n'introduire aucune matière organique provenant du jour, c'est-à-dire du vingtième siècle, dans ce lieu clos sans doute depuis le premier siècle et dont il désirait dater les déchets organiques avec la plus grande précision.

Au moment du percement, trois hommes se trouvaient dans la galerie : Vital Gaspoz, Théo et Moshe Tov, le directeur du département israélien des Antiquités. En revanche, Théo s'était bien gardé de prévenir Jeremy Herchel. En principe, celui-ci s'occupait du déchiffrement et de la publication des manuscrits découverts voilà plus d'un demi-siècle à Qumran. Soit par incompétence, soit par paresse, soit par volonté délibérée de dissimuler des manuscrits, il avait accumulé des retards considérables. Son inertie était devenue proverbiale dans la communauté scientifique, dont deux générations avaient eu le temps de disparaître sans que les manuscrits de Qumran fussent publiés, même sous forme de reproduction photographique. Théo ne souhaitait naturellement pas que ses éventuelles découvertes subissent le même sort. De longue date il avait préparé un dispositif pour doubler Jeremy Herchel, qu'il avait dédaigné d'emblée par une réaction instinctive et qu'il avait fini par détester pour son antisémitisme démonstratif.

Vital Gaspoz venait d'élargir l'ouverture jusqu'au point d'y insérer le haut du corps. Sans mot dire, il se retira pour céder la place à Théo, qui fixa un masque chirurgical sur sa bouche et son nez, couvrit ses cheveux d'un bonnet stérile et enfila des gants de caoutchouc. Un projecteur illuminait la cavité. Ils avaient atteint le tombeau à l'opposé de son entrée : celle-ci paraissait toujours close par une meule. Dans les parois situées à gauche et à droite de Théo, si proches qu'il aurait presque pu les toucher de la main, étaient creusées deux niches, chacune sous un arc voûté. C'était une tombe du type *arcosolium* à deux niches ainsi que l'avait révélé depuis longtemps le traitement des mesures par ordinateur. À dix centimètres près, Théo parvenait à évaluer les dimensions des tombes avant même de pouvoir les mesurer.

La banquette de gauche était vide, celle de droite portait un squelette bien conservé, encore enveloppé dans quelques lambeaux de lin. C'était le troisième squelette intact que Théo découvrait. Cela signifiait sans aucun doute que la tombe n'avait pas été désaffectée à l'époque d'Hadrien, parce que son emplacement exact avait été oublié ou parce que son entrée était déjà couverte d'éboulis. Avant toute autre manœuvre, Théo prit plusieurs photos selon une procédure systématique destinée à couvrir tous les angles visibles depuis son poste d'observation.

Théo introduisit le conduit d'un aspirateur et il commença à récolter les poussières situées sur la banquette portant le squelette. À l'ouverture de chaque tombeau, il suivait cette procédure afin de collecter les parcelles de matière organique avant qu'elles ne soient contaminées par celles provenant du monde extérieur. À partir d'environ cent grammes de poussière, il était possible de trier à la main, puis au microscope, les microgrammes de matières organiques, qui permettraient au laboratoire de dater la tombe. Tâche minutieuse qui exigeait l'élimination des insectes susceptibles d'avoir pénétré dans la tombe dans une période récente. Tri pour lequel Théo avait recruté un spécialiste de la faune méditerranéenne.

Sa collecte terminée, il vida l'aspirateur dans un récipient cylindrique en acier inoxydable, qu'il ferma et dont il remplaça l'air par de l'azote extrait d'une bonbonne. Il scella, marqua et data l'échantillon sous les yeux de Moshe qui signa l'étiquette. Théo renonça à une collecte sur la banquette de gauche car elle n'avait apparemment jamais été occupée.

Avant d'élargir la brèche, Théo invita Moshe à inspecter les lieux. À peine celui-ci eut-il poussé la tête dans le tombeau qu'il poussa un cri et prononça une phrase en hébreu. Puis il se retourna et s'adressa en anglais à Théo : « Vous n'avez pas vu cette jarre ! »

Dans son excitation, ébloui par le projecteur, Théo n'avait pas remarqué, directement sous lui, une masse sombre, qu'il avait inconsciemment prise pour une pierre et qui était en réalité une jarre. Elle avait miraculeusement supporté la chute des gravats lors du percement du tombeau. Il s'agissait de ne pas l'endommager. Gaspoz reprit sa place et il attaqua la roche au burin et au marteau.

Moshe et Théo ne parlaient pas. Il leur semblait que l'atmosphère devenait de plus en plus chaude et étouffante. L'odeur de transpiration du mineur devenait insoutenable. Recroquevillés l'un derrière l'autre, ils attendirent ainsi près d'une heure dans la galerie étroite, avec des crampes aux mollets et dans le dos. Théo ne doutait plus : le contenu de la jarre résoudrait le problème qu'il s'était posé.

Dans toute recherche réussie, il existe un moment délicieux où le chercheur bascule, sans pouvoir le justifier vraiment, du doute à la certitude. Tout se passe comme si le temps s'arrêtait de couler et refluait brusquement du futur vers le présent : le chercheur discerne en un éclair le résultat qui lui demandera encore beaucoup de travail pour être justifié. Comme Théo avait vécu cette expérience transcendante une demi-douzaine de fois déjà, il la reconnut sans peine.

À la fin, Gaspoz extirpa du tombeau une jarre presque cylindrique en la tenant par deux minuscules anses. Une sorte de bol renversé la coiffait. Moshe Tov chuchota qu'elle ressemblait exactement à celles que l'on avait trouvées dans la grotte de Qumran. Lorsque Théo tint la jarre à deux mains, Moshe souleva le couvercle et ils découvrirent trois rouleaux confectionnés respectivement en papyrus, en bronze et en parchemin.

Théo jouissait d'une réputation de magicien de la recherche. Il ne détenait pas d'autre secret qu'un soin minutieux dans la préparation des expériences, prévenant les moindres incidents par des précautions qui se révélaient souvent vaines mais parfois décisives pour le succès.

Durant les six semaines qu'avait duré le creusement de la galerie, il s'était ingénié à doter la maison d'un équipement rudimentaire. Des caisses de matériel arrivèrent de Suisse. Théo ignorait qu'il découvrirait, durant la nuit du 27 au 28 décembre, une jarre contenant des manuscrits mais il avait prévu cette possibilité. Un climatiseur, des rideaux d'obscurcissement et une longue table couverte de plaques de verre équipaient la plus vaste des pièces. Une petite chambre adjacente contenait du matériel pour développer les films. Enfin, une cuisine sommaire et des lits de camp permettaient aux trois hommes de travailler sans discontinuer.

Choqué par la fuite concernant le linceul, Théo vivait dans la hantise d'une indiscrétion par des journalistes. Jusqu'à présent il n'avait pas attiré l'attention des correspondants de presse, plus préoccupés par les problèmes politiques d'Israël que par un chantier parmi beaucoup d'autres. D'ailleurs, Théo avait banni le mot « fouille » de toutes les communications : il n'y était question que de restauration de l'église du Saint-Sépulcre, de consolidation des fondations et de sondages dans des terrains de remblais. Aucune des trouvailles effectuées dans les tombes déjà découvertes n'avait été publiée, malgré des invitations de plus en plus pressantes de la *Biblical Archeology Review*.

Gaspoz se munit de la caméra vidéo afin de filmer tous les gestes et d'enregistrer toutes les paroles échangées par Théo et Moshe. Les trois rouleaux furent placés côte à côte sur la table et photographiés avant d'être déroulés. Théo disposa ensuite le plus volumineux des trois rouleaux, qui était en parchemin, dans une étuve à humidité contrôlée à 80 %. Au fond de la jarre se trouvaient quelques fragments de parchemin détachés du rouleau : Théo plaça un fragment vierge d'écriture dans un récipient scellé afin de l'utiliser pour la datation par le laboratoire de Zurich. Puis les trois hommes interrompirent leur travail pour se restaurer et se reposer.

L'histoire (ou la légende) rapporte que l'amiral Nelson, la nuit précédant la bataille de Trafalgar, joua au whist avec ses officiers afin d'éviter qu'ils s'énervent et perdent leurs moyens durant une nuit d'insomnie. Théo s'inspira de cet exemple illustre pour occuper ses compagnons durant l'attente. Toute la soirée, alors que Gaspoz abattait les derniers décimètres de roche, Théo, sous les yeux incrédules de Moshe Tov, prépara un couscous somptueux, à base de viande *cascher*, pour que les deux chrétiens et le juif puissent le partager. De même, il s'était procuré un vin israélien, produit selon les prescriptions rabbiniques, bien qu'il en pensât fort peu de bien. Mais la convivialité passait avant la gastronomie dans cette entreprise à haut risque, dont Moshe était le seul garant local.

En principe, Jeremy Herchel aurait dû être présent, mais à la longue il s'était lassé des opérations interminables conçues par Théo pour les seize premières tombes. Non seulement Herchel pratiquait cette nonchalance distinguée que certains universitaires affectent mais il éprouvait aussi un penchant évident pour la boisson. Après quelques heures de sobriété, sa soif d'alcool le tenaillait impérieusement. Il se réfugiait alors à domicile pour méditer sur les mérites comparés des bières Budweiser (américaine) et Maccabi (israélienne).

Avant le repas, les trois hommes prirent quelque repos. Moshe Tov et Gaspoz s'allongèrent sur les couchettes, tandis que Théo, infatigable, se mit à son ordinateur portable pour rédiger un compte rendu de la découverte. De temps en temps, il abandonnait son ordinateur et il s'occupait de son couscous. Au bout de deux heures, il réveilla ses compagnons. Ils mangèrent l'agneau, la semoule de blé et les légumes, sans parler. Chacun tenait à conserver par-devers soi les nombreuses réflexions que la découverte lui inspirait. Les points de vue respectifs d'un physicien zurichois, d'un archéologue israélien et d'un mineur valaisan ne coïncidaient guère. Après le repas, ils burent un café confectionné par Moshe et dense comme un sirop.

Puis, ils s'endormirent à nouveau tous les trois. Moshe avait mis Théo en garde contre toute précipitation dans la manipulation des rouleaux. Il estimait à vingt-quatre heures au moins le temps nécessaire pour leur rendre une humidité normale. Théo avait prévu cette contrainte et rien n'obligeait les trois hommes à sortir. Alternativement, ils sommeillèrent, mangèrent, lurent, jouèrent aux cartes, écoutèrent la radio. Vers midi, ce 28 décembre, vigile de la fête des Saints-Innocents, Herchel téléphona pour se renseigner mollement sur l'avancement des travaux : Théo lui répondit tout aussi vaguement et lui annonça des nouvelles pour le lendemain.

À l'aube du 29 décembre, Moshe donna son accord pour le début des travaux. Amolli par l'humidité, le rouleau de parchemin consentit à se dérouler. Avec un pied à coulisse, Théo mesura l'épaisseur de la peau d'agneau qui constituait le rouleau : nulle part elle n'excédait un dixième de millimètre. Un scribe avait tracé avec un stylet des lignes parallèles pour guider l'écriture.

Moshe bénéficiait d'une grande expérience dans le travail de déroulement, pour avoir travaillé dans le laboratoire de Biberkraut, un spécialiste du traitement quasiment chirurgical des manuscrits de Qumran. Théo le laissa agir avec des précautions infinies pendant près de trois heures. Au fur et à mesure que le parchemin était déroulé, lui-même disposait des plaques de verre pour l'immobiliser. La table, qui mesurait trois mètres cinquante de long, se révéla tout juste suffisante pour étaler le rouleau. Théo en mesura les dimensions : vingt-deux centimètres de haut pour trois mètres quarante-trois de longueur. Le texte se présentait en trente-deux colonnes, chacune occupant un morceau de parchemin distinct, cousu aux autres pièces pour former le rouleau.

Dès qu'il eut déroulé la première colonne, Moshe souffla à Théo que le texte était en araméen. Après l'avoir déroulé complètement, il parcourut en diagonale l'ensemble du manuscrit, puis il précisa :

« C'est un manuscrit chrétien. Le nom de Jésus revient fréquemment. »

C'était un homme économe en paroles, grand, sec, grisonnant, avec une pomme d'Adam saillante qui remuait vivement en signe d'émotion. Théo demeurait imperturbable, d'autant qu'il n'aurait pas pu déchiffrer le texte. Tout au plus reconnaissait-il le type d'écriture, les caractères calligraphiés à l'imitation de l'écriture cunéiforme que les scribes d'Israël avaient élaborés lors de l'exil à Babylone.

Avant que le manuscrit risque de se dégrader au contact de l'air et des spores, son travail consistait à le photographier successivement avec un film noir et blanc, puis en couleur, enfin avec une pellicule sensible aux infrarouges. Jamais ce travail n'avait été effectué dans d'aussi bonnes conditions pour les innombrables manuscrits récupérés depuis le milieu du siècle en Palestine, trop souvent manipulés par des Bédouins, des trafiquants, des intermédiaires ignares. Même le travail réalisé dans les années 50 et 60 au Rockefeller Museum sur les manuscrits de Qumran s'était déroulé dans des conditions déplorables : fenêtres ouvertes, lumière du soleil, humidité variable, savants fumant cigarette sur cigarette. Théo prit deux heures pour terminer les photographies. Gaspoz développait les négatifs au fur et à mesure dans la pièce adjacente, tandis que Moshe Tov continuait à lire en silence le manuscrit. Quand ses compagnons eurent terminé, il s'interrompit, toujours sans un mot de commentaire.

Il était huit heures du matin. Le soleil de ce jour d'hiver était levé lorsqu'ils prirent place pour le petit déjeuner. Ils se trouvaient dans une pièce du premier étage, dont les murs chaulés prenaient une teinte phosphorescente sous la lueur provenant de l'est. Après douze heures passées dans une atmosphère confinée, personne n'osa allumer l'éclairage afin de savourer pleinement l'air et la lumière qui pénétraient par la fenêtre ouverte. Quand le petit déjeuner fut terminé, Tov prit enfin la parole :

« Il s'agit d'un texte rédigé en araméen et reproduisant des paroles prononcées par Jésus. Je n'ai pas d'édition des évangiles sous la main mais le texte me semble très proche de celui de Marc, avec quelques passages originaux, qui sont peut-être repris dans des évangiles apocryphes. Mais je ne m'y connais pas assez, vous avez de meilleurs spécialistes dans le domaine. En tout cas, ce texte chrétien n'intéresse pas directement Israël. Si vous le souhaitez, vous pourrez sans doute exporter le manuscrit. Nous ne ferons certainement pas jouer la clause qui nous attribue la propriété de tous les manuscrits appartenant à la tradition d'Israël.

— Il faudra encore que Jeremy Herchel soit d'accord, remarqua Théo. Il ne le sera certainement pas. Selon les conventions avec la Fondation Rockefeller, la propriété de tous les objets trouvés lors de fouilles leur appartient de plein droit. Il gardera le manuscrit à Jérusalem comme tous les manuscrits de Qumran. Si je ne disposais pas des photos, il mettrait un demi-siècle pour en publier la teneur.

— Il reste le papyrus et le rouleau de bronze », observa sèchement Tov.

Gaspoz ne disait rien. Il frottait ses mains calleuses en humant la fumée de sa cigarette. Ses deux compagnons n'avaient jamais osé protester contre cette mauvaise habitude. Le dernier privilège du travailleur manuel consiste à ne pas croire les prédictions des intellectuels et à se dispenser de leurs conseils.

« De toute façon, il ne sera pas possible de découper le rouleau de bronze avec les moyens du bord : nous l'enverrons à Manchester où il y a des spécialistes de l'opération. En revanche, le papyrus doit être maintenant suffisamment humide pour que l'on puisse le dérouler. »

Le papyrus était beaucoup plus court que le parchemin, douze colonnes sur autant de feuilles collées en forme de rouleau, à peine un mètre trente-trois de longueur, mais il se trouvait dans un état de conservation nettement moins bon que le parchemin. Selon toute apparence la jarre avait contenu des insectes plus intéressés par les substances végétales qu'animales. Il s'agissait à nouveau d'un manuscrit chrétien et Moshe Tov fut plus précis que pour le parchemin :

« C'est le récit de la passion de Jésus selon Marc, avec des variantes. »

Quand les photographies du manuscrit furent terminées, il était onze heures du matin, grand temps d'alerter Jeremy Herchel qui répondit d'une voix pâteuse au téléphone. Tandis qu'il s'habillait et se mettait en route, Théo se préoccupa de protéger les copies effectuées durant la nuit et la matinée. Il avait fait raccorder un fax dans la maison et il disposait également d'un téléphone mais, comme il était quasiment sûr d'être sur table d'écoute, il s'abstint d'appeler Emmanuel. Par fax, il transmit à Zurich les photographies en noir et blanc des quarante-quatre pages composant les deux manuscrits. Il disposait de deux exemplaires de chaque film négatif qu'il partagea avec Tov. Quarante minutes à peine après avoir été averti, Herchel sonna à la porte.

La vision des deux manuscrits étalés sur les tables le plongea d'abord dans un silence menaçant, qui fut suivi d'un torrent d'insultes choisies dans le vocabulaire le plus ordurier de la langue anglaise. Comme c'était un linguiste distingué, il eut la délicatesse d'y associer des injures en français et en hébreu. Dans les trois langues, il émit des doutes formels sur la santé mentale, la compétence professionnelle, la moralité, la sobriété, l'honnêteté de ses interlocuteurs. Malheureusement pour lui, il ajouta en français des accusations relatives à la fidélité conjugale de la mère et de la femme de Gaspoz. Il reçut alors un coup de poing en pleine figure et il se calma.

Théo trouva un glaçon dans le frigo pour arrêter le sang qui coulait de la lèvre fendue de Herchel. Celui-ci fit le tour de la pièce en critiquant l'installation de Théo et en l'accusant, sur un ton devenu pleurnichard, d'avoir définitivement compromis la sauvegarde d'un manuscrit inestimable, propriété de la Fondation Rockefeller, à laquelle il aurait dû remettre la jarre sans en inventorier le contenu. Lorsqu'il découvrit la véritable nature des documents, il devint glacial :

« Je vous rappelle que vous n'avez aucun droit de publier ces textes qui sont notre propriété intellectuelle. »

Tov intervint sèchement pour spécifier que tous les objets trouvés dans les fouilles appartenaient en principe à l'État d'Israël qui pouvait en déléguer la garde à des institutions scientifiques sans y être obligé. Si Herchel ne publiait pas le texte des manuscrits dans des délais raisonnables, le département israélien des Antiquités s'en chargerait. Il annonça à Herchel qu'il disposait d'un jeu de négatifs. Herchel jeta un regard paniqué à Théo, qui avoua disposer également d'un autre jeu de négatifs. Une fois qu'il eut compris que les manuscrits étaient en fait tombés dans le domaine public, Herchel devint pâle et fébrile. Face à cette conspiration, comprenant qu'il n'obtiendrait plus rien ni par la menace ni par la flatterie, il demanda à visiter la tombe.

Théo avait prévu des combinaisons étanches du type utilisé dans les centrales nucléaires. Il aida Herchel, grognon et maladroit, à enfiler une de celles-ci. Autant ce dernier avait critiqué le prétendu manque de soin de Théo dans le déroulement des manuscrits, autant il pestait contre ces précautions qu'il jugeait inutiles. Plus d'une fois, Théo s'était efforcé de lui expliquer la méthode de datation par le carbone 14 et les précautions nécessaires sans jamais y parvenir, car Herchel se faisait une gloire de sa totale ignorance des sciences naturelles.

Pour panser ses plaies d'amour-propre et racheter sa lèvre fendue, Théo invita l'Américain à pénétrer le premier dans la crypte. À peine Herchel fut-il à l'intérieur de celle-ci qu'il poussa un cri, incompréhensible pour Théo.

« Le *titulus !* »

Quand Théo et Moshe l'eurent rejoint, les trois hommes occupaient tout l'espace disponible. Et dans cette bousculade, Herchel, au bord de l'hystérie, désignait une petite planche, couchée sur la banquette vide, opposée à celle où reposait le squelette. Elle portait, gravées au fer rouge, trois inscriptions superposées en latin, grec et hébreu. Théo connaissait encore suffisamment de latin pour déchiffrer la première ligne : « Jésus de Nazareth Roi des Juifs ». Était-ce une reproduction, voire l'original, de la pancarte fixée en dérision par les soldats romains sur la croix du Christ ? En tout cas, elle correspondait parfaitement à la description qu'en donnait Jean dans son évangile, ce qui renforça l'estime de Théo pour l'authenticité de ce récit comparé aux autres.

Sur le coup, Moshe découvrit une autre inscription en araméen, gravée au burin dans le soubassement de la banquette portant le squelette, qu'il traduisit comme étant « ...fils de Joseph », tout en précisant que le premier mot de l'inscription était illisible, hormis la première lettre qui correspondait à un J. Il poussa l'interprétation jusqu'au bout d'une logique évidente :

« Cela pourrait être "Jésus fils de Joseph". »

Herchel, donnant tous les signes de la plus vive des agitations, s'adressa à Théo :

« Sortons tout de suite. J'ai deux mots à vous dire en particulier. »

Les deux hommes s'enfermèrent dans le réduit qui servait à développer les films. Il flottait dans la pièce une odeur acide de réactif qui réveilla les sens de Théo. Durant le travail, il se convertissait littéralement en algorithme, bloquant son cerveau pour gouverner les seules opérations de mesure avec le plus de rigueur possible, sans se laisser émouvoir par des bruits, des odeurs ou des goûts. Il n'avait jamais compris comment certains de ses collègues parvenaient à travailler en fumant, en buvant du café, en écoutant de la musique. Il sortit lentement de cet état second sous l'effet conjugué des réactifs et de la nervosité de Herchel. Celui-ci bafouilla :

« Je ne sais pas si vous vous rendez compte de ce que vous avez fait ! »

Théo répondit machinalement :

« J'ai découvert une tombe juive, fermée depuis les alentours de l'an 130 au plus tard, mais probablement plus tôt puisque les ossements n'ont pas été emportés à cette date. Elle contient des manuscrits très intéressants pour expliquer la genèse des évangiles ainsi, peut-être, qu'une relique authentique du Christ. Je dispose aussi d'échantillons de matière organique pour procéder à une datation et pour vérifier mon hypothèse selon laquelle le linceul de Turin serait authentique. Cela me paraît être un succès par rapport au temps et au travail qui ont été investis dans ce projet.

— Et le squelette ? Que faites-vous du squelette ?

— Ce n'est pas moi qui l'y ai mis, rétorqua sévèrement Théo. À vous entendre, je finirais par croire que j'ai commis un assassinat et que j'ai dissimulé le cadavre dans ce tombeau. Je ne suis coupable de rien du tout ! Après tout, il n'y a rien d'étonnant à ce qu'un tombeau contienne un squelette.

— Vous êtes inconscient ! Vous savez comme moi que l'église du Saint-Sépulcre est bâtie sur un tombeau qui n'est probablement pas celui du Christ. À force de fouiller aux alentours, vous couriez les plus grands risques de découvrir le véritable tombeau.

— C'était bien mon intention, je ne vous l'ai jamais cachée. Ce n'était pas un risque mais un objectif !

— D'accord, mais vous aviez tellement peu de chances de réussir qu'il ne m'est jamais paru nécessaire de vous décourager, ni d'intervenir auprès de la Commission biblique pontificale, dont le président est le cardinal Weiss, je me permets de vous le rappeler. Un mot de ma part et vous auriez été réduit à l'impuissance. Combien ai-je vu des amateurs venir brouiller les pistes à Jérusalem avec leur foi et leur bonne foi en bandoulière !

— Je ne distingue toujours pas où se trouve le problème », confessa Théo avec une ingénuité partiellement feinte.

Herchel fronça les sourcils qu'il portait épais, aussi épais que ceux du cardinal Weiss. Il devait refuser de les laisser tailler par son coiffeur. Cela faisait partie de son style austère. Il était quaker d'origine, ce qui ne prédispose pas à l'hédonisme : dans sa famille, originaire du fin fond de la Pennsylvanie, boire de l'alcool constituait une faute grave. Pour lui, le plaisir équivalait au péché, dans son cas la boisson à hautes doses. Or, les catholiques considèrent l'ivrognerie avec une douce indulgence : mieux vaut pour eux s'enivrer mille fois que commettre un seul péché d'impureté sexuelle. Herchel devint donc catholique pour se sentir moins coupable. Cependant, convaincu de sa corruption initiale par le péché originel, il se ruait à intervalles réguliers dans des débauches alcooliques spectaculaires, il les annulait par des confessions larmoyantes et il pratiquait, pour compenser, un conformisme strict en matière de doctrine. Cela expliquait sans doute sa complaisance à l'égard du cardinal Weiss. Il avait atteint une sorte d'équilibre spirituel instable. Il faisait penser à un artiste de cirque roulant sur un vélo à une seule roue tout en jonglant avec une pile d'assiettes. À force de le rencontrer, Théo avait conçu une certaine fascination pour ce *desperado* de la foi catholique.

Herchel s'assit sur le seul tabouret du réduit. Pour formuler sa pensée, il lui fallait relâcher les muscles qui le tenaient debout. Il éprouvait toujours une certaine peine à s'exprimer, sinon par invectives.

« Supposez un seul instant que ce tombeau neuf, contenant un seul squelette et une inscription que l'on peut interpréter comme "Jésus, fils de Joseph", plus une relique éventuellement authentique de la passion du Christ, plus le recueil des Paroles de Jésus à partir duquel les évangiles synoptiques ont été rédigés, plus un récit de la Passion, supposez en plus que votre fichue datation fournisse une date aux alentours de l'an 30, comment échapper à l'explication qu'il s'agisse du véritable tombeau et que le squelette soit celui de Jésus lui-même ? N'oubliez pas ce que dit saint Paul : "Si le Christ n'est pas ressuscité, nous sommes les plus malheureux des hommes." Avec vos stupides mesures et vos fouilles désordonnées, vous risquez d'ébranler les fondements mêmes de l'Église.

— Je risque, répondit Théo, d'ébranler la foi de ceux chez qui elle chancelle déjà. La différence entre vous et moi, mon cher Jeremy, ne peut être que celle-ci : vous doutez de la réalité de Pâques et je n'en doute pas un seul instant. »

Durant cet entretien, Moshe Tov s'était isolé pour rédiger son rapport. Il téléphona à la police israélienne de façon à obtenir des hommes pour garder la maison, jour et nuit. Vital Gaspoz, provisoirement laissé de garde à l'entrée de la crypte et sachant qu'il ne serait pas dérangé, ne résista pas à une tentation évidente. Il observa attentivement le squelette et il finit par faire une observation qui le figea sur place. Il considéra de près les os des poignets, puis ceux des pieds : le doute n'était pas possible ; ils portaient des traces de rouille.

Vital s'agenouilla devant la banquette et il emplit de poussière sa boîte d'allumettes, après l'avoir vidée de son contenu. Il ferma soigneusement la boîte avec du papier adhésif et il dessina une croix sur chacune des faces avec un stylo à bille. Puis il glissa la boîte dans la poche interne de son blouson, sur son cœur.

Le reste de la journée se passa à compléter le travail de la nuit au milieu des remontrances et des soupirs de Jeremy Herchel. Théo préleva une écharde du *titulus* pour le dater : il photographia la tranche de la planchette pour tenter une datation par dendrochronologie. Il réalisa différentes photos en lumière rasante de l'inscription partiellement effacée, afin de tenter de la reconstituer par traitement informatique des images. Une seconde fouille minutieuse de la tombe ne livra pas d'indices nouveaux. Le squelette fut laissé en place pour être examiné le lendemain par un spécialiste du département israélien des Antiquités, mais il fut mesuré et photographié. Théo, qui avait une mémoire prodigieuse pour les chiffres, remarqua distraitement mais à haute et intelligible voix que les mensurations du squelette et celles du linceul de Turin étaient compatibles. Cela déclencha une autre crise de rage de la part de Herchel.

Vers six heures du soir, deux policiers en civil sonnèrent à la porte. Les quatre hommes quittèrent alors le lieu des fouilles. Jeremy Herchel partit sans un mot, sans un salut, comme s'il eût craint de cautionner plus longtemps ce qui s'était passé. Malgré le poids des échantillons emportés pour la datation, Théo et Vital Gaspoz rentrèrent à pied à l'hôtel *King David*, situé à quelques centaines de mètres à peine. Ils invitèrent Moshe pour un dernier verre au bar de l'hôtel. Théo proposa une bouteille de mousseux, strictement *cascher*, provenant d'un vignoble du mont Carmel, substitut raisonnable à une véritable bouteille de champagne. Tov objecta que l'occasion n'en valait pas la peine et qu'une simple bière suffirait. Dès que Vital Gaspoz eut éclusé son verre, il se retira pour dormir et les deux hommes restèrent face à face, libres de s'exprimer. Tov commença très doucement, comme s'il avait voulu consoler Théo d'une déconvenue :

« À force de chercher, vous avez trouvé ce que vous n'attendiez pas...

— C'est toujours le cas, interrompit Théo. D'ailleurs, pour moi, la véritable recherche commence à Zurich avec la datation de tous ces échantillons.

— Quoi que vous découvriez en laboratoire, le résultat le plus visible de la fouille est bien celui que Herchel a immédiatement décelé. Vous vous êtes enfermé dans un cercle vicieux. En cherchant à authentifier le linceul de Turin, vous l'avez démystifié. En vous efforçant contre toute évidence de l'authentifier à nouveau et d'obtenir un indice matériel de la résurrection de Jésus de Nazareth, vous réussirez à faire planer un sérieux doute sur celle-ci. Quelles que soient vos intentions, la science désenchante le monde, détruit les mythes, réduit les récits du passé à des légendes, transforme les miracles en métaphores. En tant que juif, je ne puis pas croire à la résurrection du prophète Jésus de Nazareth, que vous appelez le Christ ou le Messie. Voilà vingt siècles, une secte s'est détachée d'Israël sur la base de cette légende. Les chrétiens ne sont même plus des juifs infidèles, ils sont en dehors du peuple élu, ils ont choisi de le quitter en accréditant un blasphème inouï, l'incarnation de Dieu sous la figure d'un homme. Mon cher Théo, je suis désolé pour vous, mais vous touchez au fond de la contradiction chrétienne et vous l'avez cherché. Personne ne vous plaindra. Beaucoup vous haïront. Certains en voudront peut-être à votre vie. Fermez ce tombeau. Je me tairai parce qu'Israël n'a aucun intérêt à embarrasser le monde chrétien, Herchel se taira aussi pour d'autres raisons, Gaspoz est homme à garder un secret si vous le lui demandez. »

Comme Théo gardait le silence, il reprit, encore plus doucement :

« Israël n'a jamais eu pour but de convertir le monde. Nous accueillons ceux qui insistent pour pratiquer notre foi, en les éprouvant longuement et en leur expliquant qu'ils se chargent d'un fardeau pesant. Il n'est pas besoin d'être un juif pratiquant pour être sauvé. Tous les hommes de bonne volonté seront sauvés. Israël n'est que le sel de la terre, ce qui donne saveur à un plat, ce qui donne un sens à l'histoire. Il n'a jamais été question de changer tous les aliments en sel, de réduire l'histoire à la recherche de son sens. Pour convertir de gré ou de force toutes les nations à une religion unique, les chrétiens ont restreint une foi exigeante à des pratiques superstitieuses, propres à séduire les païens. Il fallait bien qu'un jour Dieu donne un signe pour faire savoir que les chrétiens se trompent. Mais je n'insiste pas pour que ce signe soit rendu visible à tous. Il suffit que vous le compreniez. »

Il hésita encore puis reprit en regardant Théo dans les yeux :

« Si vous essayez un seul instant de vous mettre à ma place, vous comprendrez que je vous fais une faveur insigne en proposant la destruction de ces preuves. »

Théo se tut longuement, soupira, étudia sa bière par transparence comme si c'était une boule de cristal. Mais il n'avait pas l'ombre d'un doute sur ce qu'il devait faire dans la suite :

« Les évidences vous donnent provisoirement raison. Et je ne vous donne pas tort. Mais vous êtes vous et je suis moi. Il y a plus de récits merveilleux et légendaires dans la Torah qu'il n'y en a dans les évangiles. Ce qui importe, ce ne sont pas les récits de merveilles comme nos ancêtres les imaginaient, mais ce que ces merveilles représentaient de réalité et ce qu'ils signifient de merveilleux dans notre réalité. Mon métier est la mesure. J'arpente le monde parce que je crois qu'il est l'œuvre de Dieu et qu'il contient des messages cachés. Détruire des preuves, il n'y a que les criminels pour oser le faire. Ou des fonctionnaires par raison d'État. Je ne suis ni un criminel, ni un fonctionnaire. »

La bière acheva de les prédisposer au consensus et au sommeil. Théo n'avait guère dormi depuis quarante-huit heures. Réfugié dans sa chambre, il fit couler un bain chaud. Il eut encore la force de réserver deux places dans le vol Swissair du lendemain après-midi. Il avait hâte de mettre ses échantillons en sécurité. Il expédia aussi un fax à Colombe portant les simples mots : « Le grand jeu a commencé. Rejoins-nous à l'endroit convenu. » Avant de sombrer, il eut le temps d'une brève prière, agenouillé au pied de son lit, les deux mains jointes sur la boîte d'acier contenant l'écharde prélevée sur le *titulus*.

IX

Théo dormit un tour d'horloge sans désemparer. La sonnerie du téléphone le réveilla à huit heures passées. Sa première impression fut celle d'un éblouissement, car il avait oublié la veille de tirer les rideaux et le ciel bleu diffusait une clarté étonnante pour une journée si proche du solstice. Il ne décrocha pas tout de suite le téléphone, ce qui était contraire à ses réflexes de promptitude. Il n'était plus conditionné à réagir au premier coup de sonnette : quelque chose avait changé. Il vivait nettement au-dessus de ses moyens et en dehors de ses habitudes. Il se sentait très léger, comme s'il avait cessé d'être un algorithme. Somme toute, il avait mené à bien le plus long, le plus ambitieux et le plus risqué des algorithmes de sa carrière. Il n'était plus le même. Il porta l'écouteur à son oreille avec une certaine indolence :

« Je suppose que la nuit vous a porté conseil, cria Herchel, car c'était lui. Moi, je n'en ai pas dormi. J'ai déjà eu un échange avec le cardinal. J'ai transmis par fax une copie des manuscrits : vous auriez pu le faire vous-même. Il est du même avis que moi. Vos prétendues découvertes créeront un scandale considérable. Et celui qui est objet de scandale, il vaudrait mieux qu'il soit jeté à l'eau, une meule autour du cou. »

Théo se sentait de bonne humeur. Il n'éprouvait aucune envie de se fâcher. Les pleurnicheries de Herchel suscitaient plutôt une envie de rire. Un entretien avec ce sot permettrait de se réveiller doucement, sans efforts mentaux exagérés.

« Vous citez l'Évangile hors contexte, mon cher collègue. Jésus faisait référence aux enfants scandalisés par des adultes. Je ne scandaliserai pas les enfants. Ils trouveront même mon histoire merveilleuse. En revanche, je scandaliserai des adultes qui ont perdu l'esprit d'enfance et qui n'acceptent pas de changer leurs habitudes de pensée. Des gens comme vous en somme. Des gens dont Jésus a dit qu'ils ne seraient pas sauvés s'ils ne devenaient pas semblables à ces petits enfants.

— J'ai aussi averti les douanes israéliennes, siffla Herchel. Car j'ai appris que vous aviez l'intention de prendre l'avion pour la Suisse, avec vos échantillons sans doute. J'ai mes sources de renseignements. Vous serez arrêté pour exportation illégale d'antiquités.

— J'aurai sur moi une autorisation signée par Moshe Tov bien entendu, répliqua sèchement Théo qui commençait à s'irriter.

— Et les Palestiniens, y avez-vous réfléchi ? Qu'ils soient chrétiens ou musulmans, cela les révoltera sans aucun doute de savoir que l'on emporte le patrimoine de leur pays, même si celui-ci est illégalement occupé par l'armée israélienne.

— Vous les avez prévenus aussi ? demanda Théo.

— J'ai fait ce que ma conscience me dictait, pour lutter contre le sionisme. Il est significatif que vous trouviez parmi les juifs des appuis pour ébranler les fondements mêmes de notre foi. Vous avez toujours témoigné une sympathie suspecte pour ce Tov...

— Décidément, mon cher Jeremy, vous avez parlé à beaucoup de personnes pour quelqu'un qui tenait à conserver le secret. J'espère et je suppose que vous essayez simplement de m'impressionner... »

Herchel raccrocha et Théo, tout en faisant sa toilette et en commandant son petit déjeuner, jeta des coups d'œil sur les abords de l'hôtel qu'il pouvait observer depuis la fenêtre de sa chambre. Il ne remarqua rien d'anormal, mais il n'en tira pas d'autre conclusion que son incapacité à détecter de véritables professionnels, policiers israéliens ou terroristes palestiniens. Pour la première fois, il eut la sensation qu'il possédait un dangereux secret. Au sentiment de libération qu'il avait éprouvé à son réveil se superposait une autre perception, qu'il n'avait jamais éprouvée, l'appréhension. Et il découvrit qu'il l'aimait, parce qu'elle ralentissait le cours du temps. Des sens en alerte allongent la perception du temps psychologique. Auparavant, il n'aurait jamais imaginé qu'il y eût un moyen cérébral de surseoir à l'écoulement des secondes.

Il appela Moshe Tov, déjà au travail à son bureau, pour lui rappeler sa demande d'autorisation d'exporter les échantillons. L'Israélien lui proposa de le conduire lui-même à l'aéroport de Tel-Aviv, en venant le chercher à la porte de service de l'hôtel. Théo serra soigneusement tous les échantillons dans l'attaché-case qui ne le quitterait pas dans la cabine de l'avion. Il confia un jeu d'épreuves positives des manuscrits à Gaspoz, qui ne posa aucune question et qui l'attendit dans le corridor avec sa valise en fumant. Théo s'abstint de descendre au *lobby* pour payer : il y avait moyen de consulter la note grâce au téléviseur et de donner un ordre de paiement automatique en composant le numéro de sa carte de crédit. Puis les deux hommes prirent l'ascenseur et ils descendirent jusqu'à la cave. En traversant une buanderie, ils arrivèrent à la porte de service où Tov attendait déjà, au volant d'une voiture de l'armée.

Entre l'hôtel et l'aéroport, Théo retint sa respiration. Ils furent arrêtés deux fois par des barrages de l'armée : un autobus israélien avait été victime d'un jet de grenade. Chaque fois le cœur de Théo faillit cesser de battre. Malgré la présence de Moshe Tov, il n'était pas rassuré. Il réalisait de plus en plus que le contenu de son attaché-case aurait aussi bien pu être de la dynamite, dès lors que certains groupes étaient avertis de ce qu'il transportait.

Les formalités d'enregistrement, puis celles de la police et de la douane lui parurent d'une exaspérante lenteur. La police de sécurité obligea Théo à ouvrir chacun des récipients en acier contenant les échantillons, malgré les garanties fournies par Tov. Le policier demeura incrédule devant les échantillons de poussière et il n'arrêta pas de les brasser en les contaminant. Il fallut que Tov, colonel de réserve dans l'armée, finisse par trouver un officier de police qui avait été lieutenant dans son unité pour arracher l'autorisation de passer le contrôle.

Les adieux de Tov furent graves :

« Prenez bien soin de vous, Théo ! Vous allez affronter de grands dangers, quoi que vous découvriez en effectuant les mesures. Pour la routine d'une religion organisée comme la vôtre, rien n'est aussi insupportable que la nouveauté, quelle qu'elle soit, même si elle confortait le noyau dur de la foi. Je crains que vous risquiez votre vie. Les chrétiens ne sont pas tendres pour ceux qui ne se conforment pas à la ligne de l'Église. »

Théo, légèrement énervé, répondit sans réfléchir :

« Le Sanhédrin n'a pas été plus tendre avec le dissident Jésus. »

Puis il se reprit et il finit par donner une accolade à Tov. À force de vivre au Moyen-Orient, il avait dominé certaines rigidités helvétiques. Il reprit tout à fait ses esprits dans la cabine de l'appareil Swissair. Pour la première fois depuis son réveil, il se sentit en sécurité. Les hôtesses jacassaient en dialecte alémanique, elles présentaient des serviettes rafraîchissantes, des verres de champagne ou de jus d'orange, la *Gazette* de Swissair, des journaux suisses. Ainsi materné, Théo s'endormit, Gaspoz à ses côtés, avant même que l'avion décolle.

Quand il se réveilla, l'avion volait quelque part entre la côte israélienne et Chypre. On servait le déjeuner. Théo prit pour apéritif un mélange de vodka et de jus de tomate, opportunément désigné dans le sabir anglo-saxon des bars sous le sobriquet de *Bloody Mary*. Son humeur devenait en effet sanguinaire. La sottise de Herchel préfigurait celle qui se manifesterait partout à l'annonce de ses découvertes. Tov avait vu juste. Personne ne lui saurait gré de ses trouvailles, la plupart en tireraient des conclusions saugrenues, certains le haïraient, d'aucuns pourraient même attenter à sa vie, d'autant plus qu'il était le seul dépositaire d'un secret subversif. En le partageant avec quelques confidents sûrs, il se protégerait quelque peu. Il comprit obscurément qu'il ne fallait plus qu'il revienne en Palestine, mais il demeura décidé à se battre pour que la vérité, celle qu'il lui fallait encore découvrir, soit transmise.

Il fit donc ses adieux définitifs au Moyen-Orient compliqué en emportant une idée simple : la politique et la religion s'y enchevêtraient à tel point qu'il n'y aurait jamais de paix entre les peuples, parce qu'il n'y aurait jamais de paix entre les religions, et réciproquement. Là où Dieu s'était incarné, les querelles humaines avaient atteint une âpreté inexpiable. Et selon la parole mystérieuse de l'Évangile, Jésus n'était pas venu apporter la paix, mais le glaive. Juifs, chrétiens et musulmans n'en finiraient jamais de régler un contentieux aussi éternel que le Dieu auquel ils se référaient tous. Toucher à la relation entre les religions, comme Théo s'apprêtait à le faire, constituait un crime irrémissible. Jésus était-il un illuminé coupable de blasphème, le Fils de Dieu ou l'avant-dernier des prophètes ? Chacun des descendants spirituels d'Abraham entretenait une idée différente sur la question. Même si des mesures de laboratoire ne parviendraient jamais à trancher objectivement entre ces trois interprétations de la vie de Jésus, elles donneraient un poids plus ou moins grand à l'une ou l'autre interprétation. Et l'appartenance à une religion, à une autre ou à aucune ne représentait pas seulement une affaire de conscience personnelle, cela possédait aussi une dimension politique, évidente au Moyen-Orient, dans les Balkans, peut-être aussi en Occident.

Longtemps Théo avait estimé de bonne foi que les juifs formaient une sorte d'arrière-garde religieuse, constituée par des chrétiens manqués, qui n'avaient pas encore compris la Révélation. Puisque Jésus était venu pour accomplir la promesse faite à Israël, il aurait fallu qu'il soit reconnu en premier lieu par ceux qui avaient reçu cette promesse et qui étaient bien placés pour la comprendre. Or, obstinément, ceux-ci s'y étaient refusés malgré les meilleures prédications par des apôtres de leur nation, et aussi malgré les autodafés, les pogroms et les fours crématoires organisés ultérieurement par des chrétiens exaspérés par l'obstination des juifs. Ceux qui étaient le mieux préparés pour recevoir le message n'avaient pu l'ignorer que par stupidité, obstination ou mauvaise foi, même et surtout lorsque celles-ci les avaient menés au martyre. En revanche les chrétiens avaient manifesté une généreuse et intelligente magnanimité lors du concile Vatican II, en exonérant les juifs de la mort du Christ et en les reconnaissant comme frères aînés dans la foi.

Muni de ces pensées sommaires Théo avait foulé le sol d'Israël, six ans plus tôt. Son prestige était énorme puisqu'il venait de recevoir le prix Nobel de physique et qu'il avait décidé d'en investir le montant dans une prétendue restauration des fondations du Saint-Sépulcre. Il entreprit une tournée de toutes les communautés ethniques et religieuses, accordant des dons minutieusement calculés, présentant des conférences en anglais, en allemand, en français, apprenant à prononcer quelques phrases en arabe ou en hébreu, se conciliant les bonnes grâces des ministres israéliens, libanais, jordaniens et syriens, des patriarches chrétiens, des rabbins juifs, des imams musulmans, apprenant ce qu'il fallait de cuisine orientale pour entretenir les maîtresses de maison, invariablement incultes selon les critères de Théo. Il était devenu la coqueluche de la demi-douzaine de clans qui se partageaient Jérusalem : le « plus petit commun multiple de tous les enfants d'Abraham » selon sa propre expression, qui fit le tour des salons. Son intérêt pour le Saint-Sépulcre fut mis au compte d'une douce manie de savant vieillissant.

Cependant, à force de vivre en Israël, Théo comprit peu à peu que, aux yeux des juifs, les chrétiens ne représentaient nullement une avant-garde trop audacieuse, mais des païens comme les autres, sinon pires que les autres par leur inclination à idolâtrer un prophète juif blasphémateur. Le fait qu'il y eût un milliard de chrétiens et dix millions de juifs ne semblait pas impressionner les interlocuteurs israéliens de Théo. Ceci lui fit réaliser l'importance que la statistique tenait dans sa croyance, reposant à son insu sur l'évidence qu'un aussi grand nombre de chrétiens ne pouvaient se tromper. Il subodora que sa foi tenait à son éducation au premier chef, mais aussi à une sorte de sondage d'opinion implicite. En réalisant l'absence totale de prosélytisme chez les juifs, il découvrit enfin que la rage très chrétienne de convertir – l'élan missionnaire, en termes plus choisis – surgissait d'une fragilité interne de cette foi, confrontée au paradoxe de Pâques, qui devint son tourment permanent. Il s'était préparé à exercer une suave condescendance à l'égard de l'archaïsme judaïque de ses frères aînés, il fut reçu avec les prévenances dues à un cadet sagace affligé d'une erreur incoercible, la foi en Jésus, homme, Dieu et ressuscité. Il s'obstina donc à transformer le paradoxe de Pâques en théorème, dans la mesure où l'énoncé était devenu pour lui plus une conjecture qu'une évidence.

Si les Israéliens qu'il côtoya impressionnèrent Théo et l'influencèrent, il le fut beaucoup moins par les quelques collègues occidentaux qui travaillaient au déchiffrement des manuscrits de Qumran, découverts un demi-siècle plus tôt et gardés sous le boisseau tout ce temps. L'archéologie du premier siècle chrétien avait reçu un coup de pouce inespéré grâce à la découverte, un jour d'hiver 1946, de la grotte de Qumran par deux ou trois bergers bédouins. Mais cette découverte était devenue aussitôt un objet de discorde dans la communauté savante.

En 1967, après la guerre des Six Jours, l'État d'Israël devint le possesseur de fait de l'ensemble des manuscrits, mais il ne fit aucun effort pour mettre un terme au monopole catholique sur le déchiffrement et l'exégèse de ces textes qui l'intéressaient cependant au premier chef. Seule exception, Israël avait acquis pour deux cent cinquante mille dollars, des mains d'un intermédiaire mystérieux qui avait inséré une annonce dans le *Wall Street Journal*, quelques manuscrits bibliques dont une version d'Isaïe, qui fut exposée dans un sanctuaire spécialement construit. Mais, curieusement, Israël sembla se désintéresser de l'édition des centaines de manuscrits originaux, non compris dans les textes bibliques, qui auraient cependant pu jeter un éclairage sur la naissance du judaïsme moderne. Cette nonchalance correspondait à celle du Vatican, tout aussi indifférent en apparence à la publication de textes contemporains de la naissance du christianisme.

Pour un observateur extérieur comme Théo, complètement ignorant au départ aussi bien des méthodes de l'exégèse que des subtilités de la politique, le secret entourant les manuscrits de Qumran suggérait à première vue un complot. Non seulement le déchiffrement et la publication des textes procédèrent avec une lenteur surréaliste mais, en outre, les rouleaux de papyrus, de parchemin ou de bronze furent conservés dans de mauvaises conditions au point d'être partiellement détruits et aucun cliché photographique de qualité professionnelle n'en fut pris ou publié. Ces manuscrits contenaient-ils des éléments susceptibles de troubler la foi des chrétiens ou les assises de l'État d'Israël ? Le soupçon finit par se frayer un chemin jusque dans la presse. Des éditoriaux furent publiés dans les grands journaux américains, ce qui porta un coup fatal au monopole de ces quelques savants car en fin de compte les États-Unis subventionnaient cette partie de cache-cache archéologique.

En septembre 1991, parut une reconstruction par ordinateur des manuscrits à partir des tables de concordance qui avaient été publiées. Deux semaines plus tard, un jeu de photographies des manuscrits eux-mêmes parut au terme d'une odyssée rocambolesque. En fait, il n'y avait rien dans ces manuscrits, tenus secrets pendant quarante-cinq ans, qui aurait pu ébranler les fondations du judaïsme ou du christianisme. Le seul fait nouveau qui en ressortait était le probable passage de Jean Baptiste dans la secte des esséniens.

Tout le mystère de la publication au ralenti s'expliquait prosaïquement par l'instinct de propriété et le goût du pouvoir des chercheurs en charge du projet : aussi longtemps qu'ils disposaient d'un monopole, il leur était facile d'attirer des étudiants brillants et de les faire travailler pour leur compte. Théo fut mis au courant de cette intrigue par Emmanuel, qui était devenu sous-secrétaire de la Congrégation pour la doctrine de la foi et bras droit du cardinal Weiss et qui était maintenant situé à la source de toutes les informations. Il connaissait assez les mœurs académiques pour comprendre ce qui s'était passé et pour ne pas y attacher une importance démesurée. Un bon chercheur est toujours plus ou moins un caractériel : un groupe de chercheurs devient facilement un nœud de vipères, alanguies dans leur paresse naturelle mais toujours prêtes à mordre l'intrus.

Cependant, une énigme demeurait, un nouveau soupçon surgissait dans son esprit. Parmi les centaines de manuscrits retrouvés dans la bibliothèque de Qumran, aucun ne mentionnait ni le Christ, ni les chrétiens. Or, le site de Qumran avait été occupé, sans doute par la secte des esséniens, peut-être par celle des zélotes, jusqu'à la répression de la première révolte juive par les troupes romaines, c'est-à-dire l'année 68 durant laquelle la communauté avait été dispersée après avoir pu enterrer sa bibliothèque. Une communauté religieuse de l'importance des esséniens pouvait-elle avoir ignoré la naissance d'une autre secte, si proche d'elle par ses aspirations et son vocabulaire, pendant quarante années ? La résurrection de Jésus avait eu un retentissement à travers tout Israël. Or on n'en trouvait aucune trace à Qumran, du moins aux dires des archéologues qui avaient dépouillé les manuscrits. Cela signifiait-il que ces traces avaient été éliminées délibérément ? Théo savait, par expérience, que ce genre de ménage n'est jamais parfait, parce qu'il n'y a pas de crime, même académique, sans traces. Il se mit à la recherche de celles-ci.

Vingt ans plus tôt, un jésuite espagnol, étrangement nommé O'Callaghan, avait soutenu la thèse que, dans la grotte numéro 7 de Qumran, se trouvaient dispersés des fragments de manuscrits rédigés en grec et contenant le texte de l'évangile de Marc. Mais les fragments étaient minuscules et la thèse demeura contestable dans le contexte des années 70. Certains de ces critiques découvrirent qu'O'Callaghan avait confondu des déchirures du manuscrit avec les jambages de lettres inexistantes. On en resta là.

En 1992 enfin, un fragment du texte 4Q246, rédigé en araméen, fut rendu public grâce à une indiscrétion : il s'agissait de l'éloge d'un personnage anonyme, qualifié de « Fils de Dieu ». Ce qualificatif est certes appliqué à Jésus par les évangiles, mais ceux-ci sont rédigés en grec et le qualificatif « Fils de Dieu » est banal dans le contexte hellénistique, où il était attribué à la plupart des princes. En revanche, dans le contexte juif, il constituait un blasphème tel que Jésus fut sans doute condamné à mort pour l'avoir revendiqué. Or, les chercheurs en charge des manuscrits de Qumran avaient découvert un texte rédigé en araméen, contenant ce terme chargé d'une telle symbolique. Ils l'avaient découvert en 1958 et ils l'avaient dissimulé pendant plus de trente ans. Du reste, le personnage en charge du manuscrit 4Q246 était tout aussi remarquable que le manuscrit lui-même : il s'agissait d'un prêtre polonais appelé Joseph Milik, qui avait fini par abandonner le sacerdoce et par s'installer en France. Malgré plusieurs tentatives, jamais Théo ne réussit à l'approcher pour lui demander ce qu'il avait découvert, ce qu'il avait caché et pourquoi il l'avait fait. Quant à Théo, sa conviction ne fit que se renforcer : les rapports entre les chrétiens et la communauté de Qumran n'avaient pas été inexistants comme on ne se lassait pas de le répéter. La solution de l'énigme à laquelle il s'était attaché se trouvait peut-être liée à ce fait. Comme un chien de chasse, il décela l'odeur subtile d'une trace de gros gibier.

La recherche scientifique consiste à garder pour soi ce que les autres ignoreront de toute façon et à publier, avant les autres, ce qu'ils finiraient tout de même par découvrir. Tel est le dérisoire mystère de la puissance et de la gloire du savant. Théo possédait la gloire du prix Nobel. Il ne lui restait plus qu'à l'accroître encore en publiant ce que les autres voulaient garder pour eux.

En atterrissant à Kloten, Théo comprit rapidement les règles du jeu dans lequel il avait eu l'audace de s'engager. Avant même que les portes de l'appareil fussent ouvertes, les haut-parleurs crachotèrent un message :

« Le professeur Théophile de Fully est prié de s'annoncer au personnel de cabine. »

Dans un réflexe de protection pour ses échantillons, Théo serra son attaché-case dans ses bras. Il ne s'attendait pas à ce genre d'inquisition en Suisse. Il faillit ne pas se dévoiler, puis il se ravisa sans doute par respect humain à l'égard de Gaspoz, qui l'observait avec des sourcils circonflexes. L'hôtesse se pencha avec discrétion vers Théo pour lui communiquer :

« M. le professeur, nous avons été avertis par la tour de contrôle qu'une voiture vous attendrait au pied de la passerelle. Votre valise sera extraite de la soute et placée dans le coffre de la voiture. Vous ne devez vous occuper de rien. Attendez pour sortir que les autres passagers aient quitté la cabine. »

Théo jeta un regard inquiet par le hublot pour vérifier qu'il avait bien atterri à Kloten. Partout ailleurs, il aurait flairé une tentative d'enlèvement, mais ici l'hypothèse ne méritait même pas l'examen. Avec un pincement au cœur, il laissa donc partir Gaspoz. Quand il ne resta plus aucun passager, il descendit la passerelle dans la pénombre du crépuscule d'hiver. L'atmosphère était humide et froide, un temps d'incarcération au Goulag, dans un de ces enfers sur terre conçus par le génie germanique ou slave, perdu au milieu des steppes du Nord. Au bas de la passerelle se tenait campé sur ses jambes écartées un homme jeune encore, le visage barré d'une moustache, un chapeau mangeant ses yeux, vêtu d'une gabardine beige. Un peu plus loin attendait une Mercédès aussi noire qu'un corbillard : le chauffeur chargeait la valise de Théo tandis que quelques employés de l'aéroport observaient la scène avec curiosité.

« Je suis le secrétaire particulier de M. Eric Keller, que vous n'avez jamais rencontré mais qui vous connaît très bien de réputation, M. le professeur. Il vous présente ses compliments et il regrette de n'avoir pu se libérer pour vous accueillir. Il est chargé par Son Éminence le cardinal Weiss d'assurer votre transfert d'urgence à Rome. Un avion privé nous attend un peu plus loin. »

Il parlait le français avec l'accent traînant des Suisses alémaniques. Théo connaissait de nom Eric Keller, industriel suisse spécialisé dans les offres publiques d'achat, le démantèlement des actifs et la revente des entreprises, une sorte de requin qui surgissait des abysses pour faire un coup au vu des médias et qui retournait aussitôt à la discrétion la plus totale. Il se parait volontiers du titre de huitième conseiller fédéral comme la plupart des citoyens suisses arrivés au sommet de l'échelle sociale. Sa collection de tableaux modernes jouissait d'une grande réputation : Eric Keller promettait de la léguer tantôt à Lugano, tantôt à Berne, de façon à créer un suspense politique et culturel dont il tirait une partie de son pouvoir.

Théo n'hésita pas longtemps :

« Je dois absolument déposer ces échantillons dans mon laboratoire. »

Il n'ajouta pas un mot et il fixa l'autre dans les yeux.

« Il s'agit de vous transférer vous-même ainsi que ces échantillons. Le cardinal tient à ce qu'ils soient transportés à Rome pour s'en entretenir avec vous.

— Il n'en est pas question. »

L'autre parut décontenancé. Il ne devait pas avoir l'habitude que l'on refuse les faveurs conjuguées d'un industriel et d'un cardinal.

« Ils seront aussi bien à Rome qu'à Zurich.

— De toute façon, c'est dans mon laboratoire qu'ils seront mesurés. Il n'y a aucune raison de les transporter à Rome. »

La situation paraissait sans issue, car le jeune homme à moustache se taisait, comme s'il suffisait d'attendre que Théo cède à l'évidence de son pouvoir. De son côté, Théo commençait à prendre peur, car ils étaient seuls maintenant au pied de la passerelle de l'avion dont plus aucun personnel de l'aéroport ne s'occupait. Théo tourna le dos à l'importun et il se mit à marcher vers les bâtiments de l'aéroport. Il se sentit happer par le bras. Il avait horreur de tout contact physique. Il fit volte-face :

« Écoutez ! Je suis citoyen suisse en territoire suisse. Je n'ai commis aucun délit que je sache. Je ne suis pas en état d'arrestation. Vous ne faites pas partie de la police. Je vais où bon me semble pour y faire ce qui me plaît. Si vous ne me lâchez pas, j'appelle la police. Qu'est-ce que c'est que cette histoire ? Qui me dit que vous êtes bien mandaté par le cardinal ? »

L'autre sortit de nulle part un téléphone mobile, il composa un numéro et il tendit l'appareil à Théo, qui entendit au bout de quelques instants la voix d'Emmanuel :

« Bonsoir, Théo. Tu dois venir d'urgence à Rome. Je t'expliquerai ici.

— D'accord, mais je veux d'abord que mes échantillons soient mis en sécurité dans mon laboratoire et que les mesures commencent. »

Il y eut un silence. Emmanuel s'entretenait sans doute avec un autre interlocuteur en tenant sa main devant le micro. Puis il reprit :

« D'accord, mais fais vite. »

Comme en rêve, Théo fut mené par la Mercédès noire à son laboratoire à travers les rues maintenant obscures et désertes de Zurich. Il put, par téléphone mobile, prévenir son premier assistant qui assurait une permanence au laboratoire, malgré les vacances traditionnelles entre Noël et Nouvel An, et qui l'attendait dans le hall. En quelques minutes, Théo lui expliqua ce qu'il devait faire puis il rejoignit son étrange compagnon de voyage et reprit le chemin de l'aéroport. En sortant, il vérifia que l'assistant fermait bien à clé la porte d'accès à l'institut.

Au début de l'*Odyssée*, Homère dépeint le vol d'Hermès, le messager des dieux, depuis le sommet de l'Olympe jusqu'à l'île où Ulysse se languit dans les bras de Calypso. Le voyage silencieux d'un Mystère 20 possède les attraits de ce trajet homérique. Les nuages éclairés par la pleine lune formaient un paysage irréel, celui d'une planète déserte que Théo survolait, seul avec un demi-dieu moustachu et silencieux. Quelles pensées roulait cette cervelle obtuse ? Tuait-il seulement par la parole et l'écrit, comme les cadres normaux, ou utilisait-il des procédés plus radicaux ? Peut-être était-il pianiste à ses moments libres ou amateur de poésie contemporaine ? Tantôt Théo l'imaginait en père de famille traditionnel, tantôt en séducteur volant de femme en femme. Il éprouvait de plus en plus de mal à se concentrer sur la réalité, tant celle-ci adoptait une forme fantasmagorique. Depuis l'effraction du tombeau, voilà moins de quarante-huit heures, il vivait dans un état second, tous ses sens en état de perception aiguisée. Il guettait les événements à venir, qui seraient sans doute encore plus extraordinaires.

Ils plongèrent dans les nuages et planèrent jusqu'à Fiumicino, où une autre limousine noire les attendait au bout de la piste. La première personne, dont Théo déchiffra la silhouette dans l'obscurité traversée de coups de phares, était Emmanuel, grand, bronzé, solidement campé sur ses jambes qui tendaient l'étoffe d'une soutane noire à ceinture violette, incongrue en ces lieux. Au fil des années, les injections de cellules avaient fait merveille. Dans la littérature spécialisée, Emmanuel était désigné sous le pseudonyme de Jacques, le patient dont la maladie avait régressé de la façon la plus spectaculaire, un véritable cas d'école, voire un miracle. En dehors de Colombe et de Théo, personne n'en savait rien. Au Vatican, dans ce milieu de célibataires mâles, centrés chacun sur sa propre personne, nul n'avait remarqué ni l'affection dont Emmanuel avait été frappé six ans plus tôt, ni sa spectaculaire guérison, sinon quelques-unes des religieuses qui assuraient le secrétariat de la Congrégation pour la doctrine de la foi et qui n'en avaient jamais parlé, même entre elles.

Durant le trajet, Emmanuel se limita à transmettre des détails d'intendance. Il avait retenu une chambre pour Colombe à l'hôtel *Raphaël*, sans aucune peine, car entre Noël et le Nouvel An Rome était déserte. En revanche, Théo logerait au Palazzo San Calisto, une sorte de pension de famille vaticane pour hôtes de marque. La session parlementaire recommencerait dès le 3 janvier et Théo aurait dû déménager de l'hôtel *Raphaël* de toute façon, car l'hôtel serait alors envahi par des journalistes et autres informateurs indiscrets. Emmanuel lui tendit un passeport du Vatican où une photo de Théo correspondait au patronyme passe-partout de « Martin » : le cardinal préférait que Théo séjourne *incognito* et qu'il ne dévoile son identité à personne. En baissant la voix, Emmanuel ajouta que Colombe arriverait par l'avion du lendemain matin.

Quand Théo fut introduit par Emmanuel dans le bureau du cardinal, celui-ci afficha ou affecta la plus grande joie. Il serra la main de son invité entre les siennes, longuement, chaleureusement, affectueusement, comme manifestation de l'échange physique maximum concevable entre un ecclésiastique et une ouaille ordinaire. Théo se demanda même un instant s'il ne lui faudrait pas recevoir une accolade ecclésiastique. Au collège de Saint-Maurice, dans les années qui précédaient la réforme liturgique initialisée par Vatican II, les messes solennelles donnaient lieu à un rituel échange de baisers de paix entre les trois célébrants. Théo avait toujours admiré cette manière de feindre un baiser en évitant de justesse tout contact entre les joues. Ainsi l'amour entre les chrétiens prenait-il l'allure rassurante d'une métaphore abstraite, dont l'affirmation péremptoire masquait la substance nulle. Il existait de solides inimitiés entre les chanoines, que les élèves avaient naturellement décodées. Comment Judas avait-il embrassé Jésus ? Avait-il aussi évité le contact physique ?

Le cardinal avait poussé la prévenance jusqu'à prévoir une collation pour son visiteur forcé. Malgré ses réticences, Théo, affamé, ne put résister. Il dut présenter les prémices de son rapport en mâchonnant un sandwich à la *mozzarella* et au *prosciutto*, qui constituait un pur régal, arrosé par de petites lampées de chianti. Nourritures paysannes et substantielles qui réchauffaient le corps et amadouaient l'âme : un monde produisant des substances aussi franches et subtiles ne pouvait être l'œuvre d'un Créateur distrait ou maladroit. « Ô !

Preuves de l'existence de Dieu », se répétait *in petto* Théo en parcourant des yeux le bureau du cardinal, germanique, c'est-à-dire fonctionnel et cossu.

Le cardinal le couvait des yeux comme une mère observant son enfant convalescent, qui reprend des forces par un premier repas. Lui-même paraissait vieilli : il avait eu plusieurs alertes cardiaques ces derniers mois. Ses sourcils étaient toujours aussi broussailleux, ce qui ramenait constamment Théo au souvenir désagréable de Jeremy Herchel.

Le cardinal connaissait son métier. Il demanda seulement à Théo de lui faire un récit circonstancié de la découverte du tombeau. De temps en temps, il intervenait par une question factuelle portant sur des détails qui n'avaient pas toujours frappé Théo. Un jeune prêtre, convoqué par un timbre, prenait note en sténographie. À la fin du récit, le cardinal déclara sentencieusement que Théo avait apporté le signe que le siècle attendait, la Source. Devant l'air légèrement perplexe de Théo, qui sirotait un *espresso* apporté par le secrétaire, le cardinal s'humecta la commissure des lèvres par un coup de langue professionnel, celui du professeur qui entame une leçon. Il en avait assez subi de la part de Théo pour souhaiter prendre la parole et la garder dans un domaine où il était le plus docte des deux :

« Je crains que vous ne mesuriez pas l'ampleur de votre découverte, mon cher professeur. Grâce au professeur Herchel, j'ai reçu immédiatement une copie par fax de ces rouleaux. Vous êtes tombé par le plus grand des hasards sur les manuscrits que tout le monde recherche depuis un siècle et demi. Savez-vous quel est le premier en date des évangiles ? »

C'était dit sur le ton indulgent du professeur s'adressant à l'élève modèle. Théo connaissait la réponse et il répondit avec une humilité quelque peu outrée :

« L'évangile de Marc, sans doute rédigé entre 65 et 70, c'est-à-dire quarante années après les événements qu'il relate.

— Correct. Mais les exégètes ont noté, déjà au siècle dernier, que le rédacteur ne se présente jamais comme un témoin oculaire de ce qu'il rapporte. Selon la tradition, il s'agirait d'un compagnon de Pierre, qui rédige son texte à Rome. Une dizaine d'années plus tard, Matthieu et Luc à leur tour rédigent deux autres évangiles, tout en procédant à de copieux emprunts au texte de Marc, qu'ils corrigent et complètent.

— Corrigent ? » interrogea Théo, tout de même surpris.

« La syntaxe grecque de Marc est entachée d'erreurs systématiques, qui proviennent de la langue parlée, un idiome grec utilisé comme langue véhiculaire au Moyen-Orient, la *koïné*. Par exemple, Marc est mal à l'aise avec l'imparfait ou avec le subjonctif. Pour un habitué des grands auteurs grecs, il est touchant, presque rassurant, de découvrir ce texte rédigé maladroitement par un homme du peuple. Comme tous ceux qui n'ont pas été habitués à composer, il devient parfois verbeux et redondant tandis que d'autres passages sont sommaires au point d'être confus et incompréhensibles.

— Je n'ai jamais entendu un cardinal médire à ce point d'un évangile », dit en souriant Théo qui avait appris l'art de la diplomatie à Jérusalem.

Le cardinal reprit de plus belle, car il se trouvait vraiment sur son sujet préféré :

« Ce qu'il y a de plus remarquable, c'est que cet écrivain improvisé, cet homme de la rue, a créé un genre littéraire neuf, l'évangile, la "bonne nouvelle" littéralement en grec, c'est-à-dire une suite d'anecdotes contant des miracles, interrompues régulièrement par des fragments de prédication de Jésus. Une exégèse soigneuse fait ressortir du reste les raccords souvent maladroits entre les deux types de texte. Bien évidemment, on s'est interrogé depuis le milieu du dix-neuvième siècle sur les sources de Marc puisqu'il n'a pu se fier à des souvenirs propres. Toutes les hypothèses ont été émises et défendues avec l'âpreté qui caractérise nos chers collègues chercheurs lorsqu'ils ne sont pas trop sûrs de leurs thèses.

— Et j'apporte la solution de cette énigme ? » demanda Théo, tout de même flatté.

« Oui et non, car un certain consensus avait fini par s'établir. L'exégèse n'est sans doute pas une science exacte au sens de la physique, mais elle ne se situe tout de même pas au niveau de la chiromancie ou de l'horoscope. Selon ce consensus, il existerait un manuscrit source, dit Q, initiale de *Quelle*, en allemand « la Source », qui serait une compilation de paroles attribuées à Jésus, peut-être notées par un disciple. Les récits de miracles proviennent d'une autre source, et le rôle de Marc a consisté à compiler tant bien que mal les deux sources. Il a joint en finale du texte le récit de la Passion qui provient encore d'une autre source et qui était sans doute utilisé dès le début de l'Église dans un but liturgique, comme actuellement durant la Semaine sainte. »

Il vérifia en jetant un coup d'œil que l'attention de Théo ne se relâchait pas, puis il reprit son cours :

« Revenons à la Source. Si la plupart des disciples étaient illettrés, tout juste capables comme les garçons juifs de lire l'hébreu pour déchiffrer les rouleaux de la Torah lors de cérémonies à la synagogue, mais inaptes à l'écriture, il se trouvait tout de même parmi eux un publicain, Matthieu justement, c'est-à-dire un collecteur d'impôt qui forcément était capable d'écrire. Il serait étonnant que personne dans l'entourage de Jésus ne se soit préoccupé de noter des paroles qui frappaient par leur nouveauté. Bien entendu, ce manuscrit source a dû être reproduit à la demande des jeunes Églises naissantes qui devaient en lire des passages lors des célébrations ou les utiliser pour enseigner les catéchumènes. On constate du reste que les deux autres évangiles synoptiques empruntent d'une part des passages à Marc mais d'autre part directement au manuscrit Q. Le parchemin en araméen que vous avez découvert constitue la preuve que ce consensus était fondé et que la Source existe bien. Inutile de vous dire que le manuscrit nous apporte une information impossible à reconstituer à partir des évangiles synoptiques, qui sont tous rédigés en *koïné*, alors que Jésus parlait en araméen. On est maintenant, grâce à vous, au contact des paroles de Jésus, telles qu'elles ont été prononcées, sans intermédiaire, sans traduction...

— Il est tout de même étonnant, se permit d'interrompre Théo, qu'aucun autre manuscrit de la Source n'ait fait surface auparavant alors qu'il était tellement répandu dans les communautés primitives. »

Il observa les lèvres du cardinal qui se pincèrent comme les cordons d'une bourse que l'on ferme d'un geste sec. Par un effort de volonté, un sourire factice remplaça cette grimace mais le cardinal se tut. Théo reprit :

« Vous ne m'avez pas expliqué d'où proviennent les anecdotes qui sont intercalées entre les paroles de Jésus. »

Le cardinal répondit presque mécaniquement :

« Il s'agit sans doute d'un cycle populaire d'origine galiléenne par la localisation de ces anecdotes et par le caractère merveilleux des faits rapportés...

— Vous voulez parler des miracles, interrompit à nouveau Théo. Est-ce que j'entends bien que vous les considérez comme légendaires ?

— Ce que je veux dire, c'est qu'ils font partie d'un autre genre littéraire. Jésus a sans doute donné des signes à la foule mais celle-ci les a perçus et transmis selon les habitudes de tout milieu populaire. Nous reparlerons peut-être un jour du miracle sur lequel l'avis d'un scientifique est naturellement précieux. D'ailleurs, ajouta négligemment le cardinal, il faudra absolument que vous soyez nommé à l'Académie pontificale des sciences. »

Théo faillit remercier mais il se ravisa. Dans la partie qu'il jouait, il n'y avait pas de cadeau, seulement des appâts. Le cardinal reprit sur un ton plus détendu :

« Vous avez fait coup double. Je ne puis pas ne pas y voir un signe. Le papyrus que vous avez retrouvé représente l'autre source écrite de Marc dont on suspectait l'existence, un récit de la Passion de Jésus, sans doute rédigé dans les jours qui suivirent la crucifixion et qui a servi dès le début lors des commémorations de la résurrection de Jésus. On dispose donc maintenant de documents pratiquement contemporains de Jésus, alors que les meilleurs manuscrits du Nouveau Testament, les codex Vaticanus ou Sinaïticus, datent du troisième siècle. »

Il se tut. Théo se sentait à nouveau tout à fait à l'aise. Le bureau du cardinal était chaud et confortable en cette soirée d'hiver, bien éclairé, sans faute de goût. Il se sentait en pays de connaissance, à la jonction du milieu académique et de la chrétienté. Entre professeurs, on dispute sans crier ; entre chrétiens, on se déteste sans s'assassiner physiquement. Le cardinal conclut :

« Ces deux manuscrits constituent donc un signe, ou je me trompe. »

Il dit cela du ton de quelqu'un qui ne se trompe évidemment jamais. Avec un sourire consensuel, Théo posa la question évidente :

« Si la découverte de ces manuscrits représente une aubaine pour l'Église, je ne comprends pas l'urgence apparente de ma visite. Si vous n'aviez pas insisté par le truchement de M. Keller, je serais occupé à effectuer des datations dans mon laboratoire. Pourquoi souhaitiez-vous me voir toutes affaires cessantes ? »

Le cardinal ne balança pas longtemps. Il avait prémédité la suite :

« Je désire vous entretenir de cela en particulier. »

Théo échangea un regard interloqué avec Emmanuel, qui était resté muet depuis le début de la rencontre. Quand il se retrouva seul avec le cardinal, celui-ci changea de ton, au sens précis de la composition musicale. Du *do* majeur des faits, il passa au *mi* mineur des sentiments :

« Nous sommes convenus, M. le professeur, que vous serez tenu à mon égard de manifester une sincérité totale comme si j'étais votre confesseur. Pour vous témoigner ma confiance et vous inciter à une franchise totale, j'en userai de même en vous confiant, toujours sous le sceau du secret, des faits qui sont restés jusqu'à présent ignorés de tous. »

Après cet exorde, il insinua son regard dans celui de Théo.

« Tout à l'heure, vous aviez raison de vous étonner qu'il n'y ait pas d'autre manuscrit connu de la Source. Au deuxième et au troisième siècle, on dispose de témoignages de Pères de l'Église, Ignace d'Antioche et Eusèbe de Césarée, qui avaient consulté un proto-évangile. Il est inconcevable que des manuscrits très nombreux à cette époque aient soudain disparu de la circulation, dès que le canon des évangiles a été établi. En fait, on a peut-être retrouvé un proto-évangile, analogue au vôtre, sauf qu'il était en très mauvais état, ayant été récupéré dans la grotte 4 de Qumran, dans ce fouillis de milliers de fragments de papyrus et de parchemins, qu'il a fallu trier. Un chercheur espagnol de la Société de Jésus a travaillé sur ce sujet, sans convaincre tout le monde...

— Le Père O'Callaghan, interrompit Théo.

— Oui, c'est cela, je vois que vous connaissez le dossier, convint le cardinal, soudain très las. Je vais vous parler directement maintenant. Ce que je vais vous demander paraîtra étrange au chercheur et ne peut être compris que par le chrétien. Il ne faut pas publier tout de suite les manuscrits découverts. Il vaut mieux ne pas en parler pour ne pas susciter un nouveau scandale analogue à celui du déchiffrement des manuscrits de Qumran. Si je le demande au département des Antiquités de l'État d'Israël, ils marqueront leur accord. Vous êtes la seule personne qu'il me reste à convaincre. Et si vous n'êtes pas convaincu, je vous le demande au nom de la sainte obéissance, celle que vous devez au successeur de Pierre.

— Pour être convaincu, ce qui me paraît préférable, dit lentement Théo mesurant chacun des ses mots, pour être convaincu, il me faudrait connaître vos raisons.

— Il y en a plusieurs. Le texte de la Source, tel que j'ai pu le parcourir sur les épreuves photographiques que m'a transmises votre frère, se situera par la force des choses au-dessus du canon des Écritures, puisqu'il est la source des évangiles, qu'il est rédigé en araméen, qu'il provient d'un témoin oculaire. En bonne critique historique, c'est le meilleur document dont nous disposions pour connaître la vie de Jésus...

— Il y a tout lieu de s'en réjouir et c'était votre attitude tout à l'heure, intervint Théo avec une certaine vivacité.

— Parlez plus bas, on risque de vous entendre. Mon cher professeur, vous ne vous rendez pas compte de l'importance du canon des Écritures. Aussi longtemps qu'il est admis par tous, le magistère de l'Église peut s'exercer avec une certaine sûreté, en s'appuyant sur certains textes et en écartant d'autres. Si l'on prend en compte tous les manuscrits des deux premiers siècles que l'on trouve au Moyen-Orient, toutes les controverses deviennent légitimes.

— Je ne vois toujours pas où se situe le problème. Citez-moi une seule controverse. »

Le cardinal soupira comme si Théo était un de ces enfants qui harcèlent les adultes de questions impertinentes :

« Prenez Marc 3, 31-35 et vous comprendrez tout de suite.

— Je ne connais pas les évangiles dans ce détail, confessa Théo.

— C'est un des passages les plus curieux de Marc. Jésus est interrompu dans sa prédication par sa famille qui demande à le rencontrer et il refuse en se référant à ses disciples comme à sa véritable famille. Ce texte a toujours posé deux problèmes. L'un est de fond : pourquoi Jésus témoignerait-il d'une telle dureté à l'égard de ses proches, y compris sa mère ? Luc et Matthieu rapportent la même anecdote mais en atténuant la vivacité de l'incident. Cela signifie sans doute que le texte de Marc a été rédigé dans le contexte d'une controverse bien connue, celle qui opposait l'Église de Paul et de Pierre, ouverte sur le monde païen, à celle de Jacques, centrée sur la communauté judéo-chrétienne. Il y aurait eu, de la part de Marc, altération des paroles de Jésus, sollicitation de sa pensée. Une méditation sur la primauté des liens spirituels par rapport à la communauté familiale serait devenue un argument polémique, destiné sans doute à limiter l'ascendant de l'évêque de Jérusalem, à lutter contre le travers typiquement oriental d'une appropriation du message de Jésus par son clan. Or, la Source confirme que la lecture de Luc et Matthieu est correcte, tandis que Marc semble avoir détourné la parole de Jésus de son intention initiale. Il n'est pas besoin de vous dire que cela ne constitue qu'un exemple parmi d'autres et que tous les textes du Nouveau Testament deviennent susceptibles d'une lecture critique qui les relativise.

— Et la seconde difficulté porte sur la forme ? interrogea Théo.

— Oui, mais elle est sérieuse. Le texte de Marc cite les frères et les sœurs de Jésus. Matthieu cite les prénoms de ceux-ci. Paul fait des références analogues dans la première épître aux Corinthiens et dans celle aux Galates. Si ces mentions sont prises au pied de la lettre, elles contredisent l'enseignement traditionnel sur la virginité perpétuelle de Marie, qui signifie naturellement que Jésus est fils unique. On peut interpréter le texte grec de Marc en traduisant cousin au lieu de frère, bien qu'en grec classique la confusion ne soit pas possible. Une fois que l'on dispose du texte araméen de la Source, cette lecture n'est plus possible : on y désigne Jacques, Joseph, Simon et Jude comme les "fils de Joseph". Jésus aurait donc eu un ou plusieurs frères, Jacques, le premier évêque de Jérusalem, en particulier.

— Mais cela signifie que vous disposez d'une lecture plus correcte des évangiles, objecta Théo, je ne vois pas où est la véritable difficulté. Le but de toute recherche consiste à progresser dans la découverte de la vérité. Une idée qui ne présente aucun risque ne mérite pas d'être appelée une idée. Nous venons de faire un pas, relativement modeste. Pourquoi vouloir le nier ou le dissimuler ? Cela me rassure et me fortifie dans ma foi de savoir que Jésus aurait eu des frères et des sœurs comme tout le monde, cela me le rend plus proche, plus homme, moins abstrait. Et je suppose qu'il a eu de temps en temps de sérieuses disputes avec ses frères et sœurs, sinon il n'a pas été un enfant comme les autres... »

Le cardinal écarta cette pensée importune du même geste qu'il eût chassé une mouche :

« Comprenez-vous qu'il y a maintenant un conflit majeur entre la Tradition et l'Écriture, interprétée à nouveau grâce à une source manuscrite indiscutable. Comment accepter de renoncer à la Tradition sur ce point sans ébranler la confiance des fidèles sur d'autres ? De fil en aiguille, on remettrait en cause la conception virginale de Jésus, l'Immaculée Conception, le péché originel, l'infaillibilité pontificale. Mon cher professeur, nous tenons à deux ce soir un bout du fil d'une pelote. Si nous tirons sur ce fil, toute la pelote se déroulera. »

Il parlait gentiment, comme à un enfant que l'on veut convaincre d'avaler une médecine désagréable. Théo répondit avec difficulté car il avait la gorge sèche. Entre le cardinal et lui, il découvrait un abîme qu'il lui était interdit de franchir sous peine de se renier.

« Éminence, avec tout le respect que je vous dois, avec toute l'humilité qui est de mise, je ne suis pas d'accord. Mon métier consiste à établir des faits et à en faire part aux autres. Je suis payé pour cela. Ceux qui me payent, les petites gens, les contribuables comme on dit, me font confiance pour cela. Le chercheur qui dissimule ou qui fausse des résultats crée un scandale encore plus grand que celui que vous redoutez. Il trompe et il se trompe. Un jour, la vérité fait toujours surface et ceux qui ont tenté de la dissimuler compromettent l'institution dont ils font partie. Après tout, c'est le cœur de l'affaire Galilée. Allons-nous risquer de la recommencer ?

— Mais que reste-t-il de la Tradition, si l'on admet qu'elle contient des erreurs ? cria presque le cardinal.

— Ce qui reste du travail des chercheurs du passé

lorsque la science progresse et qu'elle élimine des théories dépassées. Vous n'êtes pas comptable des erreurs commises par vos prédécesseurs. Chaque homme, grimpé sur les épaules de ses ancêtres, voit un peu plus loin que ceux-ci. Cela ne veut pas dire qu'il puisse les mépriser puisqu'il n'aurait pu arriver où il est, s'ils ne l'avaient précédé. Il découvre quelque chose que ses prédécesseurs ne parvenaient même pas à imaginer, quelque chose dont lui-même n'avait pas d'idée précise. La recherche, la véritable recherche est ce que je fais quand je ne sais pas ce que je fais.

— La Tradition n'est pas l'œuvre des hommes mais la présence agissante de Dieu au milieu de son peuple... »

Théo interrompit à nouveau avec vivacité :

« Et ce qui vient de se passer à Jérusalem, le 27 décembre, est-ce l'œuvre de Dieu ou celle du diable ? »

Le cardinal se précipita sur la planche tendue :

« Celle du diable, car cela va diviser ! »

La planche était pourrie, car Théo répliqua tranquillement :

« L'œuvre de Dieu, car la chrétienté est déjà divisée et que le signe constitué par la Source pourrait la rassembler. »

Et il se leva pour signifier qu'il n'entendait pas poursuivre une discussion sans fin. Mais le cardinal l'arrêta de ses mains levées :

« J'ai quelque scrupule à prolonger votre soirée, cher professeur, mais je suis convoqué demain matin à la première heure par le Saint-Père, que j'ai naturellement alerté. Il est possible qu'il désire vous rencontrer durant la journée, selon les développements : pour éviter qu'ils se précipitent, il serait opportun de surseoir impérativement à la datation des échantillons, l'expérience du linceul nous ayant appris, à vous comme à moi, que le maintien du secret est illusoire : une fois que les échantillons auront été datés, tout le monde l'apprendra. »

Au point où il se trouvait, Théo s'attendait naturellement à cette requête et il l'avait anticipée depuis bien longtemps :

« Cette datation doit être à peu près terminée. En passant à mon laboratoire, j'ai demandé que l'équipe soit convoquée au laboratoire, toutes affaires cessantes, et que le travail soit terminé dès cette nuit. »

Le cardinal manifesta les plus grands signes de contrariété. Son visage devint blanc de colère rentrée et sa voix fut étranglée par les spasmes qui agitaient visiblement sa pomme d'Adam.

« Comment avez-vous osé ? Pourquoi cette hâte ? Que voulez-vous faire ? Que voulez-vous prouver ? Vous avez trahi ma confiance ! »

Théo demeurait parfaitement calme :

« L'idée d'une mesure immédiate m'a été suggérée par l'insistance avec laquelle l'émissaire de M. Keller a demandé le transfert des échantillons à Rome. Comme il n'est pas possible de les y mesurer, le but ne pouvait être que de les détruire. La seule façon de pallier cette menace consiste à terminer la mesure...

— ...et à publier les résultats comme la fois précédente, interrompit le cardinal.

— Pas du tout. À décider de la démarche ultérieure en connaissance de cause. »

Théo avait appris à laisser planer un doute menaçant par la simple utilisation d'une formule abstraite. En escrimeur averti, le cardinal apprécia cette botte et il parvint à contrôler son irritation. Il but même un peu de chianti mais il était troublé, au point de boire dans le verre de Théo.

« M'avez-vous réservé d'autres surprises, plus ou moins agréables ?

— Un biologiste opère un tri au microscope de la poussière collectée sur la banquette où repose le squelette. L'objectif est en premier lieu de trouver des débris de lin provenant peut-être des bandelettes et de les dater. Si l'on trouvait une date tout à fait aberrante, le treizième siècle par exemple, cela conforterait la thèse selon laquelle le linceul de Turin n'est pas un faux et que sa datation, comme celle de ces nouveaux déchets, a été viciée par un phénomène physique, inconnu jusqu'à aujourd'hui, se produisant par exemple lors de la dématérialisation d'un corps. C'est le fait central que je désire établir depuis le début du projet et que je ne vous ai jamais dissimulé. Et qui devrait vous satisfaire. Mais j'ai demandé aussi que le biologiste s'efforce de retrouver des cheveux.

— Des cheveux ?

— Oui, des cheveux, à partir desquels il est possible d'établir l'empreinte génétique d'un homme. On pourra les comparer à la même analyse effectuée sur les cellules collectées à partir du linceul, les caillots de sang ou les fragments de peau. On pourrait de la sorte établir ou écarter l'identité entre l'homme du linceul et le squelette du tombeau. »

Le cardinal ne dit rien. Son visage était devenu gris. Il se dirigea vers son bureau, sortit une boîte de pilules d'un tiroir et il en absorba une en s'aidant d'une autre gorgée de chianti. Il s'assit à son bureau, il enfouit son visage dans ses mains et se tut longuement. Priait-il ou éprouvait-il un malaise ?

« Que voulez-vous vraiment ?

— Sortir d'un dilemme. Ou bien les fragments de lin du tombeau confirmeront la datation aberrante du linceul et ma thèse initiale est confirmée. La résurrection de Jésus est confirmée par un phénomène physique, le linceul est authentique, nous sommes aussi proches que possible d'une preuve...

— De quoi ?

— D'une preuve que Pâques n'est pas une métaphore religieuse mais un événement historique, réel, mesurable.

— Ou bien ?

— Ou bien nous avons découvert une tombe datant du début de l'ère chrétienne. Le corps est peut-être celui d'un apôtre ou du rédacteur des documents contenus dans la jarre.

— Vous oubliez l'inscription sur la tablette !

— Elle ne veut rien dire en soi. Même si le traitement de l'image fournissait "Jésus" comme lecture pour ce prénom effacé, dont il ne subsiste que l'initiale, cela n'aurait rien que de banal. Joseph et Jésus étaient des prénoms courants en Israël à l'époque. En 1931 déjà, un certain Sukenik avait trouvé un coffre mortuaire portant la dénomination "Jésus, fils de Joseph". Cela avait fait grand bruit à l'époque avant d'être oublié. D'ailleurs vous le savez mieux que moi, les prénoms juifs commençant par J sont multiples, Jean, Jacques, Jude, Josaphat.

— Pourquoi vérifiez-vous l'empreinte génétique du squelette et du linceul ? Si le linceul est faux, elles ne peuvent être que différentes.

— Parce que tous les faits méritent d'être vérifiés. »

Le cardinal sourit faiblement. Il était battu et tenait à opérer une retraite en bon ordre :

« Nous reparlerons de tout cela au fur et à mesure des résultats qui vous parviendront. Promettez-moi au moins un secret absolu pour l'instant. »

Théo lui répondit par un proverbe romain :

« À Rome, il n'y a pas de secrets, il n'y a que des mystères. »

X

Colombe se sentit rajeunir de six ans lorsqu'elle atterrit à Fiumicino, le samedi 31 décembre. Tout était semblable à cette journée du 6 octobre 1988, lorsqu'elle avait débarqué à l'aéroport au milieu d'une grève des taxis, palliée par la pittoresque intervention de Paolo. La même attente angoissée lors de l'approche de Rome, les tempes battantes, les mains moites, les jambes en coton, la vision floue, des bouffées de chaleur. Elle avait beau se gourmander et diagnostiquer, avec une froideur professionnelle, tout ce remue-ménage physiologique comme une manifestation avancée de la ménopause, elle ne parvenait pas à prendre du recul. À cinquante ans passés de peu, elle entretenait des réactions de collégienne. Elle se mit à chantonner un pastiche d'Édith Piaf sur le thème *Je t'ai dans la peau*. Elle se sentait magnifiquement vulgaire et bestiale, prête à s'éclater sans retenue et sans remords.

Elle n'avait pas revu Paolo depuis six mois et, tout ce temps, elle avait ruminé ses frustrations. Les moments les plus odieux se situaient les dimanches après-midi, après un déjeuner solitaire dans un restaurant de Berkeley : elle errait dans les rues chauffées à blanc pour épuiser son énervement par la marche. Comme il n'est pas d'usage en Californie que l'être humain se déplace à pied dans les faubourgs, la police l'interpellait, en la suspectant vaguement de perdre la raison ou de préparer un cambriolage. Parfois, elle fantasmait sur un beau policier irlandais aux tempes argentées qui la reconduirait chez elle, qu'elle inviterait à prendre un verre, qui lui avouerait une flamme de bon ton. Elle en était là, dans cette disposition de bête vieillissante qui ne trouve plus à calmer ses appétits parce qu'elle est femme et qu'elle ne peut prendre d'initiative sans s'abaisser.

Comme la fois passée, Paolo l'attendait, peut-être plus mûr et moins odieux, le regard moins fourbe, le teint moins bronzé, portant veston et cravate plutôt que blazer et foulard. En tout cas plus fortuné, car une Jaguar avec chauffeur attendait Colombe. Chaque année, depuis six ans, elle avait revu Paolo, mais jamais dans un tel étalage de munificence. Il précisa cependant :

« Très chère, la voiture est louée. Le chauffeur aussi. »

Cela en anglais, pour ne pas offenser le chauffeur, car il n'insultait que ses pairs. Deux ans plus tôt, il avait séjourné en prison. Les journaux en avaient beaucoup parlé : un membre de l'illustre famille Pacelli était compromis dans une affaire de pot-de-vin, dont la traînée remontait jusqu'au Premier ministre. Grâce au Premier ministre ou grâce à Pie XII, il avait été libéré à la suite d'un non-lieu. Le magistrat qui l'avait inculpé tomba tout naturellement sous un autobus dans la semaine qui suivit.

Paolo avait ensuite failli épouser une riche héritière Agnelli mais, le soir même où la date des fiançailles officielles avait été fixée dans un château aux alentours de Turin, il se fit pincer par un maître d'hôtel vers deux heures du matin en train de découper au rasoir un tableau du Canaletto qu'il songeait à revendre pour financer l'achat d'une bague de fiançailles convenant à un mariage Agnelli.

Paolo fut attaché enfin quelques mois à un cabinet ministériel avant d'en être expulsé pour harcèlement sexuel des secrétaires. Rome n'était décidément plus dans Rome depuis que les femmes avaient le droit de se plaindre. Mais il restait par ailleurs le meilleur garçon du monde, sûr de lui et de son destin, buveur, fumeur, filou, chauffard, tricheur au jeu, amant facile dans une infidélité affichée.

Colombe avait rendez-vous pour le déjeuner avec ses frères au restaurant *Alfredo alla Scrofa*, mais, comme l'avion n'avait eu exceptionnellement aucun retard, elle disposait de deux heures dans sa chambre à l'hôtel *Raphaël*, le temps d'une étreinte avec Paolo, un rite propitiatoire à l'égard des divinités empilées par strates dans la Cité éternelle. Elle exigea une chambre au dernier étage pour se draper à nouveau dans les rideaux de soie et lorgner l'antiquaire du largo Febo en faisant languir Paolo. Durant ce temps au moins, elle captait son attention.

Au fil des années, le plaisir devenait plus aigu et plus nécessaire car, à chaque fois, Colombe se demandait si ce ne serait pas la dernière. Cette fois-ci plus que les autres, un sentiment de précarité l'envahit et accentua le passage à vide après l'étreinte. Elle somnola même pour obéir au dicton romain selon lequel, après l'amour, les jeunes mangent et les vieux dorment. Vers une heure, elle abandonna Paolo en maillot de corps, une cigarette au bec, le téléphone coincé entre le menton et l'épaule pour commander un repas dans la chambre.

Elle entra, vive, enjouée, dans une robe de soie rouge et une veste d'hermine. Elle repéra tout de suite ses deux frères qui patientaient à la table habituelle dans l'embrasure de la porte-fenêtre fermée contre les frimas de l'hiver. Elle discerna du premier coup qu'ils boudaient de concert sans s'être disputés pour autant.

En ce samedi 31 décembre, le restaurant était pratiquement désert, ce qui convenait à merveille à leur rencontre et à ce qui s'y tramerait. Le patron, toujours déguisé en acteur d'un film américain de série B des années 50, arpentait la salle en se rongeant les ongles pour éviter de fumer. Selon la tradition, ils commandèrent les *maestoso fettucine* et, en les attendant, Théo résuma à l'intention de Colombe ce qui s'était passé depuis deux jours.

Celle-ci s'égaya beaucoup de la doctrine de la virginité perpétuelle mise en cause par la Source et du désarroi du cardinal Weiss. Apparemment, elle connaissait bien la question, qui avait agité les cercles féministes aux États-Unis, car elle se lança dans une explication passionnée :

« C'est vraiment le comble ! Tout ça a commencé par une fausse traduction d'hébreu en grec dans la version des Septante, rédigée à Alexandrie pour les Juifs qui ne comprenaient plus l'hébreu.

— Pas une faute de traduction, une interprétation ! interrompit Emmanuel. Le prophète Isaïe avait écrit un verset selon lequel une jeune femme concevrait et enfanterait un fils qu'elle appellera Emmanuel. Le mot hébreu est bien *alma* qui désigne n'importe quelle jeune femme. Dans la version des Septante, il devient *parthenos*, ce qui signifie exclusivement « vierge » en grec. Le même terme apparaît dans Matthieu et Luc, les deux évangiles qui l'utilisent pour désigner Marie.

— D'accord, admit Colombe. En revanche, les textes les plus anciens du Nouveau Testament, les épîtres de Paul ou l'évangile de Marc, ne font aucune allusion à la virginité de Marie. Enfin, Jean, qui est le fils adoptif de Marie et qui a vécu longtemps avec elle, ne cesse de se référer à Jésus comme le fils de Joseph. Donc, on peut parfaitement, on doit même interpréter le mot « vierge » pour désigner Marie, dans deux évangiles, comme une métaphore de sa pureté morale et non comme un diagnostic gynécologique, qui paraît complètement saugrenu. Parti en aussi bon chemin, on ne s'est du reste pas arrêté dans l'absurde et dans l'odieux. Si l'on en croit un évangile apocryphe, Marie aurait donné naissance à Jésus tout en gardant sa virginité durant l'accouchement. Comment ? J'aimerais bien que l'on m'explique ! C'est cette légende apocryphe qui de fil en aiguille a abouti au mythe de la virginité perpétuelle, avant, pendant et après la naissance de Jésus, excluant bien entendu des frères et des sœurs au sens biologique du terme. Et tout ça a commencé par une interprétation discutable, qui devient plus sacrée que le texte original ! »

Elle brandit un *grissino* sous le nez d'Emmanuel, passablement ébahi de cet accès d'exégèse inhabituel chez sa sœur, et elle continua en agitant le bâtonnet comme si c'eût été une arme contondante :

« Tout cela, mon cher frère, n'est pas innocent. Si une légende apocryphe a connu un tel succès, c'est parce qu'elle venait à point nommé pour éblouir le petit peuple par un prodige extraordinaire et pour conforter les intellectuels *macho* comme Augustin, Jérôme, Lactance, Origène, tous plus ou moins teintés de manichéisme ou de gnosticisme, dans leur mépris du corps, de la sexualité et de la femme. Si Marie et Joseph ont dû observer la continence, pour mériter d'être les parents de Jésus, cela constitue un jugement de valeur inquiétant pour des parents normaux, qui ne seraient pas dignes du modèle dans la mesure où ils font des enfants par la méthode naturelle et où ils seraient bien empruntés pour procéder autrement. Tu connais l'admirable formule d'Augustin à ce sujet ?

— Non, dit piteusement Emmanuel. Il a tellement écrit !

— Tu parles ! Il dit ceci, ton cher Augustin, au sujet de Marie : "Comme elle a conçu sans plaisir, elle a accouché sans douleur." Là, il dévoile sa pensée maladive. Le plaisir, au sein d'un couple légitime, trahit la corruption par le péché originel. Même si on ne peut le stigmatiser comme un péché, il procède cependant du péché. Il est donc puni, voire expié, par la douleur. Fin de la démonstration ! »

Nouveau moulinet du *grissino* qu'elle appuya sur le revers du veston d'Emmanuel et qui se rompit sous la poussée :

« Toute chrétienne éprouvera naturellement une dévotion pour Marie, parce qu'elle est femme, parce qu'elle introduit un élément féminin dans l'univers purement masculin de l'Église. Mais ce sera une affection, un amour, une piété analogues à ceux que l'on porte à une mère ou à une sœur. On ne rehausse pas mais on brouille cette image de Marie si elle est présentée comme une épouse frigide et une mère dispensée des douleurs de l'accouchement. Ce n'est plus une femme, cela devient une déesse, selon la conception du divin à l'époque hellénistique. Pour moi et pour beaucoup d'autres, la légende de la virginité perpétuelle constitue une affabulation de la réalité vécue par Marie, une parodie de la sainteté, un idéal choisi pour écraser de culpabilité tous ceux qui s'efforcent de vivre normalement et honnêtement. Si on rend une femme coupable d'avoir un corps, on ne marche plus dans les pas de Jésus mais dans ceux de toutes les hérésies, les sectes, les délires ! »

Théo l'interrompit parce que les *fettucine* étaient arrivées sur la table, que le maître d'hôtel les brassait dans le chuintement onctueux du fromage, du beurre et de la crème. L'urgence imposait que Colombe se taise. Il émit donc l'injonction liturgique qui coupait court à toute discussion familiale :

« Mangeons d'abord. »

Ils dégustèrent avec respect les *fettucine*. Selon son habitude, Colombe régressa instantanément : elle mangeait ses pâtes, le soir, sur un coin de table dans la maison paternelle à Fully. La porte de la cuisine était ouverte sur le jardin descendant en pente douce vers le Rhône et la brume du fleuve montait vers la maison en humectant le jardin desséché par la fournaise de la journée. La servante préparait un bol de framboises à la crème. Tout était à sa place, ses frères échangeaient des coups de pied sous la table et M. de Fully buvait un verre de fendant sur la terrasse, en lisant *Le Nouvelliste du Valais*.

En sortant de son rêve, il sembla à Colombe que ses deux frères avaient encore une mauvaise nouvelle à confesser, car ils témoignaient de plus d'attention que d'avidité à l'égard de la nourriture. Ce n'est qu'après s'être lesté de pâtes que Théo déchargea sa conscience :

« Je viens de recevoir par fax, au bureau d'Emmanuel, où nous avons passé la matinée, les résultats des mesures effectuées à Zurich durant la nuit du jeudi au vendredi : ils sont décevants par rapport à mon attente. Les dates les plus probables du *titulus*, des fragments de lin, du papyrus et du parchemin tombent avec une admirable régularité entre 25 et 45. La datation du *titulus* a été confirmée par le décompte des cernes de la planchette en pin : selon les méthodes de la dendrochronologie, il s'agissait d'un arbre planté en 6 et abattu en 28. Le déchiffrement de l'empreinte génétique et le traitement d'image de l'inscription prendront davantage de temps et le résultat ne sera disponible qu'au début de la semaine suivante.

— Bref, aucun des échantillons n'a une teneur anormale en carbone 14. Tu as réussi tes fouilles et tu as échoué ta datation, remarqua Colombe. Le linceul n'a pas été irradié par un phénomène inconnu. Tu n'es pas trop déprimé ?

— Un peu. Cela m'aurait peut-être fait un second prix Nobel. Il n'y a eu que Marie Curie pour réaliser un doublé.

— Oui, précisa Colombe. Mais comme c'était une femme, elle ne s'est pas laissé tourner la tête par la gloire et elle a continué de travailler sans viser une seconde distinction. Elle l'a donc obtenue. »

Théo soupira ostensiblement devant cet acharnement féministe de Colombe. Il citait volontiers le proverbe sicilien selon lequel « toutes les femmes sont des putains sauf ma mère et ma sœur, qui sont des saintes ». Il commençait à entretenir des doutes au sujet de sa véracité. Néanmoins, il expliqua patiemment :

« Il y a autre chose. Tout à fait imprévu. Moshe Tov a fait examiner le squelette de la tombe par un archéologue israélien spécialisé, de formation médicale. Le squelette est celui d'un homme crucifié. Les os correspondant aux trous causés par les clous dans les poignets et dans les pieds ont été lésés et ils portent des traces de rouille.

— Et alors ? demanda Colombe.

— Réfléchis un peu, répliqua Théo toujours condescendant. D'une part, je n'ai pas démontré que le linceul soit authentique puisque je n'ai pas d'échantillon de lin de la tombe avec une datation analogue. D'autre part, j'ai découvert une tombe contenant le squelette d'un crucifié, peut-être désigné par une inscription comme étant Jésus, fils de Joseph, à proximité du *titulus* qui confirme son identité et de manuscrits qui transmettent l'histoire de Jésus ainsi qu'elle a été notée par des témoins oculaires. Devant une telle accumulation d'indices, il faut considérer l'hypothèse selon laquelle il s'agirait du corps de Jésus. Et même si je refuse cette hypothèse, elle fera les délices de la presse. »

Puis comme six ans plus tôt, les deux frères partagèrent en silence une côte à l'os avec des épinards tandis que Colombe grignotait des *grissini*. Elle formula même une réflexion curieuse au sujet du temps qui semblait se refermer sur lui-même. Les deux frères mangeaient sans dire mot, s'économisant pour la nouvelle entrevue prévue avec le cardinal Weiss. Il y eut une discussion au sujet du dessert qu'ils avaient pris le 6 octobre 1988, car personne ne s'en souvenait exactement. Théo trancha la dispute en interrogeant son microprocesseur portable. Il avait noté pour lui-même un simple *espresso* et il n'avait rien noté pour les deux autres.

« J'étais perturbé, commenta-t-il pour s'excuser, comme je le suis aujourd'hui.

— De quoi as-tu peur ? demanda Colombe.

— Je serais déjà rassuré si j'identifiais l'objet précis de ma peur, j'éprouve plutôt une appréhension vague face à l'inconnu. Il reste encore un document dont nous ignorons tout, le rouleau de bronze. Il a été envoyé par Tov au Manchester College of Technology qui en 1952 a déjà découpé à la scie le seul rouleau de bronze découvert dans la grotte numéro 3 de Qumran. Si ce rouleau-là était en bronze, matériau coûteux mais indestructible par les insectes ou les rongeurs, c'était à cause de son contenu puisqu'il indiquait les soixante-quatre caches dans lesquelles les Juifs avaient entreposé leur trésor de guerre, avant l'insurrection de 68 contre les Romains. Un rouleau en bronze dans la tombe du Saint-Sépulcre doit contenir des renseignements d'une extrême importance pour ceux qui ont organisé cette sépulture.

— C'est-à-dire ? demanda Colombe.

— Par exemple, un texte établissant l'identité du squelette. Supposons qu'il précise que ce corps est celui de Jésus de Nazareth, le fils du charpentier Joseph. Il n'y aurait plus aucun doute possible : j'ai découvert le véritable tombeau de Jésus et il n'est pas vide. J'aurais vraiment fait œuvre destructrice. J'aurais démontré que Jésus n'est pas ressuscité, que la tombe initiale, choisie par Joseph d'Arimathie, a été violée comme en témoigne du reste la pierre roulée, indice bizarre, incompréhensible s'il n'est pas le résultat d'une action humaine. Qui aurait roulé la pierre et transféré le corps dans un second tombeau, celui que nous aurions découvert ? Je n'en sais rien. Pas Pierre, Jean ou Thomas, dont la suite des événements montre qu'ils ont été stupéfaits par la découverte du tombeau vide et de Jésus ressuscité. Mais, dans le cercle gravitant autour de Jésus, il y avait d'autres groupes, par exemple les zélotes, dont l'objectif était de déclencher une insurrection armée, ce qu'ils ont fini par réussir en 68. Eux peuvent avoir été tentés de manipuler la foule des fidèles de Jésus en enlevant le corps et en le dissimulant dans un autre tombeau, celui où nous l'avons peut-être découvert. Le tombeau vide du matin de Pâques n'aurait été alors qu'une péripétie banale, transformée en miracle par la crédulité des premiers témoins.

— Si cela était prouvé, tu aurais purifié la source de la foi, répliqua Emmanuel. Tu ne peux jamais te reprocher d'avoir découvert la vérité. Le tombeau vide constitue le signe matériel qu'il ne faut pas chercher Jésus parmi les morts. Personne ne sait ce qui s'est vraiment passé. Notre foi ne porte pas sur un tombeau vide mais sur un homme ressuscité. Personne ne sait ce qu'est la résurrection. En revanche, la rencontre de Jésus ressuscité par les disciples est attestée. Peut-être est-ce le seul signe auquel il faut prêter attention. »

Colombe le regarda avec admiration. Elle avait réalisé au moins une résurrection, celle de son frère. Sans les injections faites voilà six ans à l'hôpital universitaire de Salt Lake City, son frère serait mort ou grabataire. Il avait changé du tout au tout, en abandonnant son ton de voix ordinaire, mi-geignard, mi-patelin, et en articulant ses opinions avec autorité et assurance. Il rendait compte de sa foi sans gêne et sans dissimulation, car ses oui étaient des oui et ses non des non. Étrangement, cette fermeté n'avait pas semblé nuire à sa carrière au Saint-Office.

« Emmanuel a raison, commenta Colombe à l'intention de Théo. Tu dois rester ferme dans ta foi et dans la vérité, en croyant de toutes tes forces qu'elles ne peuvent pas se contredire.

— Il n'en est pas de même du cardinal Weiss, il finit par me faire croire qu'il a des doutes, objecta Théo.

— Il feint des doutes qu'il n'éprouve pas pour en susciter chez toi, surenchérit Colombe avec une assurance toute professionnelle.

— C'est encore plus simple que cela, résuma Emmanuel. Le cardinal, comme la plupart des clercs, n'attache aucun crédit aux résultats de laboratoire. Ce sont des manipulations matérielles, qui n'effleurent pas le spirituel dont il a la charge. Mais, comme il en redoute les effets sur l'opinion publique, il tient à ce que celle-ci ne soit pas avertie. Les moyens de communication sociale n'ont de légitimité qu'au service de la vérité, avec un *V* majuscule. Et le cardinal se croit investi du pouvoir infaillible de distinguer le vrai du faux. Il a tous les droits.

— En attendant, son objectif est de ne rien publier et peut-être de faire disparaître les preuves. Je crains même que le cardinal Weiss intervienne auprès du Conseil fédéral dont je dépends pour geler toutes les informations qui sont en Suisse. Mais au fond, j'ai surtout peur parce que, en Italie, un accident est vite arrivé pour un magistrat, un journaliste ou un professeur qui détiennent des informations gênantes. J'ai donc décidé de prendre mes précautions. J'ai préparé un dossier complet, avec photographies, rapport de laboratoire et résumé des faits. Si Colombe pouvait le garder dans sa chambre, cela permettrait de sauvegarder les informations en cas de malheur. »

Théo tendit à Colombe une grande enveloppe et il paya l'addition, comme il en avait pris l'habitude depuis que le pactole du prix Nobel lui était échu, non sans avoir vérifié l'addition sur son microprocesseur et avoir constaté une erreur en faveur du garçon. Théo lui fit rectifier l'addition et il ne manqua pas de lui rappeler qu'une erreur analogue, dans le même sens, avait été commise six ans plus tôt. Le garçon accablé se réfugia à la cuisine en jurant de ne plus s'attaquer à des Suisses, munis ou non d'un ordinateur portable.

Colombe revint à l'hôtel en flânant à pied tandis que les deux frères retournaient au palais du Saint-Office en taxi. Elle se sentait primesautière comme une écolière en vacances, tentée de s'arrêter devant chaque étalage de mode, d'acheter des pâtisseries, de guigner des bijoux, de humer des parfums. Cette démangeaison fut soulagée par l'achat d'un foulard Hermès, en souvenir de celui que Paolo lui avait offert jadis. Puis elle baguenauda jusqu'au largo Febo où l'attendait, en maillot de corps et caleçon long, une cigarette au bec, le précieux ornement de ses séjours romains. Jusqu'au dîner, elle disposait encore de quatre heures de jeux, de câlins et de bavardages. Elle ne parvenait pas à prendre au sérieux les angoisses de Théo. À l'âge qu'il avait atteint, avec les manies qu'il avait élaborées, il était inguérissable. Au mieux, il méritait une thérapie de soutien.

Vers six heures du soir, Colombe reçut un appel téléphonique d'Emmanuel : la séance avec le cardinal venait de se terminer et elle pouvait rejoindre ses frères au Palazzo San Callisto. Elle s'habilla et elle se coiffa très soigneusement. Paolo fit de même car il n'avait pas l'intention de demeurer seul durant la nuit du réveillon. Elle sortit la première après avoir embrassé Paolo, qui se montra tendre sans son affectation coutumière.

Paolo cessa de s'habiller dès que Colombe eut franchi la porte de la chambre et il se posta à la fenêtre. Il observa l'entrée de l'hôtel jusqu'à ce qu'un taxi aborde le trottoir et embarque Colombe. Aussitôt, il se livra à un examen soigneux de l'attaché-case dans lequel Colombe conservait ses documents de voyage. Elle y avait enfermé en rentrant de déjeuner une enveloppe bourrée et puis elle avait fermé la serviette en brouillant les secrets. D'habitude, l'attaché-case n'était pas verrouillé même lorsqu'il contenait de l'argent et, plus d'une fois, Paolo s'était servi modérément en lires ou en dollars pour s'acheter des journaux, des cigarettes ou pour donner des pourboires en l'absence de Colombe. Comme Colombe ne prenait jamais de précautions de ce type, il fallait que l'enveloppe contînt quelque chose qui valait la peine d'être inspecté.

L'attaché-case comportait deux serrures à secret, chacune contrôlée par un nombre de trois chiffres. Soit six chiffres au total, le type même de code qui appelle l'utilisation d'une date, de naissance par exemple. Paolo connaissait le jour et le mois anniversaire de Colombe, le 17 août, mais pas l'année. Après avoir noté le chiffre qui était actuellement affiché sur les serrures pour pouvoir le reconstituer, il composa le chiffre 170 pour la première serrure qui s'ouvrit sans peine. Il avait deviné juste et il lui suffisait de découvrir l'année de naissance de Colombe. Il nota 8 pour le premier chiffre de la seconde serrure correspondant au mois d'août, puis il tâtonna pour les deux derniers chiffres. Il choisit la décennie entre 1940 et 1950, et il composa donc tous les chiffres de 50 à 40 en remontant dans le temps, car il conservait un vieux fond de galanterie. La seconde serrure ne s'ouvrit que sur la combinaison 843 : Colombe était née le 17 août 1943, elle avait donc cinquante et un ans et Paolo se sentit humilié. Pour reconquérir l'estime de lui-même, il se sentit d'autant plus stimulé dans sa tâche. Un jeune Romain de la meilleure société, quasiment d'extraction divine, n'entretient des rapports amoureux avec une femme de plus de cinquante ans que pour des raisons supérieures, l'obtention d'informations ou le détournement d'une fortune.

En plus de quelques documents, chéquier, passeport, l'attaché-case contenait bien la grande enveloppe que Paolo avait entrevue dans les mains de Colombe. Pour décoller l'enveloppe, qui était scellée, il utilisa la vapeur d'un évier rempli d'eau chaude. Il eut la patience d'attendre que l'enveloppe s'ouvre d'elle-même afin de ne pas risquer la moindre déchirure. Puis il sortit les documents, un par un, en notant l'ordre dans lequel ils avaient été rangés afin de pouvoir le reproduire. Quand il eut étalé son butin sur le lit, il s'agenouilla et il entama une lecture d'abord superficielle, puis de plus en plus détaillée. Il reconstitua le contexte en interprétant quelques allusions de Colombe au débat de la veille entre son frère et le cardinal Weiss. Ainsi, Théo était arrivé à ses fins mais ce qu'il avait trouvé ne correspondait pas à son attente, bien au contraire.

Paolo s'installa posément dans l'unique fauteuil de la chambre et alluma une cigarette pour réfléchir à son aise. Depuis 1988 et son premier coup d'essai au sujet du linceul, Paolo était devenu un spécialiste de la fuite rémunérée. Cela ne l'avait jamais troublé, si tant est que quelque chose ait jamais pu le déconcerter. Les journalistes ne peuvent exercer leur métier que dans la mesure où ils accèdent aux informations.

S'il transmettait quelques indiscrétions vagues à un journaliste romain, celles-ci lui vaudraient au mieux le prix d'un repas au restaurant. Dans le cas présent, il découvrait des documents qui pourraient rapporter bien plus gros. Encore fallait-il trouver un acheteur intéressé, le plus vite possible, avant qu'il y ait d'autres fuites à partir du Vatican, voire un communiqué officiel qui noierait le poisson.

L'argent autant que la rancune le motivaient. Non seulement il ne croyait à rien, mais il n'imaginait pas qu'une foi authentique puisse habiter qui que ce soit d'intelligent. L'arrière-grand-oncle Eugenio semblait trop avisé pour avoir apporté quelque crédit que ce soit à la mythologie et à la pompe qui lui avaient assuré une brillante carrière, élevant le nom des Pacelli au zénith et dorant le blason d'une famille roturière, car son père exerçait la profession honorable mais modeste de boulanger. En poussant l'imposture jusqu'à la conquête du pontificat, Pie XII paraissait à Paolo un véritable virtuose de l'illusionnisme. La religion constituait-elle autre chose qu'une convention commode, comme la patrie, l'art ou le savoir-vivre, permettant de distinguer l'homme de qualité de la racaille, qui blasphème comme elle crache par manque d'éducation ? Certes, il fallait que l'élite restitue une partie de l'argent accaparé en consentant quelques aumônes, quelques cérémonies, quelques discours, quelques mômeries, mais la religion d'antan constituait plutôt une bonne affaire et, en tout cas, un placement sûr. Or, depuis l'avènement de la démocratie chrétienne, compromise avec le parti communiste, Paolo Pacelli estimait que le contrat immémorial entre le Vatican et les patriciens romains avait été rompu. Dans ses pires moments de détresse, il avait quémandé un emploi au Vatican et il avait reçu une seule fois un secours, une misère, une insulte, un chèque de dix mille lires. Il allait donc se payer lui-même. Il allait frapper au cœur. Comme Samson, il ébranlerait les colonnes qui soutenaient le temple. Puisque cette supercherie ne lui rapportait plus rien, autant la dénoncer pour en profiter une dernière fois.

Il écarta d'emblée les journaux italiens car aucun d'entre eux ne parviendrait à payer le prix qu'il s'apprêtait à articuler. Seule la presse américaine présentait la surface adéquate. Il essaya tout d'abord le bureau romain de *Time Magazine*, où seul un répondeur automatique lui fit écho. C'était le soir du réveillon et on entendait déjà les premiers pétards qui éclataient au loin.

Il tenta ensuite sa chance avec le correspondant romain du *Washington Post*, un certain Derek Dood, qui s'était rendu célèbre à Moscou dans les années 80 en prédisant la chute du régime. Par ailleurs, un journal qui avait réussi le tour de force d'abattre Richard Nixon, l'homme le plus puissant du monde, serait sans doute intéressé par l'ébranlement de la plus haute puissance spirituelle. Malheureusement, Dood ne se trouvait ni à son bureau, ni à son domicile, où les sempiternels répondeurs automatiques proposaient de laisser des messages qui seraient au mieux écoutés le lundi 2 janvier.

Paolo supputa qu'entre sept et huit heures du soir le correspondant pouvait se trouver au *Harry's Bar* à la via Vittorio Veneto, lieu de rencontre officieux des journalistes américains. Paolo en était banni depuis dix ans au moins, mais il téléphona en se composant un accent russe et en donnant un faux nom à consonance slave, qui convainquit apparemment le barman. Le journaliste était bien là, il vint au téléphone et il se laissa tenter par un rendez-vous à minuit au pied de l'obélisque de Saint-Pierre.

En quatre heures, Paolo réussit à effectuer des photocopies de tous les documents et à produire des négatifs des photographies. Un soir de réveillon, cela constituait un tour de force qui en disait long sur sa connaissance de la Rome nocturne, celle qui travaille lorsque les Romains honnêtes dorment. Puis il revint à l'hôtel, il remit les documents dans l'enveloppe dûment scellée et il replaça celle-ci dans l'attaché-case dont il brouilla soigneusement les serrures à secret. Dix minutes avant minuit, un taxi le déposa à la place Saint-Pierre.

Il faisait doux et humide, un temps d'été londonien pour une nuit d'hiver romaine. Des groupes bruyants circulaient dans le lointain, des voitures roulaient en klaxonnant et en faisant crisser leurs pneus, la Ville si peu raisonnable en temps ordinaire semblait atteinte d'une crise de folie.

En attendant Dood, Paolo se tourna vers le balcon d'où son grand-oncle avait si souvent donné sa bénédiction *urbi et orbi*. Qu'avait-il vraiment pensé en ces circonstances où il était censé capter la bienveillance de Dieu lui-même ? Que penserait-il maintenant s'il avait l'occasion d'assister à l'écroulement de son empire sous les coups d'un membre de sa famille ?

Dood se présenta au moment où les cloches, les sirènes, les pétards et les klaxons proclamaient la naissance d'une nouvelle année. À la lumière d'une lampe de poche, il déchiffra les documents que Paolo lui proposait, le compte rendu de l'ouverture du tombeau, une photo du *titulus*, un rapport de laboratoire le datant, une photographie du tombeau où l'on discernait le squelette et l'inscription. Paolo demanda un million de lires et il promit d'autres documents. Le journaliste rédigea un chèque, le signa et partit sans serrer la main de son informateur.

À huit heures du soir, Théo estima que l'oie était cuite. Comme il disposait d'une petite cuisine dans le studio où on l'avait logé, il s'était mis en tête de préparer un réveillon, pour conjurer la guigne. En sortant du palais du Saint-Office, il était passé chez un traiteur et il en était revenu avec les ingrédients d'une recette qu'il avait mijotée *in petto* durant une longue et pénible séance, afin d'abstraire son esprit des reproches oiseux du cardinal. Emmanuel n'objecta pas à ce que d'aucuns auraient pu considérer comme une incongruité ou un blasphème. Au milieu d'un grand jeu, il y avait toujours eu un pique-nique, constitué par des provisions dérobées dans le réfrigérateur et la cave familiale. Dans la famille de Fully, on ne réfléchissait pas sous l'emprise d'un ventre vide, générateur de pensées piteuses et de desseins défaitistes.

Théo commença par peler des pommes reinettes, qu'il coupa en quartiers et qu'il fit revenir dans du beurre en évitant de les transformer en compote. Il y ajouta le foie haché menu, des raisins secs trempés dans du cognac et des pignes légèrement grillées. Il donna quelque consistance à cette farce avec de la mie de pain émiettée et deux œufs battus, puis il flamba le tout au cognac et il fourra l'intérieur de l'oie. Celle-ci, bardée de lard et ficelée, fut introduite à six heures et demie dans un four préchauffé à trois cents degrés. Tandis que la bête cuisait en embaumant d'abord la cuisine, puis le studio, enfin le corridor et la cage d'escalier, Théo éplucha des marrons, qu'il trempa dans de l'eau tiède afin de les débarrasser de la seconde peau, puis il les fit bouillir à petit feu et enfin il les fit revenir doucement dans de la graisse d'oie en les épiçant de gingembre, de cannelle et de clous de girofle.

Emmanuel et Colombe étaient sortis pour effectuer les derniers achats, du vin, du fromage, un dessert, et

Théo, tout à sa cuisine, avait oublié non seulement l'après-midi qu'il avait vécu mais aussi l'existence même du cardinal Weiss, du linceul, du tombeau, de Herchel et de la Source. Il perçut quelques coups timides frappés à la porte et il alla ouvrir, une serviette nouée autour des reins. Il se trouva face à un homme tout petit, tout chauve, le teint rose, les lunettes dorées, vêtu d'un pantalon tire-bouchonné et d'un gilet de laine à moitié boutonné. Il portait aux pieds d'authentiques charentaises, pantoufles éminemment gauloises qui trahissaient son origine avant même qu'il ouvre la bouche :

« Je suis sûr que vous cuisez une oie mais je n'ai pas résisté à la tentation de le vérifier. Je suis de Toulouse. »

Nul ne faisait appel en vain à la fierté de Théo qui mena le petit homme à la cuisine et ouvrit le four pour que l'objet puisse être vénéré. L'autre se pencha en appuyant ses mains sur ses genoux, puis il s'accroupit carrément et il resta en contemplation. Théo le laissa guigner avec l'orgueil attendri d'une mère dont un passant admire le poupon. Puis il ferma d'autorité le four en remarquant que celui-ci était maintenant réglé au plus bas afin que la cuisson se poursuive doucement et qu'il ne fallait pas que l'oie attrape un courant d'air.

« Certainement pas », renchérit le petit homme avec un effroi comique.

Théo eut pitié de lui. À part les hôtes de marque, le Palazzo San Callisto était occupé uniquement par des cardinaux, souvent à la retraite. A travers le vieil homme s'apprêtant à passer seul une nuit de réveillon, sous la pourpre romaine dont il était invisiblement revêtu, il perçut le petit paysan de la Garonne. Seul un monde inhumain pouvait l'abandonner à sa solitude. À ce moment, Emmanuel et Colombe revinrent les bras chargés de paquets. Le petit homme prit un air contrarié lorsque Emmanuel le présenta à son frère et à sa sœur :

« Notre voisin, le cardinal Chotard, qui était président du Secrétariat pour les non-croyants et qui est actuellement retraité. »

Les présentations terminées, chacun resta les bras ballants jusqu'à ce que Théo éprouve une inspiration :

« Est-ce que j'ose demander à Votre Éminence si elle a dîné ?

— Non, dit le petit homme avec un air contrit.

— Êtes-vous attendu ?

— Oui, mais pas vraiment. J'ai deux religieuses à mon service qui me font la cuisine. D'habitude, le soir, je soupe d'un potage, d'un fromage et d'un dessert et je n'avais rien prévu de spécial pour le réveillon. Je puis m'excuser et faire débarrasser la table. Elles ne demanderont pas mieux, parce qu'elles ont envie de regarder la télévision. »

C'est ainsi que le cardinal Chotard passa le réveillon avec le professeur Théophile de Fully, Prix Nobel, Mgr Emmanuel de Fully, sous-secrétaire de la Congrégation pour la doctrine de la foi et le docteur Colombe de Fully, spécialiste mondialement connue de l'appui aux malades en phase terminale. L'oie ferme et onctueuse, les marrons tendres, la farce parfumée, le vin chaleureux suscitèrent beaucoup d'ambiance : l'harmonie des mets et des boissons engendrait une musique des sens qui prédisposait à l'entente des êtres. Le cardinal disposait d'un répertoire inépuisable d'anecdotes vaticanes qui auraient fait les délices d'un mémorialiste. Au fil de la soirée, les papes et les cardinaux devinrent des hommes comme les autres, avec leurs travers et leurs qualités, parfois touchants, parfois stupides. La fuite du temps s'annihila jusqu'à minuit où chacun embrassa les autres.

Théo avait horreur de veiller tard mais il ne put échapper à l'urgence d'une conversation lorsque le cardinal se fut retiré vers une heure du matin, droit sur ses jambes mais le teint encore plus rosé qu'à l'arrivée. Il résuma la situation à l'égard de Colombe par une formule lapidaire :

« C'est l'horreur ! »

Emmanuel explicita :

« Weiss est non seulement affecté comme on pouvait s'y attendre, mais il est complètement dérouté. C'est un homme qui avait une grande maîtrise de lui-même lorsqu'il a été promu à son poste en 1981 et qui a acquis depuis une assurance sans limites. Il ne se remet jamais en question puisqu'il doit servir de référence dans un monde atteint par le doute systématique. Moi qui le connais bien, je puis l'affirmer, il est atteint par le doute.

— Le doute sur quoi ? demanda Colombe.

— Sur tout. D'abord une foule de détails découverts dans la lecture de la Source. N'oublie pas qu'il était professeur d'exégèse et qu'il a donc pris parti lors de toutes les controverses des dernières décennies. Or, soudain, un document nouveau, irréfutable, vient trancher dans le vif des disputes. Et ceux à qui la Source donne raison ont souvent subi les critiques du professeur et les censures du cardinal. Il est donc blessé dans son orgueil de chercheur, chaque fois qu'il découvre qu'il a eu tort.

— En quoi, par exemple ? demanda Colombe.

— Un détail parmi d'autres, précisa Emmanuel. En 1948, on a découvert en Égypte un ensemble de manuscrits dont le plus remarquable était un certain évangile selon Thomas, d'inspiration plutôt gnostique, comportant une centaine de logions, c'est-à-dire des citations de paroles de Jésus. La plupart se retrouvent du reste dans les évangiles canoniques. Mais il en est quelques-unes qui sont originales et dont on suspecte qu'elles sont authentiques. Par exemple celle-ci que je trouve très belle : « Beaucoup se tiennent autour du puits, mais il n'y a personne pour y descendre. » Ce logion est du reste cité par Origène. D'une certaine façon, l'évangile de Thomas venait perturber le canon. Pour préserver l'intégrité et l'exclusivité de celui-ci, le professeur Weiss s'est dépensé dans une foule de publications entre 50 et 60, afin de déprécier ce texte et de minimiser sa signification. Or, le logion que j'ai cité se retrouve tel quel dans la Source. Il y a de quoi être vexé.

— Il ne va tout de même pas s'effondrer parce qu'il s'est trompé de temps en temps sur des détails minuscules, demanda Colombe. Sur quel point est-il véritablement atteint ?

— Sur la foi en Jésus ressuscité, répondit Emmanuel. Sur ce qui est au centre de sa vie, sa foi, sa vocation, sa fonction, son rôle, ce qui fait qu'il existe en tant que personne. Il n'a pas de famille, de passe-temps, de péché mignon. Il est une idée incarnée, qui habite un septuagénaire fragile, travaillant quatorze heures par jour, sans prendre de vacances. Je suis sûr qu'il consent à la prière le strict minimum qui lui permet de tenir le coup et qu'il se ferait un scrupule d'un entretien amical, d'une promenade sans but, d'une lecture distrayante. C'était un assez bon violoniste mais il ne touche plus son instrument. Toute sa vie tournait autour d'un axe, aujourd'hui menacé de rupture. »

Théo intervint :

« Curieux, cette confusion dans les idées chez un homme intelligent. D'une part, il n'arrête pas de répéter que Pâques est un mystère, qu'il n'y a pas eu de témoin, qu'il est sacrilège de vouloir imaginer ce qui s'est passé. D'autre part, sans qu'il s'en rende bien compte, pour lui résurrection égale dématérialisation, disparition du corps. La découverte d'un squelette de Jésus contredit cette conception naïve et le soumet à la torture d'un doute systématique. La doctrine est un monolithe qui tombe en poussière dès le moindre coup de ciseau. Finalement, tu avais raison, Colombe, quand tu t'es emportée au sujet de la virginité mariale. Dans l'esprit du cardinal, les deux plans de la métaphore et de la réalité interfèrent continuellement. Quand il considère l'allégorie, il s'irrite d'une approche réaliste de son interlocuteur. Quand on lui parle de la réalité expérimentale, il se réfugie dans la métaphore. Il est à la fois presbyte et myope : lorsqu'il chausse ses lunettes de lecture, il ne voit plus au loin ; lorsqu'il chausse ses lunettes de vision, il ne voit plus de près. Sa vision est dissociée et il découvre maintenant sa duplicité intellectuelle à l'épreuve des faits.

— Alors, tu as peur qu'il décompense d'un seul coup ? demanda Colombe.

— Exactement. Et si lui s'effondre, il y a des risques pour que le Vatican croule comme un château de cartes. »

Colombe rectifia :

« Il y a des chances pour que le Vatican s'effondre. Si c'est un château de cartes, il ne mérite pas mieux... »

Théo hocha la tête et se mit à raisonner à haute voix :

« Soyons raisonnables et ne nous payons pas de mots. Je sais tous les vices de la Curie, qui sont ceux de n'importe quelle administration se prenant pour le nombril du monde. Mais ce n'est pas mon objectif de détruire l'institution. Pour quoi faire ? Pour la remplacer par une autre institution ? Là où les partis communistes exerçaient jadis une dictature se sont installées d'autres dictatures, celles des seigneurs de la guerre, des fonctionnaires véreux, des politiciens démagogues : souvent les mêmes personnes qui ont seulement changé de discours. Je tiens entre mes mains une charge de dynamite qui pourrait faire imploser l'Église catholique dans ce qu'elle a de plus archaïque et de plus clérical mais je ne me résous pas à allumer la mèche. J'ai l'impression qu'il n'y a rien à gagner et tout à perdre. Lorsque le cardinal me demande de ne pas publier les résultats, comme il l'a fait sur tous les tons aujourd'hui, je suis tenté de lui obéir.

— Tu as bien dit : "tenté" ! » répliqua Colombe sur un ton acerbe.

Emmanuel intervint pour apaiser le débat :

« Comme je suis le curé de service, c'est mon métier de vous rappeler le huitième commandement qui nous oblige à vivre dans la vérité. Jésus était, aux dires de Jean, la lumière du monde venue pour que nous ne demeurions pas dans les ténèbres. C'est Pilate qui pose à Jésus la question désabusée : "Qu'est-ce que la vérité ?" Bonne question pour un procurateur préoccupé par sa carrière plus que par la recherche de quelque vérité que ce soit. Pour l'homme de pouvoir, seul est vrai le pouvoir et seul est faux ce qui l'entrave. Nous confessons nos fautes au début de chaque eucharistie, par action, par pensée, par parole mais aussi par omission. Ne pas dire la vérité, c'est aussi mentir, c'est aussi pécher. Les chercheurs qui ont retardé la publication des manuscrits de Qumran délibérément ne sont pas innocents, même s'ils l'ont fait avec les meilleures intentions du monde.

— Toutes les vérités ne sont pas bonnes à dire à n'importe qui, cita Théo qui avait entendu cet argument à longueur de discussion.

— Bien sûr, concéda Emmanuel. Il y a des vérités qui appartiennent à la sphère intime de chaque individu et qui ne concernent personne d'autre. Mais il s'agit ici d'autre chose. Publier des manuscrits qui permettent de mieux comprendre l'origine des évangiles ne constitue pas une indiscrétion, ne viole le droit à l'intimité de personne. Évidemment, cela va modifier l'exégèse traditionnelle, cela va trancher un certain nombre de controverses interminables entre spécialistes, cela fixera quelques détails mais cela n'ébranlera rien de fondamental. Il y a d'ailleurs des paroles mystérieuses dans l'évangile de Jean, qui laissent la porte ouverte à une révélation ultérieure. Jésus dit à peu près ceci, je cite de mémoire : "J'ai bien des choses à vous dire encore mais actuellement vous n'êtes pas à même de les supporter. Lorsque viendra l'Esprit de vérité, il vous fera accéder à la vérité tout entière." Cela veut dire, si je comprends bien, que nous devons rester vigilants et accepter un approfondissement de la révélation, non pas à partir de nos lumières, de notre réflexion, mais sous l'impulsion de l'Esprit. Retrouver la Source des évangiles, le texte le plus proche de la prédication de Jésus, quoi de plus proche de cette impulsion ? Refuser ce texte, c'est pécher contre l'Esprit.

— Tu as raison, dit Théo, je dois être très fatigué pour que tu doives me rappeler des évidences aussi élémentaires. Il est temps de dormir. »

Colombe rentra en taxi à l'hôtel. Paolo dormait à la lumière tamisée d'un abat-jour, le visage détendu comme celui d'un enfant. Il ressemblait tellement à une allégorie de l'innocence que Colombe en fut attendrie. Au moment de s'endormir, elle eut la grâce d'une prière spontanée, un regard de foi sur Jésus dont on avait tellement parlé dans la journée qu'il lui était devenu plus familier et plus mystérieux à la fois. Elle lui confia le larron qu'elle avait à ses côtés, avec l'intuition étrange qu'un homme comme Paolo précéderait au Royaume des Cieux tous les prélats de sa famille.

XI

À divers indices, la famille de Fully pressentit que le dimanche constituerait un intermède de calme avant le déclenchement de la tempête : on était dans l'œil du cyclone. Comme c'était le premier jour de l'an, la jovialité de règle ce jour-là leur parut lourde de menaces : chaque policier débonnaire, chaque serveur souriant paraissait soupçonner leur secret.

Le matin, tous les trois allèrent ensemble à la messe de dix heures concélébrée dans l'abside de Saint-Pierre par les prêtres de passage qui le souhaitent. Il y en avait une cinquantaine, répartis en deux longues théories de part et d'autre de l'autel. La cérémonie était rehaussée par un chœur d'enfants autrichiens chantant une messe de Palestrina. Les cinquante prêtres prononcèrent ensemble les paroles de la consécration, chacun dans sa langue, ce qui donna une joyeuse cacophonie à mi-chemin de Babel et de la Pentecôte. Ils récapitulaient les peuples de la Terre, possédant toutes les teintes de peau et les variations de faciès, un grand Germain roux entre un Asiatique frêle et un Africain souriant.

Lors du baiser de paix, le Noir et le Jaune se donnèrent une accolade chaleureuse, tandis que l'Allemand manifesta un geste de recul devant cette familiarité outrancière : il fit l'effort de serrer les mains de ses voisins entre les siennes avec une chaleur un peu forcée et un sourire mécanique. Théo, amusé, souffla à l'oreille de Colombe en parodiant un vers de Kipling : « L'homme blanc est à lui-même son plus lourd fardeau. »

Colombe pensa que cette réflexion ne s'appliquait à personne d'autre autant qu'à Théo. À force de perfectionnisme, il se détruisait lui-même et anéantissait tout ce qu'il touchait. La créativité la plus exacerbée entraînait la stérilité radicale. Il arpentait le monde imparfait où il était né dans le dessein de l'améliorer au point que Dieu lui-même ne le reconnaîtrait plus et jalouserait ce démiurge concurrent. Aujourd'hui, il avait dépassé une borne au-delà de laquelle la divinité pouvait à tout moment le foudroyer. Cela semblait plus grave que d'entretenir une liaison avec Paolo.

Ils s'attardèrent un instant sur le parvis inondé par une éclaircie incertaine avant que Théo ne prenne la direction de la petite troupe. Il avait loué une voiture et il proposait une virée à Frascati, une promenade bourgeoise et familiale dans le parc, suivie d'un repas dans une *trattoria* bondée de Romains endimanchés. Un seul menu était disponible : *vitello tonnato, osso bucco, tiramisu.* Théo commanda une bouteille de vin de Frascati parce qu'il estimait ce vin seulement dans la mesure où il n'avait pas voyagé.

Vers cinq heures, comme le soleil était près de se coucher dans une débauche d'ors et de pourpres, par laquelle se rachetèrent quelque peu les nuages abusifs, ils revinrent au milieu d'une cohue d'automobiles vers le Palazzo San Callisto. Le crépuscule hâtif du solstice les rétablit dans le malaise du matin : à trois, ils portaient un pesant secret. Théo avait ébranlé l'ordre naturel et celui-ci ne pouvait que se manifester tôt ou tard de façon déplaisante.

Lorsqu'ils arrivèrent à San Callisto, le concierge leur tendit une enveloppe aux armes du cardinal Weiss, dont le porteur les attendait depuis deux heures avec une voiture pour les conduire au palais du Saint-Office. C'était le jeune prêtre qui servait de secrétaire particulier au cardinal et qui avait déjà assisté aux réunions des deux jours précédents. Le message griffonné de la main du cardinal demandait à Théo et Emmanuel de le rejoindre instantanément. Le jeune prêtre n'eut qu'un mot de commentaire : « C'est gravissime. » Mais l'abus du superlatif en italien ne permit pas aux deux frères de mesurer exactement ce qu'il voulait dire. Ils prirent congé de Colombe qui se chargea de ramener la voiture à l'agence de location et qui songeait déjà à Paolo, comme on se délecte à l'avance d'un goûter gourmand dans une pâtisserie renommée.

Le cardinal était blême, sans qu'il soit possible de démêler la rage de la peur, l'ébranlement physique de la tension psychologique.

« J'attends des explications », siffla-t-il à destination de Théo.

Il avait étalé soigneusement des photocopies, alignées sur son bureau comme les pièces à conviction d'un procès d'assises. Théo sentit le cœur lui manquer : il reconnut son rapport manuscrit de la découverte du tombeau, le rapport du laboratoire sur la datation du *titulus*, une photo de celui-ci et une photo d'ensemble de la tombe. Il n'y avait que trois personnes en possession de l'ensemble de ces documents, Emmanuel, Colombe et lui-même. Cependant, Théo avait pris la précaution d'effectuer trois ratures différentes sur les trois copies de son rapport de façon à identifier toute fuite. Il vérifia la photocopie placée sur le bureau du cardinal : elle comportait un *c* minuscule dans le coin inférieur droit ; c'était donc un fac-similé de la copie de Colombe. Le cardinal précisa :

« J'ai reçu ces copies de la part d'un journaliste américain du *Washington Post*, un certain Dood, réputé pour ses talents de fouineur. C'est lui qui a réussi à remonter la filière bulgare liée à la tentative d'assassinat du pape et à prouver qu'il s'agissait bien d'une action du KGB. Et il n'a pas hésité à publier ces informations, heureusement après le changement de régime. Maintenant, il est en possession de ces documents-ci et sans doute d'autres. Ou il s'apprête à les acquérir. Il m'a demandé un entretien. Je le lui ai refusé. Demain, ce soir déjà peut-être, la nouvelle de la découverte du prétendu tombeau du Christ sera diffusée d'abord à Washington, puis dans le monde entier. Demain, nous serons assaillis. La boue du journalisme le plus bas touchera le mystère de Pâques. Et vous en êtes le seul responsable, cria-t-il en désignant Théo pétrifié. Si je ne reçois pas d'explication satisfaisante dans les minutes qui viennent, je vous chasse d'ici. Et vous pourrez vous considérer comme chassé de l'Église. Jamais un soi-disant chrétien n'aura fait autant de mal. Vous êtes comme Judas, captant la confiance du Christ, pour mieux le trahir. Combien avez-vous reçu et qu'allez-vous faire avec l'argent de votre trahison ? Il ne vous restera plus qu'à aller vous pendre. »

Théo avait le cœur glacé. Moins par les malédictions du cardinal que par la découverte d'une faille chez Colombe. En un instant, il comprit l'origine de la fuite sur le linceul en 1988 et il se souvint des racontars de la femme de chambre de l'hôtel *Raphaël* sur l'amant de Colombe. Il hésita un bref instant entre la dissimulation de cette tare familiale et une complète transparence, mais il opta tout de suite pour la seconde et il mit le cardinal au courant avec des phrases hachées tant il avait de peine à reprendre son souffle. Le cardinal, qui en avait entendu d'autres et qui n'était pas mécontent de voir rabattue la superbe de la famille de Fully, se radoucit quelque peu mais il demanda néanmoins pourquoi Théo avait confié de tels documents à sa sœur.

« Éminence, j'avais peur que les originaux soient dérobés et détruits. Vous étiez à ce point opposé à leur publication et j'y étais à ce point décidé, que j'ai voulu prendre une précaution, qui s'est révélée plus dangereuse qu'utile. J'ai manqué de discernement. Excusez-moi.

— En somme, dit le cardinal, vous aviez tellement peu confiance en moi que vous vous êtes fié à n'importe qui. »

Il s'assit et il se tourna vers Emmanuel comme si Théo ne comptait plus après l'accumulation de sottises dont il s'était rendu coupable et comme s'il appartenait à l'un des frères de compenser les insuffisances de l'autre.

« Et maintenant que faisons-nous ? »

Emmanuel se tut un long instant pour rassembler et ordonner ses pensées, puis il énonça un plan de bataille comme s'il avait eu le temps de le mûrir :

« Éminence, nous n'avons pas beaucoup le choix. Peut-être qu'en agissant sans tarder, nous pourrons prendre ce journal de vitesse. Nous anticipons la démarche du *Washington Post*, nous organisons dès demain une conférence de presse pour annoncer la découverte de manuscrits importants dans une tombe de Jérusalem, ainsi que d'une relique probablement authentique de la Passion du Seigneur. Tout retard, toute dissimulation nous seraient fatals. Les scandales du linceul et de Qumran proviennent moins de l'information elle-même que des circonstances confuses dans lesquelles elle a été diffusée. Chez certains prélats, la possession de la Vérité autorisait toutes les licences avec la vérité tout court. La défense de l'institution prévalait sur toute autre considération. Les journalistes étaient considérés et traités comme des enfants à qui il faut raconter des sornettes pour qu'ils cessent de poser des questions embarrassantes. Cette conception était défendable à la Renaissance quand il n'y avait pas de médias, elle devient très dangereuse à notre époque où toute la planète fonctionne comme un village. Ce que nous ne dirons pas clairement sera transmis de façon équivoque. Nous avons découvert une tombe paléochrétienne à Jérusalem et la nouvelle se résume à cela si nous l'annonçons nous-mêmes. Pour les médias, cette tombe deviendra celle de Jésus si nous rusons avec la presse et tardons à la mettre au courant. Ce qu'on ne peut empêcher, il faut le vouloir.

— Voulez-vous dire, Emmanuel, que je dois moi-même apparaître à cette conférence de presse ?

— Il n'y pas d'autre choix, Éminence.

— S'il en est ainsi, vous serez à mes côtés et vous aussi, M. le professeur. Il nous reste la soirée pour préparer une déclaration. »

Le cardinal, voûté, maigre, chancelant, alla prévenir son secrétaire. Puis il revint vers Théo, il lui prit la main entre les siennes, il s'excusa de sa vivacité, il esquissa une plaisanterie ecclésiastique sur l'indiscrétion des femmes, il offrit un cigare, il fit tout ce qu'il fallait pour se faire implicitement pardonner, puis il finit par demander franchement pardon à Théo, en le remerciant et en le louant pour tout ce qu'il avait fait. Théo en eut les larmes aux yeux, tout en refusant le cigare puisqu'il ne fumait pas mais en regrettant presque de ne pas être fumeur pour accepter ce signe de paix. Il se rendit compte une fois de plus que son absence de vices confinait à la perversion.

Il était sept heures du soir. Théo fit observer que tous les documents transmis à Colombe n'étaient apparemment pas parvenus dans les mains de Dood. Il fallait d'urgence essayer de récupérer ce qui pouvait encore l'être. Il s'excusa donc auprès du cardinal, commanda un taxi et, quelques minutes plus tard, il roulait dans les rues désertes de Rome, envahies à nouveau par un crachin britannique.

Comme Théo redoutait les explications en tête à tête avec Colombe et qu'il n'aurait pas davantage supporté de la surprendre en compagnie de son amant, il demanda à la réception de l'appeler dans le hall. Elle mit longtemps pour descendre et Théo songea avec répugnance qu'elle était sans doute obligée de se vêtir. Il tua le temps en contemplant les bibelots exposés dans les vitrines. La possession d'antiquités lui avait toujours paru comme le summum de la futilité. L'ivoire, le bois, le métal, aussi travaillés qu'ils fussent, n'étaient jamais que des objets inertes, dotés d'un prix arbitraire, reflétant le snobisme et l'instinct d'appropriation des notables, des parasites, des riches, de tous ceux qu'il méprisait. En passant des mains de l'artisan à ceux du propriétaire, ils perdaient leur sens et leur beauté. Théo gâcha tristement son temps dans la contemplation d'objets obscènes à force de bon goût.

Il fut tiré de cette rêverie morose par la main de Colombe qui se posa sur son épaule, ce qui l'agaça encore davantage. Lorsqu'il était énervé, le contact physique avec qui que ce soit l'exaspérait. Il se contrôla difficilement et il fixa Colombe sans mot dire, avec un regard furibond. Puis il parvint à articuler en bégayant d'excitation :

« À qui as-tu montré les documents que je t'avais confiés ?

— À personne. Ils sont dans mon attaché-case, qui est fermé. Calme-toi !

— Ils ont sans doute été volés. Un journaliste les a exhibés à Weiss pour obtenir une déclaration.

— Comment sais-tu qu'il s'agit de ma copie ? »

Théo faillit répondre mais il se ravisa à temps. Colombe ne lui pardonnerait jamais la lettre *c* minuscule qui distinguait sa copie des deux autres et qu'elle interpréterait comme un signe de méfiance. Les fureurs de Colombe possédaient un effet destructeur sur le flegme de Théo. Il mentit donc :

« Je n'en sais rien, mais je contrôle toutes les fuites possibles. »

Ce fut au tour de Colombe d'être embarrassée. Normalement, elle aurait dû inviter Théo à monter dans sa chambre, mais la présence de Paolo rendait cette visite impossible. Elle réfléchissait à un stratagème lorsque Théo la prit de court :

« Tu n'es pas seule ? »

Colombe rougit, ce qui lui donna une grâce insolite, vu les circonstances.

« Paolo Pacelli est dans ma chambre. Je le connais depuis plusieurs années. J'aurais dû vous le présenter, mais... »

Lorsque Colombe se sentait coupable, elle n'achevait pas ses phrases. Théo enregistra l'aveu. Il hésita entre la solution minimale qui revenait à demander que Colombe aille chercher l'attaché-case et la solution maximale qui consistait à liquider l'hypothèque Pacelli. Il se sentait surexcité par la conjoncture et il décida de se comporter en frère aîné :

« Si tu es d'accord, je m'arrange avec lui et il ne te causera plus de souci... »

Colombe se voûta :

« Je tiens à ce souci. Je tiens à ne pas le perdre. »

Puis elle se reprit et elle lança un regard noir dans le vide :

« Sauf s'il m'a trompé...

— Je n'ai aucun doute, mais je n'en aurai la preuve

qu'après avoir ouvert ton attaché-case. As-tu toujours gardé la clé sur toi ?

— Il n'y a pas de clé. C'est une fermeture à secret. Trois chiffres pour chacune des deux serrures...

— Quels chiffres ?

— Ma date de naissance, c'est le seul nombre de six chiffres dont je parvienne à me souvenir.

— C'est aussi le plus facile à découvrir. Si ce personnage est un professionnel de l'information, ouvrir ta serviette a été un jeu d'enfant. À propos, en 1988, lui avais-tu parlé des mesures du linceul ? »

Colombe fouilla sa mémoire, puis elle hocha la tête :

« Oui, sans aucun doute, je m'en souviens maintenant. Tu ne m'avais pas dit que c'était confidentiel.

— Écoute, Colombe, on n'est pas en train d'instruire mutuellement nos procès, mais d'établir l'origine d'une fuite qui se répète pour la deuxième fois, dans des circonstances presque analogues. Si ce Paolo a découvert les documents que je t'ai confiés, il en garde sans doute quelques copies en réserve pour les revendre au fur et à mesure que l'affaire prendra de l'ampleur. Je suis ici pour racheter au prix fort ce qu'il a conservé, c'est tout. Je ne souhaite pas interférer dans ta vie privée, mais je suis prêt à t'aider, si tu le désires, à liquider ce personnage douteux. »

Colombe s'assit sur un divan dans le hall anonyme et elle prit son visage dans ses mains. Cela dura une éternité. Théo se sentait stupide. Il n'était pas fait pour ce genre de situation. Il fut encore plus embarrassé lorsque Colombe découvrit son visage baigné de larmes silencieuses :

« J'y tiens...

— À quoi ? demanda Théo, toujours aussi embarrassé.

— À lui, tiens ! » répliqua Colombe.

La phrase s'étouffa dans les larmes. Théo eut peur que sa sœur éclate en sanglots bruyants. Il fouilla désespérément sa cervelle pour trouver un argument raisonnable qui ne déclenche pas la fureur de Colombe. Il n'en trouva aucun, parce qu'il n'avait jamais éprouvé un véritable sentiment d'attachement, sinon pour son frère et sa sœur. Mais celui-là était situé bien au-dessus de toute querelle. Perdre l'être aimé, l'affronter dans une ultime étreinte, cautériser son propre cœur : Théo n'avait jamais éprouvé ces déchirements parce qu'il avait organisé sa vie de façon à les éviter.

Le silence prolongé obtint ce que Théo ne parvenait pas à arracher. Colombe acquiesça à moitié :

« Trouve une véritable preuve ! »

Théo eut une inspiration. Il se dirigea vers la réception et demanda l'annuaire du téléphone. Il chercha et trouva les numéros du bureau romain du *Washington Post* et de Derek Dood. Puis, il suggéra à Colombe de se faire communiquer le relevé des conversations téléphoniques de sa chambre le samedi 31 décembre. La réception exhiba en deux minutes une liste comportant non seulement les numéros appelés mais l'heure à laquelle la communication avait eu lieu. A partir de 18 h 30, un grand nombre d'appels avaient été lancés, manifestement par Paolo, puisque Colombe avait quitté la chambre. Parmi les numéros appelés se trouvaient les deux mentionnés par Théo. Quand elle les découvrit, Colombe planta son regard dans celui de son frère et proclama :

« Tu m'en débarrasses ! »

Théo se pencha vers elle pour ébaucher une pression affectueuse sur l'épaule de sa sœur. Colombe se figea, le repoussa et le foudroya du regard. Il tourna les talons et traversa le hall vers les ascenseurs. Le pianiste s'appliquait à une version très personnelle d'une polonaise de Chopin. Cela ne constituait pas une musique appropriée pour la situation mais Théo s'était habitué depuis longtemps à jouer un scénario décousu, mis en scène par un réalisateur incohérent.

Paolo prit un certain temps pour ouvrir, sans doute pour se draper dans le peignoir de bain immaculé fourni par l'hôtel. Il ne parut pas surpris par l'irruption de Théo, et encore moins par le motif de cette visite. Il négocia posément la revente des documents restants, comme si c'était la chose la plus naturelle du monde pour un prince romain d'extorquer une grosse somme à un professeur suisse. À titre de prime, il offrit spontanément de ne plus revoir Colombe. Théo, qui connaissait sa sœur, précisa qu'il s'agirait pour Paolo de refuser les sollicitations éventuelles de Colombe. Après avoir réfléchi quelques instants, Paolo prononça l'oraison funèbre de sa liaison :

« L'art de rompre caractérise le vrai gentilhomme.

— Maintenant que vous avez votre chèque, disparaissez le plus vite possible », conclut sèchement Théo qui restreignait ses contacts avec la canaille au strict minimum.

Il redescendit. Colombe était toujours assise sur le même canapé. Elle buvait un verre de cognac. Théo eut une inspiration :

« Je ne puis pas te laisser seule cette nuit. Si tu m'accompagnais au palais du Saint-Office, tu pourrais nous conseiller au sujet de la presse américaine et de l'opinion publique des catholiques américains. Après tout, tu t'y connais en psychologie.

— Que pensera le cardinal ?

— De toute façon, il pense pis que pendre de nous trois, mais il ne peut pas se passer de nous. Et puis je trouve qu'il a très mauvaise mine. Tu devrais l'examiner et peut-être l'obliger à prendre du repos. »

La rencontre entre le cardinal et Colombe se produisit vers dix heures du soir. Chacun des protagonistes réduisit l'autre au préjugé qu'il avait formé depuis toujours.

Colombe découvrit un vieillard, avec un regard traqué assez semblable à celui que présente le cardinal Mindszenty sur certaines photos prises pendant son procès, alors qu'un lavage de cerveau avait annihilé toutes ses structures mentales. Elle discerna une personnalité floue, longtemps dissimulée par une fonction sacralisée et soudain révélée par l'effondrement d'un mythe. Le cardinal avait atteint la phase ultime de l'égocentrisme clérical, telle que Colombe l'avait si souvent diagnostiquée chez ces prêtres et ces religieuses en fin de vie, qu'elle devait accompagner sur l'autre rive en reconstruisant hâtivement quelques éléments de personnalité. Le cardinal savait qu'il allait mourir et il redoutait sa mort.

Le cardinal Weiss reconnut en Colombe son ennemie de toujours, une femme mûre comme l'était sa propre mère dans les dernières années de sa vie, exerçant une activité professionnelle (sa mère était institutrice), apportant une légitimité intellectuelle gênante à la contestation féminine de l'ordre masculin. Le cardinal n'ignorait rien des occupations de Colombe, car l'archevêque de San Francisco appréciait très peu les psychothérapies des membres de son clergé et il s'était plaint jusqu'à Rome de cette dangereuse épidémie. Colombe se présenta donc aux yeux du cardinal, revêtue de la douteuse réputation d'une hérésiarque perdue de mœurs, qui avait galvaudé un secret d'Église par légèreté et par sensualité.

Cependant l'urgence de la situation et l'épuisement du cardinal évitèrent le conflit ouvert. Il se résigna à la présence de Colombe, qui prit soin de lui parler d'une voix douce et soumise, une attitude qu'elle avait mise au point lors de ses contacts professionnels avec des ecclésiastiques. Bien vite, le cardinal se laissa envahir par le réconfort d'une présence médicale. Il se sentait un peu moins seul devant sa propre mort.

Emmanuel fit un bref rapport sur les démarches qu'il avait déjà effectuées. Une communication téléphonique avec la rédaction du *Washington Post* avait confirmé qu'un article paraîtrait dans l'édition du lendemain matin et qu'il était toujours temps pour le cardinal Weiss de transmettre une déclaration par téléphone. Emmanuel déclina l'invitation mais il obtint qu'une copie de l'article lui serait transmise par fax au moment même où la première édition serait distribuée à Washington, soit à sept heures le lundi matin, heure locale. Cela correspondait à midi, heure de Rome. Ils disposaient donc d'une douzaine d'heures pour parer le coup. L'attaché de presse du Vatican avait été chargé de s'occuper des détails matériels et il avait objecté qu'il était impossible de convoquer des journalistes dans un délai aussi bref. Emmanuel avait aussitôt alerté une douzaine d'étudiants de l'Académie ecclésiastique pontificale pour que les convocations soient portées au domicile des journalistes dès le lendemain matin. De toute façon, pour apporter des télégrammes on ne pouvait pas se fier aux postes italiennes en état de grève larvée depuis plusieurs semaines.

Le cardinal commanda une collation composée de sandwichs et de thé. Son secrétaire s'apprêta à prendre note. En fait, il resta oisif pendant deux heures durant lesquelles la controverse fit rage entre le cardinal et la fratrie de Fully. Au fur et à mesure que progressait la discussion, les deux frères et la sœur se rendirent compte que leurs analyses coïncidaient. Le cardinal n'était pas loin de partager leur avis mais il hésitait, il tergiversait, il biaisait, il atermoyait, il utilisait tous les faux-fuyants imaginables avec l'énergie d'un vieillard acculé.

La première passe du débat porta sur l'opportunité de publier tous les documents, y compris ceux que Théo avait récupérés. Le cardinal ne se rendit que très lentement à la thèse qu'il fallait anticiper non seulement les révélations contenues dans l'édition du lundi du *Washington Post*, qui seraient reprises en chœur par toutes les agences de presse et tous les médias, mais aussi toutes celles qui pourraient être obtenues par d'autres voies détournées. Selon la proposition de la famille de Fully, une conférence de presse devait fournir aux journalistes toutes les informations dont le Vatican disposerait ou qu'il se préparait à acquérir par les mesures dont Théo ne connaissait pas encore les résultats. Celui-ci, en particulier, insistait pour publier non seulement les informations mais aussi les protocoles d'analyse des laboratoires et une reproduction photographique des manuscrits.

« Combien avez-vous payé à ce prétendu prince Pacelli ? demanda enfin le cardinal quand toutes les objections de principe eurent été levées.

— Trente millions de lires, répondit durement Théo.

— C'est beaucoup trop !

— C'est mon argent, je tenais aussi à réparer ma faute et à ne pas lésiner sur les moyens.

— Si nous détenons maintenant les documents qu'il avait gardés en réserve, pourquoi les dévoiler ? »

Théo ne sut d'abord que répondre parce que la décision lui paraissait tellement évidente qu'il n'était pas nécessaire de l'argumenter. Il dut faire un effort d'analyse de ses propres réflexes pour finir par articuler :

« Par principe. Que voulez-vous que je vous dise ? Dans mon métier, lorsque l'on découvre un fait quelconque, on le publie. Je ne sais pas si c'est pour la gloire ou par acquit de conscience. J'estime que mes interlocuteurs ont toujours droit à la totalité de mes informations, de mes résultats, de mes conclusions. D'ailleurs, comment voulez-vous anticiper réellement les informations glanées par les médias si nous ne publions pas des éléments que ceux-ci ignorent ? Même si le Vatican touche continuellement à des mystères, cela ne lui donne pas le droit de pratiquer le secret sur des faits objectifs. »

L'ultime ligne de résistance du cardinal fut emportée par Colombe. Elle lui demanda la permission de prendre son pouls, en arguant de la pâleur de son visage. Elle fit taire tout le monde, puis elle prit le poignet du vieillard qui se laissa faire comme un enfant.

C'était un pauvre poignet de vieux, parsemé de taches brunes, parcouru par des veines violettes et des tendons qui transparaissaient sous la peau. Cela aurait pu être tout aussi bien le poignet d'une vieille paysanne épuisée par le travail de la terre. Ces mains-ci n'avaient guère tenu que la plume mais elles avaient fourni un labeur écrasant par sa démesure. Colombe tint longuement le poignet d'un geste professionnel, l'index et le majeur appuyés sur le pouls, les yeux fixés sur la trotteuse de sa montre. Elle s'y reprit à plusieurs fois en prétextant qu'elle avait de la peine à trouver la pulsation. Le cardinal se détendait manifestement. Le contact d'une main de femme emportait ses résistances. Il ressemblait à un enfant dont la mère soignerait une contusion simplement en la touchant.

« Si je puis me permettre un conseil, Éminence, vous n'êtes pas en mesure de continuer cette discussion. Il faudrait prendre du repos, surtout si vous entendez participer à cette conférence de presse. Et après celle-ci, je vous conseillerais de prendre de véritables vacances. Interrogez un de mes collègues italiens si vous souhaitez une confirmation. »

Il fut convenu au terme de cette partie de la discussion qu'Emmanuel et Théo rédigeraient un projet de déclaration, décrivant objectivement tous les faits connus et annonçant les investigations en cours. Mais il restait à prévoir les questions des journalistes, dont la plus évidente porterait sur l'identification du squelette : avait-on découvert la véritable tombe du Christ et ses restes ? Pour répondre à cette question, la discussion occupa la meilleure partie de la nuit. Colombe se taisait, puisque son avis était de toute façon irrecevable, mais elle observa les trois hommes arrivés au bout de leurs forces, brandissant avec âpreté des arguments de plus en plus tranchants.

Emmanuel procédait de façon systématique, citant les chercheurs contemporains. Il n'hésita pas à réveiller au milieu de la nuit quelques théologiens dont il possédait le numéro de téléphone particulier. Le corps de Jésus avait-il disparu de notre univers au moment de la résurrection ? Des voix ensommeillées parvinrent de Louvain, Lyon, Paris ou Fribourg pour ébaucher des avis d'une prudence extrême. Un consensus finit cependant par se dégager de cette consultation nocturne : personne n'était capable de répondre à la question. Les Écritures demeuraient muettes à ce sujet, même si elles suggéraient la disparition du corps de Jésus. La tradition avait toujours récusé la thèse d'un enlèvement du corps de Jésus, au motif que ses disciples n'en auraient pas eu le courage. Quelques auteurs marginaux avaient certes émis l'hypothèse d'un enlèvement par une tierce partie mais sans parvenir à la nommer ou à lui trouver quelque motivation que ce soit.

Pareil à une chèvre revenant inlassablement à son bloc de sel, Théo ressassa l'indice de la pierre roulée. Qui avait bien pu enlever la pierre roulée par Joseph d'Arimathie pour fermer le tombeau ? Était-ce le fait des hommes ou de Dieu ? Dans ce dernier cas, quel était le sens d'un signe aussi ambigu, puisqu'il aurait été encore plus significatif pour les femmes de découvrir le tombeau vide après avoir roulé ou fait rouler la pierre ?

Quelques théologiens se cramponnèrent à une lecture littérale de Matthieu selon lequel un ange descend du ciel pour rouler la pierre. D'autres récusèrent ce récit trop suspect d'un esprit de démonstration à l'égard des Juifs. La plupart n'y avaient jamais réfléchi et certains ne manquèrent pas de trouver inconvenant qu'ils soient réveillés au milieu de la nuit pour répondre à une question aussi saugrenue que dépourvue de sens. La théologie ne s'occupait pas des pierres roulées, sinon à titre de métaphore.

À quatre heures du matin, le cardinal eut une défaillance. Colombe le fit allonger sur un divan et elle appela le médecin de service au Vatican qui donna une piqûre de camphre et convoqua une religieuse garde-malade. Le cardinal décida de terminer la nuit dans son bureau et il renvoya les participants épuisés de ce marathon théologique.

XII

Lorsqu'il s'était couché à l'aube, Théo avait réglé son réveil à onze heures de façon à se préserver la plus grande amplitude de sommeil possible avant d'affronter une journée qui s'annonçait très dure : de toute façon, il n'y aurait pas moyen de rédiger le communiqué de presse avant de disposer du fax du *Washington Post*. Il eut de la peine à s'endormir, tant l'impression de confusion mentale du cardinal lui pesait. Au fond, malgré plusieurs heures d'argumentation, il n'avait arrêté aucune décision claire. En principe, il avait marqué son accord pour une communication transparente, mais cette conclusion fragile avait plus dépendu de son épuisement physique que de sa conviction intime. Il était dépassé par les événements, dont il avait tendance à nier la réalité pour se réfugier dans un univers abstrait de concepts philosophiques datant de l'Antiquité. Théo découvrait une différence radicale entre un physicien et un théologien : le premier s'efforçait d'exprimer sa pensée avec la plus grande précision possible pour ne pas trop trahir la vérité pressentie, tandis que le second était à ce point persuadé de détenir toute la vérité qu'il se gardait bien de l'énoncer clairement.

Théo se réveilla plusieurs fois, sans doute à la fin de chaque épisode de sommeil paradoxal, marqué chacun par un cauchemar différent. Il rêva successivement que Colombe devenait séropositive à la suite de ses contacts avec Pacelli, qu'Emmanuel en soutane blanche était assassiné d'un coup de revolver tiré par un Bulgare en place de Saint-Pierre, qu'il était lui-même révoqué de son poste de professeur pour faute déontologique, que le cardinal Weiss mourait d'une crise cardiaque pendant la conférence de presse, que le pape en personne suppliait Théo de dissimuler ses découvertes.

La sonnerie du téléphone le réveilla vraiment. Il eut le temps de déchiffrer l'heure avant de décrocher. Il était huit heures du matin et Emmanuel se trouvait à l'autre bout du fil, avec une voix claire et forte :

« Excuse-moi de te réveiller mais il y a une urgence. Le cardinal s'est senti mieux et il a téléphoné à qui tu imagines, très tôt ce matin. Il a été immédiatement convoqué et il revient de cette audience. Tout notre travail de la nuit est détruit. La conférence de presse ne sera pas annulée mais elle doit se résumer à la présentation des éléments diffusés par indiscrétion. Il ne faut donc pas publier de photos des manuscrits, ni parler de la crucifixion subie par l'homme enseveli dans le tombeau, ni du déchiffrement de l'inscription, ni du code génétique des cheveux. Le minimum d'informations assorti d'un refus de les commenter jusqu'à ce qu'une commission de spécialistes désignés par le Saint-Père en personne aient étudié ces éléments. La liste de ceux-ci est déjà établie et tu n'y figures pas. Tu es convoqué d'urgence ici au palais du Saint-Office, sans doute pour te faire chapitrer. Une voiture vient te prendre : tu as tout juste le temps de t'habiller.

— D'accord », répondit simplement Théo, qui n'était nullement surpris.

Il attendit qu'Emmanuel raccroche, puis il perçut avec quelques secondes de retard un second déclic. Quelqu'un écoutait sans doute leur conversation mais Théo aurait été bien en peine de décider, parmi tous les candidats à l'inquisition, lequel avait le pouvoir de l'exercer. Le secret de trois était devenu le secret de tous.

Le fax du *Washington Post* tomba à midi précis. Trois photocopies furent tirées pour les trois hommes qui en commencèrent la lecture. Cette diversion interrompit avec bonheur la diatribe que Théo subissait depuis vingt minutes de la part du cardinal Weiss, complètement revigoré par son entrevue du petit matin. Théo l'avait écouté avec la plus grande déférence, mais Emmanuel lui découvrit le même masque que celui qu'il arborait jadis pour supporter les reproches immérités des chanoines de Saint-Maurice, reproches calculés pour lui instiller une certaine dose d'humilité, reproches inopérants car personne n'était jamais parvenu à ruiner le sentiment qu'il avait de sa valeur et de sa rectitude. Le cardinal, qui avait aussi été professeur dans un collège, déchiffra sans peine l'attitude d'insolente soumission de Théo et il en fut d'autant plus exaspéré. Perdant toute sérénité, il mina en définitive sa propre autorité en prétendant la fonder sur celle du successeur de Pierre. Il s'attira une réplique cinglante de Théo :

« Pierre lui-même a répondu au Sanhédrin qu'il vaut mieux obéir à Dieu qu'aux hommes ? »

Le cardinal surexcité répondit du tac au tac :

« Le successeur de Pierre n'est-il pas mieux placé que n'importe qui pour connaître la volonté de Dieu ? »

La réponse de Théo fut implacable :

« Non. »

Un temps. Puis très lentement, pour ajouter l'insolence à l'insubordination :

« Je ne suis pas n'importe qui. »

Emmanuel s'apprêtait à intervenir pour faire remarquer que ces reproches, mérités peut-être, empêchaient d'entamer le travail urgent qui les attendait. Le fax arriva à ce moment, tout juste à temps.

Les journalistes du *Washington Post* avaient bien travaillé puisqu'en l'espace d'une journée, ils avaient réussi à recouper avec d'autres sources les documents vendus par Pacelli : Gaspoz, Tov et Herchel avaient tous les trois été interrogés. Le texte de l'article était sobre tout comme le titre en première page, sur deux colonnes seulement :

Une tombe inconnue sous le Saint-Sépulcre

« Le 29 décembre, le professeur Théophile M. de Fully a découvert une tombe inconnue à moins de trente mètres de la basilique du Saint-Sépulcre, qui est censée avoir été bâtie sur la tombe de Jésus-Christ. En fait, la localisation précise de celle-ci n'a jamais fait l'objet d'un consensus parmi les archéologues. Ainsi, toute tombe nouvelle découverte dans le cimetière du Golgotha peut légitimement être identifiée avec la tombe du Christ.

« Parmi les documents trouvés dans la tombe se trouve une planchette de bois portant l'inscription : "Jésus, roi des Juifs" en trois langues, latin, grec et hébreu. Selon l'évangile de Jean, une telle inscription avait été fixée sur la croix de Jésus sur l'ordre de Pilate, procurateur romain en Judée à cette époque. De même, ont été trouvés dans une jarre deux rouleaux représentant une version primitive de l'évangile de Marc. Grâce à la diligence du laboratoire du professeur de Fully, situé à l'École polytechnique fédérale de Zurich, ces éléments ont été datés dès le lendemain par spectroscopie de masse et authentifiés : ils datent bien du premier siècle de notre ère. Un rouleau de bronze a été confié à l'université de Manchester qui avait déjà réussi à scier un rouleau de même type découvert à Qumran. Le contenu de ce rouleau est pour l'instant totalement inconnu.

« Cependant l'élément le plus sensationnel de cette découverte est la présence d'un squelette dans la tombe. L'analyse par carbone 14 des débris organiques a permis également de dater ces restes du premier siècle. Plus extraordinaire encore est le fait que ces ossements sont ceux d'un homme mort par crucifixion. Ce supplice était systématiquement utilisé par l'armée romaine pour maintenir l'ordre dans les pays colonisés. Il ne s'appliquait qu'aux esclaves et à tous ceux qui n'étaient pas citoyens romains.

« Le rapport du professeur de Fully, qui sera sans doute diffusé bientôt par le Vatican, ne fait pas mention de cette dernière particularité qui a été découverte par le département israélien des Antiquités, ainsi que nous l'a confirmé son directeur Moshe A. Tov. Il a refusé tout autre commentaire en précisant que l'État d'Israël protégerait cette découverte archéologique d'une grande importance pour les chrétiens. Effectivement, l'Armée israélienne a placé deux barrages de soldats aux extrémités de la rue sous laquelle la tombe a été découverte.

« Le professeur Jeremy K. Herchel de Harvard University, délégué local de la Fondation Rockefeller, a démenti toute identification possible de la tombe découverte avec le sépulcre du Christ : “Il est impossible de découvrir les restes du corps du Christ qui n'a pas connu la corruption et qui est ressuscité ainsi que l'attestent les évangiles. Pour un chrétien, une telle supposition est blasphématoire.” Le professeur Herchel est couramment l'objet de critiques dans notre pays pour sa mauvaise gestion des fonds dont il a la charge. Élevé dans la tradition d'une famille quaker, il s'est tardivement converti au catholicisme, peu de temps avant d'être désigné comme directeur d'un des groupes d'experts déchiffrant les manuscrits de Qumran.

« Les excavations ont été conduites par V. J. Gaspoz,

un mineur de nationalité suisse, comme le professeur de Fully. Il a été le premier à remarquer que le squelette est celui d'un homme crucifié et il est persuadé qu'il s'agit de la tombe du Christ. Rentré dans son village de Chandolin, situé dans la vallée d'Anniviers, un coin perdu du Valais, V. J. Gaspoz a emporté une relique constituée par des débris d'ossements recueillis dans la tombe. Elle a été déposée dans la très pittoresque église de Chandolin, où une veillée perpétuelle est organisée par le curé, le révérend W. J. Zufferey. Il est convaincu que, tôt ou tard, un miracle authentifiera la relique. Dimanche soir, premier jour de l'an, deux cars de tourisme sont arrivés à Chandolin amenant les premiers pèlerins. Depuis qu'il est rentré dans son village natal, V. J. Gaspoz a cessé de fumer et il a fait vœu de ne plus boire l'excellent vin valaisan appelé fendant. Il est gardé par des membres de sa famille qui empêchent tout contact avec ce héros local.

« À Rome, le cardinal Weiss, préfet de la Congrégation pour la doctrine de la foi, s'est refusé à tout commentaire jusqu'à ce que des spécialistes puissent étudier les vestiges découverts. Une agitation inaccoutumée régnait au palais du Saint-Office en cette soirée du premier jour de l'an, que les Romains fêtent avec un grand tapage. Le professeur de Fully est arrivé à Rome mais son lieu de séjour est gardé secret et il n'a pu être atteint. Cependant sa sœur, le Dr Colombe H. de Fully, bien connue dans le domaine des soins palliatifs à San Francisco, est également arrivée à Rome : selon une source bien informée, elle est fiancée au prince Paolo G. Pacelli, apparenté au pape Pie XII, mais la date du mariage n'est pas encore fixée. Un troisième membre de la famille, Mgr Emmanuel G. de Fully, est le bras droit du cardinal Weiss.

« Une conférence de presse aura sans doute lieu ce

lundi 2 janvier à Rome. Nous tiendrons nos lecteurs informés des développements de cette découverte inattendue, première nouvelle importante d'une année qui s'annonce passionnante. »

Comme Théo déchiffrait rapidement, il eut terminé bien avant les autres et il eut tout le loisir de les observer. Emmanuel gardait le visage impassible. De son épisode de la maladie de Parkinson, il avait gardé une certaine immobilité des traits, qui impressionnait ses interlocuteurs, tentés d'y déceler une grande maîtrise intérieure. Il ressemblait de plus en plus à Humphrey Bogart, portant une soutane.

Quand le cardinal eut achevé sa lecture, il leva un regard atterré : il ne savait manifestement plus que faire. Il se sentait confronté à une puissance redoutable, une hydre de l'information disposant de tentacules à Jérusalem, Rome, Chandolin, San Francisco. Dieu était omniscient et le pape infaillible, mais la presse en savait davantage et elle se trompait moins.

De ses lèvres grisâtres, tombèrent les mots d'un supplicié :

« Mettons-nous au travail ! »

Le mot travail sonna aux oreilles de Théo dans son acception la plus archaïque, celle de supplice, et il songea à la formule de Bossuet au sujet des « grands travaux que Notre-Seigneur a soufferts ». Ce serait une agonie de composer, durant six heures, un discours en langue de bois dont la trame serait le peu de vérité concédée et la chaîne, les formules creuses choisies pour la dissimuler. Dans ce monde, que le cardinal méprisait et redoutait, la vérité comme l'huile finirait cependant par surnager. Elle deviendrait d'autant plus visible qu'elle aurait été dissimulée plus longtemps.

Le lundi 2 janvier, vers dix heures du matin, quelque trois cents journalistes accrédités auprès du Vatican reçurent par porteur une convocation pour une conférence dans la salle de presse à la via della Conciliazione à dix-huit heures. Le cardinal préfet de la Congrégation pour la doctrine de la foi ferait une importante communication sur les découvertes inopinées du professeur de Fully lors de la restauration de la basilique du Saint-Sépulcre. Le texte précisait que les objets trouvés lors des fouilles présentaient une importance aussi significative que la découverte de la tombe de Pierre lors des fouilles dans les Grottes Vaticanes entre 1940 et 1950. Cette annonce imprévue, ainsi que son bref préavis, constituait déjà une nouvelle en soi. Compte tenu du décalage de cinq heures entre Rome et Washington, l'édition du lundi matin du *Washington Post* n'avait pas encore atteint les kiosques de la côte Est des États-Unis lorsque la presse internationale fut alertée par le Vatican lui-même. La première partie du pari d'Emmanuel était gagnée.

La convocation était l'œuvre d'un professionnel, l'attaché de presse du Vatican, José Fernandez de Moratin, un laïc espagnol, si tant est que le terme de laïc puisse encore s'appliquer à un membre de l'Opus Dei, tenu au célibat et à la confession régulière de ses fautes à un prêtre de son institut. Les journalistes le haïssaient pour sa conception de l'information, digne d'un stalinien de la vieille école, mais ils le craignaient car la moindre incartade de leur part entraînait la suppression de l'indispensable *tessera*, l'accréditation auprès du Vatican, sans laquelle ils perdaient leur gagne-pain. En spéculant ainsi sur les contraintes d'une profession encombrée, Fernandez avait fait vigoureusement le ménage dans les années 80. En 1985, le ton avait été donné lors du voyage du pape en Amérique latine par l'expulsion de la suite papale du correspondant religieux du journal romain *La Repubblica*, dont la plume était trop libre. Après cet exemple, plus personne ne se sentit en sécurité et l'ordre régna : la propagande remplaça l'information. Fernandez avait défini la fonction du journaliste dans un texte inoubliable : « ... le journaliste catholique doit être comme un cierge, communiquant la lumière de la vérité du Christ et la chaleur de son amour tout en se consumant au service de Dieu ».

La salle de presse du Vatican était donc occupée par une forêt de cierges, se consumant de componction, vers la fin de cet après-midi du 2 janvier, y compris quelques bâtons de dynamite déguisés en cierges. En effet, prévenus par la rumeur, alertés par les premiers télex tombant sur les téléscripteurs après la parution du *Washington Post*, les directeurs des bureaux romains remplacèrent souvent les journalistes accrédités. C'était une pure aubaine, le 2 janvier, un jour où il n'y avait rien pour remplir les journaux. Derek Dood s'était placé au premier rang.

Colombe se trouvait assise deux sièges plus loin, à droite de Fernandez qui avait jugé plus prudent de contrôler cette invitée de dernière minute. Il n'arrêtait pas de se lever et de virevolter avec des afféteries d'inverti. Lorsqu'il esquissait une courbette, il se cassait en deux comme s'il avait fini par avaler le bâton avec lequel il avait été si longtemps battu pour atteindre le degré de soumission attendu d'un membre de l'Opus Dei. Colombe ne le quittait pas des yeux comme si elle avait été obligée de subir la proximité d'un serpent venimeux : les mains et les pieds de Fernandez, agités de mouvements réflexes, trahissaient ses véritables sentiments, dissimulés par le masque de componction et d'importance qu'il avait fixé sur son visage.

À partir de six heures, Fernandez manifesta une agitation croissante. La salle était bondée et le cardinal, connu pour sa ponctualité, commençait à accumuler du retard.

Pour dissiper sa nervosité, il entretint Colombe des sujets les plus saugrenus. À six heures et quart, il en était arrivé au troisième secret de Fatima, qui était connu seulement du Saint-Père et qui donnait lieu à des spéculations bouleversantes dans les milieux avertis, dont Fernandez faisait partie par un privilège tout particulier. Colombe éprouva de plus en plus le sentiment d'avoir affaire à une personne profondément perturbée, mais son réflexe normal de pitié pour les malades ne se manifesta pas. Cet homme était aliéné, d'une folie tellement élaborée que toute tentative de thérapie l'empirerait.

À six heures vingt, Emmanuel et Théo pénétrèrent seuls dans la salle de conférence.

À six heures moins dix, le cardinal décida qu'il était temps de se diriger vers la salle de presse. Il était accompagné des deux frères de Fully, de son secrétaire particulier et d'un garde du corps, un officier des Gardes suisses. Il n'alla pas plus loin que la première volée d'escaliers du palais du Saint-Office où il allait mourir avec une grâce étonnante, comme s'il avait voulu compenser, au dernier instant, ses carences des dernières années.

Il s'arrêta un instant avant de descendre l'escalier pour se plaindre des exigences des journalistes :

« Nous n'avons aucun compte à leur rendre. Pour qui se prennent-ils ? Quoi que nous disions, ils travestiront nos paroles pour exciter la sottise de leurs lecteurs. J'ai bien de la peine à leur pardonner car, eux, ils savent ce qu'ils font... »

Le groupe était arrivé au sommet d'une monumentale volée d'escaliers, comme les architectes italiens les affectionnent, des escaliers en pente douce qui ne sollicitent pas les jambes à la montée et qui permettent de descendre en devisant. Le cardinal n'acheva pas sa phrase, mais il émit une sorte de gargouillement en regardant fixement Emmanuel, comme pour lui demander une explication. Puis il tomba en avant, très lentement, pareil à un danseur qui mime une chute en la décomposant. D'abord un genou en terre, puis deux, ensuite il pencha le buste et il commença à dévaler la volée d'escalier en échappant à Emmanuel qui l'avait saisi trop tard au bras et qui garda au bout des doigts un bouton arraché à la manche de la soutane.

La tête de Joseph Weiss heurtait chaque marche au passage, avec un rythme obstiné. La surprise figeait Emmanuel et les autres témoins. Ils observaient la chute du cardinal avec la même impuissance que s'ils s'étaient trouvés en rêve. L'homme, qui tombait en rebondissant de marche en marche, n'avait jamais suscité ni l'amour, ni la haine. Il avait fait trop de mal pour l'un et trop de bien pour l'autre. Certaines guêpes pondent un œuf dans le corps d'une chenille et la larve se nourrit de la substance de la chenille qu'elle parasite avec précaution de façon à la dévorer sans la tuer prématurément. Ainsi, le cardinal s'était identifié à sa fonction, qui l'avait dévoré de l'intérieur. En tombant, Joseph Weiss révélait soudain qu'il était devenu une pure apparence et personne ne se sentait porté à secourir cette sorte de mannequin, qui s'était immobilisé sur le palier inférieur.

Emmanuel descendit la volée d'escalier mais il observa avec gêne qu'il progressait sans hâte, comme s'il voulait retarder l'instant où il lui faudrait se pencher sur le cardinal. Il s'agenouilla et il se rendit tout de suite compte que la mort était proche. Une artère avait dû se rompre dans la poitrine car l'agonisant saignait par la bouche. À travers le gargouillis qui encombrait sa gorge, il s'efforçait de parler. Emmanuel se pencha vers le vieil homme et il entendit inlassablement répétés deux mots :

« *Nicht sterben, nicht sterben*[1]... »

Emmanuel prononça à l'oreille du mourant les paroles de l'absolution en allemand. Il lui tenait la main qui était agitée d'un léger tremblement. Puis elle s'immobilisa. Emmanuel ferma les yeux du cardinal au moment où deux infirmiers portant une civière arrivaient. En consultant sa montre, Emmanuel se rendit compte qu'il était six heures dix. Il n'avait plus d'autre choix que de prendre la parole, seul, à la salle de presse, en courant tous les risques. Dans un brouillard, il fit signe aux autres de le suivre tandis que le corps du cardinal les précédait dans l'escalier, porté par deux ambulanciers en blouse blanche. Pourquoi portaient-ils cette sorte d'aube ? N'étaient-ce pas des anges, ces jeunes gens vêtus de blanc surgissant dans les récits bibliques lors de toutes les crises ?

Les trottoirs de la via della Conciliazione regorgeaient de Japonais, regagnant leurs cars après avoir fait emplette de souvenirs dans les boutiques de *kitsch*. Emmanuel fendit la cohue de façon impérieuse et sa soutane à ceinture violette lui fut de grande utilité. Théo à ses côtés, il séparait en deux la foule, comme Moïse accompagné d'Aaron divisa les flots de la mer Rouge, écartant d'un geste impérieux les obstacles qui le séparaient d'une terre promise. Il avait résolu de se libérer aujourd'hui.

Arrivé dans la salle de conférences, il se dirigea vers Fernandez et il lui apprit à voix basse la mort du cardinal. La première réaction de son interlocuteur fut de proposer une annulation de la réunion. Emmanuel prit la responsabilité de n'en rien faire et il se dirigea vers le podium, suivi de Théo. Au moment de prendre place, il

1. Ne pas mourir, ne pas mourir...

distingua Fernandez qui téléphonait au fond de la salle et il essaya de deviner à qui ce coup de fil était destiné.

Emmanuel prit la parole en premier. Il commença par excuser le cardinal retenu par un malaise, puis il négligea totalement le communiqué de presse alambiqué dont deux religieuses distribuaient des copies aux journalistes et auquel étaient jointes les photos du *titulus* et de la tombe. Il fit sobrement part de la découverte d'une tombe paléochrétienne à proximité du Saint-Sépulcre, il décrivit les indices découverts, les rouleaux, le *titulus*, le squelette, l'inscription et il s'abstint de prendre à son compte la dernière phrase du communiqué, ultimes lignes signées par le cardinal Weiss : « En ces temps de trouble des consciences, les découvertes de Jérusalem conforteront la foi des croyants en authentifiant par la science la Tradition vénérable de notre Église. »

Théo prit la parole à son tour. Cela n'était pas prévu dans le scénario mis au point par Fernandez, selon qui le professeur de Fully aurait dû rester muet, en tant que simple caution scientifique des paroles du cardinal. Théo entra dans le détail des méthodes de mesure utilisées pour détecter des cavités dans le sous-sol d'une ville. Il se répandit en considérations mathématiques sur l'analyse par ordinateur du relevé échographique des camions trembleurs. Il s'exalta à la description d'un algorithme de Schur, utilisé pour dépouiller les résultats. Il fit ensuite l'éloge de sa méthode de datation par spectroscopie de masse. Emporté par l'élan, il annonça les mesures en cours sur les empreintes génétiques et il esquissa la possibilité de déchiffrer l'inscription par traitement de l'image.

Les journalistes se partagèrent en deux camps. Certains, dont la culture scientifique se résumait à de vagues souvenirs du collège, restèrent le crayon en l'air. D'autres, plus cultivés, griffonnaient avec application.

Tous étaient alternativement captivés par les révélations, qui fusaient sans discontinuer, et refroidis par les explications de Théo, qui rendaient inextricable l'écriture d'un papier. Quand Théo eut terminé, Fernandez avait fait deux descentes vers les cabines téléphoniques et il roulait des yeux exorbités.

La première question fut posée par le directeur de l'agence romaine de l'AFP, qui demanda sur un ton pincé pourquoi le Vatican avait réservé la primeur de certaines informations à un journal américain. Emmanuel répondit simplement que ces informations n'avaient pas été diffusées délibérément mais qu'elles provenaient d'une indiscrétion. Tous les regards convergèrent vers Derek Dood qui resta de marbre. Le délégué de l'AFP insista :

« Avez-vous décidé d'organiser la présente conférence de presse seulement lorsque vous vous êtes rendu compte de cette fuite ?

— C'est exact, admit Emmanuel.

— En d'autres termes, si cette fuite ne s'était pas produite, l'information n'aurait pas été diffusée. »

Emmanuel mentit froidement :

« Elle aurait été diffusée plus tard. Mais dès lors que la fuite a eu lieu, nous avons souhaité rétablir l'égalité de tous les médias par rapport à cette information et nous avons voulu éviter de nouvelles fuites en diffusant toutes les données actuellement disponibles. »

Le journaliste français était coriace :

« Il y a effectivement plus d'informations dans ce qui a été dit que dans ce qui est écrit. Le communiqué qui nous est distribué garde le silence sur bien des détails passionnants qui se trouvent dans l'exposé du professeur de Fully. Les confirmerez-vous par écrit et fournirez-vous les documents ? »

Emmanuel se jeta à l'eau :

« Tous les documents disponibles seront diffusés. »

Théo intervint :

« En vous adressant au laboratoire de spectroscopie de masse de l'École polytechnique fédérale de Zurich, vous pouvez obtenir par fax les rapports d'analyse pour la datation des différents objets, de même que les photos des deux rouleaux de papyrus et de parchemin. Dès que je serai en possession des autres résultats de mesure, je les mettrai à disposition de quiconque les demandera. »

Derek Dood intervint en s'adressant à Emmanuel et tout le monde fit silence :

« Monseigneur, je ne désire pas discuter des conditions dans lesquelles les documents ont été ou seront diffusés, sinon pour énoncer un principe général selon lequel le public a droit à toute l'information qui ne viole pas la sphère privée. Je constate avec plaisir que le Vatican adopte une politique de transparence dans la diffusion des documents. Je souhaiterais qu'il en fasse de même pour l'interprétation qu'il en donne. Pensez-vous que la tombe découverte puisse être celle de Jésus ? »

Fernandez, qui avait la pomme d'Adam proéminente, fit subir à celle-ci une vibration rapide. Colombe éprouvait une envie nerveuse de rire malgré la gravité du débat et il lui fallut se souvenir de la perte de Paolo pour la réprimer. Emmanuel cherchait ses phrases, tête baissée, mains jointes. Sans doute priait-il.

« Je n'en sais rien. Personne n'en sait rien. Ce n'est pas impossible. »

La salle frémit d'une clameur silencieuse, comme celle qui précède dans une corrida le moment de l'estocade. Dood continua, impassible :

« Si j'interprète bien vos paroles, Monseigneur, il n'est pas impossible que le corps de Jésus ait été enlevé du tombeau où, selon les évangiles, Joseph d'Arimathie l'avait enseveli pour être transporté dans celui où vous en avez découvert les ossements. »

Emmanuel se tut. Il regarda longuement Colombe, qui haletait, comme si elle pouvait insuffler du courage à son frère. Dood laissa le silence s'épaissir pour reprendre une ultime question :

« Si cela n'est pas impossible, cela signifie que le mystère de Pâques constitue en fait une métaphore, un symbole, une allégorie, je vous laisse le choix des mots. Jésus était un homme, il est mort et il n'est pas ressuscité. »

Emmanuel l'interrompit :

« Je n'ai pas dit cela, je ne le pense pas, je cesserais instantanément d'être chrétien si j'acceptais votre énoncé. La résurrection de Jésus n'est pas attestée par la découverte du tombeau vide. Le texte le plus ancien du Nouveau Testament, l'épître aux Corinthiens, dit simplement : "il est ressuscité le troisième jour selon les Écritures" et il évoque les apparitions de Jésus. Il ne parle pas de tombeau vide. »

Derek Dood ne se laissa pas détourner de sa question :

« Que pensez-vous des quatre évangiles qui évoquent tous le tombeau vide ?

— Les évangiles ne constituent pas des récits historiques mais les professions de foi de différentes communautés, présentées dans un genre littéraire tout à fait original, qui comporte des éléments symboliques. Ceci ne veut pas dire que le tombeau n'était pas vide le matin de Pâques. Sans doute même l'était-il, car sa découverte soulève pour un croyant plus de difficultés qu'elle n'en résout. En tout cas, le témoignage des femmes paraît peu crédible aux apôtres et, dans un premier temps, il suscite l'effroi et l'incompréhension. Le tombeau vide n'a pas été l'élément déterminant dans le surgissement de la foi chrétienne. Ce sont les apparitions de Jésus qui confirment les disciples dans leur foi en la résurrection.

— Donc, selon vous, il n'est pas impossible que le corps de Jésus ait été enlevé et dissimulé dans un autre tombeau, où on aurait aujourd'hui découvert ses ossements. »

Théo, qui observait de profil Emmanuel, vit des gouttes de sueur perler sur son front. Sa voix cependant restait étrangement calme :

« Je ne le pense pas, mais je n'empêche personne de le penser. La confession de foi du Symbole des apôtres dit que Jésus est ressuscité et cet article du Credo est devenu la pierre angulaire du christianisme. Ni plus, ni moins. Toutes les spéculations sur la nature de la résurrection, celle de Jésus ou la nôtre, ne sont pas des énoncés de foi. Ce sont des représentations de l'imagination humaine. »

Derek Dood était tenace :

« Excusez-moi, Monseigneur, mais vous n'avez toujours pas répondu à la question que se pose tout le monde : le corps de Jésus a-t-il disparu de l'Univers ou bien s'est-il décomposé comme tous les cadavres ? »

Emmanuel faillit entamer une longue explication. À la dernière minute, il se reprit :

« Je n'en sais rien et personne n'en sait rien. Il n'existe pas de réponse objective à cette question. »

Un autre journaliste intervint :

« Il reste l'inscription en cours de déchiffrement et le rouleau de bronze. Si l'une et l'autre attestaient qu'il s'agit de la tombe véritable de Jésus, estimeriez-vous que cette question sans réponse, pour l'instant, en aurait reçu une ?

— Oui.

— Dans ce cas, Jésus aura été un homme comme les autres, un prophète d'Israël, sans plus.

— La foi et la foi seule nous dit que Jésus est homme et Dieu. Il n'y a pas de preuve scientifique de cet énoncé de foi et il ne peut pas davantage y avoir de réfutation.

— Et cependant, dans le cas envisagé, la crédibilité de cet article de foi ne serait-elle pas ébranlée ?

— Cela dépend de la nature de la foi. »

Le correspondant du *Monde* intervint. C'était un homme déjà âgé, qui connaissait le Vatican sur le bout des doigts et dont les articles étaient lus, de notoriété publique, par le pape lui-même.

« Monseigneur, je crois que ce n'est ni le lieu, ni le temps de vous demander un cours de théologie sur la nature de la foi. Ce qui intéresse mes collègues et nos lecteurs, c'est la réaction de l'opinion catholique dans le cas de figure évoqué. La présentation traditionnelle du mystère de Pâques dans la liturgie, la catéchèse, l'iconographie, les homélies supposent que le corps de Jésus n'a pas connu la corruption parce que le Christ n'a pas connu le péché et que la mort, selon une doctrine constante de l'Église, est le salaire du péché. Cette présentation serait subitement remise en cause. La foi populaire ne s'embarrasse pas des subtilités langagières et des précautions oratoires. Elle a un contenu enté sur le merveilleux. L'Église s'en est accommodée ou l'a même encouragé dans le souci de trouver des formules exprimant l'inexprimable de façon poétique. Subitement cette belle image est déchirée. Ne vous rendez-vous pas compte du scandale possible, des doutes qui vont assaillir des âmes simples ? »

Emmanuel répondit sans hésiter, comme s'il avait attendu cette question :

« La foi en la résurrection des corps ne s'est pas imposée d'un seul coup. Elle est tardive dans l'Ancien Testament et elle ne touche les disciples de Jésus en ce qui le concerne que bien après l'événement lui-même.

Elle continue à faire problème pour nous. Peut-être venons-nous de faire un pas de plus dans sa véritable compréhension. »

La salle commençait à se vider car les journalistes étaient hantés par l'heure limite de transmission de leur copie pour les journaux du mardi matin. Les cabines téléphoniques devaient être assiégées. Les subtilités des intellectuels n'intéresseraient de toute façon pas le lecteur ordinaire qui recevrait demain, en ouvrant son journal, la nouvelle la plus extraordinaire depuis deux mille ans : Jésus n'est pas ressuscité.

Emmanuel prit congé des journalistes qui demeuraient et Théo promit des résultats de mesure pour le lendemain. Quand ils descendirent du podium, Fernandez les attendait en compagnie de quelques personnages aux visages fermés. C'étaient des policiers chargés d'assurer la sécurité des deux frères et d'éviter leur harcèlement par la presse. Théo reconnut la méthode déjà éprouvée lors de son atterrissage à Zurich : de fait, il serait consigné à résidence au palazzo San Callisto et Emmanuel au palais du Saint-Office. Ils étaient l'un et l'autre trop fatigués pour résister et, après avoir embrassé Colombe, ils se séparèrent.

Théo avait faim. Les émotions le creusaient toujours. Dans le frigo de son appartement, il ne demeurait que les reliefs de l'oie. Il songeait tristement à les consommer sans même les réchauffer, tant il se sentait épuisé, lorsque le timbre de la porte d'entrée retentit. C'était le cardinal Chotard, tout guilleret, plus petit, plus chauve et plus rose que jamais. Il avait été mis au courant de la conférence de presse par plusieurs coups de téléphone que les Éminences avaient échangés. L'esclandre se révélait considérable, d'autant plus que la mort du cardinal Weiss ajoutait un relief dramatique à la situation.

« Quand les Gaulois mirent à sac Rome en 390 avant J.-C., certains sénateurs refusèrent de quitter leurs demeures pour se réfugier dans le Capitole fortifié et ils attendirent la mort, vêtus de pourpre, sans daigner accorder un regard aux Barbares qui les assassinaient. C'est à peu près l'état d'esprit de mes éminents collègues, qui se drapent dans leur pourpre, et attendent je ne sais quoi, peut-être que les peuples chrétiens, trop longtemps abusés, leur fassent subir le martyre. Ils se prennent en tout cas pour des victimes, tandis que vous êtes Ponce Pilate, le meurtrier qui ne se rend pas compte de ce qu'il fait.

— Et Emmanuel ? s'enquit Théo.

— Il est parfait dans le rôle de Judas. S'il se pendait cette nuit, personne ne s'en étonnerait et personne ne le regretterait. Il peut faire ses valises, sauf si les résultats des mesures que vous attendez changent la situation.

— Que lui reproche-t-on vraiment ? »

Le petit homme considéra Théo, avec une flamme de malice dans l'œil, et il lui proposa de venir se restaurer chez lui :

« J'ai toujours quelques conserves de foie gras et un sauternes admirable, un château-rieussec 1985, où vous goûterez à la fois la vanille, l'abricot, les fleurs, la confiture d'orange amère, et tout, et tout. Cessez de vous tourmenter et réjouissez-vous. »

L'appartement du cardinal Chotard baignait dans des relents de vieille pipe, mais il était meublé avec goût et sobriété. Les deux religieuses ajoutèrent un couvert sans dire un mot et le cardinal Chotard fit subir un interrogatoire en règle à Théo, qui possédait une mémoire sténographique des paroles d'Emmanuel. Cela n'empêcha pas les deux convives de dîner royalement. Puis ils s'assirent de part et d'autre de la cheminée où pétillait un feu et ils réchauffèrent dans leurs paumes un verre de cognac.

Le cardinal laissa méditer Théo en silence quelque temps puis il lui fit un large sourire :

« Emmanuel a été irréprochable. Il a fourni les réponses les plus concises possible. Je suis un partisan résolu de la sobriété en théologie. Par exemple, ma foi s'exprime par le Symbole des Apôtres. Le Symbole de Nicée commence déjà à me poser des problèmes par son souci de définir avec précision ce qu'il est impossible de décrire en mots humains : *Deum de Deo, lumen de lumine, Deum verum de Deo vero, genitum non factum, consubstantialem patris*. Imaginez la réaction de Jésus s'il s'était entendu décrire de cette façon : il aurait piqué une de ces colères ! »

Le cardinal mima, avec une emphase comique, la colère d'un Galiléen, capable de renverser les tables des changeurs du temple. Il ressembla fugitivement à Charlie Chaplin. Puis il reprit :

« En refusant d'entrer dans le détail des controverses, Emmanuel ne s'est pas enferré et je ne suis pas sûr que mon défunt collègue s'en serait aussi bien tiré. Weiss n'était pas mauvais théologien au départ mais sa fonction lui avait gâté le jugement. »

Théo hocha la tête :

« J'ai de la peine à situer le débat. Au collège, mon professeur de mathématiques comparait certains exposés confus de mes camarades peu doués à des tableaux de Rembrandt, c'est-à-dire du clair-obscur où l'obscurité domine. Je sais comment dater une collection d'arbres en raccordant les séquences de leurs cernes, je compte les atomes de carbone 14 un par un, je puis repérer dans la roche une cavité de trois mètres cubes par le traitement numérique d'une masse de données géophysiques. Mais je ne sais toujours pas ce que l'Église, dont je fais partie, pense vraiment de l'article central de la foi, le Christ ressuscité.

— Je vais vous expliquer. »

Le cardinal se rencogna dans son fauteuil et il commença un cours privé de théologie à usage d'un Prix Nobel de physique.

« La confusion naît du mélange de deux genres littéraires, de deux représentations de la même personne : d'une part, Jésus de Nazareth, un Galiléen du premier siècle, qui a vraiment vécu, qui a prêché le Royaume de Dieu et qui été mis à mort par les Romains, sans doute en 30 à Jérusalem ; d'autre part, le Christ vivant dans la foi des premières Églises chrétiennes telle qu'elle s'exprime dans le Nouveau Testament. D'une part le Jésus de l'histoire, d'autre part le Christ de la foi. Nous ne savons presque rien du premier parce que les textes ne nous parlent que du second. Dès lors, la tentation la plus pressante consiste à évacuer complètement un des deux personnages. Ainsi, la théologie protestante libérale constate que le Jésus de l'histoire est inaccessible faute de documents fiables et elle en vient parfois jusqu'à nier son existence : pour elle, il n'existe qu'un mythe du Christ, élaboré par les milieux hellénistiques à partir d'une tradition juive apocalyptique. En d'autres termes, une religion orientale comme beaucoup d'autres, invention des hommes plus ou moins inspirés par Dieu. En sens inverse, l'intégrisme prend les évangiles pour des récits historiques et il confond le Christ de la foi avec un personnage historique : dans cette exégèse au degré zéro, ce qui est écrit constituerait un compte rendu fidèle de la réalité telle qu'elle s'est déroulée. Malheureusement ce point de vue intégriste est celui que la prédication ordinaire des paroisses présente aux fidèles catholiques. Dans l'homélie qui suit une lecture de l'évangile, le curé disserte le plus souvent du texte comme si c'était un article du journal.

— Je vois bien ce que vous voulez dire, mais donnez-moi un exemple pour être précis, demanda Théo.

— Prenez le récit de l'enfance de Jésus selon Luc. Je choisis cet exemple parce qu'il n'interfère pas avec le dogme et qu'on peut en discuter sereinement. L'évangéliste commence par nous assurer qu'il s'est soigneusement informé. Comme son texte dénote la plume d'un homme cultivé, le lecteur d'aujourd'hui est mis en confiance. Or, Luc commence par le récit de l'apparition de l'ange Gabriel qui annonce à Marie la naissance de Jésus par parthénogenèse. Deux pages plus loin, Luc énonce une généalogie de Jésus qui en fait le fils de Joseph et donc un descendant de David. Pour un esprit contemporain, c'est pour le moins contradictoire. Ensuite, Luc précise que Jésus est né à Bethléem, ville de David, parce que Joseph devait s'y rendre pour un recensement qui eut lieu sous Auguste, à une époque où Hérode était roi de Judée et Quirinius gouverneur de Syrie. Toutes ces précisions sont contradictoires. Il y eut un recensement à but fiscal en l'an 6 de notre ère, Hérode est mort dix ans plus tôt et Quirinius n'a jamais été gouverneur de Syrie pendant cette époque. Il n'y a aucune raison de supposer que le recensement impliquait un déplacement dans la ville d'origine de la famille. En revanche, un texte du prophète Michée peut recevoir une interprétation selon laquelle le Messie naîtra à Bethléem : Luc ne s'intéresse pas au lieu historique de la naissance de Jésus mais à la signification prophétique de celle-ci.

— Vous ne me surprenez pas, dit Théo. Je me suis souvent senti mal à l'aise devant ces textes mais je n'avais jamais fait l'effort de les analyser. Ou plus exactement je redoutais d'exercer mon esprit critique ordinaire sur de belles images qui ont enchanté mon enfance. »

Le cardinal, implacable, reprit :

« Pour l'évangéliste Jean, Jésus est né à Nazareth. Un

apôtre doute du reste qu'il puisse sortir qui que ce soit de bon de ce village : ici, le propos de l'évangéliste consiste à montrer que Jésus rompt avec les préjugés d'Israël. Les deux évangélistes, Luc et Jean, ont des visées différentes et ils infléchissent un événement dans le sens de leurs démonstrations particulières. Nous ne saurons jamais où Jésus est vraiment né, bien que Nazareth soit le lieu le plus probable. Je pourrais continuer ainsi toute la nuit. Luc écrit l'histoire de Jésus au sens où Tite-Live rédige l'histoire de Rome : le premier vise l'édification des communautés chrétiennes, le second l'éducation patriotique des citoyens romains. L'exactitude des faits est secondaire dans le dessein des écrivains de l'époque. Luc ne dispose du reste pas d'une bibliothèque universitaire pour y vérifier les dates ou les noms. Il relaie par l'écrit des traditions orales. »

Il se tut un instant puis il reprit :

« Les évangiles sont des œuvres littéraires mettant en scène des personnages historiques. Vous le comprenez très bien pour un roman dit historique, précisément dans la mesure où il ne l'est pas. Il ne viendrait plus à l'idée de personne d'écrire une biographie du cardinal de Richelieu à partir des romans d'Alexandre Dumas. Mais pour un catholique habitué aux homélies dominicales, il faut un effort singulier pour imaginer une relation du même type entre le Christ dont lui parlent les évangiles et l'homme Jésus qui a réellement vécu.

— Et dont on ne pourra jamais rien dire de précis, si je vous comprends bien, compléta Théo.

— Oui et non. Jésus a réellement vécu. Sa vie est tout de même à l'origine de la religion qui a suscité les évangiles. Il a pourtant prononcé certaines paroles surprenantes. Le rouleau de parchemin que vous avez découvert constitue donc un document capital parce qu'il précède tous les évangiles et qu'il permettra d'opérer un tri dans les paroles attribuées par les évangélistes à Jésus, entre ce qu'il a sans doute dit et ce qui a été rajouté, deux générations plus tard, à des fins pieuses. À travers les quatre évangiles, la figure du Jésus historique reste la même, malgré l'imprécision des auteurs et leurs contradictions. Un peu au sens où l'on devine une personne en pénétrant dans une pièce qu'elle vient de quitter, des coussins froissés, un verre à moitié vide, une odeur, un parfum, une chaleur qui n'ont pas tout à fait disparu. Vous apportez une foule d'indices de ce type. Le Jésus de l'histoire commencera à exister au-dedans du Christ de la foi. C'est bien toute la difficulté pour une Église organisée : prêcher Jésus-Christ, Dieu et homme. Dieu se situe tellement loin que les théologiens peuvent l'affubler de tous leurs fantasmes, sans risquer d'être démentis. Mais Dieu fait homme, Dieu qui a vraiment parlé, l'homme Jésus, qui a remis les puissants et les dévots à leur place, voilà qui fera toujours problème à une institution. Elle véhicule un message qui la nie elle-même dans son organisation et, cependant, il faut qu'elle s'organise pour porter le message.

— Je n'aime pas être une occasion de scandale, interrompit Théo. Mais parfois il devient indispensable. Dites-moi exactement où il se situe.

— Vous portez sur la place publique un malentendu, qui avait été discrètement réglé entre spécialistes après que le magistère romain s'était mis le doigt dans l'œil jusqu'au coude. Le malentendu remonte au dix-septième siècle déjà où un certain Richard Simon, bien oublié, s'était mis en tête d'entreprendre une lecture critique de la Bible. Il s'était heurté aux certitudes massives de Bossuet, ignorant tout de l'hébreu certes, mais rien des détours de Versailles. À la fin du XIXe siècle, Alfred Loisy reprend cette tâche et est mis à l'index par Pie X. Aujourd'hui tout le monde, à commencer par le pape, tombe d'accord que l'approche sérieuse de Simon et de

Loisy valait mieux que l'ignorantisme pieux de Bossuet ou de Pie X. Mais on s'est bien gardé de le clamer sur les toits, c'est-à-dire de réhabiliter Loisy. On aurait volontiers attendu encore deux siècles, comme pour Galilée. Enferré dans le mythe de l'infaillibilité, le Vatican a tendance à reconnaître ses erreurs en prenant tout son temps pour atténuer la signification de cette faillibilité démontrée. Votre rouleau de parchemin et votre rouleau de papyrus tranchent instantanément des débats qui durent depuis trois siècles et où le magistère romain cédait lentement du terrain, à contrecœur, en voilant les révolutions théologiques s'opérant dans l'ombre. Vous les portez en plein jour.

— Aurais-je commis une erreur ?

— *Felix culpa*, M. le professeur. Toute découverte est une contradiction surmontée, vous devriez le savoir. Vous cherchiez à authentifier le Christ miraculeux, vous découvrez le Jésus de l'histoire qui n'a que trop été ignoré. Mieux encore, vous ferez prendre la science au sérieux par les théologiens. Et alors, le monde, celui des athées dont je me suis occupé pendant dix ans sans aucun succès, prendra les théologiens au sérieux. Il n'y aura plus une vérité pour les spécialistes et une vérité pour les ignorants. Connaissez-vous la définition de la vérité que donnait Ignace de Loyola ?

— Non, dit Théo, mais je puis l'imaginer.

— Je cite de mémoire : "Pour parvenir à la vérité en toutes choses, nous devrions être toujours prêts à croire qu'est noir ce qui nous paraît blanc si l'Église hiérarchique le définit ainsi." Pouvez-vous imaginer un seul instant Jésus prononçant cette parole ?

— Non, admit Théo, c'est rigoureusement impossible.

— Cela signifie que vous avez une image de Jésus parfaitement nette, même si elle a été acquise à la lecture de textes qui ne sont pas historiques. À rebours de Loyola, Jésus a dit : “Si un aveugle guide un autre aveugle, tous deux tomberont dans un trou.” Et encore : “Je suis venu dans le monde pour rendre témoignage à la vérité.” Celui qui relativise la vérité, c’est Pilate lorsqu’il dit : “Qu’est-ce que la vérité ?” Car la vérité est encombrante, elle humilie les puissants, elle éclaire les opprimés. Pas de pouvoir dans la transparence. Ignace de Loyola, élevé dans le respect de la discipline militaire, sacrifie bien volontiers la vérité au nom de l’efficacité. J’éprouve de la peine à dire cela, car il a été un grand saint dans une période difficile. Mais il a été aussi influencé par cette époque. Après vos découvertes, l’Église se tiendra un peu plus proche de la vérité. »

Le cardinal se tut un instant en fixant les flammes qui se mouraient dans la cheminée :

« Je ne savais pas que je vivrais assez longtemps pour que la vérité se révèle avec un tel éclat et par de tels détours. »

XIII

La nuit sauve les âmes trop émues par le cauchemar des jours en les abandonnant enfin à leurs seuls mouvements. Tous les trois plongèrent dans un sommeil profond.

Sans même s'en rendre compte, Colombe fut protégée de ses propres faiblesses et d'un retour de Paolo, grâce à l'intervention inflexible du concierge de l'hôtel *Raphaël*, acquis à la vertu de sa cliente par un pourboire somptueux, que Théo avait laissé le dimanche afin que personne ne dérange plus sa sœur. Colombe ne remarqua rien, sinon que, d'un jour à l'autre, le concierge l'avait promue du rang de *Dottoressa* à celui de *Professoressa*. Vers dix heures du soir, Paolo opéra une tentative pour gagner la chambre de Colombe : deux vigiles musclés l'expulsèrent en lui tordant un bras et en déchirant son dernier pantalon présentable. Comme il avait épuisé son crédit auprès de tous les faux amis dont il avait été le parasite, il passa la nuit dehors, sur un banc, la tête enfouie dans un bras replié, se réveillant chaque fois qu'il s'assoupissait au point de tomber.

Emmanuel risquait de retourner rapidement dans son diocèse d'origine, sans doute en tant qu'aumônier d'une maison de retraite, et il décida de jouir sans remords du luxe de l'appartement, au quatrième étage du palais du Saint-Office, qui lui était dévolu et dans lequel il était pratiquement enfermé. Avant lui, ce lieu avait constitué la résidence des cardinaux préfets Cicognani, Valeri et Parente, puis de Charles Moeller, qui avait occupé avant Emmanuel le poste de sous-secrétaire de la Congrégation pour la doctrine de la foi. Bientôt, Emmanuel sombra dans une torpeur bienheureuse par le simple effet d'une conscience en repos.

Théo avait enfin réussi à rétablir son emploi du temps traditionnel. La méditation, planifiée chaque soir entre dix heures et dix heures dix, fit cependant place à une confession au cardinal Chotard, conclue par une absolution radicale : « La seule chose que vous ne puissiez pas inventer, ce sont de nouveaux péchés. On a tout essayé avant vous. Si vous ne parvenez pas à classer vos fautes dans le catalogue traditionnel, renoncez à vous en repentir. » Ces paroles agirent à l'égal d'un lubrifiant sur les rouages grippés du cerveau de Théo.

Alertés par des messages de Théo, trois laboratoires travaillèrent sans discontinuer. Normalement, ces laboratoires ne fonctionnaient pas de nuit, surtout celle du 2 au 3 janvier, mais le prestige de Théo était tel que ses raisons convainquirent les responsables. D'urgence, il voulait couper court à toutes les interprétations saugrenues de ses découvertes. À Manchester, le rouleau de bronze fut méthodiquement scié de façon à pouvoir lire le texte inscrit sur sa face intérieure sans essayer de le dérouler, ce qu'il n'aurait pas supporté par suite de son état d'oxydation. À Lausanne, le laboratoire de traitement des images de l'École polytechnique s'efforça de corréler par ordinateur plusieurs photos de l'inscription découverte sur la tablette, éclairée selon divers angles, pour déchiffrer le mot effacé dont l'initiale était un *J*. À Bruxelles, l'empreinte génétique de quelques cheveux récupérés près du squelette fut patiemment décodée en vue d'une comparaison avec celle du sang trouvé sur le linceul de Turin.

La lumière brûla aussi très tard dans une salle de réunion donnant sur la cour Saint-Damase du Vatican, à proximité des bureaux de la secrétairerie d'État et de l'appartement du pape. L'assemblée, comportant une demi-douzaine de prélats, écouta en silence le rapport de José Fernandez de Moratin, avant de le congédier comme un larbin douteux. Personne ne sut jamais ce qui s'était dit ou décidé durant cette réunion. Emmanuel lui-même découvrit, deux ans plus tard seulement, l'identité des participants à la réunion dont il ne subsistait aucun compte rendu. On y avait manifestement débattu de son sort sans qu'aucune décision immédiate soit prise. Qui l'avait soutenu, qui l'avait attaqué, que lui avait-on reproché exactement ? Il ne le sut jamais.

Le lendemain, lorsqu'il descendit de son appartement à sept heures moins vingt pour assurer, comme tous les mardis, la messe à Saint-Louis-des-Français, il se heurta à un policier de faction à la porte du palais qui le dissuada de sortir avec une déférence musclée. Sans quitter le palais du Saint-Office, Emmanuel se rendit donc à son bureau et il attendit dans une sérénité parfaite que son secrétaire lui apporte le dossier de presse. A huit heures, il disposait des premiers journaux italiens du matin dont les titres s'échelonnaient depuis un venimeux « Jésus-Christ n'est pas ressuscité » jusqu'à un factuel « Atmosphère de crise au Vatican ».

Au même instant, Théo essaya de téléphoner à Manchester sans succès. La ligne de son appartement ne permettait plus les appels vers l'extérieur. Il alerta le portier qui confirma une panne de téléphone affectant tout le palazzo San Callisto. Théo rejoignit son appartement sans mot dire, les lèvres serrées d'irritation, et il extirpa de sa valise un téléphone mobile avec lequel il réussit à entrer en contact par satellite avec le laboratoire de Manchester. Malgré ses échecs spectaculaires, la technique contemporaine permettait au moins de contourner les tentatives de censure.

Avec un flegme absolu, son interlocuteur lui apprit une nouvelle surprenante : le rouleau de bronze de Jérusalem constituait la copie conforme du rouleau de bronze découvert en 1952 dans la grotte numéro 3 de Qumran. Il n'avait même pas été besoin de convoquer un expert en langues orientales. Les photos de la face intérieure coïncidaient avec celles du rouleau de Qumran prises en 1988 par les frères Zuckerman à Amman. Le texte commençait donc par la même phrase poétique « Dans les ruines de la vallée d'Achor, près de Jéricho... » pour se poursuivre prosaïquement par l'énumération des soixante-quatre caches dans lesquelles se trouvait dissimulé le trésor du Temple, peu de temps sans doute avant l'insurrection de 70. Selon toute probabilité, il s'agissait du trésor de guerre accumulé dans la clandestinité par les groupes de résistants palestiniens, avant le soulèvement contre les Romains. Sans doute pour éviter sa perte, ce document récapitulatif existait-il en plusieurs exemplaires, dont un spécimen avait été placé dans la tombe découverte à Jérusalem.

En utilisant son téléphone mobile, Théo téléphona tout de suite à Emmanuel qui ne fit aucun commentaire, peut-être parce qu'il avait la certitude d'être l'objet d'une écoute. Mais la nouvelle lui parut suffisamment importante pour envisager une seconde conférence de presse, dès le lendemain matin, surtout si les autres mesures produisaient des résultats aussi significatifs. Il déclencha la procédure de convocation des journalistes et, à sa grande surprise, Fernandez la mit en œuvre sans discuter. Emmanuel, prenant confiance, commença à vaguer dans les corridors du palais du Saint-Office. Tout le monde le salua avec un mélange de crainte et de curiosité. Il s'efforça de discerner entre ceux qui l'approuvaient et ceux qui guettaient sa chute, mais deux inquisiteurs souriants se ressemblent même si leurs motivations diffèrent du tout au tout. Ils ont appris à feindre, en toutes circonstances et sans aucune intention, un sourire de fonction.

En rentrant dans son bureau, Emmanuel découvrit que son téléphone ne lui permettait plus d'appeler un numéro extérieur au Vatican. Il ne parvenait pas à contacter ni Théo, ni Colombe et apparemment ceux-ci n'arrivaient plus à l'appeler. L'un après l'autre les centraux téléphoniques des bâtiments du Vatican furent mis hors d'état de nuire, en interdisant toute communication entre les employés et la presse. Le fax continua par contre à fonctionner et, toute la matinée, les nonciatures et les évêchés bombardèrent Rome d'extraits de presse qui convergeaient vers les bureaux du cardinal Weiss et ensuite, par défaut, vers celui d'Emmanuel. À midi, il disposait de l'essentiel de la presse européenne du matin, y compris une épreuve du *Monde* avant même que ce journal atteigne les kiosques. L'éditorial, la célèbre colonne en gras de la première page, s'intitulait sobrement « La fin d'un mythe bimillénaire ? » Le point d'interrogation valait son pesant d'honnêteté intellectuelle mais les journaux du soir seraient sans doute moins scrupuleux.

Au moment où Emmanuel entamait sa lecture de la presse, Colombe émergea enfin de la plus longue nuit dont elle ait joui depuis des années, parfaitement reposée, les muscles détendus et l'esprit d'emblée lucide. Elle essaya d'appeler l'un après l'autre ses deux frères sans y parvenir. Elle bondit hors du lit, se doucha, se harnacha et sauta dans le premier taxi pour gagner le palais du Saint-Office. Les policiers, au nombre de trois maintenant, qui assuraient la garde de la porte d'entrée l'éconduisirent avec une exquise courtoisie. Elle eut beau agiter le passeport suisse attestant sa parenté avec Emmanuel, rien n'y fit. De plus en plus inquiète, elle héla un autre taxi pour se faire conduire au palazzo San Callisto où elle s'annonça aux policiers de garde comme une parente du cardinal Chotard. Escortée par un des cerbères, elle atteignit enfin la porte du cardinal, qu'elle embrassa sur les deux joues en lui donnant du « Mon oncle » à n'en plus finir. Le cerbère réintégra sa niche, l'œil indifférent.

Le cardinal s'amusa comme un gamin de ce complot et il alla quérir Théo, toujours accroché à son téléphone mobile. Il écoutait une communication provenant de Bruxelles et les nouvelles lui causaient des surprises en cascade. Dans son excitation, il interrompit sa conversation et interpella le cardinal :

« Que diriez-vous au sujet d'une analyse selon laquelle l'homme enseveli dans le linceul et celui enterré dans la tombe ne sont pas le même individu mais qu'ils ont un lien de parenté très fort, de frère à frère par exemple ? »

Le visage rose du cardinal se mua en point d'interrogation comique :

« Que vous avez authentifié le linceul comme provenant du premier siècle mais que nous ne savons toujours pas qui est qui. »

Quand Théo eut terminé sa communication, il mit au courant Colombe et le cardinal des trouvailles de Manchester. Le cardinal intervint :

« Si le rouleau de bronze est identique à celui de Qumran, cela renforce une thèse récente qui connaît un certain succès parmi les spécialistes et selon laquelle les premiers chrétiens coopéraient avec la résistance clandestine des Juifs à l'occupant romain. Toute l'ambiguïté du procès de Jésus s'inscrit entre une chicane religieuse de Jésus avec le clergé juif et une procédure romaine visant à rétablir l'ordre troublé par ce Galiléen. Le procurateur romain n'avait que faire d'une dispute religieuse dont il ne parvenait même pas à comprendre la nature. Mais il a bien fallu que Ponce Pilate ait quelques éléments de preuve d'un prétendu complot politique pour condamner Jésus, sinon sur base de ses actions, du moins sur ses contacts avec des milieux de la résistance armée. Les Romains n'avaient pas la main légère, mais ils étaient légalistes et formalistes : ils ne condamnaient pas sous n'importe quel prétexte.

— C'est curieux que les évangiles n'aient conservé aucune trace de ces contacts », remarqua Théo.

Le cardinal hocha la tête et reprit :

« Comme indices de l'engagement des chrétiens dans la résistance, on peut citer certains passages de Marc, tout à fait étranges, que l'on retrouve d'ailleurs, mot pour mot, dans le rouleau de papyrus que vous avez découvert. Cela confirme que le texte de Marc, aux chapitres 14 et 15, constitue un récit très ancien, rédigé probablement sur-le-champ, des événements de la Passion.

— Et qu'y a-t-il d'étrange dans la Passion selon Marc ? demanda Colombe.

— L'arrivée de Jésus à Jérusalem avec ses apôtres se déroule dans une atmosphère de conspiration, expliqua le cardinal. Le Christ envoie deux de ses disciples à la rencontre d'un homme "portant une cruche", qui les mène à la salle dite du Cénacle où le repas de Pâques était prêt. Signe discret, invisible pour les soldats de l'armée d'occupation, évident pour des Juifs : un homme portant une cruche d'eau, alors que c'était le travail des femmes. Il existait un arrangement entre le propriétaire de cette maison et Jésus, un contact dont les apôtres n'étaient pas au courant, une salle préparée pour une réunion clandestine. Autre élément tout aussi curieux : après l'arrestation de Jésus au Jardin des Oliviers, les apôtres s'enfuient, comme on le sait, mais un jeune homme, enveloppé dans un drap, suit le cortège. Les gardes l'arrêtent et il s'échappe, tout nu, en laissant le drap dans leurs mains. Voilà deux détails qui n'ont apparemment rien à faire dans le récit de la Passion, remarquablement concis par ailleurs. Ces deux épisodes ne sont susceptibles d'aucune interprétation symbolique ; ils n'évoquent aucune prophétie de l'Ancien Testament. Ils sont là sans autre dessein que de rapporter les événements tels qu'ils se sont passés même s'ils sont incompréhensibles pour le rédacteur. Ici, on est sans doute tout près du Jésus de l'histoire.

— Et que venait faire ce bel éphèbe ? demanda Colombe.

— C'est vous qui entendez qu'il était beau, parce que vous êtes femme, remarqua le cardinal. Le texte n'en dit rien. Qu'il ait été beau ou laid, on se perd en conjectures sur sa présence. Est-ce que ce jeune homme, réveillé en sursaut, sans avoir le temps de s'habiller, venait avertir Jésus de la menace de son arrestation ? Était-ce un garde posté par la résistance ? Venait-il se faire baptiser ? On ne le saura jamais, mais on ne risque guère de se tromper en disant que le porteur de cruche et le jeune homme nu appartiennent à l'histoire. Ils représentent un aspect mystérieux de la vie du Jésus historique, inconnu et incompréhensible pour ses apôtres. Même si Jésus n'a pas voulu prendre la tête d'une rébellion armée contre les Romains, pourquoi exclure qu'il ait témoigné une certaine sympathie pour le mouvement clandestin qui la préparait ? Cela coïncide assez bien avec son caractère, qui le poussait à s'opposer aux puissants. Pourquoi se serait-il satisfait ou désintéressé de l'état de servitude de son peuple ? Si des théologiens latino-américains élaborent aujourd'hui une théologie de la libération, c'est bien parce qu'ils en ont trouvé les éléments dans ce que les évangiles nous rapportent, vaille que vaille, du Jésus historique.

— Donc, conclut Théo, j'aurais découvert une tombe chrétienne, datant d'avant la révolte de 70 et contenant des documents de chrétiens résistants. Cela ne coïncide pas très bien avec ce que l'on sait de l'Église primitive dont les fidèles ont accepté le martyre sans résister. Rien, ni dans les évangiles, ni dans les Actes, ne parle de résistance des chrétiens aux Romains. »

Le cardinal hocha la tête comme s'il était déçu par un étudiant peu doué :

« Mon cher professeur, de quand datent tous ces textes dans leurs versions définitives telles qu'elles sont incluses dans le canon des Écritures ?

— Ils ont été rédigés entre 70 et 90, répondit Théo.

— Ils sont donc postérieurs à l'écrasement de la rébellion juive par les troupes romaines. À partir de ce moment-là, les Juifs furent persécutés à travers tout l'Empire. L'attitude normale des chrétiens consistait à se démarquer de ces cousins compromettants avec lesquels les Romains n'étaient que trop tentés de les confondre. Bien que les Romains aient crucifié Jésus, les textes du Nouveau Testament en imputent la faute aux Juifs. Comme si Jésus, les apôtres et même la plupart des rédacteurs de ces textes n'étaient pas juifs. L'antisémitisme historique des chrétiens possède des racines très profondes, apparentes dans certains textes du Nouveau Testament : la communauté chrétienne naissante tenait à se débarrasser du stigmate de son origine hébraïque. S'il y a eu des résistants chrétiens juifs, on ne doit pas s'attendre à ce que les textes en parlent beaucoup. »

Ils étaient tous les trois dans la salle à manger du cardinal Chotard. De temps en temps, une religieuse entrebâillait la porte de la cuisine pour guetter l'instant où elle pourrait dresser la table. Puis elle retournait auprès de sa consœur et elle se perdait en conjectures sur le nombre des convives du repas qu'elles devraient servir. Colombe finit par remarquer le manège et elle alla s'entretenir de la suite des opérations avec les deux autres femmes à la cuisine. Théo et le cardinal se réfugièrent au bureau.

« Je m'attendais à tout sauf aux résultats de l'analyse des empreintes génétiques, confessa Théo. J'avais plutôt envisagé deux cas extrêmes. Soit les empreintes sont identiques et l'on se trouve devant la double difficulté d'un linceul authentifié et d'un squelette certifié conforme, l'un et l'autre devenant des reliques incontestables de Jésus, à la fois probantes et contradictoires : si le corps de Jésus s'est dématérialisé dans le linceul, comment pourrait-on en retrouver le squelette ? Soit les empreintes n'ont rien de commun et une seule des deux reliques peut éventuellement être authentique, sans que l'on sache du reste laquelle. La réalité se situe maintenant à mi-chemin de ces deux hypothèses et je ne lui trouve aucune explication. »

Le cardinal hocha la tête :

« Et cependant, il y en a une que je commence à apercevoir. Vous êtes passé à côté d'une évidence, tellement manifeste qu'elle vous a aveuglé. Avant que vous appreniez les résultats de la troisième mesure, je puis inscrire, ici, sur mon agenda le nom que l'on est en train de déchiffrer à Lausanne. Quand vous le connaîtrez, l'emplacement de la tombe du Seigneur deviendra évident. »

Théo se rapprocha de la fenêtre pour obtenir un angle

de visée raisonnable du satellite. Presque immédiatement, son téléphone mobile sonna. La communication provenait de Lausanne et le visage de Théo exprima à nouveau des sentiments mélangés. Quand il déclencha l'appareil, il observa un silence malicieux, comme s'il voulait prolonger le suspense, et il s'amusa à poser la question :

« Avez-vous deviné le nom du crucifié de la tombe ? »

Le cardinal ouvrit son agenda et proposa son hypothèse à Théo, qui lut : « Jacques, fils de Joseph ». Il confirma par un hochement de tête et il ne résista pas à la tentation de poser la question :

« Qui est ce Jacques fils de Joseph et pourquoi se trouve-t-il dans cette tombe ?

— Ce Jacques a été le premier évêque de Jérusalem, de la mort de Jésus à la chute de Jérusalem, soit pendant quarante années, répondit le cardinal. Il mourut vers cette époque, martyr, sans qu'aucune tradition ait rapporté sa crucifixion qui semble maintenant attestée. Elle prouverait qu'il fut victime de l'armée romaine qui a crucifié bon nombre de Juifs en 66, à titre préventif. On peut conjecturer toutes sortes de développements à partir de votre découverte. En tout cas, la tombe de l'évêque martyr, contenant le rouleau de bronze, semble avoir servi de sanctuaire à la résistance armée du peuple juif, y compris les chrétiens, contre l'armée romaine.

— Pourquoi cet apôtre est-il appelé "fils de Joseph" ? demanda Théo. Les deux apôtres appelés Jacques sont respectivement fils de Zébédée et fils d'Alphée. »

Le cardinal poussa un soupir exagéré :

« Quel plaisir de vous enseigner enfin quelque chose que vous ne connaissez pas et que vous devriez connaître ! Le Jacques en question n'était pas un des deux apôtres qui portaient le même prénom. Matthieu et Marc le citent avec José, Judas et Simon, comme étant un des frères de Jésus. Mais Jésus ne l'a jamais choisi parmi les Douze. En revanche, la première épître aux Corinthiens le mentionne parce que le Seigneur ressuscité lui est apparu en dehors de tous les apôtres. Seul Pierre et Paul ont eu le même privilège. Soit dit en passant, cela signifie que Jésus n'a jamais eu l'intention de restreindre aux Douze et à leurs successeurs la direction d'une Église qu'il n'avait sans doute pas davantage l'intention de créer. Jacques est devenu le chef de l'Église de Jérusalem et est intervenu lors du premier concile de Jérusalem pour que la loi judaïque ne soit pas appliquée aux païens. Il occupait donc une place spéciale dans l'Église primitive : pour le distinguer des deux apôtres, on l'appelait Jacques le Juste. Mais il n'était pas un apôtre. Il intervenait plutôt comme un représentant de la famille de Jésus. Je n'ai pas besoin de vous rappeler ce que la famille représente en Orient. L'héritage spirituel de Jésus fut ainsi transmis à deux groupes : d'une part ses disciples et d'autre part sa famille. Au tout début des Actes, Luc représente au Cénacle les apôtres et la famille de Jésus unis en prière. Les rapports de Jésus avec cette famille n'ont sans doute pas été toujours faciles ; aucune famille au monde n'accepte de gaieté de cœur qu'un fils se fasse prédicateur errant, qu'il provoque par ses paroles les riches et les puissants et, surtout, qu'il soit exécuté par l'armée d'occupation. Cependant, Jacques le Juste a pris le parti de son frère...

— Comment entendez-vous le terme de frère ? demanda Théo.

— Votre découverte permet de trancher entre plusieurs interprétations. La plus traditionnelle, remontant à Jérôme, consiste à traduire “frère” par “cousin”. Jacques le Juste serait alors le fils de “l'autre Marie”, une sœur de Marie, il serait cousin de Jésus. Or, le rouleau de parchemin que vous avez découvert confirme en araméen qu'il s'agit bien d'un fils de Joseph. Sur ce point, la cause est donc entendue et l'interprétation de Jérôme doit être abandonnée. Mais "frère" peut être entendu de deux façons. Dans l'Église de l'Antiquité, deux hypothèses ont été avancées. Selon la tradition d'Épiphane, Jacques et les trois autres frères de Jésus sont des fils de Joseph, issus d'un mariage précédent. Selon la tradition d'Helvédius, ce sont des enfants de Joseph et de Marie, nés après Jésus. Rien dans les écrits canoniques ne permet de trancher en faveur d'une tradition plutôt que l'autre. La première respecte la croyance en la virginité perpétuelle de Marie, la seconde, non. Dans l'Antiquité, l'Église acceptait les deux hypothèses.

— Attendez un instant ! interrompit Théo. Si la mesure des empreintes génétiques indique que l'Homme du linceul et Jacques le Juste sont frères, les deux traditions demeurent acceptables mais avec des conclusions différentes. Si Jacques n'est pas fils de Marie, il faut que Jésus soit fils de Joseph, pour que les deux hommes aient au moins un parent en commun. Si Jésus n'est pas fils de Joseph, il faut que Jacques soit fils de Marie. Enfin, ils peuvent être aussi frères nés de deux parents identiques. En dehors de ces trois cas de figure, les deux hommes ne sont pas parents biologiques.

— Intéressant, admit le cardinal. Cependant, dans les trois cas, la croyance en la virginité perpétuelle de Marie ne peut être maintenue. Peut-on trancher entre les deux hypothèses où Jacques est le demi-frère et celle où il est frère de Jésus ?

— Tout à fait ! répliqua Théo surexcité. Deux demi-frères ont en commun le quart du patrimoine génétique, deux frères la moitié. Il suffit d'effectuer des mesures plus fines. Je vais appeler Bruxelles ! »

Le cardinal saisit les deux mains de Théo dans les siennes :

« Pourrais-je vous demander de n'en rien faire ? Ne croyez-vous pas que vous avez restreint suffisamment le cercle des hypothèses ? Laissez une place au doute, à l'interrogation et au rêve ! En un mot, ne croyez-vous pas que vous en avez fait assez ? Je vous ai répondu loyalement jusqu'ici, j'ai partagé votre réflexion, j'ai soutenu vos hypothèses. J'ai le sentiment qu'il ne faut pas aller plus loin. »

Avant que Théo ait eu le temps de répondre, la tête de Colombe pointa dans l'entrebâillement de la porte :

« Il est une heure passée. J'ai arrangé un petit repas pour nous trois avec les religieuses. Si on passait à table...

— Le squelette du tombeau est celui de Jacques, le frère de Jésus, interrompit Théo toujours aussi excité.

— Tu m'en diras tant ! Tout ça est très intéressant, mon cher frère, mais il est temps de te laver les mains et de passer à table. Tu auras tout le temps de me raconter cela. Avec les sœurs, j'ai préparé un *minestrone*, l'emplâtre idéal pour les estomacs vides, fatigués ou surexcités.

— *Pasta e fagioli !* clama le cardinal.

— Vous dites ? s'étonna Théo.

— C'est une citation de mon défunt collègue Cicognani. Lorsque l'on évoquait le mariage des prêtres, ne serait-ce que comme remède à la concupiscence, il répondait invariablement : *Pasta e fagioli !* Un homme nourri uniquement de pâtes et de haricots n'a plus de ressort sexuel.

— Quel slogan publicitaire pour une firme de conserves ! remarqua Théo. Mais peut-être la recette du cardinal Cicognani apaise-t-elle aussi la concupiscence intellectuelle ? »

Colombe intervint :

« Si on t'enlève cela, cher frère, crois-tu qu'il subsistera quoi que ce soit de ta personne ? »

Emmanuel perdit pas mal de temps au début de l'après-midi pour régler les détails des funérailles du cardinal Weiss. Les communications internes au Vatican fonctionnaient mais il était toujours impossible de contacter le monde extérieur, sinon en envoyant un employé téléphoner depuis une cabine publique.

Malgré cette perte de temps, Emmanuel fut soulagé de découvrir que la machine administrative le considérait comme l'intérimaire du défunt préfet de la Congrégation pour la doctrine de la foi, voire comme son successeur potentiel. La décision finale du pape dépendrait sans doute de la suite des événements. Comme les cardinaux ne se bousculaient pas au portillon pour prendre la parole à la conférence de presse du lendemain, Emmanuel réalisa bientôt qu'il devrait poursuivre la tâche impossible que les événements lui imposaient : dire seul la vérité qui dérange.

Ce que la vérité serait le mercredi dépendrait dans une large mesure des résultats qui se trouvaient sans doute déjà entre les mains de Théo. En attendant de pouvoir entrer en communication avec lui, Emmanuel se pencha sur l'épais dossier de presse qui gonflait d'heure en heure. Et bientôt, il eut le cœur glacé.

À travers la lecture de *La Repubblica*, d'*El Pais*, du *Times*, de la *Neue Zürcher Zeitung*, du *Herald Tribune*, du *Figaro*, de *La Libre Belgique*, le même message transparaissait. Un mur s'effondrait. Un mur de même nature que celui de Berlin, qui fut renversé en novembre 1989. Le rempart qui entourait le monde clos de la catholicité présentait depuis longtemps des fissures, des moellons descellés, des infiltrations d'humidité. Mais Emmanuel, comme tout le monde, avait fini par prendre son existence pour assurée. Les symptômes de ruine avaient paru des gages de pérennité, comme s'il s'agissait des stigmates pittoresques d'un long passé, qui garantissaient un avenir encore plus long.

Aujourd'hui, sous les yeux d'Emmanuel, témoin privilégié du paysage médiatique, une lame de fond se précipitait à l'assaut des vieilles pierres du Vatican. Les conflits étouffés, les rancœurs rentrées, les servilités induites, les silences éloquents, tout cela déferlait. Les plus âpres à frapper Pierre étendu sur le sol étaient ceux-là mêmes qu'il avait mis en place pour reprendre en main une Église en voie de libération. Ainsi les étais placés pour retarder l'effondrement d'un mur finissent par disloquer complètement la paroi lorsque celle-ci verse d'un côté.

Emmanuel ne pouvait s'empêcher de faire le rapprochement avec les suites de la chute du Mur de Berlin. Dans l'heure qui suivit, les ministres de l'Allemagne de l'Est se proclamèrent tous les meilleurs démocrates du monde, tout juste inhibés auparavant dans l'expression de leur credo politique par le respect humain. La rapidité de la réaction est essentielle pour celui qui veut se dédouaner. À l'âge des médias, les habiles avaient appris la leçon selon laquelle le temps de réaction se mesurait maintenant en heures.

Les évêques conformistes, les prélats intégristes, les théologiens de cour, les nonces mondains, les écrivains réactionnaires, tous se précipitaient au secours des idées dont ils pressentaient la victoire. À en croire leurs déclarations empressées à des journalistes avides, Pâques n'était qu'un symbole, le Christ un archétype et, parfois même, Dieu une métaphore. Les *apparatchiks* ecclésiastiques se recyclaient rondement comme l'avaient fait dès 1990 leurs homologues, les prélats marxistes. Hommes de fonction et non de conviction, ils suivaient leur pente naturelle en la descendant selon leur pesanteur congénitale. Leur seule ambition demeurait de garder le pouvoir, quels que soient les objectifs de celui-ci.

La lâcheté des hommes ne pouvait surprendre Emmanuel, accoutumé au spectacle quotidien de la flagornerie ecclésiastique. Ce qui lui soulevait le cœur, c'était la découverte de l'imposture de ces fonctionnaires, feignant si longtemps et si bien une foi intransigeante pour mieux en dissimuler l'absence radicale. Ce qui lui glaçait le cœur, c'était la fragilité de sa propre foi soumise à l'épreuve d'une apostasie universelle des bigots bienséants, des dévots démonstratifs et des zélotes zozotants. Pourquoi se plaçait-il à part ? Quelle barrière ténue le séparait-elle des moutons de Panurge ? Le souci de se distinguer ou le mépris des médiocres ?

Il ressassait ces idées amères lorsque la porte de son bureau s'ouvrit sans ménagement et deux ecclésiastiques en grand arroi firent leur entrée dans un déploiement de soutanes écarlates. Emmanuel mit un moment avant de reconnaître, dans le plus menu des deux, le cardinal Chotard. Il lui fallut encore davantage de temps pour identifier dans le second, costaud et magistral, Théo en personne. Malgré son angoisse, il ne put se retenir de rire, ce qui vexa son frère, apparemment à l'aise dans son personnage d'emprunt tout autant que dans son rôle coutumier de physicien-génial-et-cependant-chrétien.

« Cesse de rire ! J'ai des nouvelles intéressantes.

— Enlève ce déguisement, sinon je ne pourrai pas te prendre au sérieux !

— Je croyais, dit Théo, que nous jouions un grand jeu !

— Maintenant, dit tristement Emmanuel, nous sommes dans la cour des grands et je suis même surveillant suppléant. Alors, enlève ta soutane et parle. »

Le cardinal Chotard intervint :

« Il n'y avait pas d'autre moyen de forcer le contrôle policier à l'entrée du Saint-Office que d'emprunter la voiture de service du palazzo San Callisto, avec des plaques de la Cité du Vatican, et d'habiller Théo avec une soutane empruntée au cardinal Steiger, qui a une carcasse aussi grande que celle de votre frère. »

Dépouillé de sa soutane, Théo entreprit de résumer la situation à la lumière des résultats qui lui étaient parvenus :

« Au mieux de nos connaissances et avec la plus grande rigueur critique, on peut raisonnablement admettre que nous avons découvert la tombe de Jacques, le premier évêque de Jérusalem, enseveli avec un exemplaire des Écritures telles qu'elles existaient à la fin des années 60 sur la base d'une rédaction pratiquement contemporaine de Jésus. Jacques est parent biologique, frère ou demi-frère, cela reste à voir, de l'Homme du linceul. Celui-ci est donc authentique et sa datation par le carbone 14 souffre d'une erreur de mesure, qu'il faudra élucider. Si l'échantillon mesuré fait bien partie du linceul, celui-ci a subi une modification importante de sa teneur en carbone 14 et cela conforte ma thèse de l'irradiation. Elle impliquerait un phénomène physique singulier, par exemple la dématérialisation de l'Homme du linceul.

— Je n'ai rien compris, dit Emmanuel. Recommence depuis le début. »

Théo reprit avec patience, démonta et remonta la dialectique des mesures. Il termina par une conclusion inévitable :

« En d'autres termes, nous avons, non pas une démonstration, mais un témoignage de Pâques. Mais il faut aussi que nous acceptions en échange de considérer les évangiles de la naissance de Jésus comme des légendes. Jésus avait un frère et il est ressuscité. C'est donnant, donnant. »

Le cardinal intervint :

« L'alternative de l'Église catholique, apostolique et romaine devient maintenant d'une clarté implacable. Il lui faut renoncer à tout ce qui entoure et dissimule le cœur de la foi, c'est-à-dire l'Incarnation, la Passion et la Résurrection du Seigneur. Il faut renoncer aux légendes dorées prises au pied de la lettre ou racontées dans un certain flou. Nos contemporains sont parfaitement capables de comprendre l'intérêt de certaines images, pourvu qu'elles soient clairement présentées comme des métaphores. Il faut raconter des contes de fées aux enfants, cela est indispensable à leur hygiène mentale, à la constitution des grands archétypes de l'inconscient collectif. Mais il ne faut pas cesser de leur répéter que ce sont des contes ! »

Les trois hommes restèrent un moment silencieux. Puis Théo, toujours pratique, demanda :

« Et maintenant, que va-t-il se passer ?

— Je suis convoqué à huit heures du soir par le pape, qui désire corriger personnellement le communiqué de presse, répondit Emmanuel. Je dois encore en rédiger le brouillon mais j'ai du grain à moudre maintenant. Je puis démentir toute identification du squelette avec le corps de Jésus. En somme, le bilan est positif puisque nous disposons d'une confirmation de l'historicité de Jacques, des manuscrits de l'évangile de Marc battant tous les records d'authenticité et d'ancienneté, un témoignage historique de la crucifixion dans le chef du *titulus*. Plus ennuyeux sont les indices d'une participation de l'Église de Jacques à la résistance armée contre les Romains, plus le démenti infligé à une des traditions les plus vénérables de l'Église, la virginité de Marie. Comme vous le dites, Monseigneur, on peut choisir d'affermir le centre en abandonnant la périphérie. Je ne puis prédire la réaction du pape face à cette alternative. Il a en tout cas horreur de l'ambiguïté, car il sait d'instinct ce qu'elle représente de faiblesse dans la communication. J'ai donc confiance dans sa décision, d'autant qu'il a eu l'occasion en lisant la presse de mesurer la sincérité du parti des dévots. »

Il ajouta ceci, qui n'était pas dans ses habitudes, et qui surprit ses interlocuteurs comme s'ils découvraient soudain la force d'Emmanuel :

« D'ici là, je souhaite rester seul. »

Théo, qui convoquait et congédiait tout le monde à commencer par son frère et sa sœur, n'avait jamais été éconduit de la sorte. Il en demeura bouche bée. Comme il se sentait un peu ridicule de l'avoir ouverte sans raison, il ne la referma pas sans articuler une question destinée à récupérer son ascendant :

« Monseigneur, il me reste le souvenir d'une phrase que vous avez prononcée et que je n'ai pas comprise au sujet de l'emplacement de la tombe du Seigneur, qui deviendrait évident, au moins pour vous. »

Le cardinal Chotard se lança dans un exercice de maïeutique :

« Réfléchissez à l'organisation de la tombe que vous avez découverte.

— C'est une tombe du type à *arcosolium* de dimensions classiques.

— Combien de niches comporte une tombe à *arcosolium ?*

— Jusqu'à huit. Celle que nous avons découverte en comportait deux.

— En utilisant le langage contemporain, c'étaient donc des caveaux de famille, assez coûteux du reste à creuser avec les moyens de l'époque, réservés strictement aux riches, par exemple Joseph d'Arimathie. Pourquoi creuserait-on une tombe pour n'y ensevelir que Jacques ? »

Théo changea de contenance :

« Je suis un sot ! L'autre niche. Celle qui était vide. C'est là que j'aurais dû prélever des échantillons pour datation.

— Jacques le Juste s'est fait ensevelir dans la tombe de son frère, mais en respectant la niche où avait reposé le Seigneur. Il y a seulement placé le *titulus* comme témoignage de ce qui s'est passé. Le tombeau de Jésus était donc bien vide le matin de Pâques comme le rapportent les évangiles et vous l'avez découvert. »

Théo récupéra son sang-froid :

« Il faut que j'appelle Moshe Tov pour qu'il fasse prélever des échantillons dans la niche vide.

— Va, dit Emmanuel. Merci de ce dernier argument, Monseigneur. J'ai tout ce qu'il faut pour convaincre, maintenant. »

Au même instant, Colombe rejoignait l'hôtel *Raphaël* munie d'une liste de messages de la part de Théo à d'innombrables correspondants. Elle pourrait utiliser à loisir son téléphone, le télex ou le fax de la réception. Alors que le Vatican se prenait pour l'ombilic de l'Univers, il n'en était plus qu'une tache aveugle et un trou noir. Le monde continuait à vivre et il fallait l'écouter et lui parler.

Colombe traversait distraitement le largo Febo, lorsqu'elle se sentit tirée par la manche. Elle serra instantanément son sac, craignant une rapine. Ce n'était que Paolo :

« Je n'ai rien mangé depuis hier. Donne-moi de l'argent ! »

Il était sale, mal rasé, le pantalon déchiré, les yeux saillants, les joues caves.

« Mon frère vous a donné beaucoup d'argent dimanche passé. »

Colombe ne tutoyait que ceux qu'elle aimait. Paolo ne s'y trompa guère. Il eut une expression de panique et bafouilla :

« J'ai joué au poker. J'ai tout perdu. »

Colombe entendit à l'oreille la voix qui prescrivit de pardonner soixante-dix-sept fois sept fois, mais elle se méfiait aussi d'elle-même. Elle prit dans son sac un billet de cent mille lires, le donna du bout des doigts à Paolo et elle lui enjoignit :

« Retirez-vous et n'essayez plus de me rencontrer. Nous n'avons plus rien en commun. »

Elle se précipita dans l'hôtel et, dans l'ascenseur où elle était seule, elle parvint à ne pas pleurer.

XIV

Le mercredi 4 janvier, quelques minutes avant midi, Théo atteignit l'apogée de son existence. Il savourait les minutes comme ces bonbons acidulés, qui fondent sur la langue durant la canicule, en créant une sensation momentanée de chaud-froid, mais qui présagent un arrière-goût écœurant. Il dépassait les buts, qu'il s'était fixés, sous les regards avides du gratin de la presse internationale : sa gloire n'avait pas consisté à éviter les échecs mais à transformer ceux-ci en autant de victoires. Quoique cette considération eût dû satisfaire Théo, il sentit que ce succès serait forcément suivi de désillusions.

Cette dégustation douce-amère de son ego avait commencé dès la veille au soir. À neuf heures, depuis son studio du Palazzo San Callisto, Théo comprit qu'Emmanuel venait de réussir son entreprise de persuasion, parce que les communications téléphoniques se rétablirent comme par miracle : il parvint à appeler Moshe Tov et à vérifier que les messages transmis par Colombe dans l'après-midi avaient atteint leur destinataire. Dès le lendemain, Tov prélèverait des échantillons dans la niche vide du tombeau.

Le Vatican se raccordait de nouveau au monde parce

qu'il se disposait maintenant à transmettre une vérité, qui lui convenait à peu près. Théo se remit à travailler sur son intervention du lendemain : quel était l'ordre le plus approprié dans la présentation des résultats ? D'abord les empreintes génétiques, puis l'inscription déchiffrée, enfin le rouleau de bronze. Cela ménagerait une progression dramatique tout à fait propre à retenir l'attention. Comme tous les professeurs chevronnés, Théo tramait minutieusement son cabotinage.

Quelques minutes plus tard, la sonnerie du téléphone le dérangea. C'était une voix à l'accent italien, qui s'annonça comme celle de Mgr Dardozzi, directeur de l'Académie pontificale des sciences. Pour bien marquer la totale approbation du Vatican pour les travaux du professeur de Fully, celui-ci deviendrait, dès le lendemain s'il l'acceptait, membre de cette académie. Théo regretta quasiment que la même journée lui réservât tant de bonheurs : il eût aimé en faire provision pour les jours ordinaires.

Néanmoins, il témoigna au téléphone d'une remarquable réserve, en poussant le flegme jusqu'à demander à son interlocuteur l'énumération des collègues physiciens auquel on l'invitait à se joindre. Mgr Dardozzi connaissait par cœur la liste des Prix Nobel de physique qui avaient déjà accepté de joindre l'Académie : Bohr, Herzberg, Mössbauer, Rubbia, Salam, Siegbahn et Townes. Théo écouta gravement ce palmarès, qu'il connaissait du reste, et il donna humblement son accord.

Une fois le téléphone raccroché, il esquissa un entrechat, non sans avoir au préalable tiré les rideaux, puis il se dirigea vers le frigo en quête d'une boisson forte, pour alimenter la noble flamme qui le brûlait intimement. Il dut se contenter d'une bière et il éprouva la joie rare de célébrer une telle promotion avec un breuvage aussi insignifiant. L'avenir gardait en réserve pour lui des surprises de taille, qui appelleraient des rafraîchissements illustres. Pas un instant, il n'imagina ce qui finit par lui arriver.

Le mercredi matin, profitant de la disparition des policiers de faction, il alla prendre son petit déjeuner dans un bar Motta en mangeant sur le pouce deux croissants englués de sucre et en sirotant un *cappuccino*. Au zinc, les conversations des convives roulaient sur les découvertes de Jérusalem, mais personne ne le reconnut, ce qui lui causa une joie supplémentaire. Il se chauffait au soleil de sa propre modestie, sacrant un génie incontestable. Il revint avec une brassée de journaux, qui continuaient à rapporter les infidélités calculées des prélats conservateurs. En revanche, la stupeur du monde laïque traduisait une sourde inquiétude : allait-elle sombrer, cette Église catholique, massive, monolithique, traditionnelle, mais également rassurante même pour ceux qui n'en faisaient pas partie ? Le mythe fondateur de l'Occident n'était-il qu'une pieuse légende ? La mort de tous et de chacun constituait-elle une fin définitive ? Entre ceux qui croyaient au Ciel et ceux qui n'y croyaient pas, les derniers semblaient les plus déçus, comme s'ils avaient dissimulé, sous leur incroyance affichée, une foi plus profonde que celle des croyants notoires.

À onze heures, Théo, transféré avec les plus grandes précautions par une voiture du Vatican, fit son entrée sous les flashes, dans le bourdonnement des caméras et la rumeur excitée d'un auditoire chauffé à blanc. Emmanuel l'attendait sur l'estrade. Les deux frères se serrèrent la main en souriant. Les photographes insistèrent pour qu'ils gardent la pose pendant plusieurs secondes : en souriant, sérieux, en souriant de nouveau. Colombe s'était postée au premier rang. Un photographe, plus inspiré que les autres, réussit à la prendre en gros plan, en train d'observer ses deux frères, les yeux embués. La photo fit le tour du monde et la famille de Fully devint célèbre.

Emmanuel fut parfait. Le texte, révisé par le pape, s'égarait parfois dans des considérations convenues, mais il demeurait sobre, sans triomphalisme indécent. Le thème du communiqué s'était imposé de lui-même. Après un siècle de critique biblique, tournant en rond autour de l'impossibilité d'écrire une histoire de Jésus qui soit plausible, une moisson de documents ouvrait de nouvelles perspectives.

Les journalistes ne prêtèrent pas attention à une phrase subtile sur les évangiles de l'enfance, qui furent à la fois promus au rang de métaphores sublimes mais dotés aussi d'une vérité historique « aux yeux de la foi ». La virginité perpétuelle de Marie devint un phénomène « qui appartenait à l'ordre du spirituel tout en étant d'une certaine façon une réalité matérielle ». La formule avait été soigneusement pesée pour satisfaire les croyants sans choquer les crédules.

Les journalistes s'intéressèrent plus volontiers aux objets visibles : la tombe décidément vide, le linceul authentifié mystérieusement, le *titulus* taillé dans un pin abattu en 28, la Source des évangiles sur parchemin et papyrus, le rouleau de bronze évoquant le mythe éternel de la résistance palestinienne. Le texte se terminait par une description de la carrière de frère Jacques, dont on annonçait, avec vingt siècles de retard, qu'il occupait la même place éminente que Pierre et Paul. Ses ossements seraient transférés sous la basilique vaticane, en face même de l'*aedicula* contenant les ossements de Pierre, au lieu précis où Pie XII s'était fait présomptueusement ensevelir pour souligner l'excellence de son pontificat.

Théo fut brillant. Il réussit le tour de force de demeurer compréhensible pour un auditoire d'ignorants. Il entendit au premier rang un aparté en italien entre deux journalistes qui estimaient que l'affaire de Fully constituait une sorte de retournement de l'affaire Galilée. « C'est vrai, pensa Théo, en somme j'ai raccommodé un vase brisé depuis trois cent cinquante ans. J'ai mis un terme à un malentendu empoisonné. J'ai démontré que la science est le plus précieux auxiliaire de la religion. J'ai fait coup double. »

Jusqu'à la fin de l'heure, il répondit encore à quelques questions. Puis il se tut tandis que reprenait le ballet des photographes, des preneurs de son et des porteurs de caméras. Les projecteurs le faisaient transpirer. De temps en temps, il échangeait un regard extatique avec Colombe ou Emmanuel. Il avait été convenu qu'ils se rendraient ensuite tous les trois à *La Rosetta*, restaurant qu'ils n'avaient jamais fréquenté jusqu'à présent. Théo, tout en souriant, pensa au repas qui les attendait. Il se demanda ce que cachait *Fusoli al ceppo con sugo di anitra e fiori di zucchine*, la spécialité de cette table illustre. Que signifiaient donc *fusoli* et *anitra* ?

À ce moment, un jeune prêtre monta sur l'estrade. Il s'approcha de Théo comme pour lui parler à l'oreille. En se penchant, il heurta maladroitement l'épaule gauche de Théo, tout en lui confiant à voix basse le message étonnant : « Meurs, Satan ! » Puis il se retira comme il était venu et il se fondit dans la foule. C'est seulement à ce moment que Théo remarqua le manche du couteau de cuisine qui émergeait de sa poitrine, un manche en plastique jaune pâle d'assez mauvais goût. Comme il ne ressentait aucune douleur, il crut un instant qu'il était en train de rêver.

Puis il entendit une sonnerie stridente, pareille à celle qui annonce la reprise du spectacle dans certains théâtres. Il se mit à flotter vers le haut de la salle dont le plafond était assez élevé. Il distinguait nettement Colombe qui était penchée sur son corps et qui comprimait avec un poing la plaie pleine de sang giclant. Quelques policiers en civil contenaient les journalistes, tandis que les photographes cherchaient le meilleur angle de vue. Il ne fallut que quelques instants pour que le corps soit chargé sur une civière. Théo se sentit aspiré par un tourbillon, une sorte de tunnel noir menant à une lumière située très loin, dont il se rapprochait lentement.

Il comprit alors qu'il était en train de mourir et, mû par un automatisme invincible, il commença à réciter l'acte de contrition : « Mon Dieu, je me repens d'avoir offensé votre majesté, non seulement parce que j'ai mérité vos châtiments mais aussi parce que vous êtes infiniment parfait et souverainement aimable. Je prends la ferme résolution d'éviter les occasions de péché et de me corriger. Dans cette contrition, je veux vivre et mourir. » Il songea avec amusement qu'il n'aurait plus d'occasions de pécher. Puis il fixa son attention avec une grande curiosité sur l'infiniment parfait qu'il allait découvrir. Mais il n'y parvint pas.

Colombe sortit de la salle d'opération, les traits tirés, les lèvres pincées, le teint blême. Sans enlever sa blouse stérile, elle se mit à chercher la salle d'attente où elle finit par retrouver Emmanuel, qui avait la tête entre les mains.

« Je crois qu'il est tiré d'affaire. Mais cela n'a pas été sans peine. »

Elle s'affala sur un siège métallique dont la peinture brunâtre s'écaillait méchamment, puis elle s'éventa en utilisant un exemplaire de la revue du Touring Club italien qui vantait les merveilles de Bangkok.

« J'ai cru cent fois qu'il y passerait. Les chirurgiens italiens sont nuls, lents, brouillons, incompétents, affolés. Ce ne sont pas des bons à rien mais des mauvais à tout. J'ai bien eu envie de faire la dernière couture moi-même,

même si j'ai eu le temps de perdre la main en faisant la psy. Aux États-Unis ou en Suisse, la dernière des infirmières ferait mieux que le professeur Machin. Il est vieux, ses mains tremblent, il pue l'alcool et la cigarette.

— Je sais, dit Emmanuel. C'est un peuple de flâneurs, fier d'être ce qu'il est. Il a fait de l'Église ce qu'elle est devenue. Il ne faut pas s'attendre à de la bonne médecine. »

Colombe sortit un instant, puis elle revint avec un verre d'eau et une cigarette allumée qu'elle avait sans doute empruntée dans la salle des infirmières. Elle se mit à fumer avec rage, puis elle écrasa avec une délibération perverse le mégot sur le sol.

« Je suis crevée. La meilleure chose à faire est de me reposer. Je vais demander un lit dans la salle de garde. Toi, tu veilles dans la chambre de Théo. Ils ont placé un policier de faction devant sa porte mais il a une sale tête. La Mafia aurait acheté l'infirmière de garde que cela ne me surprendrait pas. Personne ne doit toucher à la perfusion, ni au pansement. Si on le laisse tranquille, il finira bien par s'en sortir. Viens me réveiller si ça ne va pas ! »

Théo était couché sur le côté droit, en position fœtale, les yeux clos, respirant dans un gargouillis horrible. L'infirmière faillit refuser l'entrée à Emmanuel mais elle se ravisa en découvrant la soutane barrée d'une ceinture violette et en imaginant sans doute que ce prêtre venait apporter les derniers sacrements. Emmanuel s'assit et couva Théo des yeux.

La police avait arrêté l'agresseur, à la porte de la salle de presse au moment où il ameutait la foule en se présentant comme le vengeur de la Vierge Marie. On le connaissait depuis longtemps parce qu'il perturbait régulièrement les cérémonies du Vatican. C'était un pauvre fou qui avait entamé le séminaire intégriste d'Écône et qui en avait été renvoyé, car son fanatisme détonnait, même là. Depuis lors, il errait en soutane dans les rues de Rome, mystérieusement nourri, logé, habillé, sans que l'on ait jamais découvert quel était son repaire. Une légende, courant le petit peuple, prétendait qu'il ne mangeait, ni ne buvait en dehors d'une communion quotidienne. Parfois, il prenait position sur une place fréquentée par les touristes et il se flagellait le torse dénudé : les touristes lui jetaient des pièces de cent lires, qu'il ne ramassait pas en les laissant aux gamins qui le suivaient dans ce but. Il exhibait des stigmates sans que l'on sache s'il ne les avait pas tailladés lui-même. La police l'avait fait interner à plusieurs reprises mais les hôpitaux psychiatriques le renvoyaient, car, à part sa psychose intégriste, il se comportait presque normalement. Il s'intitulait lui-même « le fou de Dieu ».

Vers huit heures du soir, Théo émergea de l'anesthésie, il fixa Emmanuel avec des yeux égarés en murmurant quelques mots, que son frère parvint à interpréter en tendant l'oreille : « Les échantillons... la tombe à Jérusalem... trop tard... » Comme le malade continuait à s'agiter et qu'il semblait de plus en plus inquiet, Emmanuel finit par murmurer :

« Je vais appeler Jérusalem. »

Il erra à travers les couloirs jusqu'à ce qu'il trouve la salle de garde où Colombe dormait sur un lit de camp, couverte d'un drap carrément sale. En un instant, elle fut debout et se précipita vers la chambre de Théo.

Il n'était pas question pour Emmanuel d'obtenir un appel international à partir des cabines téléphoniques de l'hôpital assiégées par un afflux de clients, qui se bousculaient dans la plus mauvaise foi. Emmanuel décida de retourner au palais du Saint-Office tandis que Colombe assurerait la veille.

Contre toute attente, Moshe Tov était encore à son

bureau. Il avait une bonne raison de travailler aussi tard : une explosion venait de détruire la tombe. Deux ouvriers palestiniens, chargés d'aménager le passage creusé par Vital Gaspoz, avaient réussi à introduire une charge de dynamite dissimulée parmi leurs outils. Deux maisons s'étaient effondrées dans le cratère causé par la déflagration. Les ouvriers n'avaient pas cherché à éviter l'arrestation. Ils avaient agi pour protester contre la collusion de l'Occident et d'Israël, sur l'ordre du Front pour la libération de la Palestine, qui s'empressa de les désavouer.

Le lendemain midi, Théo absorba sa première nourriture, un bouillon insipide et une biscotte poussiéreuse. Colombe et Emmanuel étaient assis de part et d'autre du lit. En attendant le repas, ils lui avaient tenu chacun une main pendant un long moment sans parler. Puis Emmanuel avait fait part de la mauvaise nouvelle provenant de Jérusalem. Moshe Tov n'avait pas eu le temps de prélever un échantillon des matériaux de la niche vide et tout espoir de circonscrire les restes de cette niche dans l'amoncellement de gravats devait être abandonné. Du reste, le gouvernement israélien avait décidé de raser les restes du site pour supprimer tout prétexte à un attentat. La quête de Théo s'arrêtait là : il n'existait plus aucun moyen de contrôler si la teneur en carbone 14 du linceul provenait d'une irradiation mystérieuse, il n'y avait plus de preuve forte du phénomène physique qui aurait accompagné Pâques, il n'y avait plus que l'obscurité et les yeux de la foi. Dieu se manifestait, avec une sorte d'humour noir, en refusant de se découvrir ouvertement.

« C'est mieux ainsi, conclut Emmanuel.

— Les voies du Seigneur doivent demeurer impénétrables », commenta en écho Colombe avec une certaine ironie.

Théo remit ses deux mains dans celles de sa sœur et de son frère, puis il s'assoupit. Vers cinq heures de l'après-midi, il se réveilla. Il demanda à boire et on put l'asseoir dans son lit, bien calé par des oreillers. Comme il semblait en forme, Emmanuel lui demanda pourquoi il avait dit, dans son délire, qu'il était « trop tard ». Théo se tut un long moment, puis il finit par dire :

« Parce que je le savais. Je l'ai appris durant ma perte de connaissance ou mon anesthésie, mais je savais que la tombe avait été détruite. Je savais aussi que c'était une action des Palestiniens. J'ai vu les maisons effondrées et les engins de l'armée israélienne, occupés à raser les décombres. C'est invraisemblable, je le sais, pourtant c'est comme cela que je l'ai su. »

Emmanuel regarda avec inquiétude Colombe, qui le rassura par un signe de tête. Ce fut à son tour d'interroger :

« Est-ce qu'il y a autre chose que tu souhaites raconter, Théo ? »

Théo se tut de nouveau, en le fixant avec des yeux craintifs, comme s'il redoutait qu'on ne le prenne pas au sérieux, puis avec un grand soupir, comme un ahan de bûcheron, il se laissa aller :

« C'est horrible ce qui m'est arrivé !

— Tu as fait un cauchemar ? demanda Emmanuel.

— Non. Je ne rêvais pas. Cela m'est vraiment arrivé.

— Tu n'es pas le seul, le rassura Colombe. Tous ceux qui passent aussi près de la mort ont une expérience de ce genre.

— Je sais cela. J'ai lu un livre sur les expériences de mort imminente. Mais on y parle toujours de paix et de lumière. On dit que ceux qui en réchappent n'ont plus peur de la mort. Pour moi, cela a été le contraire. Et j'ai plus peur de la mort maintenant que jamais. »

Il se tut car il semblait fatigué. Emmanuel intervint :

« Tu devrais peut-être te reposer, maintenant. Tu nous raconteras cela plus tard. Nous aurons tout le temps.

— Non. Je n'aurai plus le courage. Si je raconte maintenant, peut-être pourrez-vous m'aider.

— Parle », dit Colombe.

Lorsque Théo était arrivé au bout du tunnel noir, dans la lumière qui le guidait depuis le début, il avait découvert un champ infini couvert de cercles. Quelques-uns étaient blancs, d'autres en nombre égal étaient noirs, mais la plupart n'étaient ni noirs, ni blancs : ils représentaient le signe chinois du *yin* et du *yang*, un cercle partagé en deux par une courbe ressemblant à un *s*, mi-partie blanc, mi-partie noir. Ces derniers signes oscillaient continuellement, la position du blanc et du noir permutant sans cesse.

« J'ai vu le théorème de Gödel », résuma Théo, qui s'arrêta quelques instants de parler et ferma les yeux pour se reposer.

Colombe eut le temps d'expliquer à Emmanuel, qui n'en connaissait rien, la nature de ce théorème.

« En mathématique, il existe des affirmations dont on peut démontrer qu'elles sont justes en utilisant un raisonnement logique à partir de certains postulats. On peut aussi démontrer que d'autres énoncés sont faux. L'ensemble de tous ces énoncés constitue les propositions démontrables, en ce sens que l'on peut conclure qu'elles sont vraies ou fausses. Et puis, il existe, parmi tous les énoncés possibles, certains qui sont vrais et d'autres qui sont faux, mais dont il sera toujours impossible de démontrer la justesse ou la fausseté. En un mot, il existe des vérités, selon Gödel, que l'on ne peut pas atteindre par le raisonnement logique. »

Emmanuel hocha la tête d'un air entendu. Cela lui rappelait une de ses lectures superficielles d'ouvrages de vulgarisation, dont il se gavait désespérément pour combler, sans succès d'ailleurs, les lacunes de sa formation scientifique.

« C'est ça et ce n'est pas ça, dit Théo. Colombe a raison. Les propositions vraies sont les cercles blancs et les propositions fausses, les cercles noirs. Mais les autres, l'infinité des autres, ne sont pas vraies ou fausses, tout en étant indémontrables, comme prétend le prouver Gödel. En réalité, elles ne sont ni vraies, ni fausses, étant tantôt l'une, tantôt l'autre. Elles me narguaient en intervertissant continuellement le noir et le blanc, comme pour me dire que l'immensité de l'Univers est peuplée de thèses à éclipse. Le monde n'est ni vrai, ni faux. Il existe et il n'existe pas. Il n'est ni bon, ni mauvais. Il se moque de nous. »

Il se tut et rassembla son souffle :

« Lorsque nous, les chercheurs, nous découvrons une vérité ou une erreur, nous croyons faire reculer les limites du savoir. En fait, nous élargissons une petite fissure dans un magma qui n'a aucun sens. Nous nous occupons de quelques exceptions qui nous font croire que tout le reste deviendra clair, un jour, à force de travail. Nous nous trompons. Nous trompons les autres. Il faut cesser ce jeu de dupe. Nous ne mettrons pas le monde en ordre. Il est caractérisé par un désordre infini. Quand le dernier des hommes mourra, le petit peu d'ordre que nous aurons créé retournera au désordre. C'est le règne de l'anarchie, de la confusion, du chaos, du tohu-bohu, comme le dit la Genèse avant la création. La création est ratée, loupée, échouée, bâclée !

— Tu ne crois pas qu'il s'agit de toi plutôt que du reste du monde ? » demanda brutalement Colombe.

Emmanuel fut suffoqué par la dureté de sa sœur, mais il l'estimait assez pour imaginer que cette cruauté avait un sens.

« Je vais me promener », dit-il. Au moment de sortir, il se ravisa et essaya de consoler Théo :

« Ce que tu dis me rappelle une vieille légende du Talmud. Selon certains rabbins juifs, notre Univers n'est pas le premier. Yahvé en a créé vingt-six qui ont échoué. Le nôtre serait le vingt-septième...

— Pourquoi le vingt-septième ? demanda Colombe.

— Cela va de soi, intervint Théo. Vingt-sept est égal à trois à la troisième puissance. C'est un chiffre plus que sacré.

— Quoi qu'il en soit du nombre, reprit Emmanuel, au moment de lancer celui-ci, Yahvé aurait dit : "Pourvu qu'il tienne !" Il n'était donc pas trop sûr de son affaire et, néanmoins, notre Univers a tenu, vaille que vaille. C'est en somme le premier brouillon. Yahvé fera mieux avec le suivant. »

Il essaya de sourire mais Théo resta de glace. Alors Emmanuel reprit :

« Je vais me promener. »

C'était un code que les deux autres comprirent. Dans un grand jeu, certains épisodes requéraient une exécution en duo. Tout l'art consistait à deviner le moment de dissoudre le trio. D'ailleurs, Emmanuel était maintenant persuadé que l'objectif du grand jeu n'était ni le linceul, ni le sépulcre. Cela n'avait représenté que des péripéties dont l'issue avait failli être fatale pour Théo. Celui-ci n'était pas mort. L'avenir demeurait ouvert. Que gardait-il en réserve ? Emmanuel sortit pour méditer sur la suite du grand jeu.

Colombe serra la main de Théo :

« Quoi qu'il se soit passé, l'essentiel est que tu aies survécu. Si tu as envie de parler, si cela te soulage, je t'écoute. »

Théo rassembla ses forces :

« Très loin, au-delà du champ occupé par les propositions, il y avait une grande lumière. Je ne suis jamais parvenu à m'en rapprocher. Les cercles se moquaient de moi. La lumière, elle, ne me narguait pas. Elle me considérait plutôt avec humour et attendrissement, comme un adulte qui regarde un bébé trébuchant après ses premiers pas, couché à plat ventre et incapable de se relever. Elle me tendait même la main pour me relever mais je ne parvenais pas à la saisir. Et je paniquais à l'idée de rester perpétuellement un objet de dérision pour le champ des propositions. Combien de fois dans ma vie ai-je prié pour une bonne mort, comme on disait au collège. Et même, combien de fois ai-je prié pour mourir sans plus tarder, dans l'espoir d'échapper à l'existence de tous les jours et d'atteindre tout de suite la plénitude de la vie. Ma prière la plus instante a été celle que l'on répète au canon de la messe : "que ce monde passe !" J'ajoutais même : "et vite !" Une fois mort, ou à peu près, mon attente n'a pas été récompensée et mes prières me sont apparues insensées et inutiles.

— C'est tout ? demanda Colombe.

— Oui. Je n'ai qu'une seule question : pourquoi les récits d'expériences de mort imminente ne parlent-ils jamais des épreuves désagréables, comme celle que j'ai vécue ?

— Parce que cela ne ferait pas vendre la copie des journalistes ou des écrivains, mon cher Théo. La vérité du monde se vend et s'achète. Le public a envie d'entendre que la mort n'est pas aussi terrible qu'il l'imagine. En réalité, l'expérience de mort imminente n'est pas toujours plaisante. Tout le monde n'ira pas au ciel tout de suite.

— Combien ? » interrogea Théo, revenant à ses obsessions numériques.

« Environ un patient sur cinq rapporte une expérience déplaisante.

— Je ne comprends pas pourquoi j'en fais partie. »

Colombe le regarda avec un sourire attendri et moqueur qui rappela à Théo celui de la lumière.

« Tu en fais partie précisément parce que tu ne comprends pas pourquoi tu en fais partie. Si tu comprenais le vice de ton existence, tu l'aurais déjà pallié, tel que je te connais. Tu vis une erreur invincible sur ton propre compte. »

Théo se concentra de façon presque comique :

« Mais enfin...

— Je sais ! Tu n'as ni tué, ni volé, ni forniqué. Tu n'as pas commis le mal et tu as poursuivi le bien. Tu as travaillé comme une bête de somme, tu as été génial, tu as apporté au monde beaucoup plus que tu n'en as reçu. Mais ce n'est pas là-dessus que nous sommes jugés.

— Alors, sur quoi ?

— Tu devrais pourtant connaître la citation ! Nous serons jugés sur l'amour. Et toi, tu en déduis qu'il s'agit de l'amour des autres. Une idée bien-pensante : aimez votre prochain, sacrifiez-vous le cas échéant et vous obtiendrez votre récompense, votre compensation au ciel. Or, les autres, tu les as enseignés, tu les as aidés, tu as été généreux pour Amnesty International, la Croix-Rouge, Caritas et j'en passe. Toi-même tu as enseigné. Et par personne interposée, tu as visité les prisonniers, soigné les malades et nourri les affamés. Par personne interposée bien sûr, parce que tu préfères déléguer ces tâches à des professionnels, des juristes, des médecins, des travailleurs sociaux. Tu aimes ton prochain à distance parce que le spectacle de la douleur des hommes t'est insupportable. Et tu ne le supportes pas parce que tu ne supportes pas ta propre souffrance. Tu la nies. Pour ne pas risquer de souffrir, tu évites toute passion, tout emballement, tout plaisir. Tu ne fais aucun effort, ou si peu, afin d'être heureux.

— C'est la meilleure façon de supporter la vie, non ?

— Pas du tout ! Refouler n'est pas assumer. Il est écrit qu'il faut aimer les autres comme soi-même, c'est-à-dire qu'il faut commencer par s'aimer soi-même. Au moment où on décide de se haïr, on se donne licence de mépriser les autres. Or, toi, tu ne t'aimes pas, tu dédaignes ta propre vie, tu mènes une existence machinale organisée selon un rite immuable. De là viennent tes obsessions d'horaire et d'ordre maniaque. Il ne te reste plus de liberté puisque tu as décidé, au départ, d'être le plus efficient des hommes, en te surpassant toujours et partout. Vivre, mon petit Théo, c'est parfois se sous-passer. Tu as le droit de jouir du temps qui coule sans autre but que d'écouter le balancement de l'horloge ou le crépitement des bûches. Bien sûr, tu risques de tomber dans la paresse, qui est la mère de tous les vices. Tandis que, en travaillant comme un fou, tu barres le chemin à toute passion. Et pourquoi, dis-moi ?

— Je veux être parfait "comme notre Père céleste est parfait".

— Ce n'est pas une bonne idée. Si tu devenais parfait, tu usurperais une place qui ne t'appartient pas. Dire que Dieu est parfait, tout-puissant ou infiniment bon, cela veut dire en réalité que nous, les hommes et les femmes, nous sommes imparfaits, impuissants et faillibles. C'est une manière d'exprimer nos limites, ce n'est pas une injonction à les dépasser. Cela ne constitue pas une image valable de Dieu, mais une projection à la limite de nos aspirations. Malgré sa grandeur austère, ce dieu-là n'est qu'une idole.

— Même si j'ai exagéré dans la vertu, ce n'est pas une raison pour me l'imputer comme un vice. Quels reproches cet être de lumière peut-il formuler à mon égard ?

— Dieu ne nous reproche rien. Nous suffisons pour nous reprocher à nous-mêmes toutes nos insuffisances, les ratés de l'existence, les lourdeurs de nos appétits. Et toi, tu es pire qu'un pécheur, car tu as refusé de vivre pour ne pas courir le risque du moindre reproche. Or, nous sommes au monde pour vivre. Celui qui n'a jamais vécu est moindre que celui qui a mal vécu. Si tu veux un nom pour ton vice, c'est encore l'orgueil qui convient le mieux, une sorte de quintessence d'orgueil qui devient un véritable poison mental. Le grand discours de Jésus aux pharisiens, hommes de devoir s'il en était, consistait à leur répéter que les prostituées et les voleurs passeraient avant eux dans le Royaume des Cieux. Discours choquant et incompréhensible, que les prédicateurs mettent sur le compte d'une formule rhétorique. Néanmoins, cela n'est pas une métaphore ou une galéjade. Appliqué à ton cas, cela signifie pratiquement que les drogués et les putains qui hantent les rues chaudes de Zurich vivent mieux que toi. Mon expérience clinique m'a appris que les pauvres, les humiliés, les handicapés, les vagabonds, les paumés, les gens de peu, les petites gens n'éprouvent pas d'angoisse face à la mort. Celle-ci est réservée aux gens de bien.

— C'est un peu scandaleux, non ?

— Pas tellement. À la fin d'une vie, l'homme se présente muni d'une sorte de passeport pour l'éternité. Il y a trois types d'expériences. Tout d'abord, certains n'ont pas vécu du tout, sinon en recherchant le mal pour le mal. Ceux-là, les grands criminels, lucides et délibérés, n'ont aucune expérience sensible de la mort imminente. Ils tombent dans le néant. Ils n'ont pas la vie éternelle. C'est sans doute à cela que se résume la damnation. Ensuite, la plupart des mourants expérimentent un moment de souffrance, de peine, de ridicule dans leur mort mais ils ont le temps, si j'ose dire, de le dépasser et d'arriver au stade de la rencontre avec cet être de paix, de lumière et de bonté qui est sans doute une manifestation de Dieu. Ils sont passés par leur purgatoire, pour reprendre le vocabulaire traditionnel, mais le stade ultime les éblouit au point qu'ils oublient ou qu'ils minimisent le stade douloureux. Le tien a duré un peu plus longtemps parce que ton passeport pour l'éternité est vraiment de mauvaise qualité. Ne dramatisons pas davantage. Il y a un troisième cas de figure : celui du saint qui accède à la lumière sans passer par l'épreuve de la souffrance. Tu ne fais apparemment pas partie des saints. Sans doute parce que tu as visé la sainteté par des moyens mathématiques. L'Évangile ne cesse de répéter la même leçon : Dieu ne se laisse pas lier les mains par nos démonstrations de piété. Il n'y a de salut assuré pour personne, surtout pas pour ceux qui recherchent cette assurance. »

Pour mettre un terme à cette explication, Colombe se leva pour tirer un verre d'eau fraîche à l'évier et le tendre à Théo, qui le but consciencieusement. Quand il eut fini, sa sœur l'embrassa sur le front et en le tenant serré contre elle, elle lui parla doucement à l'oreille :

« Tu seras sauvé. Nous serons tous sauvés, Emmanuel, et même moi, qui le mérite si peu. Ma seule certitude est qu'un jour nous aurons d'autres corps, moins imparfaits et douloureux, et que nous nous retrouverons pour toujours. Il n'y aura plus de larmes, ni d'angoisse, ni de séparation. C'est dans cette espérance qu'il faut vivre et mourir, en s'en remettant au Seigneur, sans lui demander des comptes et sans le blâmer des imperfections de la création. Tu dois cesser de jouer les reproches vivants à ton Créateur, en lui remontrant que tu es encore plus parfait qu'il ne l'est. Un homme qui croit qu'il est Dieu devient fou. »

XV

Deux ans plus tard, lorsque Emmanuel devint pape, personne ne fut surpris, sauf lui-même. Il avait beaucoup réfléchi à ce que l'avenir gardait en réserve pour la famille de Fully mais il n'avait jamais envisagé cette issue.

Quelques jours après la mort du cardinal Weiss, il avait été promu préfet de la Congrégation pour la doctrine de la foi. Cela constituait le bénéfice normal de sa maîtrise des événements dans une circonstance où la moindre fausse manœuvre aurait fait chavirer la barque de Pierre. Le prestige scientifique de son frère, les risques encourus par Emmanuel, la pondération de ses réponses, leur retentissement dans l'opinion publique, tous ces facteurs le désignaient implicitement pour la fonction. Six mois plus tard, il fit normalement partie d'une promotion au Sacré Collège en compagnie d'un assortiment de prélats méritants à des titres bien moindres que les siens. Emmanuel devint cardinal de même que son frère avait reçu le prix Nobel, par la force irrésistible de la valeur, qui déborde les intrigues des médiocres plus souvent qu'on ne l'imagine.

Comme il n'avait jamais exercé le pouvoir et qu'il n'en avait même pas envisagé la possibilité, il gouverna admirablement. Son éducation l'avait initié aux mécanismes de la démocratie suisse, qui est l'inverse de la démagogie. Pour un véritable homme d'État helvétique, il ne s'agit pas d'être aimé mais plutôt estimé : il doit s'assurer les suffrages du peuple par sa compétence plus que par sa complaisance. Depuis le temps lointain où son père exerçait les fonctions de président à la commune de Fully, Emmanuel avait compris qu'il ne fallait jamais prendre de décision importante si elle ne s'appuyait pas sur un consensus quasiment universel et que, faute de trouver celui-ci, il valait mieux ne rien trancher du tout. La prudence et l'ajournement constituent des méthodes éprouvées pour dégager une majorité fondée sur la réflexion ou la résignation.

Sans le préméditer, Emmanuel prit la couleur des murailles et observa le silence des muets. Théo l'avait persuadé qu'un corps scientifique se régule de façon autonome, tant bien que mal, mais qu'à long terme le mécanisme d'évaluation d'un chercheur par ses pairs et par la postérité fonctionne plus sûrement qu'une censure de la pensée. Emmanuel ne condamna donc aucun théologien et il n'en encouragea pas davantage : le marché de l'emploi universitaire et les maisons d'édition effectuèrent le travail traditionnel de la Congrégation pour la doctrine de la foi : les meilleurs théologiens éliminèrent les moins bons. En ne déplaisant à personne, Emmanuel plut à tout le monde et il ne se fit aucun ennemi.

Lorsque la santé du pape déclina de façon visible, on commença de chuchoter sur le passage d'Emmanuel. Comme il était habitué à surprendre des bourdonnements, généralement malintentionnés, à son égard, il ne prit pas garde au changement de ton. Sans souci, il entra donc au conclave en compagnie d'une centaine de cardinaux, dont la moyenne d'âge dépassait largement soixante ans. Il était parmi les plus jeunes comme cela avait été le cas pour son prédécesseur.

Le pape défunt avait manifesté d'autant plus de rigidité en matière de doctrine qu'il avait témoigné d'audace dans le métier de communicateur : il était capable de se faire acclamer dans un stade en proclamant des mots d'ordre impraticables. Les cardinaux progressistes souhaitèrent trouver quelqu'un qui soit moins éblouissant sur les podiums et moins raide sur la doctrine : Emmanuel semblait remplir au moins la première exigence tout en ne contrevenant pas à la seconde. Par ailleurs, son gouvernement précautionneux de la Congrégation pour la doctrine de la foi lui avait aussi attiré l'estime des conservateurs.

Enfin et surtout, il n'y avait jamais eu de pape suisse et c'était une expérience qu'il valait la peine de tenter. Au moins, les Latins et les Germains sauraient s'identifier à cet Européen ni chair, ni poisson. Tant de conflits latents ou déclarés déchiraient la chrétienté et le monde, qu'un Suisse semblait seul capable de les apaiser, puisque personne n'imaginait plus qu'ils puissent être résolus. En cumulant les attraits du plurilinguisme, de l'image de la Croix-Rouge, de la bienveillance du Conseil œcuménique des Églises et du voisinage du Comité olympique international, un cardinal de nationalité helvétique jouirait d'un statut de neutre auquel tout le monde aspirait après le pontificat d'un lutteur sportif et extraverti. Personne ne réfléchit au fait qu'un Suisse ne deviendrait jamais un véritable monarque absolu et que c'était la raison secrète pour laquelle aucun Suisse n'avait été pape.

Au troisième tour de scrutin, Emmanuel recueillit une confortable majorité. Il répondit à l'invitation du doyen de l'assemblée sans détour, sans fausse protestation d'humilité ou démonstration de chagrin. Il avait exercé le pouvoir dans une congrégation, il l'exercerait de la même façon pour toute l'Église. Il enfila la plus grande des trois soutanes blanches, préparées pour permettre à un prélat de taille imprévisible de paraître tout de suite aux yeux de la foule, revêtu de la dignité pontificale. Au balcon donnant sur la place Saint-Pierre, il prononça quelques paroles simples en italien et on le conduisit ensuite avec de grandes prévenances à son appartement. Son premier réflexe fut d'envoyer un télégramme à Colombe et Théo, comme si ceux-ci n'allaient pas accourir de toute façon. Le texte du télégramme comportait une seule phrase : « Prolongement imprévu du grand jeu. » C'était signé : « Jean XXIV ». Le véritable message se trouvait non dans le texte mais dans la signature.

Pendant ces deux années, Derek Dood n'était pas demeuré inactif. Il n'avait pas du tout digéré sa déconvenue dans l'affaire du tombeau. Emmanuel l'avait pris de vitesse dans son effet d'annonce et il l'avait désarmé en disant scrupuleusement la vérité. Mais que valait cet homme ? Où se situait sa faille secrète ?

Derek Dood mit plusieurs mois à découvrir le passage d'Emmanuel à San Francisco et son traitement par greffe de cellules fœtales à l'hôpital universitaire de Salt Lake City. Il dépista en même temps Paolo Pacelli qui lui rapporta les événements de cette nuit où Emmanuel était arrivé totalement désemparé à l'hôtel *Raphaël*. Par recoupements successifs, Derek Dood obtint le témoignage du portier de nuit, puis de la prostituée. Cette dernière pourrait remplir un rôle classique dans ce dossier, où le manque d'éléments vraiment accusateurs devrait être compensé par la suspicion floue des bien-pensants. Somme toute la même opération avait déjà été entreprise et réussie à l'égard du fondateur du christianisme lui-même. Même si le procédé ne témoignait pas d'originalité, son efficacité n'était pas douteuse.

L'élection d'Emmanuel au pontificat ne surprit pas

tellement Derek Dood. En général, les journalistes savaient, bien avant les cardinaux, sur qui les suffrages de ces derniers allaient se porter. D'un seul coup, le dossier patiemment rassemblé acquérait une valeur inestimable. Il le compléta par toutes les informations qu'il put collecter à partir de Washington. Il ne trouva rien d'important mais ce dont il disposait suffirait, en temps opportun, à ruiner la réputation du pape Jean XXIV et à précipiter sa démission. Il suffisait d'attendre qu'il prononce un de ces discours rituels que tout pape se doit d'énoncer sur le respect de la vie et la maîtrise de la sexualité. Il fallait guetter l'instant où les contradictions de l'institution piégeraient Emmanuel pour mieux l'abattre en l'accusant d'hypocrisie et en jetant la suspicion sur sa moralité.

Le hasard fit que Derek Dood prit le même avion, joignant New York à Rome, que Colombe et Théo. Celui-ci avait séjourné quelques jours à Berkeley, en principe pour un colloque scientifique, en fait pour prendre sa sœur à témoin de ses efforts vers une vie plus équilibrée et de l'échec incompréhensible de ces tentatives.

Durant ces deux dernières années, Théo n'avait pas beaucoup changé. Il s'était tout à fait remis de sa blessure et il jouissait sans retenue de la place que lui accordaient les médias en raison de ses aventures spectaculaires. Comme il maîtrisait aussi bien le français que l'allemand ou l'anglais, il constituait l'intervenant privilégié des débats, télévisés ou non, dont la société attendait des clartés instantanées sur des problèmes éternels ou insolubles. Comme Dante, il avait exploré les confins de l'éternité et toute une planète en désarroi guettait un message sublime. Cependant, Théo continuait inlassablement à disserter sur les mystères du monde physique, sans rien entendre au mystère de l'homme.

Sidéré par sa mauvaise expérience de mort imminente et convaincu par Colombe de sa déficience affective, il s'était bien employé à redresser la barre. Ainsi, il acheta une seconde chaise et un autre fauteuil. Puis, sans rien dire à personne, il prospecta les agences matrimoniales et poussa le zèle jusqu'à accepter trois rencontres avec des dames choisies respectivement l'une pour sa distinction, la seconde pour sa beauté et la troisième pour son intelligence. La première lui fit l'impression d'une poseuse, la seconde d'une coquette et la troisième d'une pédante. En outre, elles partageaient le défaut de parler en méconnaissance de cause de tout et de rien au lieu d'écouter les discours documentés de Théo sur les sujets dignes d'attention, qui constituaient ses marottes de l'instant : les œuvres de jeunesse de Mahler, le théorème de Gödel et les circuits de neurones artificiels. Lassé du vain bavardage de ces dames, épouvanté à l'idée de devoir le subir à longueur de journée, il revendit ses sièges inutiles et il s'astreignit à une thérapie de soutien, comportant un rendez-vous hebdomadaire avec un psychologue. Comme celui-ci se taisait pour laisser parler son client, Théo apprécia cette solution, décidément la moins mauvaise de toutes.

Passionné par l'expérience traversée au moment de frôler la mort, il rassembla et parcourut l'énorme documentation sur la question. Il découvrit l'existence d'une banque de données rassemblant huit millions d'expériences similaires. Il proposa un plan de recherche inédit à Emmanuel et Colombe. Cela consistait à étudier l'empreinte génétique de chaque personne passée par l'épreuve d'une mort imminente et à tenter de la corréler avec une des trois catégories constituées par l'absence totale (l'enfer), l'expérience positive (le ciel) et l'expérience négative (le purgatoire). Sur cette base de données, Théo s'efforcerait de découvrir l'existence d'un éventuel « gène du salut », avec l'arrière-pensée de procéder ensuite à une vérification sur sa personne et d'obtenir ainsi une prévision expérimentale de son destin.

Colombe et Emmanuel le querellèrent vivement sur ce projet fantasque. Dans un premier temps, Théo résista car il tenait à éclaircir son propre cas et, au fond, il croyait à la prédestination. Selon lui, la résurrection des corps s'inscrivait forcément dans un gène dominant, apparu par mutation spontanée parmi les premiers *Homo sapiens* et envahissant petit à petit tout le patrimoine génétique. Colombe finit par se fâcher très fort au point d'effrayer Théo : pas question pour elle d'entrer dans ce grand jeu stupide et dangereux. Emmanuel expliqua plus calmement à Théo qu'il risquait de désespérer, sans aucune certitude réelle, de prétendus damnés : que savait-il de la relation entre l'expérience de mort imminente et le salut ? La recherche atteignait ici un point de rebroussement qu'il ne fallait franchir sous aucun prétexte, comme le précisa toujours Emmanuel : « Toutes les vérités sont bonnes à dire pourvu que ce soient de véritables vérités. Ta sincérité n'est pas garante de la vérité. Celle-ci nous vient d'ailleurs, elle survient. »

Après s'être rendu à ces raisons, Théo se rabattit sur le projet de démontrer que le théorème de Gödel est erroné : selon la vision qu'il avait eue, certaines propositions mathématiques seraient à la fois fausses et vraies alors que Gödel avait cru démontrer que toute proposition est soit vraie, soit fausse même s'il est impossible de démontrer à quelle catégorie appartiennent certaines propositions. Emmanuel et Colombe n'émirent aucune objection à ce passe-temps anodin. Théo soutint au contraire que les conséquences philosophiques d'une éventuelle réfutation du théorème de Gödel seraient bien plus considérables que la découverte d'un « gène du salut ». Son frère et sa sœur répliquèrent que, de toute façon, personne ne comprendrait rien à sa démonstration et que ses conclusions n'avaient donc aucune importance sinon pour quelques obsédés dans son genre. Théo n'avait donc qu'à jouer tout seul.

Colombe continuait son métier de passeuse de morts. De temps en temps, elle s'échappait vers des lieux de détente comme Acapulco, Gstaad ou Marbella, dans l'espoir secret d'y trouver l'âme sœur, qu'elle envisageait maintenant sous les traits d'un gentilhomme rangé. Au bout d'une semaine, elle renonçait à ses prétentions et elle finissait par succomber aux entreprises d'un professionnel de la drague, qu'elle quittait au bout de deux jours. Puis, elle retournait passer des morts sur l'autre rive, pas très fière d'elle-même mais plus sereine. D'année en année, ces amants de passage lui escroquaient davantage d'argent.

Au fond, l'un et l'autre étaient demeurés pareils à eux-mêmes malgré les péripéties du dernier grand jeu. Celui-ci n'avait pas rempli tout à fait son office parce que Théo et Colombe avaient passé l'âge d'apprendre en jouant. L'élection d'Emmanuel et son invitation vinrent donc à point nommé pour rappeler qu'un grand jeu n'est jamais tout à fait terminé.

Emmanuel les accueillit l'un et l'autre à Fiumicino, au bas de la passerelle de l'avion, dissimulé lui-même au fond d'une Mercédès noire aux vitres fumées. Derek Dood, qui n'avait été reconnu ni par Théo, ni par Colombe, descendit la passerelle à leur suite. Le hasard de la rencontre lui parut de bon augure et il se hâta vers son rendez-vous avec les témoins romains des compromissions passées du nouveau pape.

Emmanuel éprouva un plaisir enfantin à mener Théo et Colombe à travers la cohue romaine, précédé par deux motards actionnant leurs sirènes, et suivi par une voiture bourrée de policiers. Comme il ne parvenait pas à prendre au sérieux sa fonction de chef d'État, il en jouait et il en jouissait comme un enfant. Colombe et Théo convinrent qu'aucun grand jeu, jusque-là, n'avait comporté une péripétie d'un style aussi relevé.

Ils soupèrent ensemble, dans l'appartement d'Emmanuel, d'un plat de *fettucine* que le patron d'*Alfredo alla Scrofa* vint lui-même accommoder et servir sous leurs yeux. À cette occasion, il avait renoncé à ses complets du type Humphrey Bogart et endossé un habit. Pour les repas ultérieurs, Emmanuel avait réservé les cuisiniers de tous les restaurants fréquentés à trois en des temps reculés : Piperno, Ranieri, Passetto, Al Moro. Théo approuva gravement cette façon de procéder et il déclara même que l'idéal consistait à disposer d'un restaurant à domicile pourvu qu'il change tous les jours. Dans ces plaisirs innocents, les frères et la sœur passèrent ensemble trois jours.

Théo annonça qu'il avait démontré ou croyait avoir démontré qu'il existait des propositions à la fois vraies et fausses : malheureusement, ce théorème d'existence était lui aussi à la fois vrai et faux. Le Créateur l'avait donc piégé une fois de plus avec un sens de l'humour remarquable. Le reste de la famille s'amusa beaucoup de ce dernier trait d'esprit.

Puis ils revinrent au point de départ du grand jeu initial, qui avait commencé trois ans plus tôt chez *Alfredo alla Scrofa*. Théo avait été contacté par une archéologue génoise, très discrète, presque effacée, Maria Grazia Siliato. Elle avait fait le voyage de Zurich pour lui annoncer une nouvelle simple, déconcertante : la datation par le carbone 14 avait été viciée dès le début pour une raison que seule une femme pouvait suspecter, que ni Théo, ni ses collègues d'Oxford et de Tucson, n'avaient considérée.

« Laisse-moi deviner, interrompit Colombe. Si c'est un détail que seule une femme peut comprendre, c'est qu'il s'agit de couture, selon la répartition machiste des attributions domestiques. »

Au bout de deux minutes, son visage s'éclaira :

« La solution est évidente. Comme dans un roman policier, la vérité était sous les yeux de tout le monde, tellement simple, tellement évidente qu'on ne la voit littéralement pas. On a coupé l'échantillon au bord du linceul pour ne pas endommager l'empreinte du milieu. On se trouve donc dans l'ourlet et celui-ci a été refait avec du fil de lin neuf qui fausse complètement la datation.

— C'est bien ça, confirma Théo. Le poids moyen du linceul est de 25 grammes au centimètre carré. Or l'échantillon qui a fait l'objet de la datation a une densité de 42,85 grammes au centimètre carré. Personne n'a fait cette remarque, personne ne s'est posé la question de savoir comment et quand cet ourlet avait été effectué en utilisant forcément du fil moderne, qui fausse complètement la datation. Madame Siliato a fouillé les archives et elle a découvert quatre restaurations : 1534 par les Clarisses de Chambéry, en 1694 par un certain Sebastiano Valfré, en 1868 à la demande de la princesse Clotide de Savoie et en 1973 par des moniales de Turin. Chaque fois on a probablement ajouté du fil. Un mélange de lin du premier siècle avec des apports du seizième, du dix-septième, du dix-neuvième et du vingtième siècle peut fournir une datation entre 1260 et 1390. Bref, j'ai été roulé comme un gamin.

— Et le suaire est authentique ? demanda Emmanuel.

— Ne te précipite pas sur la conclusion que tu désires atteindre, corrigea Théo. On a seulement la conviction que la datation est fausse. Ce sont maintenant tous les autres indices archéologiques qui doivent être pris au sérieux. Ils sont multiples comme vous le savez. Il est inimaginable qu'un faussaire médiéval ait pu maîtriser tous ces éléments pour ne jamais se tromper. Et d'ailleurs pourquoi aurait-il fait tellement d'efforts puisqu'un simple drap ensanglanté aurait pu faire l'affaire s'il s'agissait de créer et de vendre une fausse relique ? Du reste, un nouvel indice archéologique a surgi. André Marion de l'Institut d'optique à Orsay a obtenu par traitement d'image de nouvelles données que l'on n'avait jamais aperçues même sur les photos. Il s'agit d'inscriptions, illisibles à l'œil nu, effacées par les siècles. Trois mots semblent ressortir en caractères antiques : Jésus, Nazaréen, mis à mort. Est-ce que ce sont les inscriptions réglementaires mises par l'armée romaine sur le linceul des condamnés à mort au moment de rendre le corps à la famille ? Peut-être. Mais c'est un indice de plus pour écarter l'hypothèse d'un faux médiéval.

— Donc, reprit obstinément Emmanuel, l'hypothèse la plus vraisemblable est l'authenticité du linceul.

— Oui, dit Théo, si authentique veut dire un linceul du premier siècle ayant enveloppé un condamné à mort par crucifixion. Était-ce Jésus de Nazareth ? On ne peut plus l'exclure. Mais tout ce qui serait démontré dans ce cas est l'existence historique du Christ, ce qui n'est mis en doute par personne. "Il a été crucifié sous Ponce Pilate, est mort et a été enseveli." Ce n'est plus un acte de foi, c'est une évidence. Mais le reste du Credo reste affaire de foi.

— Comme quoi, résuma Colombe, toute cette entreprise se termine en queue de poisson, comme je l'avais laissé prévoir dès le début. »

Il y eut ensuite des discussions interminables autour d'une même question inlassablement formulée par Emmanuel sous tous les angles possibles : que faire ? Puisque le manque de discernement de ses collègues l'avait promu à une place qu'il n'avait pas briguée, il importait de faire bon usage de ce cadeau du Ciel, de ce dernier trait d'humour du Seigneur. L'objectif ultime du grand jeu ne pouvait être la seule élection d'Emmanuel. Celle-ci était surprenante en soi mais elle ne constituait pas un aboutissement. Le partenaire secret du grand jeu attendait une autre réponse de la fratrie pour clore celui-ci.

Colombe, qui nourrissait quelques obsessions et possédait très peu de connaissances de l'institution, proposa tout de go que les femmes soient admises au sacrement de l'Ordre. Si le trio adoptait ce projet, Emmanuel émit l'opinion que son espérance de vie ne dépasserait pas celle de son prédécesseur Jean-Paul Ier et que sa décision serait abrogée avant d'être appliquée, en la mettant sur le compte des atteintes psychologiques d'une maladie mortelle. De son côté, Théo, qui ne rechignait jamais devant l'ouvrage, proposa de rédiger, en commun avec l'Académie pontificale des sciences et quelques théologiens bien choisis, une nouvelle mouture du catéchisme publié en 1992. Emmanuel répliqua qu'il n'arriverait pas au bout de la tâche avant la fin de sa vie.

Après de longues délibérations qui s'étendirent sur deux semaines, les trois convinrent qu'une mesure astucieuse consistait à convoquer un synode, comportant les évêques présidents des conférences épiscopales et à proposer un texte sans aucun contenu doctrinal, orienté uniquement vers des problèmes d'organisation. Venant d'un Suisse, cela paraîtrait banal au point de devenir rassurant. Il restait à rédiger le projet. Ils y travaillèrent à trois une semaine.

Emmanuel en donna une lecture monocorde à une assemblée d'une centaine d'évêques, qu'il avait massés en un lieu insolite, la crypte de la basilique vaticane, dans l'espace séparant maintenant la tombe de Pierre de celle de Jacques. En voici le texte complet.

XVI

« Nous ne reviendrons pas sur les événements qui ont entouré la découverte du tombeau de Jacques, premier évêque de Jérusalem. Vingt siècles après que Jésus de Nazareth a prêché sur les routes de Palestine, un nouveau signe apparaît, des textes vénérables à la source des évangiles.

« Parmi tous les ajouts que la Source permet d'effectuer par rapport aux textes connus des évangiles canoniques, le plus frappant est sans doute l'existence d'une version synallagmatique de la parabole du Bon Pasteur, que je vous invite à méditer :

« "Un berger, qui gardait un troupeau de cent brebis, perdit l'une de celles-ci. Il se dit : 'Mon maître est dur et sévère. Si je viens à égarer les quatre-vingt-dix-neuf brebis restantes du troupeau en essayant de retrouver la brebis perdue, il me chassera.' Le lendemain, le berger constata qu'une autre brebis manquait au troupeau, mais il n'osa pas davantage abandonner le troupeau pour aller à sa recherche. Après quelque temps, lorsqu'il eut perdu successivement toutes les brebis du troupeau, sauf une seule, il retourna vers son maître et il lui dit : 'Pardonne à ton serviteur car il a perdu les brebis de ton troupeau, une par une, mais il te rapporte celle-ci, qui ne s'est jamais éloignée de la bergerie.' Le maître répondit : 'Mauvais serviteur. Ne t'avais-je pas engagé pour retrouver les brebis qui s'égarent ? Il est des brebis qui se gardent toutes seules et qui n'ont pas besoin de pasteur. Tu as perdu le troupeau. On tuera la brebis qui demeure pour mon festin de ce soir. Quant à toi, tu n'y auras pas de part. Sors de ma maison et va dans les ténèbres extérieures."

« Selon la parabole du Bon Pasteur, qui se trouve dans Luc et dans Matthieu, le berger va à la recherche de la brebis perdue ; selon la parabole du Mauvais Pasteur, découverte dans la Source, le berger sauvegarde le reste de son troupeau, sans se préoccuper de rechercher la brebis perdue. À vues humaines, le Mauvais Pasteur témoigne d'un sain réalisme, tandis que le Bon Pasteur est mû par un sentimentalisme irréaliste.

« Le sens de ce message, caché pendant vingt siècles, devient évident pour l'Église d'aujourd'hui. Le Mauvais Pasteur tente de sauver à tout prix l'acquis, même si celui-ci va diminuant sous l'effet des événements. Il songe plus au passé qu'à l'avenir. Il s'intéresse aux brebis dociles plutôt qu'aux brebis vagabondes. Il n'est pas prêt à risquer ce qu'il croit posséder pour sauver tout ce qui peut l'être. Il ne croit même pas à la possibilité de retrouver les brebis perdues. Il est là pour sauvegarder et non pour sauver.

« Suis-je un bon ou un mauvais pasteur ? Telle est la seule question que doit se poser chaque prêtre, surtout ceux qui accèdent à la plénitude du sacrement de l'Ordre, les évêques, les *épiskopoi*, les veilleurs selon l'étymologie grecque, et plus spécialement encore l'évêque de Rome, qui préside leur collège. N'avons-nous pas gardé un troupeau qui s'amenuisait parce que tel nous paraissait notre seul devoir, plutôt que de partir à la recherche des brebis qui quittaient le troupeau ? Avons-nous estimé correctement où se situait ce devoir ? N'avons-nous pas mis la perte de la plus grande part du troupeau sur le compte de l'indiscipline des brebis pour nous disculper de n'avoir pas rempli notre fonction ? Et cependant l'injonction de la parabole du Bon Pasteur n'était-elle pas suffisamment claire ? Sont-ce les brebis qui sont responsables du troupeau ou le berger ? Face à l'abjuration massive des chrétiens, nous, les pasteurs, nous nous sentons responsables certes, mais coupables jamais. Nous nous donnons tous les droits et tous les devoirs mais nous n'acceptons aucune responsabilité.

« Nous ne pouvons plus éviter aujourd'hui un examen de conscience qui consiste à apprécier dans quelle mesure nous sommes de mauvais pasteurs. Depuis le début de la révolution industrielle, voici deux siècles et demi, la chrétienté occidentale s'amenuise, moins par une accumulation d'abandons individuels que par la sécession de classes sociales entières. Inutile de rappeler une histoire navrante où successivement la bourgeoisie, la classe ouvrière, les intellectuels et les femmes ont déserté.

« La chrétienté occidentale, rassemblant au départ la quasi-totalité de la société, sous l'égide de l'Église catholique qui la servait non seulement comme dispensatrice de sacrements et de rites, mais aussi comme éducatrice ou comme soignante, est devenue une institution marginale, gardant pignon sur rue au bénéfice de l'histoire. Si, au fil des siècles, l'Église n'avait pas érigé tant de monuments prestigieux au cœur des cités européennes, si la coutume ne lui avait pas conservé la propriété de ces signes visibles, quelle place occuperions-nous encore dans la conscience de nos contemporains ?

« C'est bien simple : nous avons perdu les neuf dixièmes du troupeau. Et jamais nous ne nous sommes blâmés ou remis en question. Nous avons gardé les brebis timorées, les superstitieux, les scrupuleux et les pusillanimes. Nous avons négligé les départs discrets ou spectaculaires des chrétiens les plus instruits, les plus dévoués et les plus engagés. Nous avons perdu les artistes et les savants, ces pionniers du cœur et de l'esprit humain, rompus à une vie intransigeante sur ses objectifs, incapables de tolérer nos compromissions de pensée ou de goût. Nous avons expulsé de l'institution ecclésiale les prêtres et les théologiens qui ont eu le courage de dénoncer notre abandon collectif du troupeau.

« Quelle est la hantise du Mauvais Pasteur dans la parabole, sinon celle de l'avoir et du pouvoir ? Certes, il ne possède rien en propre mais l'habitude de diriger le troupeau le persuade que celui-ci lui appartient. Situé au bas de l'échelle sociale, il n'a de valeur que par la fonction qu'il occupe. Jamais il n'abandonnera ce médiocre pouvoir par amour de ceux sur lesquels il ne l'exerce pas. D'ailleurs, il n'aime pas vraiment le petit troupeau qui lui reste : il le garde parce que c'est tout ce qui donne un sens à sa vie. Il n'agit pas en homme, mais en fonctionnaire.

« Son Maître ne s'y trompe pas et il le condamne. Sommes-nous sûrs de ne pas apparaître comme des pasteurs critiquables lorsque des comptes nous seront demandés ? Le but de cette Église, au sein de laquelle nous avons pris tous les pouvoirs, fut d'abord de rassembler le plus grand nombre des hommes et, même, la totalité de la société. Puis, lorsque cet objectif est devenu hors de portée, il s'est réduit à conserver un nombre restreint dans un état d'obéissance absolue. Mais le but de l'Église devait-il être initialement de rassembler tout le monde ? Et pourquoi choisissons-nous aujourd'hui l'option contraire ? Ne serait-ce pas parce que le dessein réel au fil des siècles, à travers des péripéties diverses et des politiques contradictoires, aurait été d'assurer la conservation de notre fonction ?

« Dans ce but nous n'avons jamais hésité à collaborer avec le pouvoir politique dès lors que celui-ci, cessant de nous persécuter, nous couvrait de dons et d'honneurs en échange d'une caution divine. À l'époque, le pouvoir ne pouvait être que sacré. Car la société antique frôlait sans cesse l'anarchie : le souvenir des siècles de désordres et le spectacle des sociétés barbares incitaient à fonder la légitimité du souverain sur une élection divine. Le contrat social fut d'abord un pacte magique. L'injonction de Jésus "Rendez à César ce qui est à César et à Dieu ce qui est à Dieu" constitue donc une parole subversive, dans ses implications non seulement politiques mais aussi religieuses : elle dénonce le caractère magique de l'autorité. Le Père, dont Jésus nous parle, ne cautionne aucun pouvoir politique et il n'attend aucune caution en échange. C'est ce conseil que nous avons négligé. À force de fréquenter les princes, nous avons appris le goût du pouvoir pour le pouvoir.

« La violation d'un conseil évangélique comporte sa propre sanction. À force de frayer avec les hommes d'État, les hommes d'Église ont fini par leur ressembler. Celui qui n'agit pas comme il pense finit par penser comme il agit. Parfois, l'Église elle-même s'est constituée en pouvoir politique. Et, une fois de plus, on aurait mauvaise grâce à le lui reprocher dans les temps troublés où elle est apparue comme le seul recours d'une société en dérive. Mais les princes évêques se sont à peine mieux comportés que des princes : ils n'ont gouverné ni mieux, ni pis que tous les gouvernants de l'histoire. Rome elle-même est devenue la capitale d'un État pontifical, dont on peut excuser l'existence par l'indépendance qu'il assurait aux papes mais dont il faut déplorer la persistance jusqu'au siècle dernier, alors que les circonstances qui avaient entraîné sa constitution n'existaient plus. Le pouvoir politique a été exercé dans cette ville de la façon la plus rétrograde qui fût et l'état déplorable de l'Italie aujourd'hui n'est qu'une des conséquences de cette obstination à s'accrocher au passé.

« Au moment même où nous sommes rassemblés, des méthodes archaïques de gouvernement ont survécu dans l'Église à l'usure des siècles et aux révolutions du monde. Sur la base précaire de quelques citations de l'Évangile, susceptibles de plusieurs interprétations, s'est érigée une institution qui s'estime au-dessus de l'évolution des lois humaines parce qu'elle se tient pour seule garante des lois divines. Ici, nous prétendons ne jamais nous tromper dans l'interprétation des paroles de Jésus. Cependant le *Syllabus* des erreurs condamnées au siècle passé par un de mes prédécesseurs contient plus d'un article de la Déclaration des droits de l'homme. Nous nous targuons aujourd'hui d'être les garants de droits que nous avons combattus lorsqu'ils étaient contestés et que nous nous approprions lorsqu'ils apparaissent incontestables.

« L'Église telle qu'elle existe aujourd'hui constitue une acculturation du christianisme à la civilisation méditerranéenne, et singulièrement romaine, caractérisée par le juridisme, la centralisation et l'autocratie. Rien dans l'enseignement de Jésus ne contraignait à organiser l'institution ecclésiastique telle que nous la connaissons aujourd'hui, selon le modèle périmé de l'Empire romain qui s'est effondré sous le poids de sa propre structure voici quinze siècles déjà. Rien dans la prédication de Jésus ne désigne Rome comme le siège sacré d'une Église qui aurait la primauté sur tous les autres.

« Quels qu'aient pu être les motifs légitimes de compromettre l'Église avec le pouvoir, ils n'existent plus aujourd'hui. La société civile est démocratique et nous ne cessons de proclamer l'intérêt de ce principe, aussi longtemps qu'il ne s'applique pas à l'Église. Nous soutenons la thèse que l'Église ne peut être démocratique parce que le ministère sacerdotal est d'institution divine et non humaine. Ce n'est pas l'assemblée des fidèles qui désigne le curé ou l'évêque. Tous les pouvoirs n'émanent pas de la base. Au contraire, ils descendent du sommet. Ce mécanisme de gestion d'une organisation humaine est conçu à l'imitation du pouvoir politique avant la révolution industrielle. Combien de temps pourrions-nous encore gérer cette société d'hommes selon une méthode de gouvernement qu'aucun citoyen ou aucun travailleur ne subit plus dans son pays ou dans son entreprise ?

« Prétendre que des décisions plus éclairées seront prises à Rome plutôt que dans les diocèses revient à doter la Curie romaine de pouvoirs magiques et d'un discernement miraculeux. À étudier sérieusement bien des décisions prises de la sorte, on en vient à douter que l'Esprit saint inspire réellement les organes directeurs de l'Église catholique. On doit admettre qu'il s'agit de décisions humaines, fragiles et faillibles, d'autant moins adéquates que le centre de décision est loin du lieu de son application. La confusion des pouvoirs exécutif, législatif et judiciaire mène inévitablement à la corruption d'un pouvoir qui n'a pas de contrepoids. Choisir pour endosser la responsabilité de ces décisions contestables l'homme qui devrait être le symbole de l'unité ne fonde pas cette unité mais la détruit irrémédiablement. La séparation entre nos frères orthodoxes, réformés et nous-mêmes a résulté automatiquement d'une centralisation excessive du pouvoir.

« Abdiquer ce pouvoir absolu revient à restaurer l'autorité des Églises locales. Les fonctions énumérées plus haut peuvent et doivent être exercées par les diocèses ou par des organes interdiocésains. Il n'est plus possible, à vues humaines, de laisser une position prédominante au patriarche de l'Église latine, concédant du bout des lèvres une égalité formelle à ses homologues orientaux unis à Rome. Il n'est plus admissible qu'il rejette hors de l'Église catholique, par l'exercice de son pouvoir, les primats d'autres Églises principalement slaves, grecques, arabes, germaniques, scandinaves, anglo-saxonnes. Il n'est plus acceptable de ne pas instituer d'autres patriarches pour évangéliser d'antiques cultures en Afrique ou en Asie. Les différences culturelles, légitimes et souhaitables, sont transformées en obstacles à l'unité religieuse de tous les chrétiens.

« J'appelle à un concile vraiment œcuménique tous mes frères dans le Christ. Il ne m'appartient pas d'en exclure ceux qui se réclament du nom de Jésus et qui n'appartiennent pas à l'Église catholique. Ce concile devrait inclure les patriarches de toutes les Églises, sans qu'il m'incombe d'en déterminer la liste. Je souhaite seulement que toute l'Église d'Occident ne soit pas représentée par un seul patriarche latin, qui serait aussi l'évêque de Rome. Un seul homme ne peut représenter la partie et le tout sans que le tout soit plié aux règles particulières de la partie. Les conférences épiscopales de différents pays, de certaines régions, de certains groupes sociaux doivent pouvoir s'organiser librement et manifester leur souhait de participer à ce concile.

« Je saisis bien la témérité du projet et les risques qu'il comporte, mais je mesure aussi les dangers de la situation présente dans laquelle nous ne pouvons pas nous complaire. Je vous rappelle les paroles de Jésus lui-même telles que nous les rapporte Matthieu, paroles confirmées littéralement par la Source : “Ne vous faites pas appeler Maître car vous n’avez qu’un seul Maître et vous êtes tous frères. N’appelez personne sur la Terre votre Père car vous n’en avez qu’un seul, le Père céleste. Ne vous faites pas non plus appeler Docteurs, car vous n’avez qu’un seul Docteur, le Christ.” Or, je suis à présent censé porter les titres suivants : évêque de Rome, vicaire de Jésus-Christ, successeur du Prince des Apôtres, souverain pontife de l’Église universelle, patriarche de l’Occident, primat de l’Italie, archevêque et métropolitain de la province romaine, souverain de l’État du Vatican et serviteur de Dieu.

« Je décide donc d’abdiquer les titres et les fonctions accumulés sur les épaules de l’évêque de Rome pour ne garder que cette seule charge. Dès ce moment, l’État souverain du Vatican demande sa réintégration dans l’État italien. Par conséquent, les nonciatures et les délégations apostoliques cessent d’exercer leurs fonctions de représentations diplomatiques. La totalité des employés ecclésiastiques et laïques du Vatican retournent dans leurs diocèses d’origine.

« La basilique vaticane, hormis la crypte où nous sommes, cessera d’être un lieu de culte parce qu’elle commémore bien moins la sépulture de Pierre que le triomphalisme de la Contre-Réforme. La vente des indulgences a financé sa construction et elle a entraîné le schisme des chrétiens réformés. Il n’est pas possible d’être le symbole de l’unité en résidant dans une église qui est l’emblème de la division. Ainsi, je me dirige dès à présent vers la cathédrale de l’évêque de Rome, la basilique Saint-Jean-du-Latran. Je ne reviendrai en ce lieu que pour me recueillir sur les tombes de Pierre et de Jacques en compagnie de mes frères pasteurs.

« Je pars à la recherche des brebis perdues. »

XVII

Or, une grande foule se tenait à l'extérieur de la basilique, parce que c'était le mercredi et que le pape avait coutume de rencontrer les pèlerins ce jour-là. La voix d'Emmanuel résonnait à travers toute la place Saint-Pierre, transmise par le système des haut-parleurs prévus pour ces rencontres. Emmanuel s'exprimait en italien, mais, en même temps, on distribua à la foule des traductions dans de nombreuses langues. Et chacun pouvait suivre les paroles d'Emmanuel.

Quand il eut terminé de s'adresser au synode rassemblé dans la crypte, il enleva sa calotte blanche, la capeline, la ceinture et la soutane, sous les yeux incrédules de l'assemblée. Il portait un pantalon gris et une chemise blanche. Il sortit de la crypte, puis de la basilique qui était vide pour la circonstance. Il apparut tout seul au sommet des escaliers, sous la colonnade, puis il traversa la place Saint-Pierre à pied par le passage ouvert au milieu de la foule. Il écarta les policiers qui tentaient de l'accompagner et il se mit en marche par la via della Conciliazione entouré de Colombe et de Théo qui l'avaient rejoint et qui marchaient quelques pas derrière lui.

Quelques minutes plus tard, sous la colonnade apparut

un groupe d'une centaine d'évêques, les membres du synode. Certains portaient encore leurs soutanes. D'autres avaient adopté la même tenue qu'Emmanuel. Après un instant d'hésitation, les uns après les autres, ils suivirent le chemin ouvert par Jean XXIV. En route, certains se dépouillèrent de leurs ornements. Et la foule qui les suivait piétinait la pourpre, cet héritage du vieil Empire romain.

Cependant Derek Dood avait entendu le discours de Jean XXIV car il se trouvait sur la place en compagnie de Paolo Pacelli. Il se tourna vers celui-ci pour lui dire :

« Je ne puis plus rien contre cet homme. Il a décidé de proclamer la vérité et il devient incontestable parce qu'il est véridique. J'étais ici pour l'abattre en utilisant ses propres mensonges. Je dois m'en aller maintenant car je n'ai plus rien à faire. »

La foule, un instant indécise, suivit Emmanuel et les évêques. C'était une marée humaine brassant des gens de tous les pays, de toutes les races et de toutes les langues. Au fur et à mesure qu'Emmanuel progressait, la foule grossissait. Les images de la télévision et les commentaires de la radio alertèrent les Romains et leurs visiteurs. Une rumeur courut à travers toute la ville : « Le pape quitte le Vatican. » Les bureaux, les usines et les magasins se vidèrent.

Quand Emmanuel franchit le Tibre, les rues étaient noires de monde, mais il continua à se frayer un passage par le corso Vittorio Emanuele. Il marchait toujours, tendu par une seule idée, rejoindre son église et s'y arrêter. Ses lèvres remuaient et le peuple crut qu'il priait ou qu'il chantait un psaume. Seuls son frère et sa sœur étaient proches de lui, assez pour discerner son chant qui était celui des enfants :

Frère Jacques, frère Jacques !
Dormez-vous, dormez-vous ?
Sonnez les matines, sonnez les matines.

Il suivit la via dei Fori Imperiali en laissant derrière lui les ruines du vieil Empire romain et les vestiges de son exaltation par l'empire fasciste. En passant devant le Colisée, il s'agenouilla à même le sol pour honorer les martyrs qui étaient morts dans cette enceinte afin de proclamer que Dieu et César ne feraient plus alliance. Il marchait lentement à cause de la foule et il mit plus de trois heures à faire le chemin.

Lorsqu'il arriva au Latran, les cloches de la basilique se mirent à sonner à toute volée. En prêtant l'oreille, on distinguait du reste les clochers des autres églises romaines qui s'ébranlaient. Mais on ne pouvait pas entendre les cloches qui se mirent à sonner dans le monde entier. Car les prêtres ou les sacristains, qui regardaient la télévision et qui entendaient les cloches de Rome sonner, mirent bientôt en branle leurs carillons. Notre-Dame à Paris, Saint-Paul à Londres, Saint-Patrick à New York, Saint-Jacques à Compostelle, Saint-Pierre à Genève, la cathédrale de l'Assomption au Kremlin sonnaient à l'unisson, juste et fort. Partout les gens sortaient dans la rue. Les chrétiens expliquaient aux autres ce qui venait de se passer.

Emmanuel gravit les escaliers de la basilique du Latran, il s'agenouilla devant le seuil, il le baisa, puis il prit par les épaules Théo et Colombe. Ils pénétrèrent à trois dans la nef.

Ils firent ensuite bien d'autres choses : si on les écrivait une à une, le monde entier ne pourrait compter les livres que l'on écrirait.

Écublens.
Dimanche 25 juillet, fête de saint Jacques.
Année sainte 1993.

TABLE

Chapitre I 11
Chapitre II 32
Chapitre III 51
Chapitre IV 73
Chapitre V 106
Chapitre VI 126
Chapitre VII 151
Chapitre VIII 182
Chapitre IX 204
Chapitre X 235
Chapitre XI 260
Chapitre XII 277
Chapitre XIII 304
Chapitre XIV 326
Chapitre XV 344
Chapitre XVI 357
Chapitre XVII 366

Intrigue à Rome

Imprimatur

Rita Monaldi & Francesco Sorti

Rome 1683. À la mort brutale d'un voyageur français, l'hypothèse effroyable d'une épidémie de peste est avancée : l'auberge du Damoiseau et ses douze résidents sont mis en quarantaine. Lorsque le médecin Cristofano découvre que le voyageur a été empoisonné, l'abbé Melani décide de mener l'enquête. Accompagnés du jeune aubergiste, ils transgressent les ordres et leurs investigations vont les conduire des souterrains de Rome aux grands salons des palais princiers, entre les secrets du Vatican et les terribles intrigues de la cour de Louis XIV.

(Pocket n° 11929)

www.pocket.fr
Le site qui se lit comme
un bon livre
POCKET
Informer
Toute l'actualité de Pocket,
les dernières parutions
collection par collection,
les auteurs, des articles,
des interviews,
des exclusivités.
Découvrir
Des 1ers chapitres
et extraits à lire.
Choisissez vos livres
selon vos envies :
thriller, policier,
roman, terroir,
science-fiction...
POCKET
Il y a toujours un Pocket à découvrir
sur www.pocket.fr

Achevé d'imprimer sur les presses de

BUSSIÈRE

GROUPE CPI

à Saint-Amand-Montrond (Cher)
en mars 2006

POCKET - 12, avenue d'Italie - 75627 Paris Cedex 13
Tél. : 01-44-16-05-00

— N° d'imp. : 60501. —
Dépôt légal : janvier 2006.
Suite du premier tirage : mars 2006.

Imprimé en France